Soy una mamá

Biblioteca Megan Maxwell

Biografía

Megan Maxwell es una reconocida y prolífica escritora del género romántico que vive en un precioso pueblecito de Madrid. De madre española y padre americano, ha publicado más de cincuenta novelas, además de cuentos y relatos en antologías colectivas. En 2010 fue ganadora del Premio Internacional de Novela Romántica Villa de Seseña, en 2010, 2011, 2012 y 2013 recibió el Premio Dama de Clubromantica.com. En 2013 recibió también el AURA, galardón que otorga el Encuentro Yo Leo RA (Romántica Adulta), y en 2017 resultó ganadora del Premio Letras del Mediterráneo en el apartado de novela romántica. *Pídeme lo que quieras*, su debut en el género erótico, fue premiada con las Tres Plumas a la mejor novela erótica que otorga el Premio Pasión por la Novela Romántica.

Encontrarás más información sobre la autora y su obra en:

https://megan-maxwell.com

@Megan Maxwell

@megan__maxwell

@MeganMaxwell

Megan Maxwell

Soy una mamá

Esencia/Planeta

PEFC Certificado

Este libro procede de bosques gestionados de forma sostenible

PEFC

PEFC/14-38-00305 www.pefc.es

Avda. Diagonal, 662-664, 08034 Barcelona (España)
www.esenciaeditorial.com
www.planetadelibros.com

Adaptación de la cubierta: Booket / Área Editorial Grupo Planeta
Imagen de la cubierta: © SVPanteon / Shutterstock
Primera edición en esta presentación en Colección Booket: febrero de 2024

Depósito legal: B. 20.526-2023
ISBN: 978-84-08-28386-7
Impresión y encuadernación: Liberdúplex, S. L.
Printed in Spain - Impreso en España

Para todas las mamás guerreras que, cuando vieron por
primera vez la carita de sus hijos, supieron que ellos
serían los verdaderos amores de su vida.
Y también para aquellos que volvieron a darle una segunda o una quinta
oportunidad al amor y se dieron cuenta de que la felicidad sólo dependía
de una persona, y esa persona... eran ellos mismos.
Un beso lleno de magia de...

MEGAN

Soy una mamá

Buenos días

Las manos aterciopeladas y fuertes de mi guapo marido recorren mi cuerpo, produciéndome millones de estupendas sensaciones, y no sólo sexuales.

«Oh..., sí..., sigue..., no pares...»

El olor a los aceites corporales con los que me masajea me hace suspirar con deleite, mientras siento y escucho la dulce y suave música chill out que suena a nuestro alrededor y me dejo llevar por el momento.

¡Qué paz! ¡Qué tranquilidad!

Esto es vida. «Por tu padre, Alfonso, ¡no pares! Humm...»

«Moc... Moc... Moc... Moc... Moc...»

Abro un ojo sobresaltada.

¿Qué suena?

¿Qué es ese puñetero «Moc... Moc...»?, y ¿dónde están Alfonso y la música chill out?

¡Oh, noooooooooooooooo!

Al instante, soy consciente de la realidad.

Estoy sola en medio de mi enorme cama, porque mi currante maridín ya se ha marchado a trabajar y lo que suena es mi despertador. ¡Qué asco!

Las 7.30. Alargo la mano y lo apago.

Esperaré a la segunda alarma. Tengo cinco minutos antes de que suene la del móvil y tenga que ponerme como Rambo, alerta y en acción.

Me arrebujo debajo del edredón de plumitas de oca.

«Humm, qué a gustito estoy», pienso mientras dejo que mi cuerpo entre en un perezoso coma, hasta que de pronto oigo: «Rabiosaaaaaa... Rabiosaaaaaaaaaa... Rabiosaaaaaaaaaa...».

¡La alarma del móvil!

Rabiosa, niego con la cabeza. Pero ¿ya han pasado los puñeteros cinco minutos?

Resignada, y tras acordarme de todos los antepasados habidos y por haber del listo que un día inventó el madrugar, saco un pie del edredón de plumitas de oca.

—Uf..., ¡qué frío!

Pero antes de que mi cabeza piense en meter el pie de nuevo debajo, me reactivo y busco las zapatillas, que, oye..., siempre alguna se cuela bajo la cama. ¿Por qué mis puñeteras zapatillas tienen que hacer lo mismo casi todas las mañanas?

Cuando consigo rescatarla, me la pongo y, aún con las pestañas pegadas por el sueño, me dirijo hacia las habitaciones de mis tres hijos. Angelitos, seguro que duermen como troncos; pero entonces digo desde el pasillo abriendo las dos puertas al mismo tiempo:

—¡A levantarse! Vamos..., vamos..., que hay que ir al cole.

Como es habitual, no me hacen ni caso. ¿Para qué? Simplemente se arrebujan en sus edredones de plumitas y continúan durmiendo a pata suelta.

Cinco minutos después, tras lavarme los dientes, mirarme en el espejo y maldecir porque no soy la chica que fui hace años, que a cualquier hora estaba lozana como una lechuga, vuelvo al ataque amenazando como una posesa:

—Una de dos: u os levantáis o vais al cole en pijama.

Ni que decir que a esa segunda llamada, y en especial por mi tono de voz de mala malota, abren los ojos, me miran con ganas de decirme de tóoooooooo..., pero se levantan.

¡Ja! Menuda soy cuando me pongo en plan madrastrona.

Una vez que veo que han puesto sus piececitos en el suelo, regreso a mi habitación y me visto con rapidez. Vaqueros, camiseta y deportivas. ¿Dónde quedaron los tacones y los trajes que hace años me ponía y me hacían estar impresionante?

Ay..., qué pena..., qué pena me doy a veces.

Con lo que yo fui, lo mona que iba a trabajar a la gestoría y lo que actualmente soy. Eso sí, lo soy por dejada, no porque sea un trol, porque fea, fea, no soy. Lo sé, no hace falta que nadie me lo diga. Pero lo que sí es cierto es que fue tener niños y dejé de sacarme partido. ¿Por qué?

Cuando tuve a Nerea, mi hija mayor, un flotadorcillo apareció alrededor de mi cintura. Con Aaron, se afianzó y, tras David, el flotadorcillo se instaló definitivamente y, aunque haga ejercicio o me ponga a dieta, no desaparece. Sin duda, ya es parte de mí. Eso sí, cada mañana, cuando lo veo, pienso: «¡El lunes empiezo el régimen!».

Y lo pienso porque Alfonso, mi marido, desde hace tiempo es un obseso de la dieta y el ejercicio. El tío está fibroso y estupendo. También se lo curra. Como diría mi insoportable suegra: «¡Alfonsito está como un toro, y tú, como una vaca!».

¡Lamadrequelaparió! ¿Por qué no se quedaría muda al nacer?

Pero llega el lunes, y mi poca falta de voluntad me hace comerme un cruasán con mantequilla para desayunar, y pienso: «Venga, va..., mañana comienzo». Al día siguiente, en vez de un cruasán, me como dos y, cuando estamos a miércoles, vuelvo a pensar: «¡El lunes empiezo el régimen!».

Saber..., saber..., sé que lo empezaré un lunes. Lo que queda por determinar es de qué año será.

Una vez acabo de arreglarme, bajo a la planta inferior de mi bonito adosado, ese que mi maridín y yo compramos con esfuerzo y sudor, y comienzo a preparar desayunos, almuerzos y mochilas.

Cuando pongo un pie en la planta baja, mi perra, esa gran... gran... GRAN bonachona y paciente que nos soporta a todos y a la que llamamos Torrija, se levanta con las orejas aún a la virulé y me saluda.

Ay, Dios, ¡qué rica es mi perra!

Nos la encontramos hace tres años una Semana Santa que fuimos a Toledo a ver las procesiones. Al regresar al coche, la vimos asustada y temblando como una hoja debajo de las ruedas del vehículo.

Cuando conseguimos sacarla enseñándole una de las ricas torrijas que habíamos comprado, la pobre se abalanzó sobre ella y, con el cachondeo de «¡Cómo se come la torrija!», con Torrija se quedó, y por supuesto se vino con nosotros a casa para ser uno más de la familia. Donde caben cinco, caben seis.

Tras nuestro saludo mañanero de lametazos y cabezazos mientras le digo cosas como si la pobre fuera tonta del bote, la dejo satisfecha de mimitos y entro en la cocina y me pongo en acción.

Abro la nevera, saco leche, mantequilla y embutido. Luego, de un armarito, cojo cereales, Cola Cao, pan de molde, papel de plata y galletas.

Todas las santas mañanas, lo mismo, ¡qué monotonía!

Con rapidez, preparo los desayunos y me enfrasco en los almuerzos. Sí, esos sándwiches que envuelvo en papel de plata por las mañanas y que, a veces, revisando las mochilas de mis queridos retoños, aparecen chafados y con un extraño color verde del tiempo que algunos llevan allí olvidados.

Cuando mis tres hijos, Nerea, Aaron y David, entran en la cocina, es el mismo cantar de todas las mañanas. Si la mayor no se pega con el pequeño, el mediano chincha a la mayor, o el pequeño empuja al mediano. ¡Todos los santos días lo mismo!

Al final, como siempre, tengo que ponerme en plan Cruella de Vil —ya lo de madrastrona les sabe a poco—, doy quince voces, porque con dos no reaccionan, y así consigo poner algo de orden. Pero no..., no creáis que el orden dura mucho. Es darme la vuelta y el show de mis niños vuelve a comenzar.

Veinte minutos después, llega el momento «¡Me duele la tripa!».

Oh, Dios..., ¿cómo no? Ése también es otro clásico mañanero.

Pero, ¡ja!, ya soy graduada en dolores matutinos y no les hago mucho caso, que me los conozco. Sé que, si presto atención a esas dulces vocecitas o miro sus ojillos candorosos y suplicantes de «Estoy malito, mami, y no puedo ir al cole», me compadeceré del liante en cuestión y dos horas después lo tendré repanchingado en el sillón, más feliz que una perdiz jugando con la PlayStation y con una cara de satisfacción al más puro estilo «Te he engañado, mami», y no, ¡eso se acabó!

Tras conseguir que desayunen, dejen de pegarse y cojan sus

mochilas, logro que se pongan los abrigos. Nerea se lo abrocha. A sus catorce años, ¡por fin! se ha dado cuenta de que, si no se cuida, enferma, pero Aaron, con diez, y David, con casi seis, son otro cantar. Estamos en febrero, hace un frío que pela, pero mis hijos parecen nórdicos: ¡nunca tienen frío! Eso sí, se cogen unos gripazos que es para matarlos. Por más que les explico que cuando hace frío uno tiene que abrigarse, no lo entienden, y cuando voy a recogerlos al colegio, se me ponen los pelos como escarpias al verlos salir remangados y sin el abrigo puesto. Pero ¿en qué idioma tengo que hablarles?

En fin, salvado el tema de salir abrigaditos de casa, abro la puerta y, una vez fuera de nuestra parcelita, nos dirigimos los cuatro juntitos y en armonía al colegio.

Bueno, lo de la armonía es un decir, porque aunque yo quiero mucho a mis niños, reconozco que son pesaditos... pesaditos, pero pesaditos, y continúan martirizándose los unos a los otros todo lo que pueden y más, hasta que de pronto, las súplicas del que le dolía la tripa y sus malas caras se esfuman al ver a su amiguito o amiguita en cuestión, y eso me hace creer con fervor que seguramente voy a tener un hijo o una hija que dentro de unos añitos ganará el Goya al mejor actor dramático y podré poner la estatua sobre la chimenea como un trofeo.

Uisss..., ¡qué mono me va a quedar!

Una vez llegamos al colegio, reparto besos a diestro y siniestro. Ésa es mi venganza. Sé que les joroba, que no quieren demostraciones de afecto ante sus amigos, en especial Nerea y Aaron, pero yo no puedo remediarlo y, cuando consiguen escapar despavoridos, sonrío. Eso tampoco lo puedo remediar.

Tres minutos después, desde la valla, con el resto de las mamis del colegio, levanto la mano y les digo adiós con una sonrisa de oreja a oreja mientras pienso orgullosa, como la mamá pata de los cuentos: «Pero ¡qué bonitos son mis niños!».

Desayuno con cotilleos

Una vez mis pezqueñines desaparecen de mi campo de visión, me reúno con el grupo de papis y mamis con los que desayuno la mayoría de los días.

Me encanta saborear esos desayunos llenos de risas, complicidad y maldades. Porque, oye..., otra cosa no, pero esos momentos son cotilleo y chismorreo del bueno.

Por norma, solemos ser un grupo de cinco madres y dos padres. A veces somos más madres, pero los fijos somos los que cuento.

De lunes a viernes, en fechas escolares, nos reunimos todos alrededor de una mesa para tomarnos un cafetín en el bar La Osadía. El local de nuestra amiga y queridísima Dulce, que, todo sea dicho, nos trata como si ésa fuera nuestra casa, y la tía se acuerda de cómo nos gusta el café a cada uno. ¡Menuda es Dulce!

Una vez en nuestra mesa y nuestras sillas, nos miramos y comienza la charla matinal.

—¿Visteis anoche «El Príncipe»? —pregunta Clara.

—Yo sólo veo a Faruq... —murmura Yolanda—. Pero, Dios mío, ¿no os parece que ese hombre cada semana está más impresionante?

Rápidamente entramos al trapo. Sin duda, el tipo en cuestión es para pegarle un mordisco detrás de otro, cuando uno de los padres sonríe e indica:

—Para guapa, la que hace de su mujer... ¿Habéis visto qué carita tiene?

Todas lo miramos. Procesamos su información. La verdad

es que la chica es muy guapa pero, pasando de responder, afirmo:

—Para carita, la de Faruq. ¡Ay, qué ojazos! Eso sí, los ojos de mi marido no tienen nada que envidiarle. Menudos ojazos verdes los de mi chicarrón.

Todos se miran y sonríen. Saben que estoy muyyyyy encantada con mi marido, que lo adoro y que estoy tremendamente orgullosa de mis veinte años con él. Entonces Yolanda, que es una cachonda y la tía con menos vergüenza del mundo, suelta:

—Déjate de tonterías con tu marido. Lo mejor de Faruq no son sus ojos. Lo mejor es el morbazo que tiene de malo malote, imaginar lo que puede hacer en la cama y...

—Sus oblicuos —apunto.

Todas reímos. Imaginar a aquel adonis con cara de malo y cuerpo de caramelito en la cama..., uf, rápidamente se nos activa la circulación, aunque a mí quien de verdad me la activa es mi Alfonso.

Pero, vamos a ver, ¿acaso los tíos, cuando se juntan en cuchipandi, no hablan de tías? Pues eso se acabó... Ahora somos nosotras, las mujeres, las que hablamos de tíos sin problema.

Que, oye..., podemos estar enamoradas como yo lo estoy de mi Alfonsito, pero ojos tengo, como los tiene él. Vamos, que ciega no estoy, como imagino que Alfonso no lo está por mucho que me quiera.

Tras unas risas, a cuál más perversa, y más aún tras oír a los dos padres meterse con nuestro ídolo, Faruq, Clara pregunta:

—¿Oblicuos? ¿Qué es eso?

Yo, que lo sé porque mi Alfonso los tiene de acerito fundido, respondo:

—Son los músculos que se encuentran en el abdomen y bajan como dos arcos de acero fundido hasta la pelvis. Dios..., ¡me encantan!

Paco y Luis se mueren de la risa, y las chicas también, cuando Clara insiste:

—No caigo... ¿Qué músculos son ésos?

Asiento. Entiendo que no caiga. Su marido, el pobre Jesús, creo que nunca los ha tenido. Miro a mi alrededor en busca de un cachitas para poder señalarle a mi amiga dónde están esos músculos, pero nada. En la cafetería, a esas horas intempestivas, no hay nadie que los pueda tener. ¡Qué penica!

Miro a Paco y a Luis. No, tampoco me valen.

Son muy majos, pero oblicuos, lo que se dice oblicuos, creo que ni cuando eran veinteañeros. Paco debe de entender mi mirada, y rápidamente dice:

—Admito que los tengo, pero en mi caso están escondidos sólo para que los disfrute mi dueña y señora.

Me río. Pobrecico, animalillo... ¿De verdad se cree que los tiene?

Todos soltamos una risotada.

Sin duda, allí ninguno somos perfectos, comenzando por mí, que vivo rodeada por un flotador en la cintura, que, dependiendo del día, me trae por la calle de la amargura.

De pronto se abre la puerta de la cafetería y entra Nuria. Ella trabaja en el ayuntamiento del pueblo donde vivimos. Ha ido, ha fichado y, ea, ¡a desayunar! Pero qué bien viven algunos funcionarios.

En un pispás, se integra en la conversación. Ésta sí que sabe lo que son los oblicuos. Nuria está divorciada desde hace más de seis años y, como dice ella, vive la vida loca porque, para que su body se lo coman los gusanos, prefiere que se lo coman los cristianos.

—A ver... —dice mirando a Clara—, ¿recuerdas al Duque, el de la serie «Sin tetas...», cuando salía desnudo de cintura para arriba?

Oh, Dios..., todas asentimos con una boba sonrisa en la boca.

Recordar al Duque, nuestro Duque made in Spain, es organizar un revuelo de emociones, sensaciones y suspiros. Mira que era malvado en la serie, el muy canalla, pero, oye, era sonreírle a la suertuda de Catalina y, ea..., todo el mal hecho se nos olvidaba al noventa por ciento de las mujeres de España. ¡A mí, la primera!

Daba igual que fuera narcotraficante, que matara a su hermano, que fuera un cabroncete con su madre, nada..., absolutamente nada de lo que hiciera importaba, cuando nos hacía sentir lo mucho que amaba a Cata, y todas queríamos un Duque en nuestras vidas.

Continúo soñando con el Duque cuando Nuria, recreándose en cada palabra, añade:

—¿Recuerdas cuando salió boxeando en el gimnasio de su impresionante casa, al lado de una bonita piscina, vestido únicamente con un fino y sensual pantalón negro?

Todas asentimos. Lo recordamos..., lo recordamos...

—Oh, sí... —afirma Clara—. ¡Qué momentazo!

Volvemos a asentir. Momentazo..., momentazo.

—Pues esos musculitos en forma de arco que tenía a ambos lados del ombligo y que se perdían con más morbo que ná bajo esos pantalones, que yo se los arrancaba a mordiscos —cuchichea Nuria—, ¡son los oblicuos!

—Dios..., sólo de recordarlo, estoy haciendo ventosa en la silla —murmura Yolanda.

La risotada es general. Somos más brutas que un arao cuando nos ponemos, y Luis, al ver la algarabía, protesta:

—¿El Duque? Yo no sé qué le veíais, si era bajito y cabezón.

Como si nos hubiera llamado algo terrible, le dirigimos nuestra mirada mañanera asesina. Entonces, Paco comenta divertido:

—Si es que las tías sois de lo que no hay.

—Yo que tú me callaba —afirmo.

Pero, sin escucharme, prosigue:

—Habláis de un narcotraficante con la voz del Pato Donald afónico, pero como le hacía ojitos a la protagonista de la serie, todas babeáis por él... ¡Sois patéticas!

Paco quiere morir. ¿Cómo se le ocurre comparar la voz de nuestro Duque con la del Pato Donald afónico?

Durante varios segundos, todas nos miramos, hasta que Yolanda suelta:

—Mira, guapo, la envidia es muyyyyyyyyyyyy mala. El que tú seas un tío sin duda te da otra visión distinta.

—Sin duda —se mofa Luis con una gran sonrisa.

—Nosotras —prosigue Yolanda— hemos visto a un hombre enamorado de una mujer. Eso sí, rodeado por prostitución, drogas, delincuencia, asesinatos...

—Vamos..., lo normal —vuelve a mofarse Luis.

Normal..., normal... no es. En eso le doy la razón a Luis, cuando Clara protesta:

—Si no os importa, permitidnos soñar un poquito y no seáis cansinos.

Ellos se miran. No es la primera vez que hablamos de aquello.

—Pero... —insiste Paco.

—Paco —lo corta Yoli mirando al pobre incauto—, ten cuidado con lo que vas a decir, porque llevo el Evacuol en el bolso.

Con rapidez, Paco y Luis cogen sus cafés y los tapan con las manos. Yoli todo lo arregla con Evacuol. Que le caes mal, que le juegas una mala pasada o que eres como el idiota de su ex, la tía siempre se las ingenia para que un chorretón de aquel laxante acabe en tu bebida y te cagarrutees vivo durante días.

En ese instante aparece Alicia, otra de las mamás y, antes de sentarse, susurra con cara de maldad:

—¡Cotilleo fresco!

Todas y todos olvidamos al Duque, a Faruq y al Pato Donald y miramos a Alicia, hasta que ésta se sienta y, bajando la voz en plan cotilleo... cotilleo..., suelta:

—Me acabo de enterar de que Susana, la divina del Audi A3 blanco que se cree que desciende de la sacerdotisa Abubi Rabuti, ¡se divorcia!

—¡Coño! —suelta Paco.

Un «¡Ohhhh!» general hace que nos miremos incrédulos como si hubiéramos oído algo tan esperado como que la crisis se acaba.

—¡¿Hablas de la Shakira?! —exclamo yo, y Alicia asiente.

—Pero ¿cómo puede ser? —pregunta Nuria—. ¿No se casó en noviembre con el del banco?

—Sí —responde Clara incrédula.

La muchacha de la que hablamos es la envidia de muchas mamis. Ella es el glamur personificado, la belleza natural, pero también la encarnación de la gilipollería. Se ponga lo que se ponga, la tía parece como recién salida del Vogue, eso sí, es abrir la boca y te dan ganas de meterle una coliflor a presión para que se calle.

—Pero vamos a ver, ¿habláis de la buenorra rubia de caderas perfectas y pechitos maravillosos? —pregunta interesado Luis, el divorciado.

—Sí, amigo, la que se casó hace cuatro días —asiente Paco.

Alicia, la muy puñetera, tras sonreír por el bombazo que nos acaba de soltar, da un sorbito al descafeinado que Dulce le ha traído e indica:

—Al parecer, su marido se ha dado cuenta, tras cuatro meses de casado, de que lo agobia el matrimonio.

—¡¿Qué?! —exclamamos todos al unísono.

Alicia asiente de nuevo sonriendo y cuchichea:

—A mí me ha dado hasta pena. Me la he encontrado cuando venía hacia aquí y me lo ha contado. Según dice, el tonto de su marido se ha dado cuenta de que no le gusta vivir en pareja y con el hijo de ella.

—Pero si está buenísima. Menuda pechuga que tiene la rubia —murmura Luis.

Lo miro. El muy lumbreras sólo ve en ella un cuerpo. Vale..., la tía es tonta pero, hombre, por Dios..., ¡tiene un niño de la edad de mi pequeño y corazón!

—¡Hombres!... Si es que todos son iguales —suelta Clara al ver mi cara y entender lo que pienso.

Paco y Luis se miran con complicidad, y el primero dice levantando las manos:

—Que conste en acta que yo adoro a mi mujercita y por nada del mundo me separaría de ella.

Oírlo decir eso me hace sonreír.

Paco es de los pocos hombres que yo conozco que besa por donde Cristina, su mujer, pisa. Hacen una excelente pareja y él lleva de lujo que sea ella la que provea a la familia. En su relación, los papeles están invertidos. Ella trabaja fuera de casa, es una gran ejecutiva en una multinacional, y él se ocupa de la casa y de los niños.

Abstraída pensando en la bonita vida de Paco y Cristina cuando oigo que Luis dice:

—A ver..., antes de que Yoli me eche el Evacuol en el café por haber dicho que la Shakira está buenísima, quiero recordaros que estoy divorciado, dolido y sin corazón, porque mi ex me la pegaba con otrossssss, y cuando digo «otrosssss» ¡es «otrosssss»!

En el pasado, el pobre Luis era un hombre engañado. Su mujer, Marisa, se liaba con todo bicho viviente mientras él viajaba por todo el mundo para la empresa para la que trabaja, hasta que finalmente los cuernos fueron tan descarados que Luis la dejó.

Todas asentimos, ¡animalillo!... Y al entender su mirada de cachorro abandonado, digo recordando a mi amiga Soraya:

—Bueno, hay que reconocer que no todos los hombres son iguales.

—No. No todos somos iguales —afirma Luis.

Del grupo, sólo Paco, Clara y yo estamos felizmente casados. Qué triste debe de ser enterarte de que tu pareja te engaña. Qué triste debe de ser llevarte esa decepción.

Cuando Yoli pilló a Manolo engañándola no con una, sino con dos, creí que lo mataba con el Evacuol, hasta que decidió divorciarse. Eso sí, hoy por hoy, la tía está feliz, y más cuando se va de juerga con Nuria y Alicia.

En ocasiones hemos salido juntas a cenar. Alfonso se queda con los niños, y yo salgo y entonces me doy cuenta de lo anticuada que me estoy quedando en muchas cosas. Ya no se liga con pedir fuego, con mirar, con invitar a bailar. Ahora se liga por las redes sociales, se queda con el chorbo en cuestión y, si la cosa fluye, pues polvete que te crio.

Por suerte, yo me mantengo al margen. Me lo paso bien con las amigas cuando salgo, pero no quiero líos. Yo soy fiel a mi Alfonso. Llevo toda la vida con él, y sé que él es tan feliz como yo. El pobre, cada vez que se tiene que ir de viaje varios días, casi hasta llora mientras lo ayudo a hacer la maleta, ¡angelito!

Sonrío sumida en mis pensamientos con mi maridito cuando oigo que Yolanda dice:

—Mira, Luis, lo mejor que te pudo pasar fue lo que te pasó. Si tu primo no llega a encontrarse a tu ex en ese hotel de carretera, todavía estarías casado con ella, y a saber Dios lo que podría haberte llegado a pegar.

—Calla..., calla... —murmura él arrugando el entrecejo.

—Está visto que el amor y la fidelidad son algo en extinción —afirma Nuria.

—¡No digas eso! —protesto ofendida—. No todos los hombres ni las mujeres son iguales. Mi marido está muy enamorado de mí y yo de él. Es un hombre detallista, ¿o acaso no os lo he dicho mil veces?

—Vale. Alfonso es diferente —matiza Nuria.

Oír eso me gusta. No quiero que metan en el mismo saco a mi marido. No, no se lo merece.

Yo, tu churri. Tú, mi cari

Quiero a mi marido.

Sin él no sería nada, aunque reconozco que, por las mañanas, cuando suena el despertador y no hace caso, mis instintos asesinos afloran sin ningún tipo de filtro, hasta que entre dientes siseo:

—Cari..., cari..., apaga el jodido despertador.

El centro de mi vida, que duerme como un leño, ni se entera, por lo que al final me incorporo, repto por encima de su cuerpo y la que lo apaga soy yo.

Una vez lo hago, lo miro. Sigue dormidito y ronca como un hipopótamo.

Pero, oye, ¡es mi hipopótamo!

Y, gustosa, me repanchingo contra él, enredo mis piernas en las suyas y murmuro melosona:

—Cari, tienes que despertarte, corazón.

—Estoy despierto, churri.

¡Ay, qué mono!

Todas las mañanas igual. Pero si su madre me decía que, cuando era pequeño, lo vestía dormido y sólo se despertaba cuando salían de la casa y recibía el aire de la calle.

Encantada, lo miro. Cómo quiero a mi Alfonso.

Él es el hombre de mi vida. Nos conocimos en una fiesta del instituto cuando los dos teníamos dieciséis años. Fue tal el flechazo que sentimos ese día, a pesar de que él es del Real Madrid y yo del Atlético, que ya no nos hemos separado. Aunque mi suegra lo ha intentado... ¡Menuda bruja, la amiguita!

Nos casamos cuando teníamos veintidós años de penalti. Calculamos mal y encargamos a Nerea antes de tiempo. Pero, oye..., la vida nos ha ido bien. Llevamos juntos veinte años. Madre mía, ¡veinte años!

En ese tiempo, hemos tenido en total tres hijos, una perra y tres coches. Y, lo mejor, Alfonso me sigue llamando «preciosa», «ninfa», «churri»... Me sigue mimando y es tremendamente detallista conmigo. Cada vez que regresa de sus viajes, siempre, siempre, me trae una flor o, si no ha tenido tiempo de comprarla, un huevo Kinder como a los niños. Eso sí, ¡mi detalle no me falta!

Por ello, enamorada, me aprieto contra él y, cuando siento que su mano se posa en mi cadera y baja directamente a mi entrepierna, sonrío, y más cuando dice:

—Churri..., aunque sea rapidito, merecerá la pena.

No lo dudo. Mi marido es un buen amante, aunque con los años su fogosidad ha mermado. Eso sí, le encanta que le dé ideas de cosas que leo en los libros eróticos.

Diez minutos después, tras el momento tórrido, mi chico se sienta en la cama y comienza su ritual mañanero.

Abre la boca como un hipopótamo, se toca su maravilloso pelo, mira la pared, se restriega los ojos con tal fuerza que estoy segura de que cualquier día se sacará uno, vuelve a tocarse el pelo, después se rasca las axilas y, para acabar el ritual, el cuello y las orejas.

Después se levanta, vuelve a tocarse el pelo, coge un calzoncillo limpio y se va directo a la ducha, mientras yo remoloneo en la cama y noto cómo mi vagina aún siente espasmos de placer.

Diez minutos después, sale del baño y comienza su segundo ritual cuando pregunta:

—¿Tengo calcetines limpios?

Abro los ojos y lo miro.

Lo quiero. Juro que lo quiero, pero el amor en ese instante ya no está en mi mirada.

Tras tropecientos puñeteros años de matrimonio, aún no ha entendido que los calcetines están en una estancia rectangular llamada «cajón», y que para saber si hay o no, sólo tiene que abrirlo. ¡Hombres!

Una vez discutimos como tooodas las mañanas por los calcetines, el tío se toca el pelo, abre el cajón, saca unos calcetines, abre el armario y, tras coger una camisa y un pantalón, regresa al baño.

Veinte minutos después, mi adonis sale hecho un pincel. Por Dios, pero qué buen ver tiene mi machote de ojos verdes. Orgullosa, lo miro mientras él se retoca el pelo, ¡faltaría más!

Mi marido es como los buenos vinos, con los años mejora y, tras dedicarme una de sus increíbles sonrisas, me da un beso en los labios y murmura:

—Que tengas un bonito día, preciosa ninfa.

Como tonta, sonrío.

Me gusta que me diga eso antes de marcharse a trabajar. Una vez cierra la puerta de la habitación, cojo su almohada y me sumerjo media horita más en los brazos de Morfeo, mientras soy consciente de la suerte que tengo y de lo maravilloso que es compartir cama, besos y complicidad con él.

El zúper

Tras el buen inicio de la mañana pasado con mi maridín, llevar a los peques al cole y desayunar con los amigos, cuando me despido de mi alocapandi, me monto en mi Seat Ibiza verde que, todo sea dicho, ¡me encanta!, y decido ir a comprar al zúper, como dice mi hijo pequeño, antes de ir a trabajar. Estoy empleada unas horas en una residencia de ancianos durante las comidas.

No es el trabajo de mi vida, pero, ya que no puedo trabajar en lo mío, que soy gestora, al menos realizar esa labor me llena. Durante años trabajé en una gestoría, hasta que mi padre cayó enfermo y mi madre y él no pudieron seguir echándome una mano con los niños.

Por aquel entonces, yo vivía en Argüelles, pero al enfermar mi padre, y mi madre tener que cuidarlo, sólo me quedaron dos opciones: o seguir trabajando y pagarle la totalidad de mi sueldo a quien se encargara de mis hijos, o dejar de trabajar y ocuparme yo de ellos.

Alfonso y yo lo pensamos mucho. ¿Qué podíamos hacer?

Yo no quería dejar de trabajar, había luchado mucho por conseguir ese puesto en la gestoría, pero al final primó el sentido común y creo que hice lo correcto, a pesar de lo mucho que me costó decidirme.

Finalmente sacrifiqué mi empleo. Alfonso ganaba el doble que yo, y el hecho de que él lo sacrificara sí que nos habría descolocado totalmente. Viviríamos un poco más justos, pero bueno, podríamos vivir.

Dos meses después de dejar la gestoría, me daba de cabezazos contra las paredes. Había pasado de ser una mujer que se arreglaba todos los días para ir a trabajar a convertirme en una mamá que no se quitaba el pijama para estar con sus pequeños en casa.

Pero a todo se acostumbra una, y me acostumbré.

Dejé a un lado las comidas con las compañeras, las cenas de empresa, los tacones, los maquillajes y los cotilleos empresariales para asumir al cien por cien que ¡soy una mamá!

Por suerte para nosotros, dos años después Alfonso ascendió en la empresa y su sueldo se duplicó. Eso nos dio aún más tranquilidad, y decidimos invertir en nuestra primera casa, ya que siempre habíamos estado de alquiler.

Pero, en vez de comprarla en Madrid centro, decidimos irnos a cuarenta kilómetros. Concretamente, al pueblo donde me crie y viven mis padres. Tras esa decisión, mi suegra me hizo la cruz. Si antes ya le gustaba poco, porque encima soy del Atlético de Madrid, ahora, que me había llevado a su niño a vivir fuera de la capital, ¡ya ni te cuento!

Según ella, ¡la gran iluminada!, yo soy una pueblerina por haber crecido en un pueblo de Madrid, mientras que ella y sus hijos son unos señores por haber vivido siempre en la capital. ¡Más tonta no puede ser, la colega!

Pero, mira, desde hace mucho, lo que diga me entra por un oído y me sale por el otro, y lo bueno es que a Alfonso también. Ahora que vivimos allí, en verano puedo darme el gustazo de llevar a los niños todos los días a la piscina de la urbanización. Incluso es un gustazo estar cerca de mis padres y de Soraya, mi gran amiga.

Lo bueno de vivir en un pueblo es la tranquilidad, escuchar a los pajaritos en vez de los bocinazos de los coches. Lo malo, que cuando te tiras un pedo se entera todo quisqui gracias al cotilleo.

En el supermercado creo que cualquier día me van a dar la tarjeta de clienta vip o me van a hacer la ola cuando entre.

Día sí, día también, los visito. Vamos, que las cajeras y hasta el repartidor del pan de molde ya son íntimos amigos míos.

Pero, vamos a ver, ¿por qué en mi casa se come tanto?... Sólo somos cinco y una perra.

Mis hijos van diariamente al comedor del colegio, pero es llegar a casa y son como las termitas: ¡arrasan con todo! Y la nevera tiembla.

Mis padres, que suelen venir por las tardes para visitarnos, sonríen. Les encanta verlos comer, y mi madre siempre dice:

—Pero E, ¿por qué no los sacas del comedor y les das de comer en casa? Estos niños se quedan con hambre, ¿no lo ves?

¿Que no lo veo? Pues claro que lo veo, pero ¡ni loca los saco del comedor!

—Mira, mamá, yo trabajo a mediodía, ya lo sabes —respondo con suavidad tras sonreírle a mi padre—. Mientras pueda permitirme pagarlo, ¡van de cabeza! En casa sólo comen lo que les gusta, y en el cole comen de todo. Y, cuando digo «de todo», digo «verdura», «legumbres», etcétera, etcétera.

Lógicamente, mi madre, una madraza y mujer de su época que nos ha criado a mis cuatro hermanos y a mí con guisos de cuchara y postre todos los días, tras suspirar, susurra con gesto reprochador:

—Ay, hija..., las madres de hoy vais a lo cómodo.

¿A que le contesto?... Pero no me da tiempo, puesto que prosigue:

—Pues que sepas que a A, B y D siempre les gustaron las verduras, mientras que a C y E, uséase, tú, ¡nunca os gustaron!

Resoplo. Mi madre y su manía de llamarnos así a mis hermanos y a mí. «A» es Andrés; «B», Blanca; «C», Carlos; «D», Damián, y «E» soy yo, Estefanía.

Mis padres decidieron tener su propio abecedario en casa, aunque en la «E» se les cortó el chorro. Al parecer, cuando yo nací, el médico le ligó las trompas a mi madre por no sé qué problema y, aunque ella nunca dice nada, sé que le dolió. Sin duda estaban dispuestos a llegar a la «Z», ¡qué miedito!

Mi madre sigue y sigue despotricando de las madres de hoy en día.

Pero, vamos a ver, ¡¿qué parte de «Yo trabajo a mediodía en la residencia de ancianos» no entiende?!

No..., no..., me niego a decírselo por trigésima novena vez en el mismo mes.

Mi madre no quiere escuchar lo que le digo. Según ella, yo no necesito trabajar porque Alfonso satisface todas nuestras necesidades. Vale, tiene razón. Pero algo en mí me dice que valgo para algo más que para estar en casa haciendo comiditas de puchero y limpiando mocos.

Mi padre me mira. Sé que piensa como ella. Es muy tradicional. Son tal para cual. Así pues, simplemente sonrío, me encojo de hombros y ¡a otra cosa, mariposa!

Tras aparcar mi coche en el supermercado, voy a la zona donde están los carritos, meto cincuenta céntimos y, mientras entro, saco la interminable lista de la compra y comienzo mi recorrido. Arroz, huevos, leche, pollo... Sonrío al ver lo que mi pequeño demonio Aaron ha escrito:

> *Hola, preciosa... Compra güevos Kinder, choco y palmeras de chocolate rayadas.*

¿Se nota que les gusta el chocolate? En mi casa, el chocolate no se come, ¡se aspira! Es llevar una tableta a casa y desaparecer. Al principio pensé que alguien entraba por las noches a robármelo, pero no... Una tarde descubrí que eran Aaron y David quienes lo engullían como ratones. Eso sí..., qué ratones más monos.

Nerea, mi hija mayor, casi no lo prueba, pero no porque no le guste, sino porque está con el pavo y no quiere engordar como su madre. ¡Ya empezamos! En fin..., sigamos.

Al pasar por el pasillo de los desodorantes, me quedo mirando unas cajas y veo que pone «Lubricantes con sabores». ¡Qué fuerte! Y, sobre todo, ¡qué moderno es el zúper!

Aunque, para moderno, mi Alfonso cuando me regaló un vibrador hace dos años.

Al principio no entendí ese regalo: ¿para qué quería yo aquello si él me daba lo que me gustaba? Rápidamente, mi chico me recordó que yo le hablaba de los libros eróticos que leía y que, en ellos, las parejas solían incluir juguetitos en sus vidas.

Vale. Lo acepté. Tenía razón y, cuando me familiaricé con el juguetito, me animó a que le pusiera hasta un nombre. Al final, tras mucho pensarlo, decidí ponerle el nombre de alguien que últimamente me daba muchas satisfacciones, y le puse Simeone.

Con el tiempo, Simeone pasó a formar parte de mi vida, y hoy por hoy ya no podría vivir sin él. Es más, creo que hasta Alfonso le tiene celillos porque, en algún momento dado, prefiero su juego al de él.

Sonriendo estoy pensando en mi maravilloso Simeone cuando decido coger un gel lubricante con sabor a fresa. Jamás lo he probado, pero me encantará descubrir sus maravillosos poderes con mi Alfonsín.

Segundos después, una vez cargo la leche en el carro, me encuentro con Lucy, la madre de Joel, que va a la clase de mi David. Ella y su familia son ecuatorianos, gente muy amable, encantadora, pero habla lentoooooooooo..., lentoooooooo, y yo, que voy siempre acelerá como una moto, me estreso a más no poder.

Al final, tras una charla apoyada en el arcón de los congelados y con el culo acorchado por el frío, consigo comenzar a despedirme de ella. Ay, Dios, me deprime cuando empieza a hablarme de sus penalidades para encontrar trabajo. Vamos, como si yo, por ser española, pudiera trabajar donde quisiera..., que la crisis nos afecta a todos.

¡A TODOS!

Una vez consigo despegarme de Lucy, sigo empujando mi maxicarro. Llego a la zona de las verduras, esas que exige mi Alfonso para mantenerse en forma. Allí, pillo lechuga, espinacas, setas, calabaza, tomates...

¡Pero bueno! ¡Cómo han subido los tomates!... ¡Qué vergüenza!

El otro día vi un programa en la televisión de los pobres agricultores españoles, precisamente de los que cultivan tomates raf. Esa pobre gente, tras currar de sol a sol todas las horas del mundo y más, vendía el kilo de tomates a veinte céntimos, para que luego yo vaya al súper y los compre a cuatro euros con quince céntimos. Lo dicho: ¡vergonzoso!

Con el mosqueo por el precio de los tomates, llego a la caja.

Allí hay dos personas delante, una mujer de la edad de mi madre y el que imagino que es su esposo. Ambos miran mi carro y después me miran a mí.

¿Qué se piensan? ¿Que me voy a comer todo esto yo sola?

Al final, el hombre asiente y me suelta:

—Con esto tendrás para un mes, por lo menos...

Al ver que habla conmigo, yo, que soy muy educada, respondo:

—Pues no, señor. Con esto tengo sólo para una semana..., ¡si llega!

Ambos se miran sorprendidos, y luego la señora susurra:

—Pero, chiquilla, ¿cuántos sois en tu casa?

Veamos, puedo decir que dos niños, una adolescente, un marido, una servidora y una perra.

También puedo decir que tres pirañas, un marido, una servidora y una perra.

O quizá, dos devoradores de chocolate, una antichocolate, un obsesionado con la verdura, una servidora, que se lo come todo, una perra torrijera y, circunstancialmente, los dos gatos del vecino.

O tal vez, dos angelitos más sus amiguitos, una adolescente y sus amiguitas, un marido y sus amigotes, una servidora con sus amigas, mi perra con sus amiguitos y, en ocasiones, mis padres, mis hermanos y la vecina.

O, por último, gritarles: «Y a ustedes ¿qué narices les importa?».

Pero, repito..., como soy muuuuuy educada, que para eso mi madre se gastó el dinero en el colegio de pago de monjas, sonrío y respondo tras suspirar como una buena chica:

—En casa somos cinco y una perra, y todos de buen comer.

La pareja asiente y da por satisfecha su curiosidad.

La cajera, Loli, que me conoce, sonríe, y con la mirada le grito: «Ni se te ocurra abrir la boca». Ella me entiende y pasa por el escáner la compra de los jubilados.

—Siete euros con veintisiete céntimos —dice mirándolos.

La mujer hace una seña al hombre para que comience a embolsar, y él, obediente, se afana en la difícil tarea que es despegar los dos lados de la bolsa para meter su compra.

Lo miro. El pobre se humedece los dedos con la lengua y comienza..., bolsa para arriba..., bolsa para abajo. Por aquí no se abre..., por aquí tampoco. Al final, doy un paso al frente, cojo una bolsa y, tras hacer un mágico juego con los dedos, abro una y se la entrego con una sonrisa.

—Gracias, hija, ¡no había manera! —me agradece el hombre, feliz.

Yo vuelvo a mi lugar, junto a mi maxicarro.

—Siete euros con veintisiete céntimos, señora —repite Loli, la cajera.

La mujer, que ha estado mirando con detenimiento el trajín de su marido con la bolsa y mi eficiencia, asiente y, para mi desesperación, se saca tranquilamente un pequeño monedero de debajo del sobaco y, monedita a monedita, comienza a ponerlo sobre el escáner.

—Cuatro..., cinco..., seis..., siete... Siete con cinco, diez, quince, dieciséis...

Respiro..., respiro e intento no perder la paciencia mientras comienzo a llenar la cinta transportadora para que Loli empiece a escanear en cuanto la mujer acabe de contar céntimo a céntimo.

Una vez Loli coge la totalidad del dinero que la mujer debía pagar, me mira y, cuando está diciéndoles adiós con una sonrisa la mar de profesional, de pronto oigo a mi espalda:

—Hay que ver, hija..., siempre nos encontramos en el mismo sitio.

¡Horror..., pavor y estupor! La vecina de mi madre.

Con sopor, me doy la vuelta y allí está Hilaria, más conocida por la Clinton en la urbanización de mis padres desde que su marido es el presidente de la comunidad. Esbozando una de mis sonrisas más falsas, la saludo y digo en tono de mofa:

—Ya sabes, Hilaria, en cierto modo, el súper es el club social del pueblo.

Como es de esperar, ella ni me mira. Sólo observa los productos que están sobre la cinta, para luego cotorrearlo con sus amigas, y me pregunta cogiendo algo:

—¿Esa crema anticelulítica es buena?

Sin mirar a la susodicha, sé a lo que se refiere, y respondo mientras un hombre, por cierto de muy buen ver y que no sé de dónde ha salido, espera su turno detrás de mí.

—Sí. Es buenísima.

Como una autómata, comienzo a guardarlo todo en bolsas. Vaya..., tengo un ritmo estupendo, pero la Clinton, con el pelo cardado, vuelve a atacar.

—Cuántos paquetes de compresas llevas... ¿Ya le ha venido la regla a tu hija?

¡La madre que parió a la Hilaria! ¿Se tiene que fijar en todo?

Y, echando una ojeada a la cinta, veo el gel lubricante con sabor a fresa. Malo..., malo, pero como la que no quiere la cosa, sin dejar de meter la compra en las bolsas, respondo evitando mandarla a freír espárragos:

—Sí. Ya somos dos mujeres en casa.

Pero, no contenta con mi respuesta, la Clinton señala el chocolate, los Kinder y las palmeras y, con la maldad que la caracteriza, suelta mirando al hombre que espera su turno, y que, por su gesto, sé que está con la antena puesta:

—Digo yo, querida, que de nada te servirá tanta crema anticelulítica si luego te atiborras a chocolate. Luego no te quejes de tus morcillitas.

Bueno..., bueno..., bueno... ¡Hasta aquí hemos llegado!

¿A que la mando a freír morcillitas?

Se me ocurren mil respuestas, a cuál más ordinaria, y, aunque intento que mi glamur de mamá pausada y consecuente no caiga por los suelos, noto un extraño veneno que me corre por las venas. Pillo el gel lubricante con sabor a fresa y, con la maldad instalada en cada poro de mi piel, siseo:

—El chocolate es para mis niños, Hilaria, y esto... —digo enseñándole el gel—. Esto sí que es para mí. ¿Alguna pregunta más o prefieres cerrar el buzón que tienes por boca?

Guauuuuuuu, pero ¿qué acabo de hacer?

Diosssssssssss, no he podido contener mi vena satánica, y todo el mundo hablará de ella durante meses en el pueblo. Si es que cuando me pongo, soy lo peor de lo peor, y la Clinton, con sus indiscreciones, ha sabido sacar lo peor de mí.

Tras lo que he dicho, veo que Loli y el tío de la fila se miran y sonríen, mientras la Clinton agarra el bolso, levanta la barbilla y, sin decir nada más, se marcha.

La he ofendido... ¡Anda y que le den morcillitas!

Loli, que sigue escaneando los productos, me mira y yo suspiro y, entonces, una voz desconocida me dice cerca de mi oído:

—Si yo hubiera sido tú, le habría contestado muchísimo peor.

Ainsss, madre, ¡qué voz!

Ainsss, madre, que se me ha puesto todo el vello de punta.

Y, cuando me vuelvo, veo que el dueño de aquella voz increíble no es otro que el hombre que pacientemente espera su turno. Como puedo, me agarro a la cinta. Aquel hombre es el típico..., típico..., típico tío bueno, que tienes que decir que está bueno porque lo está, y lo está y lo está por mucho que yo quiera a mi marido.

Vale. Adoro a mi Alfonso y sólo tengo ojos para él porque soy la mujer más fiel del mundo, a pesar de mis conversaciones mañaneras con las amigas, pero, madrecita, a éste lo tengo que mirar y admirar sí o sí. ¡Verás cuando les hable de él a las chicas!

¿Será del pueblo? ¿Vivirá en alguna de las urbanizaciones?

Alto, ojos claros y vivaces, pelo rubito largo y muy del estilo de mi actor preferido, que no es otro que Chris Evans.

Me tiembla la mano. Pero, por Dios, ¿estoy nerviosa y colorada como un tomate?

Sin saber por qué, me coloco el pelo tras la oreja con coquetería y, mientras dejo el gel con sabor a fresa sobre la cinta para que la cajera lo pase, cuchicheo sin trabarme:

—Lo de esa mujer es increíble, ¡si yo te contara!...

Él sonríe y asiente.

No vuelve a abrir el pico, y yo, descolocada, roja como un tomate y acelerada, sigo guardando cosas en las bolsas hasta que Loli dice:

—Ciento treinta y siete euros con sesenta y ocho céntimos.

Sorprendida, la miro y pregunto mientras saco de mi cartera la tarjeta:

—¿Qué he roto?

Loli sonríe y, tras meter por la ranura mi tarjetita amarilla, me dice:

—Anda, marca el pin y dale al OK.

Muy profesional, y sin volver a preguntar, lo marco pero, justo cuando me atrevo a mirar al pibonazo que sigue esperando su turno, la tarjeta pita y Loli dice:

—Me dice «Operación denegada». ¿Lo vuelvo a intentar?

¡Horror! ¡Pavor! Y ¡estuporrrrrrrrrrrrrrr! ¡Qué vergüenza!

Rápidamente caigo en la cuenta de que estamos a día 27 y que no debe de quedar un pavo en esa cuenta, por lo que, con una sonrisa más falsa que un billete de veintiocho euros, saco la Visa y digo en un tono impersonal:

—¡Qué cabeza, la mía!... Te he dado la tarjeta que no es.

Loli, acostumbrada a todo tipo de contestaciones, coge la Visa, y yo, con una temblequera de rodillas, pido a Dios y a todos los santos habidos y por haber que en esa tarjeta haya dinero y que nos hayan pasado ya el seguro de la casa y de los dos coches... Por favor..., por favor..., por favor... Y, síiiiiiii..., suspiro con un placer pecaminoso al ver «¡OPERACIÓN ACEPTADA!».

Con una sonrisa de oreja a oreja después del bochorno ante el machoman, que sigue observándome, recojo mi Visa, la guardo en el monedero y, tras despedirme de Loli, miro al guaperas y, con un movimiento de cejas unido a una sonrisa, le digo adiós. Él hace lo mismo.

Ainssss, ¡qué monada!

Una vez salgo del zúper, me dirijo a mi coche, lo cargo todo y, olvidándome de lo ocurrido, de la Clinton, de la tarjeta y del machoman, vuelvo a ser la mamá de mis niños y mujer de mi cari y me dirijo a mi casita.

Hogar, dulce hogar

Mientras conduzco y me encamino a mi urbanización, sonrío y canturreo las canciones que salen por la radio, ¡soy muy cantarina! Cuando llego ante mi chalecito adosado, le doy al botón para que se abra el garaje. Entro, paro el coche, me bajo, y Torrija viene a babosearme.

Pienso si sacar las bolsas del vehículo o sacar a Torrija al campo, y decido lo segundo. ¡Le toca hacer sus pipís y popós!

Una vez cojo la cadena y se la engancho al collar para que los polis del barrio no me multen por llevarla suelta, salgo de casa. Torrija va feliz. Camina con paso brioso y alegre. Sabe que vamos hacia el campo y está encantada.

Como siempre, la patrulla de la poli que pasa cada mañana para vigilar que seamos cívicos me mira. Yo sonrío. No me preocupa. Llevo a mi perra sujeta con su correa y está muy bien educada. Torrija no hará ni pipí, ni popó hasta llegar a la arena del campo, ya me he encargado yo de que sepa que en la acera ¡eso no se hace!

Nunca entenderé a esos dueños que permiten que sus perros caguen en la acera. Vamos a ver, eso puede pasar una vez, dos, pero, hombre, enséñale a tu perro que allí no se hace y, sobre todo, lleva una bolsita para recogerlo si ves que se le escapa. Porque, seamos sinceros, yo tengo perro, pero ni te imaginas lo mucho que me joroba ver popós grandes o pequeños en la acera cuando voy paseando. Y si a mí me joroba, que tengo perro, no quiero ni pensar lo que debe de jorobarles a los que no les gustan los perros.

Una vez llego al campo, sin soltarla, puesto que Torrija es un poco desobediente, según sus patitas pisan la arena, se posiciona, mira al cielo y hace un largo e interminable pis. Dios, qué a gustito se está quedando.

Acabado el primero, metros más allá hace un segundo y, después, un tercero y luego, sobre un montículo, hace el popó y, después, otro pipí mientras huele y disfruta de su salida mañanera.

Tras pasear media hora por el campo con Torrija, decido regresar. Una vez en casa, le doy su galletita, que ella acepta encantada y, después, le abro la puerta de la cocina para que salga a la parcela.

Con Torrija fuera, enciendo la radio y rápidamente me pongo a tararear con mi particular inglés una canción de Beyoncé. Mira que es impresionante, la morenaza. Cómo se menea, cómo baila con esas botas de taconazo que le hacen unas piernas interminables, y cuando le da el aire en la cara y el pelo se le mueve con esa naturalidad, yo solamente quiero gritar: «¡Si me reencarno, quiero ser Beyoncé!».

Una vez tengo todas las bolsas del zúper en la cocina, comienzo a guardarlo todo y entonces oigo que suena el teléfono de casa. Al mirar la pantallita, veo que se trata de mi suegra y decido no cogerlo. Que deje el mensaje en el contestador y ya la llamará su hijo.

«Alfonsito, hijo, soy mamá. Te estoy llamando al móvil y no me lo coges. Aisss, cariño, ¡si es que trabajas mucho! Bueno, llamo para decirte que esta mañana he ido al callista y me ha acompañado tu hermana Irene. Llámame y te cuento. Besos para ti y los niños.»

Sonrío al oír el mensaje y me alegro de no haberlo cogido. Besos para él y los niños..., y a mí, como siempre, que me zurzan, ¿no?

Nunca le gusté para su amado hijo y, ya tras tantos años, lo he asumido y aceptado. Vamos, ¡que no me quita el sueño que me omita!

Pienso en Irene, mi cuñada. Ella sí que vale. Si algo bueno hizo mi suegra, fue a mi marido y a mi cuñada. ¡Eso lo hizo de diez!

Dispuesta a no seguir pensando en la bruja de mi suegra, continúo guardando cosas.

Esto aquí. Esto allí. Esto otro es para subir a la planta de arriba, por lo que lo dejo en la escalera. Más tarde lo subiré, pues tengo claro que, aunque mis niños o Alfonso lo vean, ni lo tocarán. Debe de ser que sólo es cosa de madres subir lo que se queda en la escalera.

Cuando veo el gel de fresa, sonrío y me imagino a mi Alfonso cuando le dé el olorcito a fresas, ¡con lo que le gustan a él! Conociéndolo, seguro que me hace comprar nata el próximo día... ¡Me parto!

Con una sonrisa en los labios, miro aquello y, cuando veo que caduca en 2019, murmuro:

—Vaya..., espero acabarlo antes.

Tras soltarme unas risas yo sola, lo dejo también en la escalera. Más tarde, antes de que lleguen los niños del cole, lo subiré junto al resto de las cosas y lo guardaré en mi mesilla.

Terminada de colocar la compra, me doy una vuelta y abro las ventanas. Como una máquina, saco el aspirador, aspiro y, cuando acabo, me cargo como una mula con todo lo que he dejado pendiente en la escalera y subo para hacer las camas. Hoy toca eso, mañana pasaré el polvo y plancharé.

¿Quién ha dicho que ser madre, trabajadora y mujer casada es fácil?... Algún ILUMINADO..., seguro.

Porque no..., no es fácil, pero cuando le coges el tranquillo y te acostumbras, sale natural. Vamos, como si yo hubiera sido creada para ello.

Mi Alfonso, aunque lo quiera, no es perfecto. Es algo exigente con la ropa, en especial con sus camisas, y un poquito tiquismiquis con la comida sana, pero vamos, que no lo cambiaría ni aunque el mismísimo George Clooney viniera a casa a invitarme a un expreso y a decirme que soy la mujer de su vida, blablablá..., blablablá.

¿Sabéis por qué?...

Pues porque George, como Alfonso, tarde o temprano, me enseñaría su faceta de tío normal y corriente, comenzaría a dejarse las alfombrillas de la ducha en el suelo, se tiraría pedos como todo bicho viviente, exigiría que sus camisas estuvieran perfectas y se pondría en plan sexy-machote cuando a mí me dolieran los ovarios y lo que menos me apeteciera fuera que me tocaran.

No, definitivamente, a Alfonso ya le tengo cogido el tranquillo, y no estoy yo por la labor de pillárselo al Clooney. Lo reconozco: ¡estoy vaga!

A las doce y media, tras acabar el zafarrancho en mi casa, me dispongo a ducharme.

Mientras me desnudo, abro el grifo del agua, pero inexplicablemente hoy, mis ojos, esos que todo lo ven, se han fijado en la báscula del baño.

Vaya, ¡pero si sigue donde siempre!

De repente me entran unas irresistibles ganas de pesarme, cosa rara, pues el que siempre se está pesando es Alfonso. ¡Qué manía tiene con pesarse! Todos los lunes se pesa.

Hoy es lunes y, mira, ¡me voy a pesar yo!

Por ello, agarro la báscula y tiro de ella. La miro como el que mira a su enemigo y la dejo a mis pies.

De pronto, la duda se instala en mí: ¿debo pesarme?

Miro hacia el espejo y veo mi reflejo en él. La verdad es que no estoy mal. Soy una morena muy española de ojos castaños, aunque, bueno, tengo acoplada a la cintura mi morcillita.

Con los años, adelgazar es cada día más difícil y, yo no sé tú, pero yo ahora, cuando cojo un kilo, lo pillo a plazo fijo. Engordarlo lo engordo con una facilidad aplastante, pero ¿y adelgazarlo? Que no..., que no..., que mi cuerpo ya no funciona como funcionaba.

Con las manos en la cintura, sigo mirándome en el espejo y, cuando hago un Pataki, vamos, me doy la vuelta para mirarme el trasero, alias *culazo*... Oh..., Dios, ¡oh, Dios! Pero ¿qué es eso? ¿Qué le ha pasado a mi culo?

Incrédula, me empino para verme mejor en el espejo y suelto un «¡Joder!». Después, otro «¡Joder!», y finalmente, otro «¡Joderrrrrrrrrrrrrrr!» más alto y bochornoso al ver unos hoyuelos en mi trasero que la última vez que me lo revisé no vi..., ¿o sí?

—Mecagoentoloquesemenea..., ¡pero si parece que me han dado perdigonazos!

Sin querer seguir observando mi perdigoneado trasero, vuelvo a mirar la báscula. ¿Me peso o no me peso?

Dudo... Ahora ya dudo qué hacer. Lo de mi trasero me ha traumatizado, pero al final me lanzo a la piscina. Tomo las riendas del momento y, mirando al techo, cuento hasta tres y me subo a la báscula.

Durante varios segundos sigo mirando al techo, que, por cierto, hay que pintar, que está amarilleando, mientras soy incapaz de bajar la vista y mirar la báscula, hasta que finalmente lo hago y, ¡zas!, leo lo que pone:

77,400 kg

—¡Imposible! —grito bajándome.

No..., no..., no..., aquí hay algo que no cuadra. Me miro de nuevo al espejo e insisto:

—Esta báscula está mal. No he podido engordar ocho kilos sin enterarme.

Desnuda, cabreada y molesta, me agacho para hacer girar la ruedecita y ajustar el peso y me vuelvo a subir:

77,500 kg

—¡Y una chorra! —grito como una posesa.

Tras varios intentos, en los que, cada vez que me subo, engordo cien gramos, finalmente me bajo, cojo la báscula y la meto en el lugar de donde nunca debería haber salido. Me ducho, me visto y me voy a trabajar.

No quiero pensar en el peso. No... ¡Me niego!

La candorosa

Entro a trabajar a la una y media y salgo a las cuatro de la tarde. Es un horario raro, pero a mí me viene ¡de lujo!

Lo bueno, que lo tengo a dos minutos de casa. Lo malo, que no es el trabajo de mi vida. He pasado de tratar con directivos exigentes que me miraban el escote a tratar con abuelitos exigentes que me miran el trasero.

Madre mía..., madre mía..., lo perdigoneado que lo tengo...

Cuando llego a la residencia La Candorosa, el abuelito que siempre está sentado en la entrada me saluda levantando su arrugada mano.

—Buenos días, mocetona.

—Buenos días, señor Félix —saludo sonriente.

Si algo bueno tiene trabajar con personas mayores es lo cariñosas que suelen ser. Aunque, bueno, lo cierto es que hay de todo. Está el gruñón o gruñona que protesta por todo; el llorón o llorona que se emociona simplemente porque le das los buenos días; el sonriente que se ríe de todo aunque sea un gran drama; el cándido o amoroso, que es un gran comprensivo, y el caradura, que, si te descuidas jugando con él al parchís, te deja en bragas.

Ah... y, por supuesto, también está el que intenta meterte mano argumentando que, como es viejecito, no se entera. Pero, ay, puñetero, ¡claro que te enteras, y si cuela..., cuela!

—Estefanía —me llama doña Eulalia, una de las ancianas—. He acabado la rebequita azul marino para tu niño.

Ay, Dios..., me emocionan.

Tengo varios abuelitos en la residencia que me han adoptado. Me quieren, se preocupan por mí y les encanta que mis hijos pasen a verlos de vez en cuando. Eso sí..., deberíais ver la cara de mi hija mayor, que ya tiene catorce años, cada vez que doña Eulalia se empeña en que se ponga uno de sus jerseicitos de canalé... Jajajá... Me mondo...

Durante horas, trabajo para intentar que la vida de estas personas sea más amena, más divertida y, en cierto modo, más emocionante. No me cuesta nada escucharlos, mientras los animo a comer, a que se tomen sus pastillas y a evitar, por ejemplo, que la señora Juana se coma los huevos rellenos de su buena amiga, la señorita Encarna. Sé que le encantan, pero luego le sientan fatal.

—Pero, jodía —se queja la señora Juana tapando su plato—, ¿por qué no te vas un ratito a ver si Cándido se come el puré?

Divertida, la miro. Al parecer, la he vuelto a pillar y, cuando se resigna y retira sus manos del plato, pregunto sonriendo:

—Pero, mujer de Dios, ¿pensabas comerte ocho huevos?

Juana me mira y se encoge de hombros. Va a responder cuando el señor Adolfo, el de la 203, que está sentado a la mesa de al lado, dice entre risas:

—Yo le he propuesto que se coma los míos también, pero me ha llamado «degenerado».

—¡Es usted un cochino! —gruñe la señorita Encarna al oírlo—. Este viejo tiene una mente muy... muy sucia.

—Dijo la jovencita —se mofa él.

Sorprendida, intento no reír cuando el pobre señor Adolfo protesta:

—Encarna, me consta que eres mocita a tu edad, pero tienes la mente más calenturienta que el propio infierno.

La aludida, soltera y profesora de toda la vida de religión, se tapa la boca y, roja como un tomate, murmura:

—Virgen del Perpetuo Socorro, ¡qué obscenidad! ¡Degenerado!

Juana y yo nos miramos con complicidad y sonreímos. Si hay dos personas diferentes en todos los sentidos en la residencia La Candorosa, sin duda son la señorita Encarna y el señor Adolfo.

Ella, una mujer de setenta y cinco años soltera y entera, y él, un vividor de ochenta con más salero que las patatas al punto de sal.

Como es de esperar, los dos rivales se enzarzan en su particular discusión hasta que la señorita Encarna, ofendida y alterada, se levanta y se marcha muy digna y estirada a su habitación.

Restablecida la paz, le quito a doña Juana seis huevos y, cuando comienza a comerse el resto, me siento a la mesa del señor Adolfo.

—¿Qué miras, jovencita?

Oh..., que me llamen «jovencita» me hace rejuvenecer cientos de años, ¡me encanta! Con una sonrisa, le guiño el ojo y pregunto:

—¿Puedo tutearlo hoy también?

—Estás tardando, mocita.

Sonrío. Él también lo hace, y pregunto:

—Vamos a ver, Adolfo, ¿cuál es el motivo por el cual siempre te estás metiendo con la señorita Encarna?

Al oírme, el muy picaruelo se encoge de hombros, pero instantes después sonríe y dice:

—Me gusta ver cómo se enfada esa vieja cacatúa. ¡Es muy graciosa!, a la par que bonita, y, cuando se enfada, arruga la nariz de una manera que me encanta.

Sorprendida por ese descubrimiento, por saber que el amor, aun con ochenta años, puede lograr que te plantees hacer tonterías, digo en susurros:

—Adolfo, ¿me estás diciendo que te gusta esa mujer?

Él menea la cabeza y pone los ojos en blanco, pero finalmente cuchichea:

—Sí... Me ha tocado el corazón.

Me río. Él también, e insisto:

—Te ha tocado el corazón y por eso la haces rabiar.

El puñetero de Adolfo no habla, pero con su mirada y su sonrisa me responde. Y yo, incapaz de no decir nada, susurro con cara de Pícara Viborita:

—¡Serás sinvergüenza, a la par que ligón!...

Él sonríe mientras menea la cabeza, y yo decido levantarme de la mesa y dejar de hacer de alcahueta. No quiero ni pensar lo que podría ocurrir si la señorita Encarna se enterase de semejante bombazo.

Ella..., ¡una rompecorazones!

Voy al control sonriendo y preparo en vasitos la medicación y, después de repartirla y cerciorarme de que se la han tomado, me siento con algunos de los ancianos, a los que tanto adoro, para hablar un ratito.

Su palique y sus confidencias son amenos, en ocasiones tristes y, otras veces, tronchantes. Dependiendo del momento en el que se encuentren, sus recuerdos son difusos y lejanos, y otras veces cercanos y claros como la vida misma, y a mí me encanta escucharlos. Ellos son la sabiduría y, aunque en ocasiones se repiten, son maravillosos.

A las cuatro, tras despedirme uno por uno de mis abuelitos y prometerles que al día siguiente regresaré, salgo de mi trabajo y acelero para llegar al colegio y recoger a mis pezqueñines.

El resto de la semana transcurre como otra cualquiera. Alfonso se va de viaje y yo me quedo en casa con los niños.

Niños..., niños...

El viernes, a las cinco menos cinco, tras comerme con rapidez una manzana Fuji, me dirijo al colegio. Un ratito de charleta con las mamis en la puerta del cole nunca está de más.

Con curiosidad, miramos a la Shakira; sin duda se va a convertir en la divorciada estrella del colegio y, cómo no, Luis, nuestro Luis, ese que desayuna con nosotras, sabedor de la noticia, ya remolonea cerca de ella.

Desde luego, los tíos es que no pierden oportunidad.

Suena mi móvil. Lo saco del vaquero. He recibido un wasap, y sonrío al leer:

> Preciosa, se me ha complicado la vuelta,
> pero intentaré llegar antes de cenar.
> Tengo ganas de verte, churri. Besitos
> para ti y los niños.

Sonrío. Ay, Dios, mi cari, qué galante y cariñoso que es.

Pobrecito mío, cuánto trabaja. Lleva dos días fuera y ya estoy deseando verlo. Vale..., es muy pesadito en ocasiones, pero mi Alfonso es tan cariñoso, tan detallista, que es imposible no quererlo.

Sonriendo estoy cuando Clara cuenta un nuevo chisme y dejo de pensar en mi marido. Estamos en lo mejor de nuestro cotilleo cuando se abren las puertas del colegio y una marabunta de chavales de todas las edades sale despavorida.

Veo a mis niños y, como siempre, me cabreo. Tanto Aaron como

David vienen con sus abrigos en la mano, con el frío que hace. Por suerte, Nerea lo trae puesto y, cuando se acercan y ya les voy a cantar a mis dos machitos la marimorena, David, que físicamente es el clon de mi encantador marido, dice:

—Mami..., Aaron me ha pegado una colleja.

Su hermano, con sus claros y pícaros ojos verdes, me mira y me guiña un ojo. ¡Qué sinvergüenza! Y, para rematarlo, suelta:

—Mami..., esta luz te hace estar preciosa.

Lo miro y sonrío interiormente. Aaron tiene un morro tremendo y, sin duda, es tan galante y meloso como su padre. Pero, sin querer caer en su influjo, lo miro y, mientras se ponen los abrigos delante de mí, digo:

—Gracias, cariño, por tu piropo, pero haz el favor de dejar de darle collejas a David.

El pequeño sonríe. Ha conseguido que regañe a su hermano. Pero entonces Aaron, que es de lo que no hay, lo mira y canturrea:

—«Chivato, gallina, capitán de las sardinas. Chivato, gallina, capitán de las sardinasssssssssssss...».

No hace falta decir nada más.

A sus casi seis tiernos años, David odia que lo llamen «gallina, capitán de las sardinasssssssss». Por eso, suelta su mochila a mis pies y se lanza contra su hermano como un Pokémon volador. La fiesta ya está servida.

Mientras observo a mis pezqueñines correr, mi hija Nerea llega hasta mi lado con gesto indescifrable y, por supuesto, no saluda. ¡Por Dios, faltaría más!

Está en plena edad del pavo. ¿He dicho «pavo»?... ¡PAVAZO!

Su gesto es como de enfado continuo, pero, eso sí, es quedar con sus amigas y cambiarle hasta el color de la piel.

Una vez que mis dos animalillos se han relajado con varias carreras parque arriba, parque abajo, me despido de mi cuchipandi de amigas y cargo con las mochilas de los niños. Al coger la de David, algo suena y, mirándolo, pregunto:

—Cariño, ¿has cogido hoy también piedrecitas?

Mi enano no responde, sólo sonríe, e insisto:

—Pero, David, ¿cuándo vas a dejar de coger piedras del suelo?

Ni caso..., eso es lo que me hace el jodío, ¡ni caso!

En cuanto sale disparado de nuevo tras su hermano, abro la cremallera de su mochila, meto la mano y, sin dudarlo, tiro tres pedruscos antes de que se dé cuenta.

¿Por qué le gustarán tanto las piedras a David?

¿Será que va a ser minero o coleccionista de minerales?

Como en fila india, caminamos hacia casa. Primero va Aaron; tras él, David; después Nerea, en su mundo, wasapeando con sus amigas, y yo voy la última.

Una vez llegamos, Torrija nos recibe a todos como si llevara sin vernos media vida.

—Por Dios, Torrija, ¡basta! —protesto mientras la perra se empeña en babosearme sin ton ni son. Pero nada, hasta que suelto las mochilas, le toco el hocico a modo de saludo y le digo cuatro tonterías, la muy gañana no se da por aludida.

—¿Puedo poner la tele, mami? —me pregunta Aaron cogiendo el mando.

Rauda y veloz, voy hasta él y se lo quito de las manos.

—Todos arriba —ordeno—. Quitaos los uniformes, echadlos en el cesto de la ropa sucia y vestíos, que tenemos que llevar a David al cumpleaños de su amigo Pedro al Correcaminos.

—¡Chupi! Voy al Correcaminos, mic..., mic... —grita mi chiquitín corriendo escaleras arriba.

La cara de Nerea se descompone por segundos.

¿Ella en un cumpleaños de renacuajos?

Y Aaron, abriendo descomunalmente los ojos, protesta:

—¡Yo no quiero ir al cumpleaños de Pedro! ¡Ese niño es tonto!

—Tú no vas a ese cumpleaños —le aclaro—. Tú vienes conmigo para llevar a David. Una vez lo dejemos, nos vamos Nerea, tú y yo a recoger tus gafas nuevas y a comprar pienso para...

—Mamá... —gruñe mi Nerea parándose frente a mí mientras se toca el pelo como su padre—. Yo he quedado a las seis con mis amigas ¿tengo que ir contigo?

Ay, Dios, ¡¡¡tossssssss los viernes lo mismo!!!

Pero, intentando entender que Nerea a veces es sorda, me vuelvo y repito por trigésima vez en los últimos días:

—¡Estás castigada sin salir! Lo sabes y no tengo ganas de discutir. Cuando recuperes las cuatro que te han quedado, ¡hablamos!

—¡Pero, mamáaaaaaa! —exclama mirándome—. Hoy es el cumpleaños de Jimena y quiero salir. Todos van a..., y... y... yo...

—No.

—¡Mamáaaaaaaa!

—¡Yo no quiero ir al cumpleaños de Pedro ni a recoger mis gafas!... —protesta Aaron cortando a su hermana—. Mami, preciosa, mira, podemos hacer una cosa: tú y Nerea lleváis a David mientras yo me quedo en casita viendo en la tele «Código Lyoko».

—No.

—¡Jo, preciosa, no me digas eso!...

—Mamá..., quiero ir al cumple de Jimena —insiste Nerea.

Uf..., demasiados frentes abiertos para mí sola. Pero, como ya estoy acostumbrada a que nunca ninguno quiera hacer nada de lo que digo, suspiro y, mirando a mi hija, respondo:

—En cuanto a ti, señorita, repito: ¡estás castigada! —Luego me vuelvo hacia Aaron y aclaro—: Y tú, enano, aunque me llames «preciosa», te vienes conmigo y PUNTO.

—Pero, mamáaaaaaaa —gruñe Nerea.

—Ni «mamá», ni leches en vinagre. He dicho que no y es que no.

—Joooooo, ¡yo quiero ver la tele! —protesta el niño.

Como puedo, cuento en dos segundos hasta mil, miro a Aaron y, cuando soy consciente de que me va a soltar otra de sus lindezas, musito:

—Cierra tu piquito adulador ¡ya!

—Sólo iba a decirte que hoy estabas muy guapa —replica ofendido.

Disimulo. Tengo que disimular, no puedo reír por lo que ha dicho, cuando Nerea vuelve a la carga:

—¡Jo, mamá, no me cortes el rollo!

¿Que yo le corto el rollo?

Pero, vamos a ver, la puñetera niña vive mejor que quiere. Su padre y yo nos desvivimos porque lo tenga todo, porque no eche de menos nada y, aun así, suspende cuatro y tiene la poca vergüenza de decirme ¡que le corto el rollo!

Cuento hasta veinte. Luego hasta treinta y, finalmente, cuando sé que puedo hablar sin gritar, empiezo a decir:

—Te lo dije, Nerea. Te dije que, si suspendías, se acababan los privilegios. Tú solita te lo has buscado, cariño. Igual que eres consciente de que no estudiaste, acata el castigo. Y ya sabes que, hasta que yo vea que has aprobado, no hay nada que hacer. Por tanto, ¡chitón!

—¡Eso es injusto! —grita enfadada.

—Tan injusto como suspender —acierto a decir—. Ahora sé buena, deja de montar el numerito de la pobre adolescente decepcionada y humillada por su malvada madre y ve a cambiarte.

Con los ojos encharcados en lágrimas en plan Bette Davis en una de sus mejores películas, mi preciosa hija corre escaleras arriba dispuesta a llorar por su dura y cruel vida.

Pero, oye..., que lo hubiera pensado antes de suspender las asignaturas. Si es mayor para no estudiar y suspender, también es mayor para no salir con sus amigas y acatar el castigo de su madre.

—La has rayado, mamá. Ahora Nerea se pasará toda la tarde lloriqueando como una nenaza, cuando ella solita se lo ha buscado. Muy bien, mami, ¡se lo merecía! —afirma Aaron justo a mi lado.

Deseando ahogar a ese pequeño Maquiavelo, lo miro, y él, que de tonto ya he comentado que no tiene un pelo, al ver mi expresión dice corriendo también escaleras arriba:

—¡Voy a cambiarme de ropa!

Torrija, que está sentada frente a mí, me mira con sus ojazos caídos y, sin poder remediarlo, pregunto en un tono nada cariñoso:

—Y tú, ¿tienes algo que ladrar?

Ella ladea la cabeza, se levanta y, muy digna, corre escaleras arriba tras los niños.

«¡Traidora!», pienso mirándola.

Cuando me quedo sola en el comedor, busco mi bolso y saco un cigarrillo. Necesito fumar. Vale..., ya sé que está muy mal visto y todo el rollo que me queráis contar, pero ¡necesito fumarrrrrrrrr!

Voy a la cocina y abro la ventana. No me gusta discutir con mis niños. Son lo que más quiero en el mundo, pero no puedo consentir que Nerea se salga con la suya. Si lo permito, Aaron y David pueden tomar ejemplo de su hermana y pasar de los estudios. Y no, eso no lo puedo consentir.

Una vez acabo mi cigarrillo en paz, lo apago y, justo cuando me doy la vuelta, me encuentro a David mirándome con esa cara tan igual que la de su padre. Va vestido de Power Ranger, con su espada láser en la mano.

—Mami..., no te enfades con Nerea. Pobrecita. Es una chica, y tú eres muyyyy guapa.

Ainsss, madre, ¡otro que comienza con las adulaciones!

Sonrío. Adoro a mis niños y, agachándome, digo mientras le abrocho el cinturón rojo:

—Cariño, a mami no le gusta enfadarse, te lo puedo asegurar.

Él sonríe y, dándome un beso en la mejilla, me abraza y me da mimos. Sin duda comienza a aprender de su hermano Aaron y de su padre.

Media hora después, nos montamos en el coche. Los ánimos no están muy rumberos por parte de Nerea y de Aaron, pero nos dirigimos los cuatro al parque de bolas del pueblo para dejar a David en el cumple.

Correcaminos, mic..., mic...

Decir que un parque de bolas como el Correcaminos, mic..., mic... es divertido para los padres es decir una mentira grande... pero muy grande. INMENSAMENTE GRANDE.

Aquel sitio es un lugar donde los decibelios incumplen todas las normas, y donde, a buen seguro, te llevas a casa, además de un niño sudoroso con los dientes llenos de chuches, un dolor de cabeza que ni una sobredosis de Gelocatil te lo puede quitar.

A ver, comprendo que existan padres que se lo pasen pipa viendo a sus niños chillar como posesos mientras se tiran de cabeza a la piscina de bolas pero, oye, soy sincera y os digo que yo no, especialmente porque mi hija Nerea, hace años, se rompió un dedo en una fiestecita de éstas; otro día, Aaron salió con un ojo morado, y David se rompió un diente, aunque por suerte era de leche.

Una vez aparco mi troncomóvil y entro en el local, mi intención es dejar a David y pirarme con los otros dos rauda y veloz para hacer cosas. Pero, mira por dónde, Laura, la mamá de Esther, ha llevado al cumpleaños a su hijo Jonás, amigo íntimo de Aaron. Rápidamente, ambos se saludan y se autoinvitan a la fiestecita de bolas.

Bueno..., luego hablaré con la mamá del cumpleañero y le diré que yo pago los diez euros de Aaron. Me sabe mal que se autoinvite a algo a lo que no ha sido invitado.

Cuando estoy desesperada y a punto de que me dé un parrús ante el corte de rollo de no poder hacer lo que había planeado, veo aparecer a mi gran amiga Soraya —¡gracias, Dios mío!—, con Juanito y Ariadna.

Juanito se quita los zapatos y corre hacia mi pequeño David, y Nerea, al ver a Ariadna, sonríe por primera vez en lo que va de día. Mira..., no haré lo que pensaba, pero al menos con Soraya me garantizo una buena tarde.

Soraya es la amiga que toda mujer querría tener y, por suerte, ¡yo la tengo!

La conocí cuando ella se trasladó a vivir a la urbanización de mis padres años atrás, y el primer verano que coincidimos en la piscina, nos hicimos inseparables. Por aquel entonces, ella estaba casada y sólo tenía a Ariadna, y yo, sólo a Nerea. Fue un verano precioso, y nuestra amistad creció y creció hasta tener lo que tenemos en la actualidad, a pesar de que somos dos personas muy diferentes.

Ahora ella está felizmente divorciada y yo estoy felizmente casada, pero lo mejor de todo es que con mirarnos nos entendemos, y eso, reconozcámoslo, ¡es la bomba!

—Vaya... —Ella sonríe—. La vida social de nuestros niños últimamente es la caña.

—De España —finalizo yo en tono irónico.

Con toda la paciencia del mundo, me siento junto a ella en una de las sillas con el resto de las mamás e intentamos integrarnos. Ufff..., a veces se me hace cuesta arriba. Hay madres con las que tengo feeling, pero con otras..., pues directamente no.

Y, aunque lo intento y lo intento, y no dudo que ellas lo intenten, la respuesta es «¡No!» ¡No hay feeling entre nosotras!

A mí que me hablen toda la tarde de ganchillo, punto de cruz o recetas de cocina no me va, prefiero hablar de viajes, MotoGP o películas.

Dicho esto, también tengo que decir que, en los cumpleaños de los niños, todas... TODAS las mamis somos unas actrices de primera. Disimulamos con estilo, sonreímos con fluidez y hablamos de lo que no nos interesa un carajo como si fuera lo más interesante del mundo.

¡Spielberg, Amenábar, lo que os estáis perdiendo en los parques de bolas!

Durante un buen rato, muchas de nosotras estamos pendientes de nuestros retoños, mientras ellos se tiran como verdaderos animales sin pensar en su seguridad, y con el alma en vilo respiramos cuando los vemos aterrizar sin piedad contra el mullido suelo.

David, mi pezqueñín, es de los más pequeños del cumpleaños y, sinceramente, es el más torpón. Está más tiempo por el suelo rodando que de pie.

Durante un rato, observo cómo una niña morenita con coletas, gafas amarillas y cara de ser más bruta que un arao, lo persigue y lo empuja sin piedad. ¡Ainsss, que me lo escogorcia!

Mi pobre niño se levanta, le dice algo y continúa por su camino, pero ella, la muuu bruja, por no decir algo peor, que es muy pequeña, no contenta, lo vuelve a hacer y, ¡zaparrás!, mi pequeño va de nuevo de boca contra la piscina de bolas.

—¿Quién es esa destroyer? —le pregunto a mi amiga.

Soraya, tras retirarse con glamur su sedoso pelo Pantene de la cara, mira hacia la niña que yo señalo y susurra:

—Ésa es Maya. Es nueva en la clase de los niños y también en la urbanización. Su madre se llama Toñi.

—Pues no me suena.

—Al parecer —prosigue—, sus padres están divorciados y se han trasladado al pueblo. Eso sí, cada uno vive en una casa y la niña va de acá para allá. A la madre la conozco de la última reunión de padres, a esa que no asististe.

La miro. Sé de lo que habla, y asiento, aunque la niña me da penita. Algunos padres sólo piensan en ellos y, sin duda, los padres de esa niña son así.

Sin quitarle la vista de encima, observo cómo mi David se levanta del suelo, se toca los morretes y mira de reojo a la tal Maya. Uf..., por su mirada me hace saber que se está cansando de ese acoso y que, al final, como lo siga persiguiendo, la venganza será terrible. Aun así, no hago nada, dejo que él se defienda solito. No soy la típica madre pantojil, pero pongo alerta mis seiscientos sentidos por lo que pueda pasar.

Un par de minutos después, mientras charlo con Soraya, observo que la tal Maya, no contenta con lo que ha hecho minutos antes, achina los ojillos de malota que tiene y corre de nuevo tras mi hijo. Pero esta vez, David, que tiene el entrenamiento de élite de su hermano Aaron, la ve venir con el rabillo del ojo y, justo cuando ella se va a lanzar contra él, el muy listo hace un requiebro y la niña cae de bruces contra una especie de enorme casa blandita que la hace rebotar y, como una bola en un pinball. Se da primero contra otra niña, las gafas amarillas vuelan y, luego, contra una red para finalmente caer de boca contra la piscina de bolas.

Olé por la fineza de mi niño para no tocarla, y olé por el morrón que se ha metido solita la criatura. Pero no..., me da pena y, cuando la veo llorar a moco tendido con una coleta más alta que la otra, sin las gafas y con la boca más abierta que Mafalda, me levanto para ir a auxiliarla. ¿Dónde está su puñetera madre?

A la niña sólo me acerco yo, y aunque no se merece que la consuele por lo malota que está siendo con mi David, la consuelo. Al fin y al cabo, es una niña, ¡cabrona!, pero una niña.

Tras colocarle las gafitas y ver que la destroyer está intacta, la muy incauta vuelve al ataque, pero esta vez contra otra niña. A mi David lo ha dejado en paz, por lo que me siento al lado de Soraya más tranquila a charlar.

Dos segundos después, aparece la madre del niño del cumple. Nos invita a un cafetín o a un refresco y todas se lo agradecemos de mil amores.

Diez minutos después, y con la cabeza a punto de explotar, Soraya y yo salimos del Correcaminos, mic..., mic... para fumarnos un cigarrillo.

—Por cierto, ¿venís al final el domingo a la comida? —me pregunta.

¿Comida? ¿De qué habla?

Mi cara debe de ser un poema, y de los malos, porque Soraya se enciende el cigarrillo y pregunta:

—Te has olvidado, ¿verdad?

Dispuesta a no mentir, calibro mis opciones.

Sí, me he olvidado.

Sí, lo había olvidado, pero me acordé ayer.

Ni lo recordaba.

Finalmente, tras resoplar, respondo:

—No me mates, pero lo había olvidado.

Acostumbrada a ello, Soraya sonríe.

—En el último mes te he dicho más de tropecientos millones de veces que vamos a celebrar una comida en la urbanización de tus padres, que, mira tú por dónde, es justamente la mía. Tanto tus padres como yo ya contábamos contigo, Alfonso y los niños, por lo que tenéis que venir.

Pienso en Alfonso. Estoy convencida de que lo último que querrá tras estar toda la semana viajando y trabajando es pasarse un domingo de comilona con mis padres, Soraya y sus vecinos. Pero cuando voy a contestar, mi amiga dice:

—Si Rapunzel no quiere venir, ¡que no venga!

—No llames a Alfonso «Rapunzel»..., sabes que no me gusta.

—Y a mí no me gusta que él se esté tocando el pelo todo el santo día —se mofa, haciéndome reír.

Sin duda, no se tienen ningún aprecio. Si ella lo odia, él la odia también. ¡Vaya dos, y yo en medio, como los jueves!

—Pero...

—No —me corta—. No quiero saber nada de viajes y trabajos. Mi ex, el Trufote, también viajaba mucho, y el muy cabrito, cuando llegaba el fin de semana, lo único que quería era estar todo el santo día tirado en el sofá con el puñetero mando de la tele en la mano rascándose los cataplines. Pero la realidad era que, entre semana, se pasaba más de la mitad de los días metido en la cama de alguna de sus secretarias.

Recordar el traumático divorcio de Soraya me pone triste. La pobre lo pasó fatal, pero no puedo consentir que piense lo mismo de Alfonso.

—Vale... —digo—, pero, por favor... ¡No comiences con eso de que todos los hombres son iguales!

—¡Es que lo son!

—¡Soraya! Que tu marido hiciera algo que no está bien no quiere decir que mi marido u otros...

—Digas lo que digas..., sigo pensando lo mismo. Los hombres

ven unas tetas o un buen culo, como ellos dicen, ¡y pierden el norte! Y Rapunzel seguro que es igual que el Trufote.

—Soraya, ¡no digas tonterías! —protesto. Cuando voy a decir algo más, siento que alguien me tira de la camiseta, y oigo:

—¡Quiero hacer pis!

Al oír aquella voz desconocida, me vuelvo y mi sorpresa es tremenda al ver a la ¡niña cabrona! fuera del parque de bolas, descalza en medio de la calle y adherida a mi camiseta.

Pero ¿cuándo ha llegado aquí?

Tras ver que el resto de las prudentes madres no se han percatado de la escapada de la pequeña ninja, cruzo una mirada con Soraya y digo mientras empujo a la niña al interior del local:

—Corre, cielo, y ve a decírselo a tu mamá.

La niña de coletas largas, gafas amarillas y cara de oso panda me apremia:

—No está, y yo quiero hacer pis.

¡Anda, qué bien!

Ahora resulta que la niña que ha estado jorobando toda la santa tarde a mi David quiere hacer pipí y me lo tiene que pedir a mí. ¡A mí!, que soy una completa desconocida para ella.

Miro a Soraya. Tengo dos opciones: o entrar en una tonta discusión con mi amiga en referencia a la maldad del género masculino o llevar a la niña al baño. Lo pienso, lo calibro y, al final, sin dudarlo, cojo la mano de la pequeña cabrona y, en mi tono más maternal, digo:

—Muy bien, cielo, te llevaré al baño.

Más feliz que una perdiz, la cría entra de mi mano dando saltitos en el parque de bolas y vamos juntas a los aseos mientras Soraya grita:

—Huye..., pero a mí ni tu Alfonso ni ningún otro me la dan, ¡todos son iguales!

Cinco minutos después, una vez salimos del baño, la cría regresa a jugar con el resto, y me alegra ver que no martiriza a mi David. ¡Bien!

Por los altavoces, oigo que avisan de que los niños del cumpleaños de Pedro Larraz se dirijan a la sala de los Pokémon amarilla y azul. Las madres, todas muy solícitas, nos encargamos de encaminarlos hacia allí para que merienden el medio sándwich reseco de jamón de york o la pizza tiesa con patatas, Coca-Cola o zumo. Al final, los niños, tras mucho guarrear, pues lo que menos hacen es comer, le mal cantan el Cumpleaños feliz al homenajeado y reparten los regalos.

Pedrito ni siquiera los mira. Sólo abre y tira..., abre y tira, para de nuevo salir corriendo hacia las bolas. La tarta sobrante, como siempre, nos la zampamos nosotras.

—¿Quién quiere tarta? —pregunta la madre del homenajeado.

Al principio, todas, entre las que me incluyo, nos hacemos un poco las tontas, pero al final sonreímos y decimos:

—Venga, va, un poquito, que estoy a régimen.

Y, ¡zaparrás!, tarta que nos embuchamos del ataque de ansiedad que tenemos de estar allí aguantando chillidos, lloros y mocos.

Soraya se ha tranquilizado. Como siempre, cuando piensa lo que dice, me pide perdón. El que le pasara a ella lo que le ocurrió con su marido no quiere decir que me tenga que pasar a mí, y yo la perdono. La quiero mucho. Es maravillosa.

A las ocho de la tarde, miro el reloj y decido que ha llegado el momento de irnos. Quiero ducharme y ponerme mona para cuando llegue Alfonso. Además, quiero hacer el pescado al horno que sé que tanto le gusta para que tenga una estupenda bienvenida, como se merece. Me da igual lo que opine Soraya de los hombres; sin lugar a dudas, yo no pienso que todos sean iguales.

Al oírme, mi amiga se une a mí en la difícil empresa de marcharnos de aquel maldito lugar y, juntas, comenzamos a vocear entre los gritos de los niños y el ruido de bolas en busca de nuestros queridos y angelicales hijos.

Como es de esperar, ellos, al oírnos, se esconden al fondo del parque, creyendo que allí no vamos a entrar. Angelitos. Éstos todavía no se han percatado del pelaje de sus madres.

—Juanito —llama Soraya—. Va, cariño, nos vamos a casa.

—No... No quiero —responde el aludido.

Soraya me mira y, en un tono de voz normal, digo sabedora de lo que mi hijo va a contestar:

—David, venga, vamos, mi amor. Juanito también se marcha. Nos tenemos que ir.

—¡No!... ¡No quiero! —grita él, encogido al fondo con su amigo.

Con paciencia y voz aflautada, le repito media docena de veces: «Venga, cariño..., sé bueno».

Pero, pasada la docena, siento cómo, segundo a segundo, mi paciencia comienza a agotarse. Y cuando ya el alien de madrastrona que hay en mí está a punto de salir y asustar a todos los allí presentes, busco a Aaron y le ordeno:

—Entra a por tu puñetero hermano ahí dentro y dile que, como no salga dentro de dos segundos, no vuelve a venir a ningún cumpleaños en toda su vida y, por supuesto, no volverá a ver a su querido osito Prespín, porque lo voy a tirar a la basura en cuanto llegue a casa.

Aaron, que conoce mejor que ninguno mis cambios de voz, rápidamente entra en el lugar e intenta negociar con su hermano. Pero cinco minutos después, sale, me mira con cara de no haber roto nunca un plato, cuando él precisamente rompe vajillas enteras, y dice:

—Mamá, dice David que no quiere irse, pero, tranquila, preciosa, yo lo solucionaré cuando lo coja de las orejas y lo saque a rastras.

Ainsss, mi niño, ¡qué mono es!

Pero no..., no puedo permitir que haga eso, o es capaz de arrancarle las orejas al pequeñajo. Así pues, dándole un beso por ser tan obediente y zalamero, replico:

—No, cariño. Tú ve poniéndote los zapatos y avisa a Nerea. Yo lo sacaré.

Una vez Aaron se marcha, con una sonrisa ya menos complaciente, me acerco al lateral donde está escondido David junto a su amigo Juanito y digo:

—David, Juanito, salid.

—No. Nooooooooooooo —gritan ellos como posesos.

Buenooooo..., hoy toca numerito, lo estoy viendo. Aun así,

vuelvo a decir intentando mantener el tipo delante del resto de las madres:

—Cariño, papá viene de viaje y Aaron y Nerea nos están esperando.

—No quiero irme. Todavía no —protesta el muy sinvergüenza.

Cierro los ojos y mecagoentolocagableenesemomento.

Me van a salir espumarajos por la boca y humo por las orejas. Odio cuando los niños me hacen eso. Lo odio. Soraya, que me conoce, me mira y sonríe. Ya hemos pasado antes por ese trance. Ambas tenemos hijas mayores, y en esos quehaceres somos perras viejas. Sólo hay un método para sacarlo de allí: ¡a pescozones!

—¿Te metes tú o me meto yo? —le pregunto en susurros.

Tras ver que otras madres nos miran, Soraya se acerca a mí y responde:

—Siento decirte que hoy te toca a ti. La última vez me tocó a mí hacer de mamá ogro y me rompí las medias.

Divertida y horrorizada al mismo tiempo por lo que tengo que hacer, al final, me quito los zapatos y me meto en la piscina de bolas ante la cara de asombro de algunas madres. Me agacho para entrar por un tubo y, como una croqueta, ruedo para pasar bajo un arco de color rosa y rojo. Los niños me miran con cara de: «Ehhhh..., ¿esta señora no sabe que esto es para niños?».

Pero yo, ni caso. Continúo mi camino sin mirar a nadie a los ojos hasta que, de pronto, ¡plof!, alguien me pega un bolazo en toda la cabeza. Me vuelvo y veo que es... es... ¡la cabrona de la niña destroyer! Sin embargo, sonrío manteniendo el tipo y digo:

—Maya..., cariño, no hagas eso.

—Pero me gusta —responde la muy... la muy... niña.

¡Zas!, nuevo pelotazo en la espalda.

—Maya, sé buena, anda, bonita.

¡Zas!, pelotazo en el trasero, y de los que pican.

—Maya... —siseo tocándome el culo—. Estate quietecita.

Pero la niña, tras alguno de los golpes que se ha dado en la piscina de bolas, debe de haberse quedado sorda y lela, porque no me tira una, ni dos, sino unas diez bolas más a traición mientras yo repto hacia mi hijo y Juanito, al fondo del parque.

«La madre que parió a la niña, como me dé otro bolazo más en el cogote la...»

¡Zas!

«Me cago en el padre, la madre, la abuela y... ¡Joder, la niña, cómo me está poniendo!»

Como puedo, resoplo y continúo mi camino dispuesta a que mi esfuerzo hasta el momento vea su recompensa.

Cuando llego al lugar donde mi hijo y Juanito están encogidos, llevo tan mala leche por los bolazos que la niña me está metiendo que los agarro de tal forma que dos segundos después están ya sobre la piscina de bolas. Soraya, preparada, los engancha y los saca al vuelo mientras la jodía niña continúa tirándome bolas sin parar.

Cuando por fin salgo y me pongo los zapatos, me vuelvo hacia la ¡cabrona de la niña!, porque no tiene otro nombre, dispuesta a fulminarla con la mirada, pero ha desaparecido. Tras respirar y cagarme en los padres de semejante muñeca diabólica, trinco a David y le siseo con más mala leche que Cruella de Vil:

—Ponte los zapatos antes de que yo cuente hasta tres.

—Joder con la Repu... —murmura Soraya.

—¿Quién es la Repu? —pregunto sin quitarle el ojo a David.

Soraya, que ya ha conseguido que Juanito se ponga los zapatos, sonriendo, baja la voz e indica:

—La Repugnante Niña.

Me entra la risa. Joder..., decir eso está muy feo.

¡Zas!, pelotazo en toda la cabeza.

¡Zas!, pelotazo en toda la espalda de mi amiga.

¡Zas!, pelotazo en el hombro.

¡Zas!, pelotazo en el cogote de Soraya.

—La madre que parió a la Repu —siseo, deseosa de yo qué sé.

Ambas nos miramos y nos volvemos en plan Rambo. La niña cabrona sigue al ataque. David va a decir algo, pero Aaron, que me conoce muy bien, al ver mi cara de enfado lo hace callar por la cuenta que le trae mientras las pelotas de la jodía niña llueven a nuestro alrededor.

Si hay algo que nunca me ha fallado con mis hijos es decirles que voy a contar hasta tres. Y, digo yo, ¿qué pensarán que va a pasar si digo «tres»? ¿Pensarán que les voy a arrancar las orejas, a matar o algo así?

En definitiva, David se termina de calzar junto a su amigo Juanito y, tras darle las gracias a la madre del homenajeado, coger las chuches de los niños y conseguir esquivar unos cuantos bolazos más de la Repu, Soraya y yo salimos del Correcaminos, mic..., mic... con varias cosas claras.

La primera, nos duele la cabeza.

La segunda, la vida social de nuestros hijos nos agota.

Y la tercera, como pillemos a la niña cabrona..., se va a tragar las pelotitas.

Sábado..., sabadete...

Enganchada a mi Alfonso, dormito.

Y digo «dormito» porque, en lo que va de mañana, hemos echado uno rapidito sin hacer ruido para que no se enterasen los niños, y estoy convencida de que le seguirá alguno más. Aisss..., cómo me gusta hacer el amor con mi romántico marido.

Mi amorcito llegó al final la noche anterior después de cenar, pero, cuando lo vi entrar con cuatro huevos Kinder en la mano y su increíble sonrisa, no pude por menos que sonreír. ¡Lo adoro..., lo adoro!

Sobre la una de la madrugada, tras charlar un rato y contarme qué tal su viaje, nos acostamos. Yo entré un segundo al baño para ponerme un conjuntito la mar de sugerente, saqué el gel con sabor a fresas dispuesta a probar sus efectos, pero, cuando llegué a la cama, mi currante marido roncaba como un ceporro. Pobrecito..., ¡trabaja tanto!

Al final, me acosté a su lado, le cogí la mano y me quedé dormida yo también, hasta que esta mañana he notado sus manos por mi cuerpo y, cuando ha dicho «¡Tacatiqui!» en mi oído, me he dejado llevar.

Pero, claro, el momentito se ha jorobado cuando, a las nueve y media de la mañana, mis tres maravillosos hijos ya están en pie.

Pero, vamos a ver, ¿es que no pueden dormir hasta las doce, como los niños de mis amigas?

Deseosa de intimidad con mi Alfonso, me levanto y, sin dudarlo, meto a los niños en el coche junto a Torrija y los llevo a casa de mis padres.

Mis benditos padres enloquecen al vernos. ¡Van a desayunar acompañados!

Una vez les endoso a los niños, prometo regresar a recogerlos a la hora de la comida y salgo de su casa.

Diez minutos después, cuando entro en nuestro hogar, voy desnudándome según camino. Una vez llego a la habitación, estoy en pelota picada. Alfonso levanta la cabeza, me mira y, sonriendo, murmura:

—Vaya..., vaya..., mi preciosa ninfa redondita quiere guerra.

El hecho de que me llame «redondita» en un momento así queda solapado por el «preciosa ninfa». Y, durante un ratito, disfruto de sexo tranquilo y sosegado. Alfonso no deja de decirme cosas bonitas, románticas, y yo no puedo parar de sonreír. Acabado ese nuevo momento, mientras miro al techo y él se toca por enésima vez el pelo mientras sonríe satisfecho, recuerdo aquel sexo salvaje y calentón que él y yo practicábamos hace años.

Nos mirábamos, nos tentábamos y nos decíamos cosas fuertecitas y morbosas. ¿Dónde ha quedado aquella disparatada pasión?

Sin duda, el tiempo nos ha tranquilizado, el tiempo nos ha relajado, pero, joder, ¡me gustaría alguna vez volver a practicar aquello, aunque él diga que no!

Sonriendo estoy sumergida en mis pensamientos cuando me fijo en el costado de mi chico y pregunto:

—Cari, ¿qué te ha ocurrido aquí?

Alfonso mira lo que señalo. Tiene un arañazo en la cintura.

—Pues no lo sé, cielo —responde sonriendo—. Habrá sido un golpe cualquiera. Anda, ven aquí, mi ninfa.

Asiento..., me olvido del arañazo y me enredo en él. Me encanta enredarme en Alfonso. Lo siento tan mío y yo me siento tan suya que me emociono sólo de pensarlo.

En silencio, nos prodigamos mimitos, caricias y besitos, hasta que él murmura:

—Churri, tengo que ir al baño.

Me hago la sorda. No quiero que se mueva de mi lado, pero entonces el muy bribón añade tocándome los pechos:

—Vamos, churri. La vejiga me revienta y, si no voy al baño, no podré hacer algo con nuestro amiguito Simeone que sé que te va a gustar mucho.

¡¿Simeone y mi Alfonso?! Lo suelto. ¡Vamos que si lo suelto!...

Sólo de pensar en mi maravilloso vibrador, ese que un día él me regaló, me pongo a cien... ¡Viva Simeone!

Alfonso se levanta, pero, antes de irse, se agacha y, mirándome a los ojos, murmura:

—Eres increíblemente preciosa.

Sonrío, no lo puedo remediar, y acepto sus labios, esos labios que tanto me gustan, a pesar de lo conocidos que son ya para mí.

Cuando él se marcha, me quedo remoloneando en la cama. Me encanta saber que va a regresar y que vamos a jugar con Simeone. Por ello, lo saco y lo meto bajo la almohada junto al gel lubricante con sabor a fresa.

Sigo remoloneando cuando un ruidito llama mi atención y, al mirar, veo que proviene del móvil de Alfonso. Un wasap. No hago caso, pero cuando éste vuelve a vibrar una y otra y otra vez, me alarmo. ¿Y si son mis padres porque a los niños les pasa algo?

Al final, alargo la mano y lo cojo, pero al volver a vibrar, se me cae al suelo.

—Joder, qué torpe soy —me quejo cogiéndolo.

A continuación, no sé qué tecla toco y leo en la pantalla:

Todavía siento tus ardientes labios
recorriendo mi piel.

Pestañeo...

¿He leído lo que he leído?

El nombre del remitente es «Saneamientos López».

En segundos, el corazón me aletea y siento que hasta el suelo se mueve bajo mis pies cuando lo vuelvo a leer. Comienzo a temblar. No..., no..., no..., esto a mí, no.

Soraya y su comentario de «¡Todos son iguales!» pasa por mi mente.

Me falta el aire y, obviando que soy de las que respetan la intimidad del otro, sin cortarme ni un pelo, continúo leyendo los wasaps de Saneamientos López.

Te deseo. Ardo por verte de nuevo,
porque no sólo mis piernas tiemblan
cuando pienso en mi Peter Pan.

¡Ay, Dios! ¡Ay, madre!...

¿Peter Pan? ¿Cómo que Peter Pan?

Como si el mundo de pronto se me hubiera venido abajo, sigo leyendo:

Gracias por el regalo. Entre la pulsera
del osito y tus besos, la tarde fue
perfecta. ¡Loca por repetirlo!

¡La madre que lo parió!

¡Lo mato! Juro que lo mato, ¡y no precisamente porque lo suyo sea una pulsera y lo mío un huevo Kinder!

Alertada, cabreada y noqueada, mientras Alfonso silba en el baño, leo un wasap de mi marido a Saneamientos López:

Campanilla, estoy como loco por verte. Llego al
hotel a las cuatro y te quiero desnuda para mí.

Joder..., joder..., joderrrrrrrrrrrrrrrrr.

Me da algo. Creo que me va a dar algo.

Me llevo la mano al corazón. Definitivamente, me va a dar un infarto, pero continúo leyendo la conversación. Soy así de masoquista.

Ya no tengo filtro ni sé parar.

Adoro tu sabor. Adoro tu olor. El jueves
nos vemos en Mérida, en el hotel de
siempre, y, ven tranquilo, los huevos
Kinder los compro yo y así
aprovecharemos hasta el último segundo
en la cama. T. Q.

Ay, que me da...

Ay, que me da un parraque mientras dejo el maldito móvil sobre la mesilla.

Alfonso... ¡Mi Alfonso! El hombre al que adoro, por el que he dado la cara y por el que llevo poniendo media vida la mano en el fuego, ¡me es infiel con Saneamientos López! Acalorada, me levanto, pero al hacerlo siento que las piernas se me doblan.

De nuevo, Soraya viene a mi mente y, tapándome la boca para no gritar, pienso: «Pero ¿cómo he podido estar tan ciega? Y, sobre todo, ¿cómo puedo ser tan gilipollas?».

Con ganas de llorar, me siento en la cama. Lo que acabo de descubrir sin duda va a cambiar mi vida. Lo que acabo de saber, además de romperme el corazón, acaba de hacerme entender de un plumazo que nada es para siempre.

Siento que me voy a desmayar cuando la puerta del baño se abre y de allí sale mi guapo marido, ese de las manos aterciopeladas y los ojos verdes. Durante unos segundos, nos miramos. Calibro sacarle los ojos, cortarle la chorra y graparle la lengua a la pared, pero no puedo moverme. Debe de ser tal mi gesto que Alfonso pregunta:

—¿Qué le ocurre a la reina de mi vida?

Lo miro... Quiero decirle lo que sé. Quiero insultarlo, pero estoy tan bloqueada ¡que no puedo!

Miro su desnudez. Veo el arañazo que tiene en la cintura y me convenzo de que Saneamientos López se lo ha hecho. Angustiada, observo aquel pene que yo consideraba sólo mío pero que acabo de descubrir que otra u otras también lo están disfrutando.

Pero ¿cómo puede hacerme esto?

Alfonso sonríe ajeno a mis pensamientos cuando de pronto mi tripa ruge como un león y éste, guiñándome un ojo, dice:

—Vale..., indirecta captada, amor mío. ¡Traeré el desayuno para que cojamos fuerzas y podamos jugar con Simeone!

¿Jugar con Simeone?

«¡Vas a jugar con tu madre!», estoy a punto de gritar.

Cuando sale desnudo de la habitación, sigo en shock. Intento ponerme en pie. Lo consigo. Entro en el baño y me miro al espejo.

La mujer desnuda que veo reflejada en él está pálida, desconcertada, asustada.

Acalorada, abro el grifo. Me echo agua en la cara y, como si ésta de pronto me despertara, vuelvo a mirarme en el espejo y, arrugando el entrecejo, siseo:

—Maldito hijo de puta.

Según digo eso, me incorporo, me seco la cara con la toalla, salgo del baño, me pongo las bragas y una camiseta, cojo el móvil, que vuelve a vibrar, y, sin leer el nuevo mensaje, voy en busca del maldito infiel.

Como una hidra, me dirijo a la cocina y, cuando entro, lo veo calentando unos cafés en el microondas. Alfonso me mira y sonríe. Yo no, y menos cuando digo:

—¡Saneamientos López!

Su preciosa sonrisa se difumina al verme con su teléfono en la mano, y murmura:

—Churri...

—¡Cabrón!

—¡Churri!

Desatada, porque así es como me siento, lo miro y siseo:

—Media vida lavándote los putos calzoncillos. Media vida queriéndote sin importarme lo que la bruja de tu madre pensara de mí. Media vida alabando al marido que tengo porque lo sentía especial para que ahora me lo pagues así... ¡Desgraciado!

Su gesto me hace saber que está asustado y desconcertado. Lo conozco.

Levanta las manos, como si yo tuviera una pistola que lo apuntase, y susurra:

—Mi vida...

—Maldito cerdo... ¿Cómo has podido hacerme esto?

—Mi vida, escúchame.

—¿Que te escuche, maldito infiel? ¡No! —grito como una posesa.

Me muevo por la cocina. Estoy fuera de mí y, volviéndome, lo miro y siseo:

—Veinte años. Llevo veinte años creyéndome que tú y yo éramos una sola persona. Veinte años viviendo por y para ti. Veinte años creyendo en ti y en tus palabras. Veinte años pendiente de tus necesidades. En esos veinte años hemos tenido tres hijos maravillosos y perfectos y, ahora, tras veinte años, ¡¿cómo crees que sienta saber que me engañas con Saneamientos López?!

Descolocado, se toca la cabeza. No se esperaba que ocurriera esto. La frustración me hace seguir gritando como una posesa:

—¡¿Peter Pan?! ¡¿Campanilla?! ¡Mecagoentodatufamilia! Dejé hace años mi vida en tus manos y tú me la acabas de romper. ¿Cómo? ¿Cómo has podido?

—Churri... —insiste él, descolorido.

Miro el cuchillo jamonero que tengo a mi derecha, pero rápidamente me quito de la cabeza la idea de rebanarle los huevos. No. Eso no he de hacerlo. Yo no soy así. He de pensar en mis niños y en mí y, si hago algo así, voy a joderme más la vida por su culpa. No, definitivamente, no vuelvo a mirar el cuchillo.

De pronto, la venda que tenía en los ojos se cae. Se cae el mito del «para toda la vida» y el matrimonio perfecto. También se cae aquello que dice que el amor es para siempre. No. El «siempre» no existe.

Sin duda, como he oído decir a Soraya y a mis amigas, lo que existe tras un guantazo como ése es la dureza, la realidad, el desamor, la decepción, y el tener que quererme mucho porque lo voy a necesitar.

Alfonso se acerca a mí y me agarra. Me inmoviliza contra su cuerpo y comienza a decir mil cosas. Me quiere. Lo siente. Nunca volverá a suceder. Ha sido un desliz. Lloriquea. Me agasaja. Pide perdón.

Durante más de quince minutos, lo dejo hablar y hablar y hablar, mientras pienso en lo idiota que he sido siempre por culpa del amor. Con dieciséis años, lo conocí, me enamoré, dejé de lado mis amistades para centrarme en las suyas, ¡y ¿así me lo paga?!

El hombre que ahora está ante mí con gesto descompuesto, implorando mi amor, me la estaba pegando con su Campanilla en toda mi cara, sin importarle mis sentimientos, mi dedicación, mi amor por él y, por muy arrepentido que esté ahora, está más claro que el agua que, si yo no lo hubiera descubierto, la infidelidad habría continuado.

Sin poder moverme, permito que Alfonso me abrace mientras habla y habla, pero no dejo que me bese. El cuchillo jamonero, no, pero como meta su lengua en mi boca, no sé si voy a poder contenerme de arrancársela de un mordisco. ¡Total, para la sarta de tonterías que está diciendo!...

Estoy tan bloqueada que casi no puedo reaccionar, hasta que lo oigo decir de nuevo eso de «Ha sido un error y te prometo que todo va a cambiar».

Esas palabras...

Esas palabras me hacen darme cuenta de que ya no puedo ni quiero confiar en él.

Esas palabras me hacen darme cuenta de que Soraya, por muy bruta que sea en ocasiones, ¡tiene razón!

Yo vivía feliz. Yo no quería cambiar nada de mi vida, pero está claro que Alfonso no era feliz y, cuando salía de casa, sí que cambiaba su vida.

Un extraño calor empieza a apoderarse de mí. Es mi leche..., mi mala leche, y entonces, y con toda la maldad del mundo tras oír todo lo que sale de su boca, lo agarro con la mano derecha por esa parte que ha utilizado conmigo y con Campanilla y, apretando con fuerza, siseo:

—En tu puta vida...

—¡Estefanía..., churri! —grita asustado.

—... vuelvas a llamarme «churri», pedazo de mierda —acabo la frase.

Boquea. Está acojonado, y sé que le estoy haciendo daño en su pequeño Peter Pan, pero me importa bien poco.

—Cariño —murmura entonces, dolorido—. No seas bruta y déjame darte una explicación.

¡Explicación! ¡Explicación!

Para mí ya sobran las explicaciones. Porque, vamos a ver, ¿qué explicación me va a dar, cuando yo me he dedicado en cuerpo y alma a él y a mis hijos? ¿Qué explicación puede darme para convencerme de que era normal que se acostara con Campanilla?

Sin querer estar un segundo más a su lado, lo suelto, aunque no sin antes darle un buen apretón que lo hace chillar dolorido. A continuación, cuando lo veo arrodillado en el suelo, siseo:

—Me voy a por los niños a casa de mis padres. Cuando regrese, no quiero verte aquí, o te juro que soy capaz de cualquier cosa. Dame unos días para volver a verte y hablar. Porque, sin duda, tras lo que ha ocurrido, nuestra vida va a cambiar.

Y, sin mirar atrás, voy a mi cuarto, me visto y, como una bala, salgo de la habitación en dirección al garaje, donde cojo el coche y salgo de allí derrapando.

Desorientada, en la primera persona que pienso es en Soraya. Tengo que verla y, tras aparcar en la urbanización donde viven mis padres y ella, sin dudarlo me dirijo a su casa. Llamo a su puerta y, cuando me abre, la miro y simplemente murmuro:

—Tenías razón: Rapunzel es como el Trufote.

Lo paso mal. Muy mal.

Lloro y lloro. No me merezco lo que Alfonso me ha hecho, y soy incapaz de hablar de ello sin llorar como una Magdalena, aunque reconozco que el amor que sentía por él ya no existe, ¡se ha esfumado!

Mis padres, los pobres, se quedan a cuadros cuando se enteran de lo ocurrido. No se lo esperaban. ¡Yo tampoco!

Irene, mi cuñada, me llama. Hablo con ella. Me consuela. Me da todo su apoyo y, antes de colgar, quedamos en vernos. Sin duda, aunque su hermano se vaya de mi lado, ella se queda. Ella, sí.

Al día siguiente, mi suegra me llama llorosa. Pero ¿a ésta qué le pasa ahora, cuando lleva media vida pasando de mí?

Intenta hacerme ver las cosas buenas de su hijo y disculparle los fallos. «Alfonsito», como ella lo llama, le ha contado lo ocurrido, pero a mí ya me puede cantar la Macarena en arameo, que me da igual lo que diga. Primero, porque ahora soy yo la que pasa de ella y, segundo, porque ya no confío en su hijo.

Esa noche, cuando mis niños se duermen y yo me voy a la cama, pienso en lo que me ha ocurrido y lo veo injusto. ¿Qué le pasó a nuestro amor? ¿Por qué Alfonso me ha hecho esto?

Recuerdo nuestros besos, nuestros abrazos, nuestros momentos especiales, pero si soy realista, todo eso comenzó a cambiar cuando llegaron los niños y el tiempo para nosotros se acortó.

Pero, vamos a ver, ¿cómo algo que hicimos con tanto amor nos ha pasado esta factura?

Tener hijos implica cuidarlos, quererlos, educarlos, que para eso los hemos tenido. Ellos no decidieron venir a este mundo, fuimos nosotros quienes nos empeñamos en que estuvieran en nuestras vidas.

Antes de tener a los niños no había horarios, no había obligaciones, salíamos y entrábamos a cualquier hora de casa, pero una vez llegó Nerea y, posteriormente, Aaron y David, tuve que dejar muchas cosas de lado para ocuparme de ellos. Digo «tuve» porque fui yo, y sólo yo, la que cambió más su vida.

Antes de ser mamá no pensaba en lo peligrosas que eran las esquinas de las mesas, en mi nevera había champán en vez de zumos y yogures y, por supuesto, no pensaba en vacunas ni en dibujitos animados.

Pero está visto que la vida, en silencio, nos hace elegir una vez tienes hijos, y yo elegí ser una buena mamá y mujercita, mientras que Alfonso eligió serme infiel.

Pasan varios días.

Días en los que sigo sin entender qué ha ocurrido pero en los que soy consciente de que el pasado, al menos, el mío con Alfonso, ya nunca volverá.

La tarde que por fin permito que regrese a casa para hablar con nuestros hijos es complicada, dura y difícil, pero hay que hacerlo.

Sentada en el sofá frente a él, intento ser fría, contundente y resolutoria, y hablamos de los temas pendientes. Soraya se empeña en esperar en la cocina. Creo que no se fía de mí ni para bien ni para mal y, al final, accedo a que esté en la cocina. Será lo mejor.

Alfonso tiene ojeras, lleva el traje arrugado y la corbata torcida. Sin duda le está afectando lo que está ocurriendo, pero, por primera vez en mucho tiempo, decido pensar en mí y no en él. Decido ser egoísta.

Yo también tengo ojeras. Yo también sufro y yo también tengo el corazón partido, y no por algo que yo haya originado, como bien me ha recalcado mi sabia Soraya antes de que él apareciera ante mí.

Los niños nos escuchan sentados junto a mí. Se merecen una explicación de lo ocurrido. Nerea, la mayor, al entender lo que su padre ha hecho, le grita, y yo la calmo. Mi niña me abraza y, con la mirada, me hace saber que me quiere y que está conmigo. Alfonso no se mueve. Sabe que no debe hacerlo. Y, cuando Soraya aparece alertada por los gritos, le hago una seña y ella, sin decir nada, entra en el salón, coge a Nerea de la mano y se la lleva a su habitación. Sin duda, Alfonso también ha decepcionado a nuestra hija.

David, por ser pequeño, no entiende nada. Es demasiado chiquitito para ver la maldad de lo que su padre nos ha hecho como familia, y cuando, veinte minutos después, acompaña a Alfonso a la puerta para que se marche, Aaron, mi Aaron, que no se ha movido de mi lado, me mira, me abraza y dice:

—Preciosa, yo te quiero mucho. No te preocupes, que voy a cuidar de ti muy... muy bien.

¡Ay, que lloro!

¡Ay, que estoy muy sensible!

Y, con una sonrisa cargada de emoción, lo espachurro contra mi cuerpo agradecida por aquel mimo tan importante para mí y murmuro tragándome las lágrimas:

—Gracias, cariño. Gracias. Yo también te quiero mucho... mucho.

Por suerte, mis amigos de desayunos, al saber lo que me ha ocurrido, me arropan. Me hacen ver lo maravillosa que soy, lo mucho que valgo como mujer y todo lo que se pierde mi ex eligiendo a Saneamientos López antes que a mí.

¿Mi ex?

Madre mía, ya soy del club de los ex.

Yo, que tanto presumía de marido y de veinte años de relación... ¡Toma, por presumir!

Mis padres me miman. Sé que están desilusionados con Alfonso, pero intento que sufran lo mínimo. Pobrecitos. Ellos, que lo querían tanto, que se les llenaba la boca con «Alfonso por aquí», «Alfonso por allá», imagino que no lo están pasando bien.

Mis hermanos son otro cantar. Blanca, cuando se entera, lo pone a caer de un burro, y mis hermanos, Andrés, Carlos y Damián, se ofrecen a partirle las piernas. Yo me niego, aunque por un segundo lo pienso.

Por suerte, mi amiga Soraya me ayuda con mis padres y los niños. Al contrario de lo que imaginaba, no se ha jactado por la situación, y se lo agradezco. Sin duda es una buena amiga.

Saber que el hombre por el que había hipotecado mi vida me había estado engañando ha sido tal revulsivo que la misma noche en que salió de mi casa, a pesar de los pesares, salió también de mi corazón.

Qué razón tiene mi madre con eso que dice de que del amor al odio sólo hay un pasito. Pues sí. Lo he comprobado en mis propias carnes. Yo, que tanto quería a Alfonso, ahora lo que menos siento por él es amor.

* * *

Pasa un mes...

Pasan dos...

Pasan cuatro desde aquel fatídico día, y reconozco que, poco a poco, vuelvo a ser persona.

Hoy por hoy, sigo con el corazón roto, pero vuelvo a sonreír, y me doy cuenta de que comienzo de nuevo a ser dueña de mi vida.

Me está costando sudor y lágrimas, pero siento que lo estoy consiguiendo. No soy una cría, soy una mujer, soy una mamá, y cada vez tengo más claro lo que quiero y necesito.

En mi corazón he instalado una puerta blindada acorazada y la llave sólo se la he dado a mis hijos, a mi familia y a mis amigos. Nunca volveré a permitir que otro hombre, otro desconocido que conozca, entre en mi corazón, ¡nunca!

Hoy los peques se van con su padre a pasar el fin de semana, y les he preparado una maletita. Alfonso se ha alquilado un chalecito en otra urbanización del pueblo. No le ha quedado más remedio si quiere ver a los niños y que su relación no se enfríe más con ellos.

Y aquí estoy, diciéndoles adiós con la mano desde la puerta de mi hogar, mientras miro al hombre que tiempo atrás me enamoró y pienso en la cantidad de años que he soportado a la bruja de su madre y planchado las camisas como a él le gustaban.

Anda ya... y que se lave él las zurrapas de los calzoncillos.

—Estefanía —dice aquel que antes me llamaba «churri»—. Dentro de quince días tenemos cita con los abogados.

—Lo sé.

—¿Estás segura de que quieres firmar el convenio de separación?

Asiento. Me ha costado decidirme, asimilar lo que va a ocurrir, pero asiento.

—Sí. Por supuesto que sí.

Madre mía, quién me ha visto y quién me ve. Yo, que era la casada más orgullosa de estar casada, ahora sólo quiero acabar con esta situación y ser libre de nuevo.

Alfonso suspira, menea la cabeza y murmura:

—Por favor..., piénsalo. Lo mío ha sido...

—Una putada —lo corto con fuerza—. Sin duda, una gran putada, pero ¿sabes? En esta vida hasta de las putadas se aprende, y yo he aprendido que, por encima de casi todo, me tengo que querer. Y tú... ya no estás en mi vida ni volverás a estarlo.

Alfonso mira al suelo. Sé que mis palabras le hacen daño, pero, mira, que se jorobe. Antes me hizo él daño a mí.

En ese instante, Aaron pasa por mi lado con su balón y, al vernos a los dos callados, se agarra a mi cintura y dice mientras Nerea y David, que ya están metidos en el coche de su padre, se pelean:

—Hasta el domingo, preciosa. Pórtate bien.

Sonrío. Mi niño, mi adulador, es un amor y, guiñándole el ojo, respondo:

—Hasta el domingo, guapetón. Pórtate bien tú también.

Aaron me guiña un ojo. Bien, bien, lo que se dice bien, no creo que se porte. Al final, Alfonso se encamina hacia su coche con nuestro hijo al lado mientras yo los observo.

Qué curioso que es el mundo.

Con lo mal que lo he pasado, con lo mal que me he sentido, ahora que estoy consiguiendo quererme, apreciarme y mimarme, comienzo a respirar. Tengo treinta y seis años, estoy de buen ver, vuelvo a controlar mi vida y, sin lugar a dudas, si otras han podido remontar, ¿por qué yo no?

Ahora que echo la vista atrás me doy cuenta de lo ciega que estuve con Alfonso y soy capaz de ver sus ridículas obsesiones. Algo que antes disculpaba, ahora, tras lo ocurrido, me sería muy difícil volver a aceptar.

Primera obsesión: mientras yo me dedicaba a ser mamá, él comenzó a obsesionarse con el gimnasio. Pero, por Dios, si se cuidaba más que yo. Si, ahora que se ha llevado todos los potingues que había sobre la encimera del baño, me he dado cuenta de que el ochenta por ciento eran de él.

Segunda obsesión: mientras yo me vestía con lo primero que pillaba, más pendiente de cuidar a nuestros hijos, él sólo se preocupaba de vestirse con ropa de marca. A él nunca se le podía comprar nada en un mercadillo. Necesitaba que en su ropa se viera el cocodrilito verde o un tío montado a caballo con un bate en la mano, y si era ropa para el gimnasio, entonces tenía que llevar una pantera, un gallo o un galgo. ¡Qué cansino!

Tercera obsesión: se convirtió en el Capitán Antigrasa. Nada de cocido, nada de hamburguesas, ni chistorra, nada de patatas, mayonesa, blablablá..., blablablá, y cada vez que los niños proponían ir al burguer, para él era un drama. Al final, para no oírlo, los llevaba yo siempre que él estaba de viaje.

Cuarta obsesión: su pelo. Oh, Dios, pero si hasta Soraya lo llama «Rapunzel». Nunca he conocido a nadie que se toque, se cuide y se mime el pelo más que él; bueno, sí, a Nerea, mi hija. Sin duda lo lleva en los genes.

Ahora que pienso en todas esas cosas, ¿cómo no me dio por imaginar que se cuidaba no sólo para mí? ¿Cómo pude estar tan ciega y no pensar en lo que Soraya me advertía en ocasiones?

La respuesta es muy simple: confiaba en él y lo quería.

Una cosa que ya no voy a volver a sufrir, y me encanta saberlo, son sus momentos de enfermedad. Si yo me ponía enferma, ¡no pasaba nada! La vida continuaba, los niños seguían comiendo, yendo al colegio, Torrija paseando, la nevera llena... Pero, Dios mío de mi alma y de mi existir, si él se ponía enfermo..., ¡el apocalipsis llegaba a nuestras vidas!

De pronto, todo era un caos. Se convertía en el ser más tirano y oscuro sobre la faz de la Tierra. Vamos, que no se soportaba ni él.

Y, bueno, reconozco que, una vez, cansada de su tiranía, hice lo que hace mi amiga Yoli y le eché unas gotitas de laxante en el café. Joder, al menos que se quejara por algo real, aunque después lo pasé fatal con mis remordimientos cuando lo oía decir: «¿Lo ves, churri? ¡Hasta diarrea tengo!».

«¿Diarrea? Lo que tienes es una cagalera de caballo que yo misma te he provocado por pelmazo...», pensaba en aquel entonces, sintiéndome lo peor de lo peor.

Aisss, si llego yo a saber lo que sé ahora mismo, le echo el bote entero.

Por tanto, aviso a todas las mujeres sobre la faz de la Tierra: si os encontráis con un guaperas de ojos verdes y con estilo llamado Alfonso, que se toca mucho el pelo y suele llevar un cocodrilo verde en el polo o la camisa, ¡huid!..., no lo miréis siquiera.

Advertidas os he dejado, porque, amigas, menuda alhaja os llevaríais.

La barbacoa

Chorizo, panceta, morcillitas, chuletitas... ¡Viva la comida de toda la vida!

Como ya suele ser habitual, este finde toca barbacoa en la urbanización de Soraya y mis padres. Cuando llego allí, todos están alrededor del fuego venerando la barbacoa. ¡Uf..., cómo nos vamos a poner!

Mis niños, Aaron y David, nada más entrar por la puerta se lanzan literalmente sobre su yayo, mientras que Nerea hace un gesto indescriptible con la cabeza y sale de la casa en busca de su amiga Ariadna, la hija de Soraya.

—Qué gusto que hayas venido —dice mi madre al verme.

Si algo adora mi madre es que vaya a su casa un día sí y otro también, y más desde la separación. Pero, por desgracia para ella, yo no soy así; soy, como ella dice, la hija despegá de la familia.

A ver..., no es que sea una despegada, pero a mí eso de estar todo el santo día en casa de mamá, llevándome táperes de lentejas o de albóndigas como hacen los morrales de mis cuatro hermanos, no me gusta. Soy más independiente.

Andrés, el mayor, al que llamamos el Sobao, es el consentido de mamá. Está casado con Almudena y no tienen hijos. Por cierto, mi cuñada Almudena es un amor. Ella nos adora, y viceversa. Blanca es la segunda. La llamamos la Patiño, y está soltera. Pero, claro, no me extraña, ¡no se soporta ni ella! Carlos, el tercero, es el guaperas de la familia y lo apodamos el Nadal. Es profesor de tenis en un club muy elitista de Madrid y vive una vidorra que más de uno quisiera. Después está Damián, un macarrilla motero al que cariñosamente llamamos el Rutas, puesto que todo lo soluciona haciendo una ruta. Y finalmente estoy yo, que soy la pequeña y a la que llaman cariñosamente la Supermami, por eso de ser la única que ha tenido niños en la familia.

Sin duda, los cinco somos hijos de los mismos padres, pero más diferentes no podemos ser. Pobrecita, mi madre, lo que lleva pasado con nosotros.

Al salir al jardín comunitario de mis padres, suelto a Torrija para que corra a saludar a su yayo y lo llene de lametones. Adora a mi padre.

En ese instante aparece Blanca, mi hermana, la Patiño, vamos.

¿Que por qué la Patiño?... Pues porque, cuando discute, se le infla la vena del cuello y nos recuerda a alguien que sale en la tele.

A veces pienso: «¿Quién de las dos será adoptada?». Ella, tan peleona, y yo, tan pacífica. Pero es mi hermana y la quiero, ¡qué le voy a hacer!

—Hola, Supermami —me saluda levantando la mano.

—Hola, Patiño.

Mi hermana sonríe.

La miro. Qué mona viene hoy con su vestidito de Desigual, sus chanclas a juego en azulito y una cintita que le sujeta su bonito pelo. Porque si hay algo que envidio de mi hermanísima es su precioso pelo color azabache. Es como ese que sale en la televisión que dice «efecto espejo y tacto cachemir». Oh..., Dios, ¡es precioso!

A sus cuarenta y tres tacos, Blanca está soltera, pero no entera. Es una ejecutiva agresiva en su trabajo, como lo era yo antaño, y tiene más de un novio de muy buen ver con los que se revuelca de vez en cuando.

A ver..., esto lo digo con cierta envidia, porque conmigo, desde que me separé, nadie se revuelca.

Nerea, mi adolescente hija, veo que besa a su divina tía al pasar junto a ella, y eso me relaja. Si no la besara, ¡hecatombe mundial! Blanca adora a Nerea. Es su única sobrina chica y con ella tiene una conexión muy especial, y a mí me gusta tanto como a ellas dos.

David, mi pezqueñín, al verla, se tira a sus brazos como hace siempre. ¡Es tan cariñoso! Mi hermana lo besuquea encantada durante un buen rato y éste se parte de risa, hasta que mi padre lo llama y él corre hacia su yayo.

Busco a Aaron. Ése es harina de otro costal.

No sé qué ocurre entre ellos, pero no conecta con mi hermana como mis otros hijos. Cuando lo localizo, veo que con prudencia se acerca a su tía. Blanca, al verlo, sin darle tregua, lo aprisiona y lo besuquea como si no hubiera un mañana.

A sus diez años, Aaron ya no quiere que lo traten como a un niño. Ya no quiere besos de abuela. Se lo he explicado mil veces a mi hermana, pero, una de dos, o no lo quiere entender o le encanta ser tan cabrona como a mi hijo.

Al final, Aaron, cansado de tanto besuqueo y palabritas ñoñas de «Ainsss, mi niño, pero qué precioso y guapísimo que está», le suelta un empujón y huye despavorido hacia la piscina.

Como es de esperar, la Patiño protesta:

—Por favor... ¡Qué niño más bruto!

Mi madre sonríe.

—No es bruto, cariño. Es la edad..., está en la edad tontorrona.

Pero Blanca, que debía de haber estudiado arte dramático en vez de empresariales, se mira el brazo y exclama:

—Oh, Dios, ¡pero si me ha hecho hasta un moratón, el muy animal!

«Buenoooooooo, ¡ya empezamos!», pienso mientras suelto la bolsa de las toallas.

—Vamos a ver, Patiño —le digo—. Cada vez que lo ves te recuerdo que Aaron crece y que ya no le gustan los mimitos esponjosos delante de la gente, y...

Mi madre, que nos conoce y que sabe que somos especialistas en montar una bronca de la nada, me corta y dice mientras nos empuja al interior de la casa para que cerremos el pico:

—Anda..., anda..., entrad y dejad en paz a mi Aaron.

Yo sonrío, y mi hermana también.

A mi madre cualquiera de sus nietos le puede estar pisando el callo más doloroso del pie, que dirá con una gran sonrisa: «¡Qué bien pisa mi niño!».

Tiene una paciencia infinita con ellos, con todos nosotros y con mi padre. Nos mima, nos cuida, nos protege, nos besuquea, nos... todo. Reconozco que es mi hada madrina. Ella me conoce como nadie y, antes de que yo abra la boca, ya está ofreciéndome lo que necesito. ¡Eso es una gran madre!

Dos horas después, estoy tumbada a la bartola en la piscina comunitaria de mis padres, junto a Soraya y mi estilosa hermana, mientras mis niños chapotean como sardinillas en el agua con los gorilas de mis hermanos.

Al fondo, mi madre y otros vecinos se encargan de la barbacoa, y allí comienza a oler a choricito asado que da gusto.

—Qué monada de biquini de crochet que llevas, Soraya —dice Blanca.

—Es de la marca Cintureta. Es mono, ¿verdad?

Yo la miro y veo un biquini en color blanco, ni más ni menos, pero mi hermana responde con énfasis:

—¡Monísimo! Es ideal.

—Se lo vi a una modelazo en una revista, y hasta que lo encontré no descansé, y lo mejor de todo, su precio: ¡sólo sesenta euros! —responde Soraya sacando pecho para lucirlo mejor.

—¡Baratísimo! —asiente mi Patiño extasiada.

—¿Sesenta pavos? —pregunto yo y, al ver que mi amiga asiente, respondo—: Con sesenta pavos, en el mercadillo, me compro yo diez biquinis.

Ambas se miran, pero no responden.

Está claro que yo no entro en su jueguecito de marcas. Soraya y mi hermana tienen en común el pijerío por la ropa y son mujeres que cuando se visten intentan gustar, algo de lo que yo me olvidé hace tiempo.

A ver..., me explico.

Me gusta vestir bien, pero con tres hijos a los que alimentar, no puedo gastarme sesenta euros en un biquini para mí, por mucho que lo lleve una supermodelo. Primero, porque ahora mi bolsillo no se lo puede permitir y, segundo, porque mi cuerpazo serrano tampoco. Con ese dinero, en el mercadillo, compro biquinis y bañadores para toda mi prole, incluida Torrija.

Como es de esperar, mi hermana rápidamente informa de que su biquini a juego con el pareo y el bolsaco son de la marca Pepita Secret, y Soraya se lo alaba como si aquello fuera la octava maravilla del mundo.

Dos segundos después, directamente desconecto de sus mundos de Yupi y marcas, me desabrocho la parte de atrás del biquini y me tumbo a tomar boca abajo el sol, mientras ellas hablan y hablan de algo que no me interesa y comienzo a observar a los vecinos frente a la barbacoa.

Allí están mis padres, con la Clinton y su marido, controlando que no se quemen los chorizos, mientras se beben entre confidencias unas cervecitas fresquitas.

A su lado están los de siempre: Pepe, Laura, Loli, Andrea, Carmen y mi hermano Andrés, junto a mi cuñada. Todos se ríen de algún chiste verde que con seguridad mi padre habrá contado. Es especialista en chistes verderones.

En un grupo algo más alejado de las brasas hay varios hombres y mujeres que no conozco y, un poco más allá, veo a Nerea y a Ariadna, como siempre confesándose sus cosas.

Calentita por el solecito de la una de la tarde, cierro los ojos, dejo mi mente volar y pienso en lo maravilloso que sería abrirlos y aparecer en una isla paradisíaca, junto a un morenazo de esos que salen en las pelis, que yo creo que son de atrezo, y que éste me trajera una fresquita, dulce y riquísima piña colada.

El placer de pensarlo me hace sonreír. Oh, Dios..., sí, mientras siento cómo el solecito calienta gradualmente mi piel y el gustirrinín me hace suspirar.

Pero, ¡zas!..., el gustirrinín se frustra cuando de pronto algo congelado, resbaladizo y mojado se tumba sobre mí y, antes de poder gritar como una posesa, oigo en mi oído:

—Preciosona..., ¿estoy fresquito?

—¡Aaron, lamadrequetepariócooooooooooooo! —gruño tiesa de frío.

Divertido, el pequeño delincuente de mi hijo se levanta riendo a carcajada limpia, y yo, inconsciente de mí, me levanto tras él.

—¡Aaron —grito viendo que se tira a la piscina—, cuanto te pille, verás!

De pronto me doy cuenta de que todos me miran y siento un calorcito especial en los pezones.

¡La madre del cordero!

En mi levantada se ha quedado sobre la toalla la parte de arriba de mi biquini, y ahora mis domingas, esas a las que la gravedad aún no les ha afectado en exceso, saludan a todo el vecindario con descaro.

—¡Mamá, te estoy viendo las tetillas! —grita David con su voz de pito.

Algunos vecinos aplauden, otros silban, y yo estoy roja como un tomate por la vergüenza, cuando una voz masculina dice a mi lado:

—Toma. Creo que lo necesitas.

Al mirar, sólo veo una toalla naranja. Rápidamente, la cojo y me la enredo en el cuerpo, mientras veo a Soraya reír con la Patiño. ¡Las mato!

Una vez me tapo y me siento más segura, vuelvo a mirar al hombre alto y rubio que me observa con gesto divertido y, de pronto, siento que su cara me suena. ¿Dónde lo he visto?

Entonces, lo recuerdo. Fue el hombre que vi meses atrás en el súper, el día que le enseñé a la Clinton con muy mala leche el gel lubricante con sabor a fresa. Claro, aquel tipo es el que se parece a mi actor favorito, Chris Evans.

—Gracias —murmuro.

Él asiente, me guiña un azulado ojo y, después, se dirige hacia la barbacoa, donde están todos, y se pone a hablar con mi padre.

Pero ¿vive allí? ¿Desde cuándo, y yo no me he enterado?

Todavía taquicárdica porque todo el mundo haya conocido en primera persona a mis domingas, me siento con mi hermana y con Soraya y, cuando lo hago, esta última dice:

—No sé si lo conocéis, pero se llama Diego y está buenísimo.

Mi hermana, con una sonrisa la mar de juguetona, cuchichea:

—Lo conocemos, Soraya. Diego es el hijo de Goya y Felipe, unos vecinos de toda la vida de mis padres que murieron hace muchos años en un trágico accidente de tráfico. —Y, mirándome, pregunta—: ¿Los recuerdas?

Niego con la cabeza. No recuerdo ni cómo me llamo todavía mientras me coloco la parte de arriba del biquini, cuando mi hermana insiste:

—Sí, mujer. Vivían en el número 36 y tenían una hija llamada Epifanía que era amiga mía.

¡Me acuerdo de Epifanía!

De pronto, lo recuerdo todo. Pobres Goya y Felipe, con lo encantadores que eran. Pero, boquiabierta, miro al rubiales y murmuro sorprendida:

—¿Ése es Diego, el hermano de Epifanía?

Mi hermana asiente y sonríe.

—Sí, cielo, sí —murmura—. Al parecer, según me ha contado mamá, él se ha quedado con la casa y ha comenzado a vivir aquí.

—¿Sabes de quién es el padre? —pregunta mi amiga.

Miro a Soraya, y ésta, bajando la voz, cuchichea:

—Es el padre de Maya, la niña de las gafitas amarillas que nos breó a pelotazos en el Correcaminos, mic..., mic... ¡La Repu!

Boquiabierta, parpadeo. ¿Ése es el padre de la niña monstruo? ¿De la Repu?

—Al parecer —prosigue mi hermana—, se ha divorciado, y tanto ella como él se han venido a vivir a este pueblo, y...

—Mamiiiii...

Esa vocecita.

Al mirar, me encuentro con Aaron frente a mí recién salido de la piscina con cara de circunstancias. En un hilo de voz, murmura:

—Mami, no te asustes, pero creo que me he hecho algo feo en el brazo.

Rápidamente, me levanto.

Si es que no gano para sustos... Antes de que diga nada más, sólo con ver el rostro marmóreo de mi niño y que no me llama «preciosa» o algo por el estilo, sé que dice la verdad.

De pronto, cuando le toco el brazo, Aaron se pone a llorar y mi hermana grita asustada. ¡Joder, qué histérica es! Que la madre soy yo y estoy intentando mantener la compostura para no asustar a mi niño.

Dos segundos después, los vecinos de toda la urbanización nos rodean. Están preocupados, y yo intento hablar con calma con mi pobre niño, que no para de llorar.

El caos se apodera de mi vida, hasta que el hombre que apenas conozco y que fue mi vecino en el pasado coge a mi hijo con delicadeza en brazos, me toma a mí por la cintura y, empujándome, dice:

—Vamos al hospital.

Sin dudarlo, le hago caso. Mi hijo es lo primero.

Mi madre quiere venir, pero está nerviosa y consigo convencerla para que se quede al cuidado de Nerea y David junto a mi padre y Torrija. Al final, la Patiño, que ha conseguido dejar de gritar como una posesa, nos acompaña y nos dirigimos al hospital con Aaron en el coche de aquel desconocido.

Nada más llegar, Diego pregunta por una mujer. Ésta sale, nos saluda y, con mimo, nos lleva hasta una consulta, donde una doctora, también conocida de Diego, mira el brazo de Aaron y le manda unas placas de urgencia.

Veinte minutos después, mientras mi hermana está solucionando el tema del seguro en el mostrador, sé que Aaron tiene una fisura en el brazo derecho producida por un golpe en la piscina y le están poniendo un yeso para que no lo mueva.

—¿Más tranquila?

Al mirar al hombre con el que apenas he cruzado cuatro palabras, asiento.

—Gracias por tu ayuda.

—De nada.

—Me quedé bloqueada —musito en un hilo de voz.

Él sonríe.

—No te preocupes. Yo soy padre también, y el día que a mi hija le dieron una pedrada en la frente me pasó igual. —Luego, tendiéndome la mano, añade—: Por cierto, nadie nos ha presentado. Soy Diego. Al parecer, fuimos vecinos en el pasado, aunque no me acuerdo de ti, pero sí de tus hermanos. Lo siento.

—¿En serio fuimos vecinos?

—Sí —sonríe él.

Como una bellaca, me hago la despistada y murmuro:

—Tranquilo. Yo tampoco me acuerdo de ti.

Decirle que en el pasado, cuando era una adolescente llena de granos, lo observaba a hurtadillas desde mi ventana cuando se ponía a hacer gimnasia en su habitación quedaría muy... muy feo.

Diego sonríe y prosigue:

—Según me ha comentado tu madre, eres la pequeña Estefanía.

—Sí.

—Y te estás divorciando.

Suspiro. Intuyo que mi madre le ha contado más de lo que él deja entrever y, sonriéndole, murmuro:

—No hace falta que disimules. Seguro que mi madre te habrá contado que mi marido me engañaba con una mujer. Tranquilo. Ya lo he asimilado. Sin lugar a dudas, he ido rayando techos durante mucho tiempo por culpa de ese sinvergüenza.

—Lo siento —murmura él ante mi honestidad.

—Pero, ¿sabes? —prosigo envalentonada—, eso se acabó. Este miércoles firmaré los papeles del convenio de separación y no pararé hasta ser ¡una mujer divorciada!

—Vaya... —dice él.

—Vaya... —resoplo yo convencida.

En ese instante, se abre la puerta del fondo y aparece mi hijo con una enfermera.

Al verlo, tan pequeñito, tan poquita cosa, me levanto y camino hacia él seguida por nuestro salvador, cuando mi pezqueñín me mira y dice:

—Tranquila, preciosa, estoy bien.

Siento que me tiembla la barbilla. Sin duda está bien tras lo que me ha dicho. Estoy emocionada y, agachándome para estar a su altura, lo abrazo.

—Ni te imaginas lo preocupada que estaba por ti, cariño.

Abrazados estamos cuando oigo vocear:

—¡Aaron..., Estefanía...!

Al mirar, veo a Alfonso, que llega corriendo. Tras él va una joven rubia con minifalda y unas piernas de infarto.

¡Vaya tela!

Al principio, me quedo bloqueada, hasta que finalmente murmuro levantándome:

—Joderrrrr.

Siento que Diego me mira y, acercándose a mí, pregunta:

—¿Quién es?

Miro a Aaron, veo cómo mira a su padre y a su acompañante y, bajando la voz, respondo:

—El que me hizo rayar los techos.

Vale. Lo he llamado yo. Me he visto en la obligación moral de hacerlo.

Es el padre de mi hijo y tenía que saber lo ocurrido. Pero, joder, ¿tenía que aparecer con esa rubia al menos diez años menor que yo?

Con gesto desconcertado, llega hasta nosotros con la lengua fuera, seguido por aquélla.

—Está bien —digo—. Tranquilo, Alfonso. Es sólo una pequeña fisura en el brazo.

Él asiente. Sin duda ha corrido para estar allí y, al ver cómo miro a la veinteañera que se ha quedado a unos pasos de nosotros, dice:

—Lo siento, pero cuando me has llamado estaba con ella y...

—No me interesa lo que estuvieras haciendo —lo corto.

Alfonso vuelve a asentir y, mirando a nuestro hijo, pregunta:

—¿Estás bien, campeón?

—Sí, papá.

Y, sin decir más, sale corriendo hacia un lateral, donde sorprendentemente se encuentra con un amiguito del colegio con el que se pone a hablar.

En ese instante, veo cómo Alfonso se queda mirando al hombre que está a mi lado. No lo conoce. No sabe quién es y, cuando voy a presentárselo, siento cómo las manos de Diego se posan en mi cintura y, tras darme un rápido y mimoso beso en el cuello, pregunta:

—¿Estás ya más tranquila, mi vida?

¡Ay, que me da!...

Pero ¿a qué ha venido eso?

¿Me ha llamado «mi vida»?

Y, cuando lo miro desconcertada y veo su sonrisa, no puedo no sonreír al sentir por qué lo ha hecho.

Sin duda lo hace para que me sienta fuerte ante mi ex y aquella joven. Entonces miro a Alfonso, soy consciente de cómo gradualmente él pierde el color de la cara, y digo:

—Diego, cariño, te presento a Alfonso, mi exmarido.

El aludido se mueve, le tiende la mano, que Alfonso acepta, y dice:

—Encantado, Alfonso.

Con cierto desconcierto en la mirada, mi ex replica:

—Lo mismo digo.

En ese instante aparece mi hermana, que, al ver a la churri que está parada junto a Alfonso, hace una mueca con la boca y cuchichea:

—Vaya..., vaya..., pero si ha venido Peter Pan. ¿Ésa es Saneamientos López? ¿Campanilla?

—¡Blanca! —protesto.

No quiero que comiencen a lanzarse puñales, y menos delante de Aaron, que está a pocos metros. Al entender mi protesta, Blanca suspira y, dándoles la espalda a aquellos dos, dice:

—Ya está todo arreglado. He quedado con mi amigo en que, cuando regresemos a casa, le enviarás por e-mail una copia de la tarjeta sanitaria de Aaron, ¿de acuerdo?

Asiento.

Alfonso nos mira.

La incomodidad está más que latente. Entonces Diego, para acabar con aquello, dice cogiéndome la mano:

—Mi vida, ¿qué tal si regresamos a la barbacoa, ahora que sabemos que Aaron está bien?

Mi hermana, al ver y oír aquello, sonríe. Otra que flipa con lo que aquél hace, pero afirma:

—Cuñado, me parece perfecto.

¡¿Cuñado?!... Joder con la Patiño.

Alfonso y yo nos miramos. Está boquiabierto, eso no se lo esperaba. Entonces, deseosa de perderlo de vista, musito cuando Aaron se acerca a nosotros:

—Gracias por venir, Alfonso. Como ves, ha sido menos de lo que esperaba.

—Sí. Y me alegro —afirma él tocándole la cabeza a nuestro hijo.

De nuevo nos miramos y, con la mejor de mis sonrisas, tras echar un último vistazo a la joven que lo acompaña, afirmo:

—Hasta el miércoles.

Alfonso asiente. No se mueve y, pesaroso, responde:

—Hasta el miércoles.

Una vez salimos del hospital, mientras Diego habla con Aaron, mi hermana me coge del brazo y, acercándome a ella, murmura:

—Así me gusta, con un par. Que no se diga de ti, hermanita. Menuda cara se le ha quedado cuando Diego te ha llamado «mi vida». ¡Me ha encantado!

—Pues antes me ha dado un beso en el cuello —afirmo sorprendida.

—Pero ¿qué me dices? ¿Y yo me lo he perdido? —se mofa ella.

Asiento y me turbo. No quiero seguir con el tema.

En el coche, no hablamos de lo ocurrido. Sin duda, el hecho de que Alfonso haya aparecido en el hospital con su churri veinteañera no ha sido lo mejor, pero, bueno, la cosa ha surgido así.

Al llegar a la barbacoa, todos nos reciben con cariño.

Mis padres, los pobres, estaban preocupados, pero en cuanto ven que Aaron está bien, a pesar de su yeso en el brazo, se tranquilizan. Eso sí, menudo veranito me espera con el niño, la piscina y el yeso.

Cuando nos sentamos todos a comer, Diego, ese guaperas que esta mañana me ha salvado tres veces la vida —primero evitando que todo el mundo siguiera mirando mis tetillas, después, llevándome rauda y veloz al hospital con mi hijo y, para finalizar, haciéndose pasar por mi noviete para que yo no me sintiera en inferioridad ante Alfonso—, se sienta lejos de mí y no sé si enfadarme o sentirme aliviada.

Quiero agradecerle su amabilidad, mientras noto todavía cosquillitas en el cuello por el dulce beso que me dio. Sin embargo, veinte minutos después, cuando lo veo sonreír con la hija de la Clinton, ya no quiero agradecerle nada. Sin duda, las palabras sobran, y creo que allí sobro yo.

Durante horas espero que vuelva a acercarse a mí, pero ni lo hace ni me dirige tampoco la palabra. Toda la amabilidad que ha tenido por la mañana se convierte en indiferencia total por la tarde, y, mira, casi que se lo agradezco. No tengo yo el cuerpo para jotas ni la cabeza para tonterías con ningún tío.

Por la noche, cuando todos estamos hablando alrededor de la piscina tras la barbacoa, a Diego le suena el teléfono móvil y se va. Antes de hacerlo, siento que me mira. ¡Por fin lo hace! Me guiña un ojo a modo de despedida y, finalmente, desaparece de escena.

Esa noche, cuando los niños se van a la cama y yo me meto en la mía, por primera vez en muchos, muchos..., muchos años, pienso en un hombre que no es Alfonso. Pienso en Diego, pero inmediatamente me regaño.

¿Qué hago pensando en él?

Lunes...

Martes...

Y llega el miércoles.

Ese día, me despierto con una extraña sensación en el estómago y comienzo a dudar si le hice algo a Yolanda y me echó Evacuol en el café del día anterior.

Pero no, no es por eso; sé que es por los nervios. Hoy acabaré con una parte de mi pasado con el que nunca había imaginado acabar, y eso me tiene nerviosa.

Pienso en mis niños. El colegio se termina dentro de una semana y comenzarán las vacaciones de verano. Este año no nos iremos de viaje como otros años, mi economía no lo puede sufragar, pero, bueno, creo que lo podremos soportar.

Una hora después, tras despertar a mis niños, presenciar sus numeritos mañaneros y llevarlos al colegio, regreso a casa. Hoy no voy a desayunar con las mamis, tengo que ir a Madrid a firmar el convenio de separación y debo estar a las once en el despacho de abogados.

Cuando entro en casa y saludo a Torrija, cojo su correa y la llevo al campo a que haga sus cosillas. Esta vez, la suelto. Quiero que corra feliz y loca.

Mientras paseo, miro el futuro y decido que el pesimismo se quede esa mañana en el campo junto a algunas de las cosillas que se deja allí Torrija. Se acabó el ser pesimista.

Ahora que soy la cabeza de mi familia, he de ser positiva y optimista.

Tengo que sentarme a hablar con el director de la residencia donde trabajo. Necesito trabajar más horas o, por el contrario, buscar otro empleo mejor remunerado. La vida sigue, no se acaba porque el hombre al que quería me engañara con otra, y mis hijos y yo tenemos que comer y vivir. Por tanto, ¡adelante con mi vida!

Torrija corre por el campo y yo sonrío al verla feliz. Felicidad. Eso es lo que quiero para mi familia y en mi casa y, me cueste lo que me cueste, sé que lo voy a conseguir. Primero, porque lo voy a buscar y, segundo, ¡porque me lo merezco!

Cuando regreso tras el paseíto matutino, le doy su galleta a Torrija, eso nunca lo perdona. Se sienta ante el tarro y de allí no se mueve hasta que se la doy. Después subo la escalera, entro en mi habitación, pongo música marchosa y, tras bailotear en busca de mi felicidad, entro derechita a la ducha.

Una vez me desnudo mientras intento no mirarme el trasero, porque si lo hago y veo mis imperfecciones, sin duda, el buen rollito que tengo se acabará, entro en la ducha, abro el grifo del agua y, cuando ésta corre por mi piel, murmuro:

—Qué gustirrinín.

Con premura, me enjabono, mientras pienso que llevo sin sexo varios meses.

Madre mía, ¡qué sequía que llevo!

Entonces caigo en la cuenta de que, igual que a otras se les cierra el estómago ante un disgusto, a mí, sin duda, se me ha cerrado el potorro. Vamos, que, por no utilizar, no he utilizado ni a Simeone.

Pensando en ello estoy cuando recuerdo algo que leí en una novela erótica que me dejó mi loca Soraya y, sonriendo, cuchicheo mirando la alcachofa de la ducha:

—Veamos si es cierto lo que he leído.

Sin dudarlo, toco el botón que viene en la alcachofa y cambio la forma en que sale el agua, provocando que los chorros salgan con más fuerza y por menos agujeritos.

¡Guau..., qué potencia!

Dispuesta a tener mi primer orgasmo tras varios meses, me apoyo en la pared de la ducha. Separo las piernas y, con los dedos, me abro los labios de la vagina para dejar al descubierto mi abandonado clítoris. Lo toco. Sonrío y, por suerte, compruebo que sigue ahí. ¡Y vivo!

Por ello, bajo la alcachofa hasta su altura y permito que el agua lo golpee.

La presión que ejerce contra él es increíble..., alucinante.

¡Uf..., qué cosquillitas!

Es cierto lo que leí. ¡Qué gustazo!

Cierro los ojos y disfruto el momento, mientras siento que mi cuerpo se destensa, un calor me sube y, sin saber por qué, la imagen de Diego, aquel al que llevo varios días sin ver, aparece ante mí y, ni corta ni perezosa, murmuro:

—Bienvenido a mi fantasía, Diego.

Sonriendo, suspiro..., jadeo y me dejo llevar, mientras imagino que está de rodillas ante mí y es su lengua la que me da aquellos ligeros y húmedos toquecitos en el clítoris.

Guau... Guau... Guau... Sí..., me gusta, y jadeo de puro placer mientras susurro:

—Diego..., no pares.

Sin descanso, juego con el agua, la presión y mi clítoris. Imagino y fabrico una increíble fantasía donde Alfonso no tiene cabida, pero sí Diego. ¡Dios, qué morbo! Y, cuando el placer crece y crece en mi interior, y siento que mi clítoris va a explotar por lo mucho que me gusta, murmuro:

—Qué maravilla..., cariño. Ahí..., justo... justo ahí.

Mi fantasía me da lo que quiero, lo que busco, mientras la boca caliente y tentadora de Diego, sin descanso, me proporciona un placer desconocido para mí.

Pero ¿cómo no había probado antes esto?

Cuando un ronquido gustoso sale de mi boca, mis piernas tiemblan mientras se juntan y la alcachofa resbala de mis manos para caer al suelo de la ducha, sólo puedo jadear, totalmente emocionada:

—Oh, sí..., sí..., sí..., sí...

Lo que acabo de experimentar, de probar, de disfrutar ha sido algo increíblemente placentero que, sin duda, sin ninguna duda, lo repetiré con asiduidad.

Pocos minutos después, una vez me tranquilizo y sonrío al pensar en el rubiales de Diego, cojo la alcachofa del suelo, cambio la potencia del agua y continúo duchándome.

Cuando acabo, me envuelvo en mi albornoz y salgo a mi habitación. Allí abro, un cajón de la mesilla, cojo unas bragas limpias y, de pronto, algo llama mi atención. Al cogerlo, veo que se trata del gel con sabor a fresa que compré para utilizar con Alfonso meses antes y que, por desgracia, está sin estrenar.

—Bueno —murmuro tras resoplar—, si mal no recuerdo, tengo tres años antes de que caduque.

Vuelvo a dejarlo en el cajón y, mientras regreso al baño, pienso en mis amigas divorciadas. Soraya, Nuria, Yolanda y mi hermana dicen que el mercado está muy mal para encontrar a alguien que merezca la pena conocer, pero que está muy facilón para acostarse con quien una quiera.

Vamos, que, hoy por hoy, lo que prima es el sexo sin amor, algo a lo que yo no estoy acostumbrada y no sé si me acostumbraré.

Una vez acabo en el baño, regreso a la habitación, abro el armario y, tras mirar la ropa de varias tallas que tengo acumulada por los años y que siempre me he negado a tirar por si alguna vez vuelve a entrarme en el cuerpo, decido probarme un traje monísimo del pasado.

Con el disgusto de los últimos meses, he perdido algo de peso, y quizá me valga. El traje me queda niquelado y, cuando me miro al espejo, murmuro orgullosa, a pesar de mi morcillita:

—Olé y olé. Estefanía, ¡estás estupenda!

Me miro por delante. ¡Genial!

Me miro por detrás, ¡vaya culito más mono que me hace! Eso sí, tapadito está mejor.

Cuando salgo de casa y cojo el coche, pongo música. Marc Anthony es un buen compañero para el desconcierto, y voy cantando todo el trayecto hasta Madrid.

Sus canciones son como la vida misma: tristes, alegres, esperanzadas, desesperadas..., y yo, que soy un cúmulo de todo ello, canto mientras soy consciente de que lo que voy a firmar ese día cambiará el resto de mi existencia.

Dentro de unas horas voy a pasar de ser una mujer casada a una mujer legalmente separada, y estaré libre como los taxis.

Tras chuparme un buen atasco como siempre que voy a Madrid, llego hasta la calle Claudio Coello, donde está el despacho de abogados. Allí, dejo el coche en un parking público y, con paso firme, me dirijo al portal, cuando oigo:

—Estefanía.

Al volverme, me encuentro con Alfonso, aquel que, hasta hace poco me llamaba «churri», «ninfa de mis sueños» y tonterías de ésas. Se acerca a mí para saludarme y veo que no sabe si darme un beso, dos, la mano o el pie. Al final, se lo facilito y le doy yo dos besos. Soy civilizada.

—Estás muy guapa —murmura.

Ver su cara y cómo me escanea me hace saber que lo dice de verdad. Recuerdo que ese traje de Armani me lo regaló él.

—Gracias —afirmo sonriendo.

Alfonso, nervioso, mira a los lados y finalmente pregunta:

—¿Quieres tomar algo antes de entrar?

Lo valoro. ¿Debo? ¿No debo?... Y, al final, decido que sí. Quiero tomarme un último lo que sea con mi marido, antes de romper para siempre nuestra unión.

Caminamos hacia una cafetería sin rozarnos, entramos y Alfonso pide dos cafés con leche. Cuando pide sacarina para él, miro al camarero y rectifico:

—Ponga un solo café con leche. Yo prefiero una Coca-Cola.

El camarero asiente, sonríe y, cuando éste se va, Alfonso pregunta:

—¿No querías un café?

Niego con la cabeza y, sonriendo, murmuro:

—No.

Sorprendido por aquello, el que será mi ex en breve indica:

—Pero si siempre pedías café a esta hora, y...

—Lo sé —lo corto—. Pero hoy me apetece algo más fresquito.

Él me mira boquiabierto. La Estefanía que está frente a él lo sorprende, y eso me gusta.

En silencio, esperamos a que el camarero nos traiga lo que hemos pedido y, cuando lo tenemos frente a nosotros, Alfonso dice tras echarle sacarina al café:

—Oye, en referencia al otro día en el hospital, quería disculparme por ir acompañado de...

—Estás disculpado —lo interrumpo.

Él asiente. Sin duda, aquello le está costando, y murmura:

—Cariño, yo...

—Mal comienzas. Ya no soy tu cariño. Ahora para ti sólo soy Estefanía, la madre de tus hijos, nada más.

Confundido y algo receloso, indica:

—Si tú decides no firmar los papeles, no seré yo quien te obligue. Si quisieras, yo...

—Alfonso —lo vuelvo a cortar—. Quiero llevarme bien contigo por el bien de nuestros hijos, pero no olvides que me has engañado, me has traicionado y me has mentido, y eso nunca te lo voy a perdonar. Por tanto, es mejor que no repitas lo que creo que ibas a decir porque eso nunca va a suceder, ¿entendido?

Mi desbaratado marido me mira. Continúa con las ojeras. Sin duda ya no lleva la vidorra de antes, aunque tenga otras churris. Entonces, a punto de la lágrima, murmura:

—Lo siento..., te echo tanto de menos que...

—Te acostumbrarás —afirmo don dureza—. Si fuiste capaz de acostumbrarte a engañarme viéndome la cara todos los días, ahora tienes que ser capaz de no verme y vivir tu vida. Es más, te lo aconsejo, porque es lo que yo pienso hacer.

—¿Piensas o haces?

Al oír eso, sé por qué lo dice. Lo conozco muy bien. Han sido veinte años juntos. Entonces, con una sonrisa que fabrico, respondo:

—Si lo dices por Diego, no voy a contestarte. Vuelvo a ser dueña de mi vida y a ti no tengo por qué darte ninguna explicación, ¿entendido?

Mi dureza lo afecta. Nunca imaginó que yo pudiera ser tan fría, ni yo tampoco, pero está visto que, cuando nos tocan el corazón, algo en nosotros se despierta y, mirándolo, apremio sin sentimentalismos:

—Vamos, tómate el café o llegaremos tarde.

Asiente. Decide callarse y no decir más. Estoy segura de que se está preguntando quién soy y dónde está su churri.

Sin rozarnos de nuevo, salimos de la cafetería y entramos en las oficinas, un lugar lleno de gente. Llama mi atención ver que un par de hombres vuelven sus cabezas para mirarme. Alfonso los observa con cierto resquemor. Yo sonrío.

Mirémoslo por el lado positivo.

Gustar siempre me ha gustado, aunque lo había olvidado y, sin duda, ahora, en este punto de mi vida, quiero gustar y, por supuesto, cada día estoy más y más convencida de que quiero gustar mucho.

Una vez que la señorita de la entrada toma nota de que hemos llegado, nos pasan a una sala. Allí, Alfonso y yo nos sentamos, y él insiste:

—¿Estás segura?

Lo miro. Ante mí tengo al hombre con el que he pasado mis últimos veinte años. Veinte años llenos de cosas bonitas y menos bonitas.

—Sí —afirmo.

El dolor cruza como un rayo por su rostro. Siento que le duela, pero más siento lo que él me ha hecho a mí, y si estamos allí es por su culpa, no por la mía.

Ya no hay marcha atrás. El dolor ya es menos doloroso para mí y, cuando los abogados entran, decido prestarles toda mi atención.

Veinte minutos después, tras firmar unos papeles, mi abogado dice:

—Estefanía, oficialmente estás separada.

«Guauuuuuuuuuuuuuuuu...», estoy por gritar.

Con los ojos encharcados en lágrimas, Alfonso me mira.

¿De verdad va a llorar?

¿De verdad va a montar un numerito de circo?

Con una seguridad que me da hasta miedo, me miro el dedo. Allí está el anillo que él me puso hace mucho... mucho tiempo y que representaba algo sagrado para mí. Llevarlo ahora es ridículo. No significa nada y, tras suspirar, me lo quito y, mirando al que ya es oficialmente mi exmarido, digo mientras echo el anillo dentro del bolso:

—El pasado pasado está.

A continuación, me levanto, cojo los papeles que mi abogado me entrega y, mirando a Alfonso, que sigue con los ojos encharcados en lágrimas, murmuro dispuesta a seguir con mi vida, me cueste lo que me cueste:

—Espero que disfrutes de la vida, como la voy a disfrutar yo.

Él me mira apenado. No habla. No dice nada mientras yo, con paso seguro, salgo de la sala.

Cuando entro en el ascensor vacío, tiemblo y me miro al espejo.

Allí estoy yo. Una mujer adulta, separada y dispuesta a todo, e inexplicablemente sonrío, me estiro la chaqueta del traje y, consciente de que todo a partir de ahora será nuevo, me digo:

—Estefanía, bienvenida a tu nueva vida.

Cuando las puertas del ascensor vuelven a abrirse, salgo de él con una sonrisa desafiante pero pisando fuerte, dispuesta a encararme con mi futuro.

Soy una mamá... divorciada y alocada

Pasito a pasito

«Estefanía, oficialmente estás separada.»

Esas palabras retumban una y otra y otra vez en mi mente mientras miro el techo de mi habitación.

«Madre mía..., madre mía...

»Por el amor de Dios...

»¡Que me he separadoooooooo!»

Vale. Ya sé que no soy ni la primera ni la última en hacerlo, pero... ¡me he separado! Yo..., Estefanía..., separada.

«Uf..., uf..., el calor que me entra.»

Si llegan a decirme esto hace un año, ¡me río y me destrozo!

Yo, que era la mayor fan de él.

Yo, que besaba el suelo por donde pisaba.

Yo, que creía en el amor y en la pareja.

Pero no. Eso se acabó.

Ya no soy fan de nadie, ni beso el suelo de nadie, ni creo en el amor.

He tomado una decisión tras saber que el hombre al que adoraba, quería y amaba, al que le planchaba las camisas y los calzoncillos para que fuera como un pincel de guapo, me la estaba pegando con Saneamientos López.

Pero ¿se puede ser más cabrito?

Yo, aquí, ejerciendo de mami y amante esposa, riéndole las gracias cuando no las tenía, soportando sus pedos cuando se le caían y aguantando a su madre cuando la buena señora se presentaba, y él, dándose la vida padre, acostándose con ésa y a saber con cuántas más y riéndose de mí en mi cara.

No..., definitivamente no es un cabrito, ¡es un cabrón!

Me estiro sobre el colchón y, ¡zas!, alguien me lo impide.

Al mirar, me encuentro con mi perra *Torrija*. Compartimos cama.

Sus ojitos redondos me observan a la espera de que le sonría para ella tirarse contra mí y llenarme la cara de lametazos.

¡Qué cariñosa es!

Vale. Sé que los perros no se han de subir a la cama, mi ex siempre me lo decía. Pero *Torrija* es una más de la familia y, aunque a veces me despierto y estoy al borde del colchón mientras ella está repanchingada en el centro, se lo permito. ¿Por qué?, pues porque me da la gana. ¿Para qué te voy a decir otra cosa?

Tras unos segundos en los que *Torrija* y yo nos miramos, finalmente sonrío, y ella, mi bichito precioso, se pone de un salto sobre mí y, mientras mueve el rabo de manera descontrolada, me da sus particulares, lametosos y babosos buenos días. Vuelvo a sonreír. Ella me hace feliz.

Cuando su ratito de amor perruno e incondicional acaba, vuelve a tumbarse a mi lado. A ésta le gusta tanto como a mí la cama.

Hoy termina el colegio de los niños y ha pasado una semana desde que firmé la separación.

Siete largos días, que son ciento sesenta y ocho horas.

Ciento sesenta y ocho horas que son diez mil ochenta minutos.

Diez mil ochenta minutos que, traducidos en segundos, son...

Vale, paro.

No soy una experta matemática. Sé esto porque esta madrugada, cuando me levanté al baño por enésima vez, cogí el móvil y lo conté con la calculadora.

«Dios..., me voy a volver loca.»

Angustiada, levanto el brazo. Lo miro y, ¡zas!, me fijo en mi dedo.

«¡Joder, a ver si me da el sol y se me quita la marca!»

Pero me tiembla la barbilla... «Aisss, que lloro.»

Los ojos se me empañan... «Aisss, que gimoteo.»

Torrija, que es más lista que el hambre, rápidamente acude a mi rescate. Vuelve a llenarme la cara de besos y reacciono. Paro y me siento en la cama, ¡no voy a llorar!

Que no..., que no... ¡Que no quiero!

Vuelvo a mirar mi mano. ¡Qué rara me siento sin el anillo! Pero basta...

¡Se acabó flagelarme!

Lo mío con mi ex —qué raro resulta decir «mi ex»— está roto. *Finito. Caput!*

Sólo espero que a partir de ahora y hasta que firmemos el puñetero divorcio exprés todo lo hagamos bien, especialmente por los niños.

¡Divorcio exprés!

Por Dios, qué mal suena esa clase de divorcio después de una vida junto a él.

Qué triste.

Qué triste es vivir un momento así y pensar que, a partir de ahora, el padre de mis hijos será un desconocido con el que tendré recuerdos en común que quiero olvidar.

Por supuesto, quiero olvidar los recuerdos de él, no los de mis hijos.

Alfonso, alias *Rapunzel* por el amor que le tiene a su lindo cabello, me ha hecho daño, mucho daño, y cuanto menos piense en él, mucho mejor.

Miro el despertador.

Queda media hora para que suene y tenga que levantarme gritando como cada mañana. ¡Zafarrancho de combate!

Despertar a mis niños es una guerra. Una guerra que hago encantada cada mañana, y espero que el tiempo se ralentice para que pueda disfrutarlo mucho más, aunque a veces me queje.

Una cosa importante: necesito encontrar un trabajo. Las horas que echaba en la residencia de ancianos se acabaron, y aunque de momento no voy mal de dinero, porque nos hemos repartido lo que teníamos en común, está claro que, si sólo se saca y no se mete, las cuentas se vacían, y yo necesito meter.

Y, ya que nos ponemos, no me vendría mal en otros sentidos, porque desde que Alfonsito se marchó, sólo tengo citas nocturnas con mi adorado *Simeone*, ese que duerme en el primer cajón de la mesilla y que de vez en cuando me alegra la vida.

¡Anda que no!

Hace dos días le puse pilas nuevas, pues las que tenía estaban decaídas como yo, y, *madredelamorhermosobonitoycurrufoso*, la potencia que tiene ahora.

¡Increíble!

Sedienta de agua, por no decir de venganza contra mi exchurri, me levanto al baño para beber, seguida, cómo no, por *Torrija*. Es mi sombra. Allá donde voy viene ella.

Al entrar en el baño mis ojos chocan directamente con el albornoz de mi ex.

Lo miro.

No puedo ni moverme, y de pronto soy consciente de que permanece colgado donde siempre.

¿Por qué?

¿Por qué no lo he quitado?

¿Acaso estoy tan acostumbrada a verlo que ni estando ahí lo veo?

La costumbre. Maldita costumbre.

Finalmente, consigo moverme, llego hasta el grifo, lo abro y bebo agua a morro.

Pienso en Alfonso. En que hoy lo veré en la fiesta de fin de curso de los niños, y siento un retortijón.

«¡Joder..., joderrrrrrrr!»

Una vez termino y cierro el grifo, mis ojos vuelan de nuevo al maldito albornoz de Pierre Cardin negro y gris que le compré con tanta ilusión a ese imbécil para Navidad.

Pero, vamos a verrrrrrrrr...

¿Por qué sigue ahí colgado?

¿Por qué no cojo todas las jodidas cosas suyas que aún no se ha llevado y hago una hoguera con ellas?

Cierro los ojos y me invaden cientos de recuerdos.

Alfonso abriendo el regalo...

Alfonso probándoselo y yo sonriendo...

Alfonso mirándome y yo quitándoselo...

Madre mía..., madre mía, ¡qué moñas soy!

Pero ¿cómo puedo recordar eso cuando ese falso me la estaba pegando con otra?

De nuevo, otro retortijón de estómago, y reacciono.

Estiro la mano, cojo el albornoz para tirarlo a la basura, pero, tonta de mí, me lo acerco a la nariz. Huele a él. Huele a mi ex. Huele al hombre que me ha hecho arañar los techos de mi casa y me ha partido el corazón.

Durante unos segundos olisqueo la prenda, que, además, huele a traición, cuando mis ojos y los de *Torrija* se encuentran.

La pobre me mira.

Sus ojos redonditos y cargados de bondad me dicen que no me preocupe. Que ella está a mi lado, y sonriendo con tristeza, afirmo:

—Lo sé. ¡Soy una imbécil!

Torrija se sienta frente a mí. Ladea la cabeza y yo cuchicheo sentándome en la taza del váter:

—No pienses que volvería con él... Que no..., ¡ni loca! Pero aún se me hace raro que no viva aquí. Han sido muchos años juntos. Demasiados. Y, aunque sé que estoy haciendo lo que he de hacer, me duele y tengo que aprender a vivir sin él.

No dice nada.

Vamos..., que si habla me da un patatús, pero sólo me mira.

Finalmente, y consciente de que soy una dramas, sonrío y afirmo tocando su preciosa cabecita:

—Tienes toda la razón del mundo. Pasito a pasito.

«Rabiosaaaaaaaaaaaa... Rabiosaaaaaaaaa... Rabiosaaaaaaaaaaaaa...»

¡Mi despertador!

De inmediato, me levanto del váter, tiro el albornoz al suelo, salgo del baño y corro a apagarlo, seguida por mi sombra perruna.

Definitivamente he de cambiar el tono que tengo puesto, y más ahora que comienzan las vacaciones de verano.

Al final, me recojo con una pinza el pelo en lo alto de la cabeza, me pongo las zapatillas con premura y murmuro:

—Ea, ¡a despertar a los pichoncillos!

¡Zafarrancho de combate!

Como siempre, mis peques están fritos, pero fritos..., fritos.

¡Mira que les gusta dormir!

Tanto como a... a... su padre y a mí. Aunque confieso que, desde que ellos llegaron a mi vida, sólo duermo como si no hubiera un mañana cuando se van a dormir con mis padres o ahora cuando se marchan con su padre. El resto del tiempo duermo en modo «mamá»: con medio ojo abierto y las antenas conectadas.

Como me dijo mi hada madrina, mi madre, cuando nació Nerea: «¡Descansa cuando puedas, que no será siempre!».

«Ay, mamá, ¡qué sabia eres, *jodía*!»

Sin tiempo que perder, entro en la habitación de mi preciosa y adolescente hija, cuyas paredes están llenas de maromos impresionantes, y, acercándome a ella, murmuro mirando a uno morenito que está de muy buen ver:

—Nerea..., Nerea, despierta.

—Jo, mamáaaaaaa...

Al oírla, sonrío e insisto:

—Último día de cole, y hoy bailas en la función esa canción que tanto te gusta.

Mi niña se estira y bosteza.

—Cinco minutitos más, mamuchi..., por favor.

Eso me hace sonreír de nuevo.

No falla esa frase cada mañana.

¿Qué tendrán esos cinco minutitos?

Con diligencia, salgo de la habitación de la princesa de la casa para entrar en la de mis dos príncipes, Aarón y David. Ellos, al igual que su hermana, duermen como ceporros y, tras darle un besito a David en la frente, me acerco a Aarón, lo beso también y susurro:

—Tesoro. Hay que levantarse.

Aarón sonríe.

Me encanta esa sonrisita mañanera, que algún día le dedicará a otra, aunque se dé la vuelta y siga durmiendo.

¡Eso tampoco falla!

De pronto, mi pequeño David salta de la cama y, mirándome con unos ojos como platos, pregunta mientras *Torrija* salta emocionada al verlo despierto:

—Mami, hoy se acaba el cole, ¿verdad?

Asiento.

—Sí, mi amor. Hoy te dan las vacaciones.

David aplaude, salta y, corriendo, va a por sus deportivas mientras yo pienso en los casi tres meses sin colegio que tengo por delante, y no sé si cantar o hacerme el harakiri.

Vamos a ver..., adoro a mis niños, pero tres meses en modo mamá las veinticuatro horas del día es agotador..., por no decir ¡una putada!

Y que conste que yo por mis niños ¡MA-TO!, pero quien diga que esos tres meses son una bendición y no un calvario plagado de momentos en los que dan ganas de maniatarlos ¡miente como un bellaco!

Una vez mi David desaparece, acaricio con mimo el rebelde pelo de Aarón.

—Vamos, campeón, ¡a levantarse!

Mi niño se estira, se da la vuelta, vuelve a sonreír y, abriendo sus bonitos ojos, murmura mirándome:

—Buenos días, preciosa.

«Aissss, ¡que me lo como!»

Aarón es un meloso de primera desde bien pequeñito.

Adoro que sea así, aunque algo en mí me dice que va a ser un ligón de primera que va a romper muchos corazones y me va a dar muchos problemas.

«¡Niñas del mundo..., preparaosssssssssss!»

Pero, sin querer pensar en esos corazones que romperá y en esas niñas que lo mirarán embelesada, sonrío, me siento en la cama y, agachándome, lo beso en la mejilla mientras digo:

—Aisss, mi *pezqueñín*..., ¡qué bonito y achuchable que es!

Eso hace que Aarón se levante a toda leche de la cama, ponga los pies en el suelo y, retirándose de mí, proteste mientras *Torrija* le chupetea la pierna:

—¡Mamaaaaaaaa

Sonrío, no puedo evitarlo, y, haciéndome la holandesa, pregunto:

—¿Qué pasa, mi amor?

—¡Que ya no soy un bebé!

Vuelvo a sonreír.

Mis niños crecen, como crecen todos los hijos de todas las madres del mundo, y, tremendamente consciente de que está en lo cierto, respondo:

—Lo siento, mi amor. Pero, para mí, tú y tus hermanos, por muy mayores que seáis, siempre seréis mis *pezqueñines* y necesito achucharos y besuquearos.

Él mueve la cabeza sin dar crédito. Debe de pensar que me faltan varios tornillos, y, sin decir nada, sale a toda prisa de la habitación justo en el momento en que entra David, que es todo vitalidad, y grita:

—¡Mami..., las zapatillas que me compraste corren mucho!

Vuelvo a sonreír feliz. David hace lo mismo que en su momento hizo su hermano Aarón. Cada vez que le compro unas zapatillas de deporte, corre con ellas y afirma que ¡corren mucho!

Encantada, lo agarro y me lo como a besos; éste todavía se deja besuquear.

La siguiente hora es una réplica exacta de todos los santos y benditos días.

Nerea se pelea con Aarón, Aarón con David y David con Nerea, luego David con Aarón y Nerea con conmigo, mientras la pobre *Torrija* nos observa en silencio y estoy casi segura de que alguna vez pensará qué maldad hizo ella para acabar en una familia así.

Acabados los desayunos, y recogidas sus carteras, consigo sacarlos de casa sin que se maten, con sus ropas especiales para la función de fin de curso.

Como cada mañana, en la puerta del cole les digo adiós desde la verja y sólo mi pequeño David me mira y se despide de mí.

«Aissss, aún recuerdo cuando Nerea y Aarón hacían lo mismo cada mañana con sus preciosas sonrisitas, hasta que les llegó el momento "vergüenza" y todo se acabó. En fin...»

Cinco minutos después, una vez me reúno con mis amigas Alicia y Yolanda, nos dirigimos al bar de siempre para desayunar. Allí nos esperan Paco y Luis, junto a Nuria y Clara.

Una vez nos sentamos alrededor de la mesa y pedimos nuestros desayunos, nos miramos conscientes de que es nuestra última mañana juntos hasta que comience de nuevo el colegio.

Eso nos emociona, pero, no queriendo moquear, lo olvidamos y nos sumergimos a hablar de nuestras cosas.

—¿A qué hora comienza la función de fin de curso? —pregunta Yolanda.

—A las tres —indica Paco, y, mirando a Luis, cuchichea—: Por cierto, me consta que asistirá el bellezón de Shakira. Vamos, amigo, es tu última oportunidad en este curso para pedirle a esa mamá que se tome una copita contigo.

Todos reímos.

Nosotros y nuestras cosas. Sabemos que vamos a añorar nuestro ratito mañanero, en el que sacamos trajes al más pintón, y Paco y Luis nos demuestran que, a pesar de ser dos tíos, son dos grandes marujos.

¡Y luego dicen que a los hombres no les va el cotilleo!

Tras una hora de risas y confidencias, antes de despedirnos quedamos en vernos sobre las tres menos diez en la puerta del cole para asistir al evento. Nuestros niños actúan y no queremos perdérnoslo.

Una vez regreso a casa tengo una prioridad ineludible: sacar a *Torrija* o, mejor dicho, que *Torrija* me saque a mí. Oficialmente, la he nombrado paseadora de humanos porque últimamente ella me lleva a mí.

Cojo su correa, la ato para que los puñeteros municipales del pueblo no me pongan una multa y nos vamos a dar nuestro paseíto matutino. Lo que disfruta mi perra ese momento.

Cuando llego al campo, donde sé que no pueden multarme, la suelto para que deje de tirar como una descosida y deje de meterme por sitios imposibles, y *Torrija* se vuelve loca. Verla correr y saltar tras los palos que le lanzo es increíble, y tengo que reír a carcajadas cuando me hace cabriolas. Es tan feliz corriendo que en ocasiones hasta parece que se ríe.

¡Me encanta mi *Torrija*!

Media hora después, con la lengua fuera y decidida a hacer lo que he pensado, la perra y yo regresamos a casa y entro directa al garaje. El mundo de Alfonso. De mi ex.

Mira que le gustan los tornillos. Por tenerlos, los tiene de todos los colores y tamaños. Él y sus gustos...

Ignorando lo que estoy pensando, busco una caja vacía. Sé que las hay, y cuando la encuentro, con ella en la mano, salgo del garaje y voy directa a mi habitación. *Torrija* me sigue babeando el suelo. Acaba de beber agua y la tía es que me lo pone todo pringado. Pero da igual, que ensucie. También está en su derecho.

Una vez en la habitación, dejo la caja sobre mi cama, entro en el baño y lo primero que agarro es el maldito albornoz de mi ex, salgo y lo meto en la caja. A eso le sigue todo lo que encuentro de él.

Me molesta hasta verlo.

Animada por lo que estoy haciendo, y aunque él se ha llevado lo que en la separación dictaminamos, bajo con la caja al salón.

En plan justiciera, miro a mi alrededor escaneándolo todo a mi paso. Necesito que sus recuerdos desaparezcan de mi vista, y lo siguiente que meto en la caja son un par de cuadritos que le encantaban y que él compró un verano en Huelva. ¡Adiós, recuerdo!

Tras eso, rebusco entre los CD de música. Sigue habiendo algunos de él, y los separo. Una vez acabo, los miro y, bueno..., bueno, éste de Whitney Houston y este otro de Barry White ¡me los quedo! Me gustan a mí.

Cuando termino, cierro la caja y la llevo al garaje. Cuando venga a ver a los niños a la función, que luego se pase por *mi* casa y se lleve *sus* cosas.

Acalorada por el momento terremoto vivido, entro en el salón, mi gran amiga *Torrija* me observa en silencio. Me acerco a ella y, agachándome para besarle la cabeza, murmuro:

—Como tú me recomendaste, pasito a pasito.

Esa cosa llamada... promesa

Como cada año desde que soy mamá, llegado el día de la función aquí estoy, en la puerta del colegio para ver a mis niños hacer monerías.

A mí me da igual si lo hacen bien o mal, lo importante es que ellos estén felices. Aunque reconozco que, como a la mayoría de los padres, se me cae la baba cuando los veo en el escenario.

Apoyada en el muro, miro a mi alrededor y alucino. Hay algunos padres que para asistir a la función de fin de curso van tan emperifollados que parecen que van de boda.

«Por Dios, ¡qué elegancia!»

Y otros, como yo, que vestimos como un día normal y corriente.

Soraya, mi gran amiga Soraya, se acerca al verme junto a mis padres, que no se pierden una sola función de sus nietos; ¡lo que disfrutan los yayos con esto! Tras besuquearnos, comenzamos a hablar, y de pronto oigo a alguien decir:

—Señora González..., señora González.

Por costumbre, miro. Han sido demasiados años asumiendo ese apellido como mío. Veo al profesor de Aarón, que me mira y a continuación dice con una sonrisa:

—Muchas gracias por los bombones y el libro. Ha sido todo un detalle.

Sonrío. Qué menos que un detallito para agradecerle la paciencia que ha tenido con mi niño.

Ambos sonreímos y, sin decirnos más, el profe se va escopeteado para el auditorio; entonces mi amiga Soraya cuchichea guiñándome un ojo:

—Está soltero..., me lo dijo la madre de Vanesa.

La miro boquiabierta.

«Por Diosssssssssss..., ¡que el profe de mi hijo no me gusta!»

Pero, sin ganas de crear polémica o mi madre se meterá en ella, asiento y no digo nada. ¿Para qué?

Soraya ve a su madre.

Grita su nombre, pero la mujer, que está sorda como una tapia, no se entera. Al final Soraya dice dirigiéndose a mí:

—Te llamo y nos vemos mañana.

Asiento. Le guiño un ojo y ella se va tras su madre.

Tan pronto como me quedo sola con mis padres, busco al padre de mis niños entre la gente. Les prometió que vendría. Algo raro en él porque nunca ha asistido a ninguna función, y únicamente espero que si aparece lo haga solo y no con su nueva churri, que, por cierto, ya no es Saneamientos López.

«Uf..., uf..., como venga con ella, ¡la vamos a tener y muy gorda!»

Inquieta, lo busco. No me fío de él ni un pelo y, cuando finalmente no lo encuentro, agarro a mis padres del brazo y los llevo junto a mis amigos. Cuando aparezca, ¡que se busque la vida!

Poco después, como cada año, al abrirse la puerta del auditorio del colegio para entrar no faltan los empujones, los gruñidos y las malas caras.

Pero, vamos a ver, ¿acaso no somos adultos?

Pues no..., está visto que en algunas cosas somos peores que los niños.

Allí todo bicho viviente quiere estar en primera fila, móvil en mano, para grabar a sus hijos, y lo entiendo. Que sí..., que sí..., ¡que lo entiendo!, porque yo también quiero ver a mis *pezqueñines*. Pero lo que no estoy dispuesta es a que pisoteen a mis padres, me rompan el brazo o me metan mano. Porque sí..., sí..., hay algún que otro padre, o abuelito con cara de no haber roto un plato, con las zarpitas muy largas, y que, con eso de estar todos apretujados, aprovecha y se da algún que otro gustito al cuerpo.

«¡Qué degenerados!»

Una vez que conseguimos entrar en el auditorio de una sola pieza y nos ponemos en un lateral a salvo de empujones, mis padres están emocionados y mi amiga Yolanda, que mira a su alrededor, cuchichea:

—Mi ex se lleva a los niños a la playa unos días, ¿el tuyo también?

La miro. No sé qué decir.

Alfonso no me ha dicho nada y, la verdad, dudo que se los lleve. Pero sólo pensarlo me agobia.

¡Nunca se han ido de vacaciones sin mí!

Ando pensando en ello abrumada mientras busco al imbécil entre la gente, pero nada, no lo veo; entonces comienza a sonar música por los altavoces y salen al escenario los más chiquitines.

«¡Ay, qué monossssssssss!

»¡Ay, que me los comoooooooooo!»

Todos los padres, y cuando digo «todos» ¡es «todos»!, ponemos una cara de idiotas que es para fotografiarnos. Ver a niños y niñas de cuatro añitos bailando por sevillanas es para morirte, y no sólo de la risa.

Pero todos gritamos «¡Olé!» cada vez que la música se para, y aplaudimos como si estuviéramos viendo el mejor espectáculo del mundo.

Sin duda alguna, lo mejor de la vida ¡son los niños!

Tras los peques sale la clase de mi hijo David, y yo babeo al verlo cantar con su carita de ángel *«Tomorrow..., tomorrow..., I love you tomorrow...»*.

Hago mil quinientas fotos, la mayoría de las cuales saldrán movidas, ¡pero da igual! Eso no me importa. Lo importante es que mi niño lo pase bien y yo me reviente las manos de tanto aplaudir junto a mis emocionados padres.

El espectáculo continúa y, cuando sale la clase de Aarón, yo creo que me muero de la risa.

Allí está mi ligoncete, en plan macarrilla, bailando una de las canciones del musical *Grease* y, por cómo mira a las chicas, sé que lo está disfrutando una barbaridad.

«¡Qué bien lo hace, el *jodío*!»

Fotos..., fotos... y más fotos... Aplaudo como una descosida mientras oigo a mi padre llamar orgulloso a Aarón y el muy sinvergüenza nos guiña el ojo feliz.

Por último salen los mayores.

Ellos son los más profesionales y, cuando veo a Nerea, tan guapa, tan mayor, tan bonita, mi madre y yo aplaudimos y damos unos grititos a lo yanqui que sé que luego mi hija nos va a reprochar, pero da igual. ¡Necesitamos gritar!

Junto a nosotros, un grupo de chicos del instituto de al lado aplauden y silban. Con el pavazo que tienen, las niñas sonríen, empezando por la mía, y boquiabierta me quedo cuando oigo las burradas que dicen.

«Pero ¿serán sinvergüenzas?

»Como los pille, les arranco la cabeza.»

Y, al ver cómo Nerea le sonríe a uno, me entran los siete males.

«Por Dios..., no..., no..., no..., no quiero que mi niña cometa los mismos errores que yo.»

Y, sin poder remediarlo, recuerdo aquella frase que mi padre me decía: «Donde hay hormona, no hay neurona».

Estoy atónita, no puedo quitarle ojo a mi hija, y mi madre, que es la bomba, me mira y dice:

—Mírala, es tan descarada como tú mirando a los chicos a su edad.

Resoplo y, cuando voy a decir algo, comienza a sonar la canción, *Vente pa'cá*, de Ricky Martin y Maluma, y las niñas, porque son unas niñas, por muy mayores que se crean ellas, se lanzan a bailar con una sensualidad que a más de uno lo deja noqueado.

—¡Joder, con las niñas! —murmura Clara sorprendida.

Mi padre asiente, me mira y suelta:

—¡Es bailona como tú!

—Sí, papá —afirmo con una sonrisa mientras miro a ver si el padre de mi hija la está viendo.

—Pero buenoooooooo —cuchichea Paco mirándome—, pero qué bien baila doña Nerea.

Asiento de nuevo. Sé cómo baila mi hija, y verla moverse con ese desparpajo y esa seguridad en el escenario me enorgullece, aunque sé que, cuando me entregue las notas, el orgullo se me va a ir al garete.

Finalmente me olvido de mi ex y, de nuevo, le hago fotos..., fotos, cientos de fotos a mi preciosa hija. Cuando termina el baile que ha subido la temperatura a todos los asistentes, aplaudo hasta dejarme las manos mientras mi padre les hace saber a todos con orgullo que la de la faldita naranja que destaca bailando es su nieta.

¡Qué orgulloso está!

Tras la actuación de mi hija y sus compañeras finaliza el espectáculo, y la directora del colegio nos desea felices vacaciones de verano. También nos invita a todos a pasar al polideportivo, donde nos darán un refresco. Eso sí..., caliente, ¡faltaría más!

Allí estamos un ratito riendo y confraternizando con otros padres cuando mis niños, mis tesoros, vienen hacia nosotros para abrazarnos. Están felices.

Rápidamente me preguntan por su padre. No sé qué decir. No sé dónde está, y como de tontos no tienen un pelo, finalmente Aarón suelta:

—Peor para él.

Sus caritas de decepción al ver que su padre no ha cumplido con su promesa me encogen el alma. Me cago en Alfonso y en toda su familia. Bueno, en toda no, en mi excuñada no, que la quiero.

El muy imbécil, además de pasar de ellos, no se ha molestado ni siquiera en mandarles un maldito wasap para darles una explicación.

«Pero ¿cómo se puede ser tan... tan cenutrio?»

Tras animar a los niños a que se marchen con sus amigos para que se olviden de su padre, mi cara de apuro y de cabreo lo dice todo. Mis padres y mis amigos me animan. Entienden lo que pienso y me dan ánimos, que yo agradezco de corazón, mientras una parte de mi interior se desmorona al ser consciente de que Alfonso, en ciertas cosas, nunca cambiará.

Después del refresco caliente, los padres comenzamos a dispersarnos. El que no tiene que ir a comprar al súper tiene que hacer otras cosas, y, tras darles un besazo grande y cariñoso a mis padres y a mi cuchipandi, me despido de ellos y, una vez que agrupo a mi tropa, regreso a casa con mis niños.

En el camino me cruzo con el vecino de mis padres, Diego. Ese que me llevó a urgencias el día que Aarón se hizo daño en el brazo y me llamó «cariño» delante de mi ex y de Saneamientos López.

Diego camina junto a su niña, esa niña diabólica llamada Maya, que le sonríe de tal manera que me hace sonreír a mí también. Está visto que adora a su padre.

Los ojos de Diego y los míos se encuentran, y simplemente nos saludamos con un movimiento de cejas. Instantes después, ambos sonreímos y continuamos nuestros caminos.

«Uf..., qué nerviosita me he puesto al verlo.»

¿Por qué?

¿Será porque llevo meses sin sexo con alguien de carne y hueso?

Con disimulo, cuando David se para a atarse el cordón de su zapatilla de deporte, miro hacia atrás. Diego es un tipo alto y, oye, ¡qué espalda, y qué culito tan mono tiene!

«¡Uis, que me acaloro!»

Cuando David termina, prosigo mi camino con mis niños y, olvidándome de aquel que me ha hecho acalorar momentáneamente, sonrío por lo que me cuenta Aarón.

«¡Qué gracia tiene, el *jodío*!»

David y Aarón están contentos. Se lo han pasado bien en su fiesta del cole, pero a la que veo mustia como un espárrago es a Nerea y, como su madre que soy, imagino el porqué.

Al llegar a casa *Torrija* nos saluda emocionada; los cuatro entramos en la cocina para beber algo fresquito antes de que nos dé un *pumba* por el calor y David pregunta con inocencia:

—Mami, ¿por qué papi no ha venido?

«Ay..., ay..., ay...

»¿Qué digo?

»¿Me dejo llevar por el demonio que me sale al pensar en aquél o soy conciliadora?

»Buf..., buf..., buf...»

Y, finalmente, conteniendo lo que realmente me gustaría decir, y sin abandonar mi sonrisa de mami, respondo:

—Seguro que no ha podido, cariño.

David asiente, se conforma, pero Aarón achinando los ojos indica:

—Me prometió que iba a venir.

Ahora la que asiente soy yo y, cuando voy a responder, Nerea suelta:

—Como diría el abuelo, lo importante no es lo que se promete, sino lo que se cumple. Y, visto lo visto, no cumple lo que promete porque no le importamos.

Esa frase, que le he oído toda mi vida a mi padre, ¡me desgarra!

Nunca habría imaginado oírla de boca de mi hija con tanta desazón, y, para quitarle importancia, respondo:

—No digas eso, Nerea. Claro que le importáis a vuestro padre. Seguro que el trabajo se lo ha impedido.

«Uf..., ¡eso del trabajo no me lo creo ni yo!

»Pero, claro, en un momento así, ¿qué puedo decir?»

David pide más agua, mi niño está deshidratado, y, tras dársela, Nerea se acerca a mí con su móvil; entonces David corre hasta su mochila, saca algo y dice:

—Mami, mis notas.

Sin mirar a Nerea, que de pronto tose, cojo el tesoro que mi pequeñito me entrega. Con una sonrisa, miro el papel: sobresalientes y notables. Esas notazas son maravillosas, y, abrazándolo, afirmo orgullosa:

—¡Muy bien, campeón! ¡Eres la bomba! Excelentes notas.

Feliz como una perdiz, David asiente y pregunta:

—Entonces ¿puedo jugar con la Play?

—Por supuesto, mi amor. —Sonrío encantada.

David corre al comedor y Aarón le dice:

—Pon el *Mario* y espérame, que ahora voy.

Dicho esto, se acerca a mí y, guiñándome un ojo, me entrega sus notas.

Con seguridad, abro las notas de Aarón y las miro. No hay ni un solo sobresaliente, pero hay notables y bienes. Y, aunque ha bajado un poquito, lo ha aprobado todo, y cuando voy a abrazarlo pregunta:

—¿Estás contenta, mamá?

—Mucho, mi vida.

Aarón me abraza con gusto, con ganas, con seguridad.

Con todo lo arisco que es en ocasiones con otros, es el más cariñoso de mis tres hijos conmigo y, besándole la cabeza, murmuro:

—Estoy muy orgullosa de ti.

Mi niño me mira. Sus ojos, su mirada, hablan más de lo que su boca dice, y finalmente suelta:

—Gracias, preciosa. Te quiero.

«¡Ais, que lloro!

»Que me emociono.»

Y, como una presa a la que le abren las compuertas, mis ojos se desbordan y lloro, lloro de emoción. Aarón me abraza. Me mima. Me cuida. Y cuando consigo contener el berrinche de emociones que me hace sentir, el muy puñetero mira a su hermana, que se hace la holandesa wasapeando con su móvil, y canturrea:

—Ahora hay que ver las notas de Nereaaa...

La aludida mira a su hermano con resquemor.

«¡Woooooooooooooooooo, vaya mirada le acaba de echar!»

Aarón es mi amor, pero también un cabrito en toda regla, y cuando Nerea me mira, sin perder la sonrisa, la animo secándome las lágrimas:

—Vamos, cariño, enséñame las tuyas.

Ella se rasca la cabeza. Luego la frente. De ahí pasa al ojo, cuando acaba con el ojo se rasca la oreja y, después, el codo.

«¡Malo..., malo..., cuánto picor!»

Luego se mueve lentamente. Tan lentamente que me está poniendo enferma, pero aguanto el tipo.

Aguanto consciente de que alguna le habrá quedado, y respiro hondo para intentar entenderlo. No ha sido un buen año para ella por nuestra separación.

Cuando por fin abre la mochila, saca un libro, de su interior saca un sobre, lo mira, me mira y al final murmura tendiéndomelo:

—Mamá..., te lo puedo explicar.

«Bueno..., ¡buenoooooooooooooooooooo!

»Sin abrirlas ya me las quiere explicar.

»¡Lagarto..., lagartooooooooo!»

Intentando no perder la sonrisa, cojo el sobre. Lo abro, saco las notas, despliego el papel y mi sonrisa se esfuma como el que no quiere la cosa.

«Oh, my God! Oh, my Gooooddddd!»

Pienso en inglés finamente porque, si lo hago en español, sonaría fatal.

Sin apenas moverme, desvío la mirada de las notas a mi hija. Mi preciosa y bailonga hija. Su gesto asustadizo me hace saber que espera una increíble reprimenda. Vamos, la que se merece.

¿O acaso cuando un niño suspende varias se merece una alabanza?

Con tiento trago,la angustia que siento.

«¡Aymadrecitadelalmaquerida...!»

Intento que la cabeza no me dé vueltas, que la espalda no se me arquee y, cuando consigo controlar eso, pregunto en un hilo de voz:

—¡¿Ocho?!

—Sí.

Suelto las notas sobre la encimera de la cocina y me agarro a ella.

«*Madredelamorhermosoypititoso*, creo que me va a dar algo.»

Bebo agua. La necesito. Sé que soy una dramas, pero la necesito, y cuando vuelvo a reaccionar de nuevo, la miro e insisto:

—¿Te han quedado ocho de once asignaturas que hay?

—¡Woooo, princesa, te has superado! —se mofa Aarón.

Molesta, irritada y al punto de echar espumarajos por la boca, miro a mi hijo y, cuando voy a decirle cuatro cositas de las mías, éste suelta:

—Vale, preciosa, me voy..., me voy.

Una vez que ha desaparecido de escena siento que tiemblo, que respiro acelerada y que necesito una Coca-Cola bien fría. Mordiéndome el labio interior y llena de frustración por el puñetero papel de madre regañona que tengo que hacer, abro el frigorífico, cojo una lata, la abro y bebo a morro.

«¿Ocho?

»Dios santo, ¡le han quedado ocho!

»Ésta repite curso sí o sí. Es imposible aprobar... ¡Ocho!»

Dejo la lata de Coca-Cola sobre la encimera y cierro la nevera.

La mala leche me infla como un globo. Estoy cabreada, mucho, y de pronto veo a *Torrija* salir de la cocina a toda pastilla. ¡Anda que no es lista!

Me doy la vuelta para soltar por mi boca lo que quizá no debo, y cuando voy a comenzar, Nerea, mi Nerea, llora en plan Macarena *espiazá* y suelta:

—Mamá, lo sé... Sé que estás muy descontenta conmigo, y te aseguro que asumiré el castigo que me impongas porque me lo merezco. Pero... estoy fatal. La separación de papá y tú... me... me..., y yo... yo no he... —Hipa. Nerea hipa con grandes lagrimones y prosigue—: Yo... yo quiero a papá, pero me doy cuenta de que él no me quiere, y yo... yo...

«Uf...»

Sus sentidas palabras y sus lágrimas me desinflan de golpe y, mirándola, murmuro:

—Nerea, cariño...

—Mamá..., papá ha faltado a muchas promesas este año. ¡Muchas! Y la última, hoy. Me prometió que vendría a vernos. ¡Nos lo prometió! Él... él dijo que este año no se perdería por nada del mundo la función de fin de curso porque era un año especial, y... y..., en lugar de eso, mira dónde estaba.

Con el cuerpo cortado por percibir el dolor de mi hija, miro la pantalla del móvil que ésta me enseña. Mi inteligente aunque cateadora hija, en busca de respuestas, se ha metido en el Facebook de su jodido padre y ha encontrado una foto que él ha publicado hace menos de una hora con sus amigotes en el bar, tomándose unas cervecitas.

«¡Joderrrrrrrrrrrrr con las redes sociales!

»¡Y joderrrrr con el puñetero Alfonso de los cojones!»

Perdón por la chabacanería que acabo de soltar, perdón..., perdón... Pero entiende que, en un momento así, me sale ésa y más.

Pienso. Mi mente va a mil.

«¿Qué digo?
»¿Cómo maquillo ese fallo de mi ex para que mi hija deje de sufrir?»

Con cariño, miro a mi niña y, olvidándome de los ocho suspensos, voy a hablar cuando ella gimotea:

—Lo siento..., lo siento, mamá. Me siento culpable de... de... todo. Perdóname por el disgusto de las notas. No te lo mereces... Lo siento...

No dice más. El llanto puede con ella.

Se derrumba y la abrazo. La mimo mientras me cago en cierto hombre que un día me enamoró y veo a *Torrija* entrar de nuevo en la cocina.

Pero ¿cómo puede ser tan imbécil?

¿Cómo no comprende que sus hijos pueden ver esa foto?

Vale. Estoy enfadada por las notas, pero ver sufrir a mi hija me rompe el corazón en mil cachitos, y, dejando las puñeteras notas sobre la encimera, beso su cabecita y murmuro:

—Ya está..., ya está, cariño.

Nerea llora..., llora y llora, y yo, que soy de lágrima fácil, y más con mis hijos, me uno al berrinche mientras siento que *Torrija* va a comenzar a llorar también.

Durante varios minutos, las dos lloramos abrazadas en la cocina. Está visto que no pasamos por nuestro mejor momento, y cuando me tranquilizo y finalmente consigo que ella se tranquilice también, con cariño le limpio la cara con un trozo de papel de cocina, luego me la limpio yo y susurro:

—Cariño, por favor, no llores más.

—Mamá..., papá nunca va a volver, ¿verdad?

Con seguridad, niego con la cabeza.

Antes estaba enfadada con Alfonso por lo de Saneamientos López, pero eso se queda en nada si lo comparo con el mosqueo que tengo con él porque olvide las cosas importantes de nuestros hijos. Nada hay más importante, ni para él ni para mí, que los niños que decidimos traer a este mundo.

—Escucha, cariño —digo—. Como bien sabes, papá y yo nos hemos separado y en breve nos divorciaremos. Pero él siempre será tu padre, os quiere mucho a ti y a tus hermanos, aunque en ocasiones sus actos te hagan creer que no es así.

Nerea parpadea. Eso que he dicho creo que es lo más acertado, y continúo:

—Nuestro tiempo como pareja se acabó, mi amor, y sólo espero que la nueva etapa que vamos a comenzar tú, David, Aarón y yo poco a poco se ordene y todo vuelva a la normalidad.

Nerea parpadea de nuevo. Tiene los ojos como dos tomates de tanto llorar, y musita:

—Mamá..., soy un desastre.

Sus palabras, no sé por qué, me hacen sonreír, y con amor susurro:

—Pero eres mi bonito desastre, ese que no cambiaría por nada del mundo, y te quiero. Te quiero muchísimo, mi vida.

Eso hace que Nerea vuelva a llorar mientras yo la abrazo, y cuando minutos después deja de hacerlo, la miro y murmuro:

—En cuanto a las notas, sabes que lo tienes complicado para pasar de curso, ¿verdad?

Nerea asiente. De tonta tiene lo que yo de monja de clausura, y dice:

—Sé que es complicado, mamá. Pero por ti, y sólo por ti, voy a hacer todo lo que esté en mi mano para intentar no repetir curso. Asumiré todos los castigos que me impongas porque me los merezco —dice entregándome su preciado móvil sin yo pedírselo.

Eso me emociona y, con cariño, la beso. ¿Qué voy a hacer?

Mi hija sufre por nuestra separación y por el idiota de su padre, y lo que menos me importa son las notas, ni los castigos, ni las leches en vinagre; como necesito unos minutos para tranquilizarme por lo vivido, murmuro:

—Quédate con el móvil y ve con tus hermanos. Hablaremos de ello otro día, ¿vale?

Nerea por fin sonríe. ¡Por fin! Y antes de moverse murmura:

—Mamá, eres la persona más importante de mi vida. Siempre estás a mi lado y nunca me fallas, aunque yo no me porte bien contigo. Te quiero. Te quiero con toda mi alma.

«Ay, que lloro...

»¡Ay, que lloriqueo!»

Eso que me ha dicho mi hija me llena de orgullo y satisfacción. ¿A qué madre no la haría llorar oír algo así?

No obstante, intento sonreír mientras trago el nudo de emociones que sube y baja en mi garganta, le doy un beso en la cabeza a mi niña y digo:

—Yo también te quiero, mi amor. Anda, ve con tus hermanos.

Al salir de la cocina, la sigo con la mirada y, cuando veo que se sienta con sus hermanos, me doy la vuelta y me llevo la mano al pecho para respirar... Respiro y respiro. ¡No debo llorar!

Bebo un trago de mi Coca-Cola. Estoy sedienta.

Está claro que todo lo que haga a partir de ahora afectará a lo que más quiero en el mundo, que son mis hijos, y, enfadada con mi ex, una vez que recupero las fuerzas, cojo mi móvil, abro el WhatsApp y le envío un mensaje de voz en el que siseo dispuesta a todo:

—Mira, imbécil. Aunque mis hijos no tengan un padre responsable, tienen una madre todoterreno dispuesta a hacerlos felices. A partir de ahora no prometas a los niños lo que no vayas a cumplir, porque lo único que consigues es destrozar sus ilusiones y romperles el corazón. ¡Gilipollas!

Dicho esto, cierro mi móvil y siento el hocico húmedo de *Torrija*, que me da en la mano. La miro, me mira, y en sus ojos leo su aprobación por lo que acabo de hacer.

«Dios, qué a gustito me he quedado.»

Y, pintándome una sonrisa en los labios y acompañada por mi mejor amiga perruna, me voy al salón con mis hijos y me pongo a jugar a la Play con ellos.

Tras lo ocurrido entre Alfonso y los niños, el idiota se presenta al día siguiente en casa cargado de regalos, arrepentimientos y buenas palabras, y aunque mis instintos asesinos afloran cada vez que lo miro a la cara, me retengo por los niños. Siempre por mis niños. Alfonso se los lleva a comer como un extra al burguer. Algo que para él es pecado total, pero, mira, me alegra que entienda que con sus hijos ha de pecar, le guste a él o no.

Cuando regresan a casa por la tarde, David, que no se entera de nada, es feliz, Aarón también sonríe, y noto que Nerea está más tranquila.

Eso me gusta, ¡me gusta mucho!

Dependo de la felicidad de mis niños para poder ser yo feliz.

Esa tarde hemos ido a la piscina de la urbanización de mis padres.

Aquí tienen más amiguitos que en la nuestra, y mientras estoy con mi amiga Soraya tomando el sol, ésta pregunta:

—¿Qué planes de vacaciones tienes?

La miro. Ni lo he pensado.

Por norma, Alfonso y yo solíamos irnos a Matalascañas, en Huelva. Allí tenemos unos amigos que siempre nos alquilaban un bonito dúplex y solíamos pasarlo muy bien. Pero, consciente de que no he pensado en nada, respondo:

—Si te soy sincera, no lo sé. Es más, creo que este año no iremos de vacaciones. Tengo que arreglar muchas cosas con lo de la separación, buscar trabajo y, bueno..., el dinero no me sobra tampoco.

Soraya sonríe y murmura guiñándome el ojo:

—Sobrevivirás. Al principio es duro. Pero una vez que todo se asiente, comenzarás a darte cuenta de que en ocasiones más vale estar sola que mal acompañada.

Asiento. No lo dudo. El problema es que llevo toda mi vida con mi ex, veranos con él, Navidades con él, cumpleaños y aniversarios con él, y por primera vez en mi vida ¡estoy sola y soy la cabeza de mi familia!

Pensarlo me marea, y Soraya, que ya ha pasado por este trance, se sienta en la toalla y pregunta:

—¿Puedo ser cabrona e indiscreta?

«Bueno..., bueno..., miedito me da.» Y, cuando asiento, ella pregunta:

—¿Te has acostado con alguien después de Rapunzel?

Sonrío, no lo puedo evitar, y, tomando aire, respondo:

—Si acostarse con alguien es tener *overbooking* en mi cama con tres niños y una perra, ¡sí! Pero como imagino que lo que preguntas es otra cosa, he de confesar que no, con el matiz de que disfruto de *Simeone* y le he cambiado un par de veces las pilas.

—¿Hablas de tu vibrador?

—Chiiissss, ¡baja la voz!

Soraya sonríe y cuchichea:

—Vale. Yo también tengo en mi mesilla a *Vin Diesel* y a *Dwayne Johnson*. ¡Los calvos me ponen!

—¿Dos? —pregunto sorprendida.

Mi loca Soraya asiente.

—¡Dos mejor que uno!

Ambas reímos. Sin duda no somos las únicas que tenemos a semejantes máquinas en el cajón de nuestras mesillas, e insiste:

—Pero no, no me refiero a eso; me refiero a alguien de carne y hueso.

—No. Eso no —niego tajante—. Sinceramente, con todo lo que he tenido que hacer y aprender para seguir adelante sin Rapunzel, en lo último que he pensado ha sido en eso.

Ambas nos quedamos calladas y miro a mi pequeño David. Juega con un amiguito en el césped, e indico:

—Creo que, con lo que me ha ocurrido, les he cogido manía a los tíos.

—Tranquila..., todo pasa.

Suspiro. No sé si pasará o no, sinceramente no me importa; entonces Soraya señala:

—Mira, cariño, sé que el momento por el que estás pasando no es fácil, tu vida ha dado un giro de ciento ochenta grados. Pero has de hacer ciertas cosas que te hagan sentir la dueña y señora de tu vida, de tu cuerpo y de tu tiempo.

—¿Qué cosas?

Mi amiga sonríe. «La madre que la parió, ¿qué irá a decirme?»

—Lo primero, recuperar tu apellido y dejar de ser la señora de... Tú eres tuya y de nadie más. Y si alguien te llama, que lo haga por tu apellido, no por el del jodido de tu ex.

—Lo haré —afirmo con convicción.

—Dicho esto, ahora debes dejar de pensar en lo que ha pasado. Ahora es momento de volver a ser tú, preocuparte por ti y los niños y tirar para adelante.

—Vale.

—Otro consejo es que, si tienes alguna cuenta en el banco con él, la cierres y abras nuevas a tu nombre.

—Eso... ya lo he pensado —afirmo—. Incluso cambiaré los contratos del gas, el teléfono. No quiero que llegue ninguna carta a su nombre.

—¡Genial! —afirma Soraya y, encendiéndose un cigarrillo, indica—: Otra cosa y muy importante es que tienes que comenzar a viajar sola y con los niños. Ahora sois cuatro y no cinco, y eso no debe privaros de pasarlo bien y disfrutar de vuestro tiempo libre.

—Tomo nota.

—¡Haz locuras!

—¿Locuras?

—Sí, amorcete. Llevas toda la vida con el mismo tío. Necesitas locura y movimiento para darte cuenta de lo bonita que puede ser la vida. Nada se acaba tras un divorcio. ¡Hazte un tatuaje o ponte el pelo azul!

La miro sin dar crédito y pregunto:

—¿Te has vuelto loca?

Soraya sonríe.

—No. No me he vuelto loca. Sólo digo que decidas por ti, que vivas la vida, que te permitas avanzar y conocerte a ti misma de nuevo. Que disfrutes del sexo como nunca lo has disfrutado y...

—Soraya —la corto—, no sé si quiero seguir escuchándote.

Ambas reímos por mi comentario, y luego ella cuchichea:

—Vente conmigo y con mis amigas el sábado de fiesta.

No contesto.

Sé que ella sale con unas amigas algo alocadas, divorciadas como ella, y, sonriendo, finalmente digo:

—No sé si estoy preparada.

—Lo estás. Créeme.

—Miedito me dais.

—Lo sé. —Sonríe con gesto pícaro—. Pero vente. Lo pasarás bien.

—¿Y los niños?

—Tira de tus padres. Ellos estarán encantados de quedarse con ellos, ¿acaso lo dudas?

No. No lo dudo. Sé que tengo los mejores padres del mundo, y afirmo:

—Lo pensaré.

—No. No lo pensarás, ¡te vendrás!

Suspiro y, deseosa de decidir por mí misma, como me acaba de decir, insisto:

—Lo pensaré.

Soraya sonríe, se levanta y, sin más, dice:

—Valeeeeeeeeeeeeee. Voy a darme un chapuzón.

En cuanto se tira a la piscina y comienza a nadar, sonrío.

Sé que Soraya me da los consejos con amor, aunque me parezcan un poco locos. Pero, si lo pienso con detenimiento, no me está diciendo nada que yo misma no sepa, aunque de momento no lo haga.

Inconscientemente, miro a Nerea, que está con la hija de Soraya al otro lado de la piscina, hablando de sus cosas; a Aarón, que se tira en bomba al agua, y a David, que juega en el césped.

Para mis niños siempre he sido una madre a tiempo completo. Nunca los he dejado, a excepción de las veces que he salido con Alfonso de cena o por nuestro aniversario. Es más, creo que podría contar con los dedos de una mano las veces que he pasado una noche alejada de ellos.

Siempre he sido una madre de esas que saben lo que hacen y dónde están sus hijos. Conozco sus horarios, sus extraescolares, su comida preferida, sus amigos del alma, sus dibujos odiados, sus miradas asustadas o sus risas contenidas.

¡Lo conozco todo!

Y quizá Soraya tenga razón y ahora deba comenzar a conocerme a mí misma.

Estoy sumergida en mis pensamientos cuando Soraya regresa y, sentándose empapada a mi lado, insiste:

—Controla tu vida. Ahora puedes hacer lo que quieras con tu tiempo libre, sin rendirle cuentas a nadie. Vale..., los niños forman parte de ti y de tu tiempo, pero cuando ellos no estén, porque estén con su padre, disfruta de esos momentos que antes no tenías y haz lo que te apetezca. ¡Se egoísta contigo misma!

Con una sonrisa, la miro cuando de pronto alguien se tira a la piscina y nos empapa.

Al mirar, veo que se trata de Maya y, antes de que yo diga nada, Soraya cuchichea:

—Uis..., la niña Repu. Veamos a quién ataca hoy...

Voy a reírme por su comentario cuando veo aparecer al fondo a su padre. A su guapo, alto y fornido padre, llamado Diego, que, según mi madre, tiene a las mujeres de la urbanización en llamas.

Y si digo eso de «en llamas» es porque hasta mi madre, hace un par de noches, me confesó al verlo: «Hija..., si me pilla con menos años..., uy..., uy...».

Pensar eso me hace sonreír.

«¡Mamáaaaaaa!»

Aunque recordar el momento en el que Diego me besó en el cuello ante mi ex, en el hospital, el día de lo de Aarón, consigue que todo el vello de mi cuerpo serrano se erice. Sin duda, ése será uno de los momentazos de mi nueva vida.

Estoy pensando en ello cuando oigo que Soraya dice:

—Porque ni me mira ni tengo posibilidades, porque, si no, te juro que ¡me lo tiraba!

—¡Soraya! —protesto mirándola. ¡Será bruta!

Diego, padre de Maya, alias *la Repu* o *la Destroyer*, camina en dirección a nosotras cuando mi amiga insiste:

—Ni Soraya ni leches, pero ¿es que no ves cómo está el tío? Madre mía, qué cuerpo, qué muslos y... y... qué bien le queda ese bañadorrrrrrrrrrrrrr.

Lo miro. Claro que veo cómo está aquél.

Sin duda Diego tiene un cuerpo para pecar, ¡pecar mucho!, y afirmo:

—Lo veo..., ciega no soy. Pero calla o te va a oír.

Tras quitarse a algunas vecinas de encima en su camino, Diego se acerca a nosotras con una sonrisa que hace que mi bajo vientre tiemble y, mirándonos, pregunta sorprendiéndome:

—¿Puedo sentarme con vosotras?

«Wooooooo..., ¿y eso?»

Encantada, asiento..., asiento... y asiento, mientras Soraya mira a las vecinas, que nos observan con resquemor, y dice:

—No preguntes y siéntate. ¡Eres del club!

Diego deja caer su toalla a mi lado.

«Uf..., ¡el calor que me entra!»

Al sentarse, roza su fibrado cuerpo con el mío y, tras mirarme y yo sentir que me deshago por dentro, pregunta a Soraya divertido:

—¿De qué club soy?

Ella se mueve con coquetería y la muy lagartona responde con un mohín cargado de sensualidad:

—Del club de los divorciados.

—Yo no estoy divorciada —sale de mi boca.

Mi amiga me mira. Me acuchilla con la mirada y, al entenderla, afirmo:

—Aunque, bueno, dentro de un poco lo estaré.

Diego sonríe, asiente con la cabeza y matiza:

—En vuestro caso, no sé, pero en el mío soy de los divorciados sin ánimo de volver a tener pareja. Eso sí, amigas, ¡todas las que quieras!

Sonrío, él sonríe y Soraya cuchichea consciente de que las vecinas cotillean:

—Diego, ¡sigues siendo de mi club!

De nuevo, todos sonreímos.

«¡Vivan las sonrisas!»

De pronto, Maya, la hija de aquél, sale de la piscina lloriqueando, y dice dirigiéndose a su padre:

—Ese niño no quiere jugar conmigooooooooo.

Ese niño... es mi hijo Aarón, y cuando voy a decir algo, Diego murmura poniéndole las gafas amarillitas a la niña:

—Chiquitina, Aarón es mayor que tú y...

—Pero yo quiero que juegue conmigoooooooooo —lloriquea aquélla como un trol.

Diego nos mira, Soraya y yo suspiramos y, finalmente, éste dice señalando a David, que está en el césped:

—Ve con David, él seguro que quiere jugar contigo.

«Uf..., no sé..., no sé...»

A mi David esa niña no le cae muy bien, pero no digo nada. Que él decida.

Tras asentir, ella se dirige hacia David y el otro niño, que juegan tranquilos, pero a los dos segundos regresa llorando:

—Nooooooooo quierennnnnnnnnn jugarrrrrrrrrrrrrrr...

«Ay, pobre..., cuando abre la boca así me recuerda a Mafalda.»

Soraya y yo nos miramos y, sin poder evitarlo, sonreímos.

«¡Vaya cruz tiene el guaperas con el coñazo de niña llorona!»

Durante cinco minutos Diego trata de calmarla de todas las maneras que se le ocurren, pero la chiquilla no es que llore, sino que berrea, y con *muuuu* mala leche.

Con toda su paciencia, Diego habla con ella en un tono de voz cariñoso, afable, conciliador, pero la niña, erre que erre, ¡no para de berrear como un trol!

Al final, mi nivel de aguante se acaba, no puedo más y, cogiendo la mano de Maya, hago que me mire y le pregunto:

—¿Quieres un zumo, cariño?

La niña milagrosamente deja de berrear. ¡Aleluya! Y yo, abriendo mi bolsa térmica, pregunto:

—¿Lo quieres de melocotón, uva o piña?

—Melocotón.

Con premura, saco el zumo, abro la pajita, se la pincho en el brik y se lo doy. La niña lo coge sin darme las gracias y comienza a beber, momento en el que Diego dice mirándola:

—Chiquitina, ¿qué se dice?

La Chiquitina, cuando le sale del moño, por no decir algo más ordinario, finalmente se saca la pajita de la boca y, mirándome, dice:

—Gracias.

De pronto le suena el teléfono a Diego y, tras hablar unos segundos, se levanta y dice mirando a su hija:

—Chiquitina, vamos a casa. Tengo que enviar un email y, en cuanto lo haga, regresamos.

—¡Joooooooooo, no quiero irrrrr!

—Maya, por favor —insiste apurado—. Vamos. Prometo que volveremos a la piscina en cuanto termine.

—¡No es no! —grita la mocosa.

«Bueno..., bueno..., bueno..., ¡menuda es la *Chiquitina*!»

Durante un buen rato, el hombre que ha conseguido que mi bajo vientre se contraiga con su cautivadora mirada intenta convencer a su hija, pero ésta no se baja del burro. Es cabezota como ella sola, y vuelvo a ser consciente de que a la Chiquitina le hace falta un poquito de mano dura.

—Por favor, ahora regresamos —insiste Diego.

—¡He dicho que no, tonto!

«¿Tonto? ¿Esa mocosa ha llamado "tonto" a su padre?

»Bueno..., bueno..., bueno...»

Si a alguno de mis hijos se le ocurre llamarme «tonta» o contestarme con la mala leche con que está contestando esa cría delante de la gente, ¡se entera!

Soraya y yo disimulamos, sin duda pensamos lo mismo de lo que estamos presenciando y, al final, al ver el apuro en la cara de Diego, digo sin saber por qué:

—Ve y haz lo que tengas que hacer. Yo le echaré un ojo a Maya hasta que tú regreses.

Me mira. Clava sus inquietantes ojos azules en mí.

«Uissss..., que me vuelvo a poner nerviosa.»

Sabe que su hija es un auténtico petardo de niña, e insiste:

—¿Seguro?

Pobre, me da penita. Cada uno llevamos nuestra cruz, y con una sonrisa asiento:

—Seguro. ¡Ve!

Dos segundos después, Diego se aleja a toda prisa hacia su casa y Soraya indica:

—Buena jugada.

Sorprendida, la miro. ¿Jugada?

Después miro a Maya, que me observa con cara de querer descuartizarme cachito a cachito, y mi amiga cuchichea:

—Qué rápido aprendes, so perraca. ¿Cómo no se me ha ocurrido a mí antes?

La miro boquiabierta, no sé de qué habla; entonces, suspirando como la Dama de las Camelias, sigue con la mirada a Diego y murmura:

—Ahora entiendo esa frase que dice: «Odio ver cómo te vas, pero me encanta mirarte el trasero cuando lo haces».

—¡Soraya! —regaño riéndome al ser consciente de que Maya la ha oído.

Mi amiga sonríe. Le importa un pepino lo que la niña pueda oír y, guiñándome el ojo, dice mientras se tumba en la toalla:

—Un orgasmo al día es la clave de la alegría.

Me río.

Me troncho. No lo puedo remediar, y cuando dejo de reírme, miro a Maya, doy unas palmaditas en la toalla de su padre, que está a mi lado, y la invito a sentarse.

La niña lo hace obedientemente. ¡Qué mona! Y, mirándome, tira el brik del zumo acabado al suelo y dice:

—Dame otro.

Sorprendida, parpadeo. «¡Adiós, niña mona!»

Después miro el brik de zumo vacío e indico:

—Primero, coge el que has tirado, lo llevas a la papelera y, cuando regreses, te doy otro.

—He dicho que me des otro —insiste.

Soraya se incorpora de la toalla, nos miramos y cuchichea:

—Es para llamarla Repu en toda su cara.

Asiento. Sin duda tiene razón, pero veo que Maya coge mi bolsa térmica y, agarrándolo, pregunto:

—¿Qué haces?

—Quiero otro zumo.

De un tirón, le arranco la bolsa de las manos.

«Pero ¿esta mocosa de qué va?»

Y, mirándola fijamente, digo con determinación:

—Te daré otro zumo cuando tires el anterior a la papelera.

La jodida Chiquitina lo piensa y medita. Al final, se levanta —«¡Bien!»—, coge el brik vacío del suelo de malos modos y lo tira a la papelera.

«¡Muy bien, Maya!»

Hecho eso, se pone frente a mí y exige:

—Dame el zumo.

Su manera de mirarme y su exigencia me joroban.

¿Cómo una niña tan pequeña puede ser tan maleducada?

—Mira, o me voy al agua o juro que ahogo a alguien —afirma Soraya levantándose y yendo hacia la piscina.

Maya y yo nos quedamos solas. No dejamos de mirarnos. A mí esta mocosa no me achanta y, segura de mí misma, digo:

—Si quieres otro zumo, me lo tendrás que pedir por favor.

Maya sonríe. Yo también.

No dice nada y se tumba a mi lado en la toalla de su padre.

Permanecemos en silencio durante un rato y, finalmente, cuando Soraya regresa, suelto la bolsa térmica y me tumbo para seguir tomando el sol.

«¡Qué gustito!»

La niña parece haberse tranquilizado, y si quiere estar tumbada a mi lado, que lo esté.

—Mamá..., mamáaaaaaaaaa.

Al oír la voz de Aarón, rápidamente me incorporo. «Pero ¿es que no me pueden dar un segundo de paz?» Y, al ver mi bolsa térmica flotando en la piscina, voy a decir algo cuando Aarón la coge y grita:

—¡Esa niñata la ha tirado!

Boquiabierta por la mala baba de la *jodía* Chiquitina, la miro y pregunto:

—¿Por qué lo has hecho?

Con una sonrisa que no me gusta nada, Maya se levanta y, alejándose de mí a la carrera, responde:

—Porque eres tonta y mala.

«¡Joderrr, con la niña!»

—La madre que la parió —susurra Soraya.

Al ver que sale de la zona de la piscina, me levanto y corro tras ella. Le he dicho a su padre que la cuidaría y no puedo permitir que se me despiste. Acelero el paso. La niña se mete en el interior de unos jardines, y para allá que voy yo.

Sin embargo, llevo los pies mojados por haber pisado el agua de la piscina y, al entrar en un jardín solado, me escurro y me doy el batacazo del siglo.

«¡Joder, qué golpe!»

Como una idiota, y casi sin respiración, me quedo despanzurrada en el suelo mientras me acuerdo de todos los antepasados de la puñetera niña.

En ese instante aparece Diego por la puerta de la terraza con gesto contrariado, y me doy cuenta de que estoy en su jardín.

«¡Joderrrrrrrrrrr!»

El pobre, al verme en el suelo, corre hacia mí y pregunta preocupado:

—Pero ¿qué ha pasado? ¿Estás bien?

Me duele la rabadilla del culo.

«¡Ay..., ay..., ay!»

El leñazo que me he dado es tremendo, pero, levantándome con el poco orgullo que me queda, le quito importancia al tema y murmuro en un hilo de voz:

—*Trquilo. E... toy beeen.*

Diego, que creo que no me ha entendido, me sienta en un sillón de ratán que tiene en su jardincito.

«¡Diosssssssss, mi culooooooooo!

»Me duele..., me duele la rabadilla...

»¿Y si me la he roto?»

Apurado, Diego dice algo que no alcanzo a comprender por el dolor que siento y desaparece tras las puertas de la terraza.

«Ay..., ay..., ay..., ¡qué dolorrr!»

Cuando me estoy tocando con la mano el trasero aparece por la puerta de la terraza Maya, bebiéndose tranquilamente un zumo.

«¡Será cabrona!»

Nos miramos.

¡Cabrona es poco, aunque sea una niña!

Ella vuelve a sonreír; esta vez, yo no. Nos entendemos sin hablar; entonces Diego aparece con una jarra de agua y un vaso y dice:

—Bebe. Te sentará bien.

Le acepto el agua.

«¡Aisssss, mi culooooooooooo!»

Y, cuando consigo poder hablar con normalidad sin parecer checoslovaca, murmuro:

—Gracias.

Diego sonríe. Me retira hacia un lado el pelo que tengo en la cara y susurra:

—Creo que te va a salir un buen moratón en cierto sitio.

Asiento.

Me pongo roja como un tomate porque sabe dónde me duele y, levantándome como una abuelilla, digo:

—Sólo... sólo venía para saber que Maya regresaba a tu casa.

La jodida Repuchiquitina me mira con una sonrisita maléfica.

Si es que es para darle dos collejas, luego otras dos y, de regalo, seis más, pero, incapaz de decirle a su padre que su niña es la puñetera reencarnación del demonio pero con gafitas amarillas, me callo y me muerdo la lengua.

«¡Maldita niña diabólica!»

Varias vecinas se asoman al jardín, entre ellas la Clinton, la mujer del presidente de la comunidad. Nos observan con curiosidad, y murmuro:

—Creo que vamos a ser la comidilla de la urbanización los próximos días.

Diego sonríe —«por Dios, ¡qué sonrisa tan sexy!»— y, encogiéndose de hombros, responde:

—Así no se aburren.

Su contestación me hace reír.

«¡Qué mono es!»

Pero, uis..., me mira..., clava sus bonitos ojos azules en mí y me pongo nerviosa. ¡Muy nerviosa!

En silencio nos miramos, y de pronto soy consciente de que voy en biquini y mi trasero no es lo más bonito de mí.

«¡Joder..., pero si parece que me lo han perdigoneado!

»¿Qué puedo hacer para que no lo mire cuando me dé la vuelta?

»¿Cómo me las ingenio para que no se fije en él cuando me aleje?»

Con una sonrisita, que sin duda se parece a la de mi hijo Aarón cuando está actuando sin saber, comienzo a caminar hacia la salida sin darle la espalda.

Seguro que está flipando con lo que hago, y digo levantando la mano:

—Pues me voy. Regreso a la piscina.

Él asiente, y de pronto las *vecicotillas* que nos observaban salen despavoridas y Diego, sin entender por qué ando para atrás como los cangrejos, se acerca a mí y pregunta cogiéndome del brazo:

—¿Seguro que estás bien?

«Uy..., uy..., que me ha cogido del brazo.

»Por Dios..., por Dios, ¡que me está tocando y yo estoy *muuu* necesitada!»

Me entran los calores de la muerte.

«Ofú..., ofú...»

Disimulo lo que su simple contacto me hace sentir y afirmo suspirando:

—Sí.

—Oye —insiste sin soltarme—. Entra en casa, siéntate y...

—Nooooo —lo corto con el corazón a punto de salírseme por la boca—. No quiero darle más carnaza a la Clinton y compañía. Además, tengo que regresar con mis hijos, están en la piscina y he de vigilarlos.

Me mira.

«Uf, cómo me mira... ¡Ay, madre, que ardo en llamas!»

—Te sigo en Facebook —suelta de pronto.

Sin poder creerme que me haya buscado y encontrado en la red social, suelto sintiéndome la tía más tonta del mundo:

—Ah, qué bien, ¡somos *amiguis*!

¡¿Amiguis?!

¡¿He dicho *amiguis*?!

Ambos sonreímos, y él indica bajando la voz:

—Escucha, Estefanía, si alguna vez te apetece quedar a tomar un café, cenar o lo que quieras, sólo tienes que decírmelo.

«¡Woooooooooooo..., lo que me ha dicho!

»¿Y me sigue en Facebook? Mañana mismo actualizo mi perfil.»

—Vale —asiento con la boca seca.

A continuación Diego baja la barbilla y pregunta:

—¿Te apetece quedar mañana para cenar?

«¡¿Quéeeeeeeeeee?!

»Ay, madre, ¡que yo estoy *muuu* desentrenada en esto!»

Que yo me quedé cuando se ligaba preguntando aquello de «¿Tienes fuego?» o aquello otro de «Te conozco, pero no sé de qué».

Y, cuando veo que espera contestación, me apresuro a responder:

—Uf, imposible. Tengo mucho lío con los niños.

Él asiente, no insiste, y cuando me suelta el brazo, huyo. ¡Quiero desaparecer! Realmente no sé lo que hago, y de pronto le oigo decir:

—Gracias por preocuparte por Maya.

Asiento.

El pobre no tiene la culpa de que su niña sea un demonio con gafas amarillas ni de que yo esté desentrenada en ligoteos, y a toda prisa, y sin importarme que vea mi culo perdigoneado, me alejo de él, entro en la zona de la piscina y, al llegar, murmuro mirando a mi amiga antes de que me ella pregunte:

—La niña es ¡*pa'* matarla!

Soraya se ríe. Yo también, y me callo la invitación. Mejor ni mencionarla.

Pero ¡qué mona estoy!

El golpazo en mi trasero, a pesar de pasar por varios tonos no muy de moda, mejora y deja de doler.

No le cuento a nadie, excepto a *Torrija*, la proposición de Diego, pero cambio mi fotografía de perfil de Facebook. Hago que mi hija Nerea me haga mil fotos con el móvil y, cuando encuentro una en la que estoy digna y sin morritos, como quería Nerea, la subo y me quedo más tranquila.

Al final, y por dejar de escuchar a Soraya, me animo y decido salir el sábado con ella y sus amigas.

Eso de volver a estar en el mercado, como dice ella, ¡me pone nerviosa!

Esa mañana, según salgo de la ducha, y el vaho desaparece poco a poco del cristal de mi baño, acerco la cara a él y... «Uf..., ¡qué de impurezas tengo en la piel! Pero ¿cómo no las he visto antes?»

Sin dudarlo, cojo papel del váter, lo enrollo en los dedos y comienzo apretar la aleta derecha de mi nariz como si no hubiera un mañana.

«Madre mía..., madre mía, ¡lo que sale de ahí!»

Hace siglos que no me hago una limpieza de cutis..., ¡no tengo tiempo! Sin embargo, una vez que he acabado de apretujarme la cara y dejármela como un cristo, prometo sacar tiempo de donde sea para ir a la esteticista. Sin duda ella lo hará mejor que yo.

Por cierto, en mi baño sigue viviendo doña Báscula. Ese aparatito que nos empeñamos en comprar y al que le tenemos más miedo que al recibo de la calefacción.

Doña Báscula y yo nos miramos, nos tentamos y, finalmente, caigo en su influjo.

Atraída por ella como un imán, la cojo, la pongo delante de mí y, quitándome el albornoz y la toalla del baño del pelo, decido subirme a ella, pero cuando lo voy a hacer, me doy cuenta de que llevo puesto un anillo que me regalaron mis hijos, y me lo quito.

Siete gramos menos ¡son siete gramos menos!

Como siempre que me subo, suspiro y cierro los ojos. No sé por qué lo hago, pero el caso es que es mi ritual.

Durante unos segundos miro al techo, no sé exactamente qué, hasta que decido bajar la mirada con cierto resquemor al suelo para leer lo que marca doña Báscula, ¡y flipo!

¡71,400!

Boquiabierta, miro lo que pone y una sonrisita se dibuja en mi boca.

«Uy..., uy..., que eso me da el alegrón del año.»

Muy pichi yo, me bajo de la báscula para volver a pesarme, siempre lo hago y...

¡71,400!

Emocionada, alterada, impresionada y sobreexcitada, me vuelvo a bajar y me vuelvo a subir.

¡71,400!

«¡Ay, Dios..., ay, Dios!»

Pero que he perdido como seis kilazos ¡y no me había enterado!

Miro a doña Báscula emocionada. Creo que volvemos a ser amigas aunque no tenga Facebook, y en vez de retirarla de una patada, la pongo en su sitio con amor y suavidad.

«¡Ea, cariñito..., quédate aquí!»

Contenta y segura de mí misma por haber perdido eso kilillos, me miro en el espejo.

«¡Joder..., qué subidón tengo!»

Mis pechines, a los que yo cariñosamente llamo *Jander* y *Clander*, como siempre, están estupendos. Reconozco que son mi mayor orgullo. Eso de que hayan aguantado tres embarazos sin que la gravedad les afectara es como poco para hacerles un monumento.

«¡Vivan *Jander* y *Clander*!»

Rápidamente hago un Pataky y me miro el trasero.

«Uf..., uf..., uf..., éste sigue perdigoneado...»

Sin embargo, decido olvidarme de él porque de momento nadie me lo va a ver. Vuelvo a mirarme al espejo y murmuro levantando la barbilla:

—¡Olé tú!

Según digo eso, sonrío.

Soy como Juan Palomo: yo me lo guiso y yo me lo como.

Si no me digo yo esas cosas, ¿quién me las va a decir?

Desnuda frente a mi espejo, y segura de mí misma simplemente por haber bajado de peso, sonrío y digo señalando con el dedo mi reflejo:

—Estefanía, pongamos varias cosas en claro. Punto uno, valórate como mujer porque tú lo vales. Punto dos, no permitas que nadie vuelva a manipularte. Y punto tres, disfruta de tu separación y no te amargues.

Consciente de que eso he de cumplirlo sí o sí, me guiño un ojo a mí misma hasta que de pronto me fijo en las raíces de mi pelo y...

«¡Ualaaaaaaaaaaaaa!»

¡Necesito ir a la peluquería urgentemente!

Por Dios, por Dios..., ¡qué raíces tan oscuras tengo!

Aunque, bueno, ahora, con lo modernos que nos hemos vuelto, creo que a llevar el pelo así se lo llama «llevar mechas californianas».

¿Y si las he puesto yo de moda y no lo sé?

Estoy sonriendo por mis idas de olla ante el espejo cuando vuelvo a mirarme. Esa mujer soy yo. Creo que dejé de mirarme cuando nació Nerea y, de pronto, aquí estoy, con muchos años más, varios kilos de más a pesar de los perdidos, arrugas que ni conocía y el trasero perdigoneado.

Pero ¿por qué deje de cuidarme?

¿Por qué deje de mirarme?

¿Por qué me abandoné?

La respuesta rápidamente llega a mis oídos al oír a mis hijos gritar como posesos en sus habitaciones.

Yo, que era una fiestera. Una chica con muchos amigos y una vida social divertida. ¿Dónde dejé todo eso?

Si miro hacia atrás, los recuerdos me invaden.

Recuerdos alegres, tristes, divertidos, desesperantes, y aunque creo que repetiría mi vida por tener los hijos que tengo, soy consciente de que trataría de repetirla pero sin perderme yo por el camino, y menos aún entregarme tanto al idiota de mi ex.

Cuando salgo del baño suena el timbre de la puerta.

Torrija comienza a ladrar como una loca.

Rápidamente, Aarón va a abrir y lo oigo decir:

—¡Es el abuelo!

David y yo, puesto que Nerea no está, corremos en su busca y, tras darle un besazo a aquel hombre que sigue a mi lado y me quiere con locura desde el día que nací, voy a hablar cuando dice acariciando la cabeza de *Torrija*:

—Tu madre y tu hermana te esperan en el coche. Vamos, vístete y sal.

—¿Qué pasa? —pregunto preocupada.

Mi padre sonríe y cuchichea meneando la cabeza:

—No pasa nada, cariño. Pero se van de compras y, como saben que a mí no me gusta, me mandan a cuidar a los niños para que tú te vayas con ellas.

Sorprendida, lo miro y afirmo corriendo hacia mi habitación:

—¡Tardo dos minutos!

Con el pelo empapado, me pongo unos vaqueros, una camiseta, unas sandalias azules y, tras coger el bolso, digo al pasar por el comedor, donde mi padre está con mis dos hijos:

—¡Portaos biennnnnnnnn!

Cuando llego al coche, donde están mi madre y mi hermana, mi madre me mira y dice:

—Por el amor de Dios, E, ¿y esa camiseta?

Al mirar la camiseta que me he puesto, sonrío; en mis prisas me he puesto una en la que pone: ¡Estos platos no se van a lavar solos!

Me la regalaron los niños el año anterior para el día de la Madre, porque dicen que esa frase, junto a «Se enfría la comida» o aquélla de «Soy tu madre y harás lo que yo diga», suelo utilizarla mucho, y cuchicheo:

—Me la regalaron los niños.

Sin más, me meto en el coche y, al ver a mi hermana, que va vestida con un traje de chaqueta elegante y monísimo, indico:

—Mamá, Blanca es Blanca, y yo soy yo. ¿Acaso pretendes que vaya con traje por casa?

Mi madre resopla, sonríe y pide:

—Arranca, B. He de comprarle a E camisetas sexis en Primark.

—¡Mamáaaaaaaaa! —protesto.

Mi hermana sonríe, me mira por el espejo retrovisor y comenta:

—Vale, mamá. Tu encárgate del exterior, que yo lo haré del interior.

Eso me hace reír.

Sin duda, que yo salga por primera vez esa noche como mujer separada las inquieta tanto como a mí, y, repanchingándome en el asiento trasero del coche, musito:

—Acepto regalos, ¡claro que sí!

Esa tarde, cuando regreso a casa, voy cargada con mil bolsas en las que única y exclusivamente hay cosas para mí.

¿Desde cuándo llevaba sin ocurrir eso?

Por norma, siempre que salgo de compras compro para todos menos para mí. Pero hoy mi hermana y mi madre no me han dejado mirar otras cosas que no fueran de mi talla, y al final la cosa ha fluido.

Me he permitido comprar ropa nueva, mi madre me ha regalado cosas y mi hermana también, y me siento como una niña con zapatos nuevos.

¡Vivan las compras!

Llega la noche y estoy atacada.

¿Haré bien saliendo con Soraya y sus amigas?

Me siento como mis hijos cuando tienen un cumple por lo alterada que estoy.

Torrija me mira. Con sus ojitos me dice que me tranquilice, pero yo no puedo.

¿No será precipitada esta salida?

Tras hablarlo con mis niños, están de acuerdo en que me vaya de cena y a tomar una copa con las amigas mientras ellos se quedan en casa con mi madre.

¡Qué ricos son, y qué comprensivos!

Mientras me maquillo, me doy cuenta de cuánto tiempo llevo sin hacerlo, ¡pero si hasta se ha secado el rímel!

Por suerte, Nerea, a la que ya le permito pintarse un poquito, tiene un bote. Lo utilizo y, cuando acabo con la chapa y la pintura y me miro en el espejo, ¡madre mía, qué mona estoy, aun con mis mechas californianas!

Por mi mente cruza cierto hombre de ojos azules, y suspiro. No. Definitivamente, no habría sido buena idea quedar con Diego. Es vecino de mis padres, nuestros hijos se conocen y... No, él no es una opción.

Olvidándome de él, pero motivada por mi salida, abro el armario y miro con detenimiento la ropa nueva.

¡Qué chulas las cosas que me he comprado!

Finalmente me decanto por un pantalón verde oscuro y una

blusa negra semitransparente. Algo excesivo para mí, pero mi hermana dice que se lleva mucho. Y, bueno, si ella, que es una gurú de la moda, lo dice, ¡no lo dudo!

Según termino de arreglarme, Aarón entra en mi habitación y, sentándose en la cama, me mira, deja escapar un silbido de aprobación y afirma:

—Estás preciosa.

Sonrío. Mi niño adulador es un amor.

—Mama, tú no te vas a ir como papá, ¿verdad? —me suelta de pronto.

Parpadeo sorprendida. ¿He oído bien?

Aarón me mira. Yo lo miro.

«¡Ay, mi niño...!»

En todos estos meses pensaba que era el que mejor lo llevaba, y ahora me sale con éstas justo cuando voy a ir a pasármelo bien. Me agobio. Se me acelera el corazón y, olvidándome de mí, de la salida y de mi ropa nueva, me siento con él en la cama y respondo:

—Claro que no, cariño. Yo siempre estaré contigo. Siempre —le aseguro.

Aarón asiente y, torciendo el cuello, vuelve a preguntar:

—Si papá ya no te quiere a ti, puede que también deje de quererme a mí, o a Nerea y a David...

«Uf..., uf..., ¡que me da..., que me da!»

Me pongo nerviosa. No esperaba esas preguntas en un momento así, pero, claro, los niños son niños, y haciendo de tripas corazón, susurro:

—Mi amor, papá y yo seguimos queriéndonos aunque no estemos juntos y...

—Pero el otro día, cuando fuimos a su casa, nos dijo que quería a Vanesa y que por eso no estaba contigo.

«Aisss, ¡que se me revuelve el estómago!

»Pero ¿cómo les ha dicho eso?

»Joder..., joder, con el puñetero Alfonsito...»

Seguro que en su afán de no hacerme daño, Nerea no me ha contado esa conversación que, al parecer, Alfonso ha mantenido con los niños, y respondo:

—Aarón, lo que tu padre quería decir con eso es que está enamorado de Vanesa y no de mí, pero eso no impide que él y yo nos sigamos teniendo cariño porque compartimos lo más bonito que la vida nos puede dar, que sois tú, Nerea y David. Y, en cuanto a que os deje de querer, ¡eso nunca, mi amor!

—¿Y por qué a veces se comporta como si no nos quisiera?

«Ualaaaaaaaaaaaaaaaa..., ualaaaaaaaaaaaaaaa...»

Qué difícil es explicarle esto a un niño sin querer dejar a la otra parte como un auténtico gilipollas egoísta. ¡Que lo es! Pero Aarón es todavía demasiado pequeño para entender ciertas cosas, y yo no quiero malmeter contra su padre porque creo que no toca, así que le respondo:

—Eso no es así, mi amor.

Aarón me mira.

Conociéndolo, me temo que me va a soltar que algún sábado que había exhibición de kárate, su padre se quedaba en la cama mientras yo me levantaba para llevarlo, pero no dice nada de eso. Sólo me mira y pregunta:

—¿Tú te vas a enamorar de otro hombre?

«Ay, madre..., ¡la cosa se complica!

»¡¿Qué le digo?! ¡¿Qué le digo?!»

Y, tras aparentar serenidad, a pesar de la preguntita, respondo sinceramente:

—Pues no lo sé, mi amor, pero, si pasara, ¿te importaría?

Aarón me mira. Piensa lo que le he preguntado y responde:

—No, mientras sea del Atleti y no dejes de quererme.

Vale. Los colores del Atleti van antes que yo, pero se lo perdono. Y, emocionada por sus palabras, lo abrazo.

A menudo, Aarón se comporta como un adulto, pero es un niño. Sólo tiene diez añitos.

Lo estoy besando en la cabeza cuando Nerea entra en la habitación y, mirándome, afirma:

—¡Woooo, mamá! Estás guapísima. Levántate, que te hago una foto y la subo a Facebook.

Oír eso y ver a mis dos niños observándome con sus bonitas sonrisas me da la vida. Para mí es importante verlos felices, y entonces oímos la vocecita de David, que me llama, y Aarón dice levantándose de la cama:

—Tranquila, preciosa. Voy yo a ver qué quiere.

Con cara de orgullo, observo cómo mi canijo sale de la habitación, y Nerea, que está a mi lado, susurra:

—Mamá, no te preocupes por nosotros y pásatelo bien esta noche, ¿vale?

«Ay..., ay, qué mayor se me está haciendo mi niña...»

Y, mirándola, pregunto:

—¿En serio que no te importa que salga con las amigas?

Nerea suspira y, a continuación, cuchichea:

—Mamá, eres joven y tienes que divertirte. Y, como dice la tía Blanca, para que se lo coman los gusanos, ¡que se lo coman los humanos!

La miro boquiabierta.

«¡Pero buenoooooooooooo!»

Y, al ver su gesto guasón, sonrío y murmuro:

—Me parece que voy a tener que hablar con tu tía.

—Mamáaaaa —se mofa divertida.

Las dos sonreímos cuando suena el timbre de la puerta. *Torrija* ladra como una descosida y Nerea dice sin dejar de sonreír:

—Seguro que es la abuela.

Escopeteada, sale de la habitación y yo, tras coger mi bolso, voy tras ella.

Cuando llego al salón, mi madre les está enseñando a mis niños el postre que les ha hecho para cuando cenen, y éstos aplauden encantados. Hasta *Torrija* hace cabriolas. Sabe que algo le caerá. Mi madre prepara una tarta de chocolate blanco que quita el sentido, y al verla murmuro babeante:

—Mamá..., no sé si salir o quedarme con vosotros.

Ella sonríe, se acerca a mí y, tras darme un beso, afirma:

—Cariño, pero qué guapa estás.

La miro encantada y voy a decir algo, pero ella cuchichea cuando mis hijos no la oyen:

—Tú vete con Soraya y pásalo bien. Esconderé un cachito de tarta para ti en la nevera, detrás de los yogures, ¿vale?

«¡Ay, que me la como!»

Mi madre es... es... mi amor, y, dándole un abrazo, murmuro:

—Gracias, mamá.

Sin perder su sonrisa, la mujer va caminando hacia la cocina cuando suena mi móvil. Soraya está esperándome en la puerta, y grito:

—¡Me voy!

Como si me fuera a la guerra, mis niños y *Torrija* corren a abrazarme, y yo los besuqueo con amor en la cabeza.

«Ay..., ay..., que como se me pongan tontos no sé si voy a ser capaz de irme, y más tras la conversación con Aarón.»

Mi madre me mira.

Yo la miro con cara de circunstancias y, cuando David, mi *pezqueñín*, se va a poner a llorar, Nerea lo coge en brazos y le pregunta:

—¿Qué tal si jugamos con la Play?

Una vez que aquélla se aleja con un pucheroso David, Aarón, que está a mi lado, me aprieta la mano para que lo mire y dice:

—Preciosa, pásalo bien, pero sé buena y no te separes del grupo, ¿vale?

Me hace gracia oír eso. Es lo que siempre les digo cuando se van de excursión con el colegio, y afirmo:

—Te lo prometo, cariño.

Después de darle un último beso a Aarón, éste me acompaña hasta la puerta junto a *Torrija*, luego me echa de casa y cierra, y lo oigo gritar:

—¡Abuelaaaaaaaaaa, fiestaaaaaaaaaaaaaaaaaaaaaa!

Divertida por la picardía de mi enano, sonrío y, al darme la vuelta, me quedo sin palabras al encontrarme a Diego.

Pero ¿qué hace aquí?

Sorprendida, camino hacia él, que, mirándome como atontado, pregunta:

—¿Adónde vas tan guapa?

Aissss..., aisss..., lo que me ha dichooooooooo.

Por primera vez, un hombre que no es mi ex me dice un piropo con ojitos y yo no me ofendo.

Por ello, y feliz por sentirme guapa ante él, respondo:

—De cena y de fiesta con las amigas.

Diego asiente, y, como necesito saber, pregunto:

—¿Qué haces aquí?

Él suspira, vuelve a poner la mano en mi brazo y, cuando su calor me inunda, lo oigo decir:

—Maya se queda a dormir en casa de una amiguita de la urbanización y venía a invitarte a tomar algo.

—¡¿Qué?! —pregunto muy sorprendida.

Ese hombre, que está como un tren, ¿qué digo como un tren?..., ¡como un camión de bueno!, me mira. Sin hablar, ambos sabemos que algo, no sé el qué, pero algo está comenzando a ocurrir entre nosotros; entonces dice:

—Podemos hacer lo que tú quieras.

«*Wooooomamacitalindaloquesemeocurre...*

»Uf..., lo que me entra por el cuerpo...»

Él y yo..., adultos..., separados..., bueno, él divorciado..., no tenemos que dar explicaciones... Su casa está vacía... y...

«Uf..., uf...»

Seguimos mirándonos y siento que los pies se me han pegado a la acera.

Pero ¿qué me pasa?

No nos apartamos la vista de encima.

«Madre mía..., madre mía..., ¡que ardo en llamas!»

Entonces, de pronto, los insistentes pitidos de un coche me sacan de mi burbujita rosa y llameante de placer y, al mirar, veo la cara de sorpresa de Soraya y digo sin dudarlo:

—Tengo que marcharme.

Diego asiente. Sonríe y, guiñándome el ojo, dice antes de dar media vuelta para alejarse de mí:

—¡Pásalo bien!

Desconcertada y algo chamuscada por el momento «en llamas», lo observo alejarse, hasta que Soraya vuelve a pitar y yo reacciono al fin y me dirijo al coche.

Cuando subo al vehículo, mi amiga pregunta.

—Pero ¿ése no era Diego?

—Sí.

—¿Y qué hace por aquí?

«¿Qué digo?... ¿Qué digo?...»

Porque, si le cuento que ha venido a invitarme a tomar a algo, Soraya me echa a patadas del coche por no haber aceptado la invitación, y respondo:

—Ha acompañado a mi madre. Ya sabes que se caen muy bien.

Ella asiente, y yo, deseosa de que no pregunte más, exclamo:

—Vamos, ¡quiero divertirme!

O me espabilo... o me espabilo

Cuando llegamos al restaurante chino donde Soraya ha quedado con sus amigas, me presenta a a Dori, Marlén y a Cris.

Rápidamente, las chicas me hacen sentir una más del grupo y, entre risas y buen rollo, nos ponemos moradas a arroz tres delicias, rollitos de primavera y ternera en salsa con brotes de bambú, entre otras cosas.

Pero ¡qué rica está la comida china!

Mientras cenamos, escucho cómo hablan de sus vidas y siento que me hago chiquitita..., chiquitita. Hablan de los hombres como si éstos fueran clínex, y me asusto, y más si pienso en Diego.

¿Yo seré capaz de utilizarlo como ellas utilizan a los hombres que mencionan?

Sé por Soraya que, cuando sale con ellas, tiembla Madrid, y de pronto soy consciente de que no sé si yo quiero entrar en esos temblores.

Aturdida, las escucho, y Marlén pregunta dirigiéndose a mí:

—¿De qué estás tan asustada?

Todas me miran.

¡Joder..., pues sí que se me tiene que notar!

Parpadeo, trago el nudo que tengo en la garganta y Soraya dice echándome un capote:

—Primera salida de separada.

Las mujeres se miran, y un dulce «¡ohhhh!» escapa de sus boquitas, y luego Doris cuchichea:

—Mi primera salida fue desastrosa. Tenía la sensación de que todo el mundo sabía que mi ex me había dejado por una muñequita quince años más joven que yo y con un cuerpazo de escándalo...

—Ay, Dios..., ¡lo siento! —me apresuro a decir.

—Ah, no..., no... —Doris ríe—. No lo sientas, porque fue lo mejor que me pudo pasar a mí y lo peor que pudo sucederle a mi ex. Y si digo esto es porque esa muñequita, una vez que le sacó todo el dinero, lo mandó a freír espárragos, y yo, gracias a esa separación, he tenido los mayores orgasmos de mi vida.

Todas ríen. Yo también, pero, sorprendida, pregunto:

—¿En serio?

—Y tan en serio —afirma Doris con una sonrisa.

—Mi primera salida fue catastrófica. —Toma el relevo Marlén—. Cada vez que se me acercaba un hombre, sin saber por qué, le enseñaba la foto de mis hijos, y ¿sabes lo que aprendí esa noche? Que cuando quisiera quitarme a un pelma de encima, sólo tenía que mostrarle emocionada la foto de mis niños.

De nuevo, risas. Sus carcajadas y sus anécdotas me relajan, y Cris dice:

—Pues mi primera salida fue impresionante. Y, tras pasar tres horitas con un guapo andaluz en la parte de atrás de su coche, me di cuenta de dos cosas. La primera, descubrí el maravilloso mundo que me había estado perdiendo, y la segunda, ¡que el tamaño sí importa!

Me parto. Me río con todas las ganas del mundo; entonces miro a mi amiga Soraya y pregunto:

—¿Y tú? ¿No recuerdo tu primera salida después del Trufote?

—Pues te la conté —afirma ella, y, sorprendiéndome, suelta—: Aunque, bueno, seré sincera contigo y te contaré la verdad, porque te mentí.

—¿Me mentiste?

Soraya asiente, todas ríen a carcajadas y mi amiga afirma:

—Te habrías escandalizado.

—Cuéntame ahora mismo —insisto curiosa.

Ella bebe de su copa, se aclara la garganta y, luego, la muy tunanta dice:

—Conocí a un hombre a través de Facebook y quedé con él. Al

entrar en el local donde habíamos quedado, sólo vi a tres hombres, dos abuelos y una mujer. Y resultó que mi cita... ¡era esta última!

Al oír eso, parpadeo, y Soraya indica riendo:

—En un principio me enfadé con ella. ¿Cómo podía haberme engañado así?... Sin embargo, resultó ser una tía muy maja y..., bueno, una cosa llevó a la otra y acabamos en su casa.

—¡¿Qué?! ¿Con una mujer? —pregunto escandalizada.

—Sí —afirma Soraya sonriendo.

Al ver cómo todas gesticulan mientras sonríen, murmuro boquiabierta:

—Nooooooooooooo...

—Síiiiiiiiii.

—Pero si a ti te van los hombres... —insisto mirando a Soraya.

Mi amiga asiente.

—Eso nunca lo dudes. Pero esa noche Teresa me lo hizo pasar muy, pero que muy bien. Uf..., qué lengua y qué dedos tenía...

Parpadeo sorprendida y mi amiga, que me conoce, insiste ante la risa de las demás:

—Estefanía, vamos a ver. No soy lesbiana, pero sí curiosota. Se presentó la oportunidad y, como era libre, me pregunté: «¿Por qué no?». Y, zas..., ¡pasó! Y, bueno, sigo siendo amiga de Teresa, y alguna que otra vez nos vemos.

Parpadeo de nuevo boquiabierta, y Marlén indica:

—Fíjate que yo lo he pensado en alguna ocasión, pero no llego a animarme.

—¡Hazlo! —afirma Soraya—. Es más, tengo el teléfono de Teresa; ¡cuando quieras te lo doy!

De nuevo ríen, y yo alucino.

Hablan de sexo con total naturalidad y libertad, algo impensable hace unos años. Pero, claro, el mundo ha evolucionado en el tiempo en que he estado perdida, ¡y me gusta! Me gusta poder hablar de algo que siempre se ha considerado tabú.

—Y tú —dice Cris, mirándome—, ¿has estado con alguien aparte de tu ex?

Niego con la cabeza.

—No. Comencé con él siendo muy jovencita, después nos quedamos embarazados de penalti, nos casamos y tuvimos tres hijos. Y, desde mi separación..., bueno..., no. No me apetece ver a ningún hombre.

Todas me miran como si fuera un espécimen raro.

Vale, sin duda soy un espécimen en extinción y digno de estudiar, pero mis padres son muy tradicionales y me criaron para ser mujercita y madre. Algo que no pienso repetir con Nerea.

Si algo me ha quedado claro tras la separación es que mis hijos, sean del sexo que sean, han de pasarlo bien, tener experiencias y saber dirigir su felicidad. Y espero que nunca hipotequen su vida por alguien que no lo merece. Pero bueno, eso sólo el tiempo lo dirá.

Estoy pensando en ello cuando Doris dice:

—Pues lo vas a flipar, cariño. No sé cómo era tu ex, pero sí sé lo que puedes encontrar. Eres muy mona y tienes un mercado muyyyyyyyyyy amplio.

A partir de ese instante, todas me dan consejos, pero sobre todo recalcan tres, que, según ellas, he de respetar a rajatabla para no volver a sufrir:

El primero, quererme a mí misma.

El segundo, echar el candado a mi corazón.

El tercero, disfrutar del sexo sin permitir que nadie se meta en mi casa. En definitiva, mi casa es mi casa, ¡y punto pelota!

A las once de la noche, tras multitud de confidencias, salimos del restaurante y vamos a La Destilería, un lugar de copas que ellas conocen y, según dicen, está lleno de gente de todas las edades.

Una vez que llegamos al sitio, cuyas pareces están llenas de frases bonitas, las chicas me presentan a sus amigos. Todos son amables y encantadores, y aunque al principio me siento un poco rara y desubicada, y más cuando Diego cruza por mi pensamiento, poco a poco me relajo y noto que comienzo a disfrutar de la noche.

Y, oye..., debe de ser cierto eso de que soy mona, pues siento que los hombres quieren hablar conmigo y les interesa conocerme. Pero no..., no, ¡no estoy preparada!

En un momento dado, acompaño a Soraya al baño. Eso es muy de chicas.

Yo termino antes que ella y, tras lavarme las manos, salgo del aseo para esperarla.

Suena la canción *Can't Take My Eyes Off You* de Gloria Gaynor. Aisss, lo que siempre me ha gustado esa canción.

Apoyada en la pared, la canturreo, cuando oigo que alguien dice a mi lado:

—¿Separada o divorciada?

Rápidamente, vuelvo la cabeza y me encuentro con un tipo muy mono, más o menos de mi edad, vestido con un traje gris y una camisa blanca sin corbata.

Me paralizo. La preguntita tiene miga, pero, sacando fuerzas de mi interior para no parecer recién salida del cascarón, por no decir «del pueblo», respondo:

—Cómo han cambiado los tiempos desde que se preguntaba aquello de «¿Estudias o trabajas?», o «¿Me das fuego?»...

Ambos reímos, y él, tendiendo la mano, se presenta:

—Roberto.

Se la estrecho encantada.

—Estefanía.

En ese instante sale Soraya del baño y, al verme con él, me mira.

—Soraya —indico antes de que diga nada—, te presento a Roberto.

Se dan la mano con cortesía y posteriormente mi amiga me mira con una sonrisa pícara y dice:

—Regreso con las chicas. Te espero allí.

Cuando se va, siento la necesidad de correr tras ella.

¿Para qué me voy a quedar con este desconocido?

Entonces noto que él me coge del brazo y, al mirarlo, lo oigo decir:

—¿Me permites invitarte a una copa?

Pienso en Diego. A él se la he negado, pero a éste, ¿qué le digo?

Vamos a ver, hacerme, este tipo no me puede hacer nada. Estamos en un local, rodeados de gente, y siento la mirada de Soraya y de las chicas pegada en el cogote, por lo que afirmo con seguridad:

—De acuerdo.

Sin rozarnos, llegamos a la barra, él se pide un whisky con hielo y, cuando me mira, me quedo en blanco. ¿Qué pido?

Si pido un san francisco, creo que quedaré muy antigua, por lo que me decanto por un ron con Coca-Cola. Justo lo que bebía el idiota de mi ex.

El camarero se aleja para preparar las copas, y veo que Roberto me mira y dice:

—No has respondido a mi pregunta todavía.

Al recordarla, afirmo con la cabeza.

—Separada y pendiente del divorcio. ¿Y tú?

Él asiente y contesta con una sonrisa:

—Divorciado.

Sonrío. Pero cuando lo hago pienso: «¿Por qué sonrío?».

Quizá tengo ante mí a un Alfonso en potencia. Y debe de leerme el pensamiento porque indica:

—Mi mujer se enamoró de nuestro vecino. Fue un palo enorme.

«Ay, pobreeeeeeeeeeee.

»Ay, pobreeeeeeeeeeeeee...

»Y luego decimos que sólo los hombres son unos cabritos.»

Por ello, y tocándole el brazo para consolarlo, murmuro:

—¡No me digas!

Roberto asiente y, suspirando, explica:

—Se enamoró de tal manera de ese imbécil que prefirió vivir con él a hacerlo con nuestra hija de tres años y conmigo.

—¡No me digas! —repito horrorizada.

Vamos..., vamos..., por nada del mundo, ni por el mismísimo Jamie Dornan, abandono yo a mis niños. Vaya tela, cómo debía de ser la mujer.

—Por suerte, soy abogado —lo oigo decir a continuación—. Tengo la custodia de nuestra hija Alicia, aunque no te voy a negar que al principio fue tremendamente doloroso para los dos.

«Ay, pobre..., ¡ay, pobre!

»¡Qué penita me da!»

A continuación, suelto:

—Mi marido me la pegaba con Saneamientos López.

Roberto parpadea y, al darme cuenta de lo que he dicho, aclaro:

—Saneamientos López era lo que ponía en su móvil.

—Ah...

—Ésa se llamaba Claudia, y ahora está viviendo con una tal Vanesa, de la que me ha dicho mi hijo que está muy enamorado.

Ambos nos miramos. Sin duda nos rompieron el corazón.

Segundos después, el camarero pone ante nosotros nuestras bebidas y, después de cogerlas, Roberto dice:

—Brindemos por lo que nuestros ex han dejado escapar.

¡Me gusta este brindis!

¡Olé y olé!

Y, con seguridad, brindo con aquel desconocido y doy un trago a mi bebida.

Una hora después seguimos hablando.

Roberto es un encanto de hombre y es fácil charlar con él. Me habla de su hija, de su vida, y yo lo escucho encantada.

A medida que avanza la noche, siento que él se acerca un poco más, y no me separo.

¡Woooo, qué lagarta y atrevida soy!

Roberto me atrae, es un tipo interesante, y además de tener buena presencia y ser un padre ejemplar, huele muy bien.

Divertidos, estamos hablando cuando suena una romántica canción de una tal Adele que me encanta de tanto oírsela a mi hija y, al decirlo, Roberto se levanta, me tiende la mano y me invita a bailar con galantería.

«Ay, madre... ¡Ay, madre!

»Que yo sólo he bailado agarrada a mi Alfonso.»

Durante unos segundos, lo miro. Roberto es un bombonazo de tío, y finalmente, tras ver que Soraya y las chicas me hacen señas para que me lance, acepto.

De su mano camino hacia la pista y, al llegar a ella, Roberto me abraza.

«Uf..., qué escalofrío me entra.»

Por primera vez en mi vida, estoy en los brazos de un hombre que no es Alfonso, el jodido Alfonso, y, deseosa de disfrutar y olvidarme de él, lo abrazo y comenzamos a bailar esa bonita canción.

Atacada de los nervios, y pegada al cuerpo de ese hombre que tan sexy me parece, disfruto de un momento de película, y luego siento que posa sus labios en mi cuello, lo besa y todo el vello de mi cuerpo se eriza.

«¡Woooooooooooooooooooooooooooo, qué pasada!»

Reconozco que cuando últimamente Alfonso me hacía eso, mi cuerpo no reaccionaba así, es más, en ocasiones hasta me incomodaba.

No soy una niña, soy una mujer y, conocedora del lenguaje de los cuerpos, levanto los ojos hacia los de él, nos miramos y, cuando sus labios rozan los míos en busca de algo, me siento morir, pero de placer.

Cuántos meses sin que unos labios rozaran de esa manera los míos, pero cuando voy a dejarme llevar por el momento, de pronto alguien nos empuja.

Levanto la vista y veo a una joven que, mirándome, grita con cara de enfado:

—¡Suelta a mi novio, so guarra!

«¡¿Novio?! ¡¿So guarra?!»

Parpadeo boquiabierta.

«¿El novio es él y la "so guarra" soy yo?»

Miro a Roberto y compruebo que él ya no me mira a mí, sino a ella.

Rápidamente coge las manos de la joven y, pasando totalmente de mí, dice:

—Cariño..., cariño..., tranquilízate.

—¡Ángel! Pero ¡¿cómo puedes estar haciéndome esto?! —grita la muchacha.

«¿Ángel? Pero ¿no era Roberto?»

Comienzan a discutir delante de todos. Me siento idiota.

Y, lo peor, ¡me siento un pendón desorejado!

¿Cómo, con la edad que tengo, me pueden haber tomado el pelo de esta manera?

El espectáculo es bochornoso.

Todo el local nos mira, y yo no sé dónde meterme.

«Joder..., joder..., joder..., vaya numerito el primer día que salgo como separada. Mira, ya tengo anécdota que contar.»

Pero ¿cómo me he dejado engatusar así?

¿Acaso soy nueva?

Bueno..., sí, la verdad es que se puede decir que soy novata en estas lides y está visto que o me espabilo, o me las van a dar por todos los lados por confiada, tonta y pringada.

En definitiva, el sinvergüenza con el que bailaba y al que iba a permitirle meterme la lengua hasta la campanilla tiene novia, y ni está divorciado, ni tiene niña, ni es abogado y mucho menos se llama Roberto.

«¡Será capullo el tío!»

Miro a Soraya y ésta, al leer mi mirada de «¡No sé ni cómo me llamo!», viene hacia mí. Y yo, reaccionando al fin, miro al capullo que lleva toda la noche haciéndome la rosca y siseo furiosa:

—¡Qué asco me dais los tíos como tú!

Y, sin más, me dirijo a continuación a la novia, que está más aplacada y comienza a mirarlo con ojos de «te perdono porque te quiero».

—Y tú, ¡espabila! Si te hace esto ahora, ¿qué no te hará en el futuro? Quiérete a ti misma y dale una patada en el trasero a este donjuán de pacotilla, porque antes de que lo esperes, te la estará pegando con Saneamientos López o vete a saber con quién más.

Y, sin más, me doy la vuelta, agarro a Soraya y comienzo a reír.

¡No hay quien me entienda!

Esa madrugada, cuando llego a casa, una vez que saludo a *Torrija*, que se alegra al verme, paso por la habitación de invitados y mi madre me guiña un ojo.

¿Cómo no iba a estar despierta?

Tras decirme que todo ha ido bien y preocuparse porque haya disfrutado, bosteza y me envía a la cama.

Yo, como la obediente hija que soy, le hago caso, salgo del cuarto y a los dos segundos la oigo roncar.

«¡*Joer*, cómo ronca la *jodía*!»

En silencio y a oscuras, hago revisión de mis mayores tesoros y paso por sus habitaciones para verlos y darles un besito.

Los amo..., ¡los adoro!

Ellos son lo mejor de mi vida.

Duermen como angelitos, y sonrío. ¡Qué felicidad!

Hambrienta, bajo a la cocina y, tras comerme el trozo de tarta que mi madre ha escondido detrás de los yogures para mí, regreso a mi habitación, donde me desnudo, me desmaquillo y me meto en la cama.

¡Me duelen los pies de los puñeteros tacones!

Según me arropo, pienso en lo ocurrido esta noche.

Madre mía..., madre mía, qué gilipollas me siento por haber caído en las redes de aquel depredador, y vuelvo a reírme.

¡Menuda pazguata estoy hecha y hay que ver lo mucho que me tengo que poner al día!

Olvidándome del capullo que esta noche me la ha dado con queso con sus caiditas de ojos y sus miraditas a lo James Bond, pienso en Diego. En ese hombre que de pronto está despertando algo en mí, y me dispongo a fantasear con él.

¿Quién me lo va a impedir?

Con una sonrisa, me levanto de la cama y cierro la puerta de mi habitación. Quiero intimidad, e incluso echo a *Torrija*. Después, saco a mi adorado y siempre dispuesto *Simeone* de la mesilla y, tras mirarlo con una sonrisita nada decente, lo enciendo, lo pierdo bajo las sábanas y... y... Uf..., uf..., fantaseo con Diego y murmuro disfrutando del juego que me da *Simeone*:

—Sí, cariño..., como tú no hay nadie.

¡Arriba la libertad y viva la cantidad!

Pasan los días y, tras esa primera salida, llega la segunda el día en que Nerea y mis niños se quedan a dormir en casa de sus amigos, y luego la tercera, y a ésa le sigue una cuarta... Lo dicho, le cojo el gustillo a esto de salir con las chicas y al grupo que me presentan.

Pero ¿qué era lo que yo me estaba perdiendo?

¿Por qué dejé de pasármelo bien y me centré sólo en ser mami y esposa?

¿Por qué me olvidé de mí? ¿Por qué?

De pronto, salir sin niños y sin marido me hace recuperar un privilegio que inexplicablemente había perdido y que se llama LIBERTAD.

Una libertad que no pienso permitirme perder de nuevo en mi vida. Repito, y con mayúsculas: EN MI VIDA.

Eso de poder estar sólo y exclusivamente pendiente de mí y de lo que me apetece en todo momento, sin preocuparme de si éste se va a caer y se va a hacer daño, o si de la otra se va a ahogar con un panchito, hacía mucho tiempo que no lo experimentaba y, oye, me gusta, ¡me gusta mucho!

Cada día que salgo con los amigos, me siento más segura de mí misma, y eso me hace saber que me he encontrado. Ahora soy capaz de mirar a cualquier hombre a los ojos cuando me habla, sin ponerme roja como un tomate y balbucear como si fuera medio lela.

Tras tantos años de matrimonio y fidelidad a la misma persona, había olvidado lo que era que otro hombre hablara conmigo, permitiéndole que me alabara la oreja. Porque sí..., sí..., de tonta tengo lo que de monja de clausura, y aunque en un principio creía haber perdido el radar para detectar idiotas, rápidamente lo encuentro y lo activo, con amplificador incluido. Que hay mucho listo suelto por el mundo.

Ahora, si hablo con un hombre es porque yo accedo, si bailo con un hombre es porque yo lo decido, y si permito que me tiren los tejos es porque yo lo consiento.

De pronto vuelve la Estefanía divertida, seductora y alocada, a quien siempre le gustó disfrutar de una buena juerga con sus amigos.

¡Madre mía, lo que siempre me gustó bailar!

En mi sexta salida, un viernes, porque Alfonso se lleva a los niños a su casa, cuando estoy con Soraya y el grupo de amigos brindando con tequila, sal y limón, de pronto ella dice:

—Uiss..., mira quién acaba de entrar en el local.

Al mirar hacia la puerta, me quedo de piedra al ver a Diego junto a una guapísima rubia. Porque, sí..., es muy guapa, no puedo negarlo.

Con disimulo, miro a Soraya para que sepa que he visto a quién se refiere, y mi amiga, sorprendiéndome, levanta la voz y lo llama.

Diego nos ve enseguida, se sorprende tanto como nosotras y, cogiendo a la rubia de la mano, se acerca al grupo.

—Pero bueno, ¿qué hacéis por aquí?

Todos, especialmente todas, lo miran. Yo también.

Diego es un espécimen digno de admirar. Alto, sexy y guapo, tiene ese algo especial que hace que te fijes en él.

Soraya sonríe, menuda lagartona está hecha, y, tras hacerle un escaneo a la rubia que va con él, suelta:

—Celebrando que es viernes.

Diego sonríe. Dios, qué sonrisa tan bonita tiene... Y, mirando el limón que tengo en las manos y que iba a morder, indica:

—Cuidado con eso..., es peligroso.

Sonrío.

«Aisss..., si yo te dijera que tú sí que eres un peligro...»

Segundos después, Soraya se lo presenta al grupo y él saluda encantado y presenta a la chica que va con él. Se llama Maribel y, por su gesto y su sonrisa, me hace saber que es simpática.

Sin perder un instante, Diego pide otra ronda de chupitos de tequila al camarero y todos aplaudimos encantados. Minutos después, soy testigo de cómo aquél, que tiene en llamas a toda la urbanización de mi madre —vale, y a mí también—, bromea con la tal Maribel.

Está claro que ella es quien le importa esa noche y, mira, ¡mejor! Prefiero que las cosas se queden donde se quedaron y evitar incomodidades. Porque liarse con un conocido tan cercano como lo es Diego puede jorobar una bonita amistad y, no..., casi que prefiero su amistad a otra cosa, ¿o no?

Los amigos de Soraya, que son ya mis amigos, se lanzan a bailar cuando comienza a sonar el remix *Finesse*, de Bruno Mars y Cardi B, y yo con ellos.

Durante varias horas bailamos, reímos, nos divertimos, y esa parte loca que siempre hubo en mí hace acto de presencia y me olvido de Diego y del mundo en general para bailar y disfrutar como llevaba tiempo sin hacerlo.

Un buen rato después, aparecen otros amigos de Soraya a los que no conozco. Entre ellos hay un tal Jesús, con el que rápidamente conecto y comenzamos a hablar. El tipo trabaja como electricista. Me cuenta que es autónomo, soltero, y yo lo escucho encantada.

En ningún momento Jesús se sobrepasa conmigo. En ningún momento promete nada. En ningún momento me hace sentir incómoda, y de pronto soy consciente de que me gusta Jesús.

Estoy pensando en ello cuando Soraya, al ver que él se va a la barra a por unas bebidas, se acerca a mí y dice:

—Vaya..., vaya..., Jesús.

Oírla decir eso me hace sonreír, y rápidamente suelta:

—Es un buen tipo, lo conozco desde hace años, y no busca ni esposa ni novia.

Saber eso me gusta. Yo tampoco busco ni marido ni novio y, sonriendo, afirmo:

—Entonces estamos en la misma sintonía.

Soraya sonríe, yo también y, guiñándonos un ojo, nos separamos cuando Jesús vuelve con las bebidas.

En la pista, Diego baila con su Maribel. Está más que claro dónde va a acabar la noche, y yo comienzo a plantearme ciertas cosas.

¿Debería atreverme o no?

¿Me apetece?

Comienza a sonar por los altavoces la preciosa canción de la banda sonora de *Titanic*.

Ohhhh, lo que lloro siempre con esa película. Es salir la viejecita al principio y oír la melodía y ya me pongo a llorar. Y, sin poder remediarlo, murmuro pensando que la vi con el atontado de mi ex:

—¡Qué bonita película!

Jesús, que debe de saber como yo a qué me refiero, asiente e indica:

—Pero qué agobio cuando ves cómo se hunde el barco.

Asiento. A Alfonso también lo agobió ese instante; entonces oigo:

—¿Te apetece bailar?

«Wooooooooooooooooooooo, ¡lo que me ha preguntado!»

Reconozco que me pongo un poco nerviosa. Un poquito.

Bailar esa mítica canción, que sólo he bailado con mi ex, creo que puede ser un buen comienzo para mí y para deshacerme de los fantasmas del pasado, y sin dudarlo acepto. ¡Claro que sí!

De su mano, que, por cierto, es bien grande, llego hasta la pista y, acercándonos el uno al otro, comenzamos a bailar.

«¡Qué bien huele Jesús!»

Bailamos, charlamos y sonreímos por las tonterías que a ambos se nos ocurren, mientras la bonita voz de Céline Dion sigue interpretando la preciosa canción.

«Qué recuerdos...»

No obstante, necesito borrar las evocaciones que esa canción me provoca, así que sin saber por qué, miro a Jesús a los ojos y suelto:

—¿Te apetece que tomemos algo solos tú y yo en otro lugar?

«¡Pero buenoooooooooooooooooooooooooo...!

»¿Qué acabo de proponerle?»

Al oírme, Jesús asiente sin dudarlo, aunque matiza:

—Será un placer, pero no busco una relación.

Su aclaración me gusta. Me agrada que tenga el par de narices de advertirme eso, y señalo:

—Yo tampoco, Jesús. Yo tampoco.

Ambos sonreímos.

Somos adultos.

Y en ese instante hablamos el mismo idioma.

En silencio, nos miramos. «Sí..., sí..., sí...» Y, tras pegarme más a su cuerpo y sentir algo que me provoca más y más, Jesús murmura:

—Ni en tu casa, ni en la mía.

«Uy..., uy, lo que me entra por el cuerpo...

»Uyyyyyyyyyyyy..., a lo que he dado pie.

»¿Qué hago? ¿Qué digo?»

Hay una parte de mí que quiere, que necesita sexo. Pero también hay otra que ahora duda..., duda y duda.

Aun así, las dudas se acaban pronto. Mi cuerpo reacciona como lleva tiempo sin hacerlo. «¡Por Dios, sigo vivaaaaaaaaaaaaa!» Y, con seguridad, le doy un pico en los labios y lo animo:

—¡Vámonos!

Está decidido.

Soy adulta, estoy separada, soy dueña de mi vida y, si me apetece, ¿por qué no?

Con una sonrisa, camino hacia donde está Soraya y digo cogiendo mi bolso:

—Me voy.

Ella asiente y sonríe. Yo también y, tras mirar hacia la pista, donde Diego está besando a su Maribel, me encamino hacia la salida con Jesús.

Una vez fuera del local, nos miramos y digo incapaz de callarme:

—Mira, he de ser sincera contigo y quiero que sepas que eres el primer hombre con el que me voy a acostar después de veinte años con el mismo.

Jesús asiente, sonríe y afirma:

—Menuda responsabilidad para mí.

Su comentario me hace sonreír, y él, que está más versado que yo en estas lides, dice:

—Conozco un hotel no muy lejos de aquí que está muy bien. Si quieres, llamo y pregunto si tienen habitación.

Asiento. He oído perfectamente y, segura de lo que voy a decir, afirmo:

—Llama.

Cinco minutos después, tras oír cómo él reserva una habitación, cuelga y, sin saber por qué, digo:

—Oye, pagamos a medias.

Jesús sonríe, me da un leve pico en los labios e indica:

—Tú pagas las bebidas y yo el hotel. Tranquila.

Eso me gusta. No sé por qué él me calma, y nos dirigimos en su coche al hotel.

Veinte minutos después, llegamos a destino.

Madre mía, pero si he pasado mil veces por delante de este sitio.

¿Quién me iba a decir a mí que un día estaría aquí..., y no con...?

Una vez que dejamos el coche en el parking, Jesús me da la mano y nos encaminamos hacia la recepción.

Aunque hablamos durante el camino, siento que estoy nerviosa.

«Por Dios..., por Dios..., ¡que me voy a acostar con un hombre tras veinte años de hacerlo con el mismo!

»¿Sabré? ¿No sabré? ¿Se notará mi inexperiencia?

»¿Se me habrá cerrado la cosa después de tantos meses sin... sin...?

»Uf..., madre mía, qué nerviosssssssssss...»

En recepción, damos nuestros DNI y la recepcionista ni nos mira a la cara. No debemos de ser los únicos que aparecemos a las doce y veinte de la noche por aquí en busca de una habitación.

«Uf..., qué perversa me hace pensar en ello.»

La recepcionista nos da dos tarjetas de la habitación 322 y nos dice cómo conectarnos al wifi.

«Justamente en eso estoy pensando yo ahora mismo... ¡En el wifi!»

Tras guardar los carnets y coger las tarjetas, nos dirigimos de la mano hacia el ascensor.

«Uissss, ¡que me tiembla *tooooooo*!»

Las puertas del ascensor se abren, ambos entramos y soy yo quien pulsa el botón de la tercera planta.

Jesús me mira, yo lo miro, y me pregunta:

—¿Nerviosa?

Asiento. No lo puedo negar, y entonces él, arrinconándome contra la pared del ascensor, me mira a los ojos y me besa. Me besa de tal manera que me olvido de mis nervios para disfrutar de este instante.

«Ualaaaaaaaaa..., cuánto tiempo sin dar un beso con lenguaaaaaaaaaaaa.»

Una vez que las puertas del ascensor se abren, Jesús se separa de mí, y yo, segura..., segura..., segurísima de lo que quiero hacer, lo cojo de la mano y lo arrastro por el pasillo buscando la habitación 322.

Cuando entramos y cerramos la puerta, miro a Jesús y —«¡oh, Diosssssss!»— me lanzo a su cuello.

Lo beso..., me besa...

Lo toco..., me toca...

Y cuando nuestras ropas comienzan a volar por la habitación, sólo pienso en disfrutar. En disfrutar del sexo a tope.

En el momento en que mi sujetador cae al suelo, siento que mi respiración se acelera y creo que voy a explotar; entonces Jesús, con mimo y deleite, se inclina para chuparme los pezones.

«Oh, Dios... Oh, Diosssssssssssss...»

Me lame, me toca, me hace vibrar e, inconscientemente, el huevón de mi ex cruza por mi mente y recuerdo las veces que me tocaba los pechos y parecía que estuviera amasando para hacer una pizza.

«Uf..., ¡qué horror!»

Rápidamente me lo quito de la mente, él no tiene que estar aquí, y vuelvo a disfrutar del momento.

Más besos...

Más caricias...

Jesús se arrodilla ante mí y... *«Oh, my God!»*

¡Qué lengua tiene este hombre!

Tiemblo...

Jadeo...

Me vuelvo loca...

Completamente loca...

Y cuando se levanta del suelo y me da un beso con sabor a sexo, estoy por gritar: «¡Olé tú, tu lengua y tu empeño! ¡Muy bien, chaval!».

Instantes después, oigo rasgar algo y, al mirar, veo que Jesús acaba de abrir un preservativo.

«Sí..., sí..., sí...»

Clavo la mirada en algo erecto, muy erecto, y dispuesto, muy dispuesto, y parpadeo con incredulidad.

«Pero, Jesusitoooooooooo, ¿qué es eso?

»Uy..., lo que me entra. Bueno, mejor: uy, lo que me va a entrar...

«Sí..., sí..., síiiiiiiii... ¡Todo para mí!»

Y, deseosa de saber si es cierto que vale más la calidad que la cantidad, algo que el tonto de mi ex siempre decía, y ahora ya sé por qué, empujo a Jesús sobre la cama. Él cae y, como si fuera una experta devoradora de hombres, me pongo sobre él, cojo su duro pene, lo coloco en mi más que húmeda vagina y desciendo lenta pero gustosamente sobre él.

«Madre míaaaaaaa... Madre míaaaaaaaaaaaa...

»¡Viva la cantidad!»

Placer...

Goce...

Calidad...

Locura...

Siento todas esas cosas mientras disfruto de algo del todo nuevo para mí, y me doy cuenta de lo mucho que me queda por aprender en lo que se refiere al sexo.

Con mi ex, durante veinte años fue más de lo mismo. Es más, en ocasiones, estaba tan aburrida y poco motivada que durante los pim-pum, repasaba mentalmente la lista de la compra que tenía que hacer al día siguiente.

Que sí..., lo asumo.

He fingido más de dos y de veintidós orgasmos en mi vida. ¿Tú no?

Anda..., anda, que no te creo. ¡Que soy mujerrrrrrrrr!

Vale, fingir es malo, pero él fingía ser un perfecto maridito, y mira.

Sinceramente, no sé cuándo se volvió aburrida nuestra vida sexual. No sé si fue culpa mía o de él. Sólo sé que eso que un día habíamos tenido desapareció y, bueno..., ¡aquí estamos!

Pero, vamos, lo que acaba de pasar con Jesús... «Madre mía..., madre mía...»

Sin duda alguna, se abre frente a mí un maravilloso mundo por descubrir, y ante ese primer descubrimiento sólo puedo decir: «¡Viva la madre que te parió, Jesusito de mi vida!».

Mi desenfreno lo desconcierta.

Creo que pensaba encontrarse con una mujer asustadiza e inexperta en el sexo y lo estoy sorprendiendo por mi entrega y mi dedicación.

Pero si me estoy sorprendiendo hasta yo...

Yo, que siempre le he oído a mi ex eso de que era más bien sosita.

¡¿Sosita?!

Ay, amiguito..., amiguito... Visto lo visto, creo que el sosito eras tú.

Delicia...

Sensualidad...

Voluptuosidad...

Todo ello me hace sentir bien, sexy, perfecta.

Al ver la respuesta de Jesús a mi manera de poseerlo, noto que se vuelve loco. Y, segura de mí misma, contraigo las caderas una y otra y otra vez en busca de goce mientras ambos temblamos.

Aceleramos nuestros movimientos. Jesús se muerde el labio inferior y yo lo observo, no puedo apartar los ojos de él, y cuando siento que ya no podemos más, al unísono, damos un quejido que da paso a un maravilloso orgasmo y caigo agotada sobre él.

Apoyada sobre su pecho, respiro con dificultad, la misma dificultad con la que respira Jesús, e inconscientemente comienzo a reír.

«Madre mía, ¡qué locura acabo de hacer!»

No sé por qué me río, si es de felicidad, de sorpresa o de qué. Entonces él, uniéndose a mis risas, pregunta:

—¿Y dices que es tu primera vez después de la separación?

Asiento. No lo miro, pero asiento.

Esa madrugada, cuando me lleva en su coche hasta la puerta de mi casa, nos pasamos los teléfonos por wasap y, tras darnos un beso, nos despedimos. Cuando el coche se aleja, me quedan claras tres cosas:

La primera, tengo un *follamigo* para cuando quiera.

La segunda, me siento maravillosamente bien.

Y la tercera, que hoy por hoy me quedo con la cantidad antes que con la calidad.

Tú lo que quieres es que te coma el tigre

Mi niña se hace mayor.

Desde que me entregó las notas, con su consiguiente disgusto, siento que algo ha cambiado en ella, y no sólo porque no me conteste, vaya a las clases de recuperación y esté más colaboradora en casa. En su mirada y en su manera de razonar, noto que está cambiando, y creo que, en parte, se debe a mi separación.

Tras mis saliditas nocturnas y la locura con Jesús, dos días después me encuentro con Diego en la piscina de la urbanización de mis padres. Al llegar con los niños, él está sentado con Soraya y, al verme, ambos levantan la mano sonrientes.

Con una sonrisa, me acerco hasta ellos y, cuando suelto mi toalla en el suelo, Diego choca la mano con Aarón y dice:

—Tres a cero, amigo. Somos buenos, ¡muy buenos!

Mi hijo asiente y afirma:

—Colega, ¡somos los mejores!

Cuando Aarón se va con sus amigos, creyendo entender las palabras de mi hijo, pregunto mirando a Diego:

—¿Eres del Atlético de Madrid?

Él sonríe y asiente.

—No entiendo mi vida sin serlo.

«Bueno..., bueno..., bueno...

»Alto, sexy, atractivo y ¿encima es del Atleti...?

»Por Diosssssssss..., ¡la tentación es cada vez mayorrrrr!»

Me río de mis pensamientos. Estoy como un cencerro.

Desde que pasé la noche con Jesús en el hotel, pienso en Diego y en lo que podría ser. Pero, sobre todo, me pregunto: ¿tendrá cantidad o calidad?

De nuevo, me río. No lo puedo remediar, y él, al verme, pregunta sonriendo:

—¿A qué se debe tu sonrisa?

«Uy..., uy..., si te lo digo, te dejo sin palabras...» Y, suspirando, respondo:

—Nada. Nada importante.

De nuevo me vuelvo a reír, hasta que de pronto, al echar de menos a un moscardón molesto de gafas amarillas, miro a mi alrededor y pregunto:

—¿Y Maya?

El gesto de Diego cambia. Deja de sonreír y responde:

—Su madre se la ha llevado de vacaciones con su familia.

Asiento. Menos mal que eso no me pasa a mí. Si mi ex se lleva a mis niños, yo creo que me muero. Y, sonriéndole, murmuro:

—Piensa en que Maya lo va a pasar bien. Quédate con eso y sé positivo.

Diego asiente, no le queda otra, y Soraya grita mirando hacia la piscina:

—Juanito, ¡como vuelvas a tirarte de espaldas, te vas a casa!

Me acabo de sentar sobre la toalla cuando Soraya vuelve a gritar:

—¡Ay, que se mata!

Me asusto.

Miro rápidamente hacia la piscina y mi amiga insiste a voz en grito:

—¡La madre que te parió, Aarón!

Mi hijo se ríe. La cara de malo que pone el *jodío*... Y, al entender lo que ha hecho, siseo señalándolo con el dedo:

—Aarón, si te vuelves a tirar de espaldas, te quedas sin piscina.

—Pero, mamáaaaaaa...

Pongo mi mirada de madrastrona, esa que ellos temen y que saben que, a partir de ahí, todo son castigos, y finalmente Aarón dice:

—Valeeeeeeee, mamáaaaaaa.

Eso me tranquiliza, pero Soraya se levanta y, alejándose hacia la piscina, vuelve a gritar:

—¡Me cago en tu padre, Juanito! ¿Qué te he dicho?

Incapaz de no hacerlo, sonrío.

Juanito es una pieza de museo, como Aarón, y estoy sonriendo cuando Diego, que está a mi lado, pregunta:

—¿Qué tal lo pasaste la otra noche?

—Bien.

Nos miramos. «Uf..., qué ojos azules tiene...»

—¿Fue lo que esperabas? —insiste.

—¿A qué te refieres?

Siento la incomodidad de su pregunta en su mirada y, al ver que no le quito ojo, Diego finalmente dice:

—Vi que te marchabas con un tipo que, si mal no recuerdo, se llamaba Jesús.

Asiento y sonrío. Yo lo llamaría «¡san Jesusito de mi vida!» Pero, sin querer revelar lo que él ya se puede imaginar, y, por supuesto, no preguntarle yo por su amiga Maribel, respondo:

—Fue increíble.

Diego asiente y no pregunta más, hasta que suelta:

—Lo importante es que lo pasaras bien.

—Y tanto —afirmo con seguridad.

Minutos después, Soraya regresa y, tras cagarse en su hijo y en su exmarido, el Trufote, por lo mucho que el niño se parece al padre, cuando se tranquiliza, Diego, ella y yo comenzamos a hablar de viajes.

Estamos metidos en la conversación cuando de pronto llega la presidenta de la comunidad, la Clinton, junto a una chica muy mona, y, acercándose a nosotros, dice muy pizpireta:

—Hola..., holitaaaaaaaaaa...

Nosotros dejamos de hablar y la miramos. ¿Qué querrá?

La Clinton mete tripa, quiere estar divina, y, pasando de Soraya y de mí, indica:

—Diego, te dije que cuando volviera a visitarme mi preciosa sobrina podrías verla, y aquí está Winnie. Ahora, ¡miss Madrid!

—Tita, por favor —protesta aquélla con coquetería.

Soraya, Diego y yo las miramos. La verdad es que la miss Madrid tiene cara de osito; Diego se levanta de un salto con agilidad y, acercándose a ella, sonríe y la saluda.

—Hola, Winnie. Qué placer volver a verte.

—Gracias, *Diegui*. Cuando la tita me dijo que estabas por aquí, deseé verte de nuevo y aceptarte esa copichuela que me dejaste a deber —cuchichea ella con tontería.

«¡Por favorrrrrrrrr!»

Soraya y yo nos miramos, anda que no tiene que ser tonta la miss..., y la Clinton suelta:

—Winnie y tú conectasteis muy bien el último día que os visteis. Ya sabes, Diego, que a mí no se me escapa detalle...

—Lo corroboro —suelto sin pensar.

Todos me miran.

«Joder..., joder, qué bocazas soy...»

Pero la Clinton, pasando de mi indiscreción, insiste:

—¿A que está muy bonita mi Winnie?

Diego sonríe.

Soraya y yo sonreímos también pero, de pronto, mis ojos se fijan en el bañador de *Diegui* y, ualaaaaaaaaaaaaaa..., sin duda ahí hay cantidad.

Rápidamente, desvió la mirada.

«Pero, por Dios, ¿qué estoy haciendo?...

»¿Qué hago mirando donde no tengo que mirar?»

—La palabra *bonita* se queda corta —oigo que dice entonces Diego en tono sensual.

«Oh, Diosssssssssss... Oh, por favorrrrrrrr...»

Soraya y yo nos volvemos a mirar alucinadas.

¿En serio Diego ha dicho esa cursilada?

Incapaz de perderme detalle, o mis ojos irán a la cantidad, escucho su conversación y logro adivinar que se conocieron un día en el que Winnie fue a visitar a su tita.

«Vaya..., vaya con Diego... ¡Éste las mata callando!»

Cuando terminan de recordar el asunto, se hace un extraño silencio, y la Clinton, con ganas de conversación, comienza a hablar del tiempo, un tema muy recurrente cuando uno no sabe qué decir.

Pasan varios minutos y, cuando la conversación se estabiliza, la Clinton respira aliviada mientras sonríe a las vecinas cotillas, que nos miran. Para ella, que su sobrina haya llamado la atención del soltero de oro de la urbanización es un triunfo personal.

«¡Será tonta!»

Soraya y yo, sin movernos y en primera fila, no nos perdemos detalle. Sólo nos faltan las palomitas y el refresco con hielo, pero entonces Diego pregunta a la que ya he bautizado como *Winnie the Pooh*:

—¿Te apetece que vayamos a mi casa a tomar algo?

Miss Madrid asiente encantada y, con sensualidad, afirma:

—Contigo me apetece todo.

«Buenoooooooooooo..., buenoooooooooo...»

Vamos a ver, soy mujer y sé interpretar el lenguaje verbal y no verbal de otra, y ésta lo que quiere es que le coma el tigre. Por favor..., eso de que «Contigo me apetece todo»...

La Clinton sonríe. ¿En serio le parece tan gracioso?

Y yo, inconscientemente, me cago en su padre, en su madre y en *tos* sus antepasados, sean osos, lobos o papagayos.

«Pero ¿por qué me molesto?»

Sin cambiar el gesto, Diego se agacha, recoge su toalla, se pone su camiseta azul, nos mira a Soraya y a mí y dice con una sonrisita nada decente:

—Adiós, chicas. Pasadlo bien.

Dicho esto, se aleja con la Clinton y su sobrina. Segundos después, la señora presidenta se desmarca, mientras Diego y Winnie caminan en dirección a la casa de él.

«¿En seriooooooooooooooo?»

Lo miro boquiabierta y Soraya afirma:

—A eso lo llamo yo no andarse por las ramas...

—¡Ya te digo!

De pronto, mi padre, a quien le encantaba Lola Flores, abre la ventana del salón y comienza a oírse una canción: «*Tú lo que quieres es que me coma el tigre, que me coma el tigre, mis carnes morenas... Tú...*».

Eso hace que Soraya y yo sonriamos, y ella cuchichea:

—De tigres va la cosa...

Me entra la risa, y sin querer pensar en lo que mi amiga indica con su gesto guasón, susurro:

—Tigre no sé, pero Winnie the Pooh es la leche...

Soraya se parte. Siempre dice que soy especialista en sacarle motes a todo el mundo, y bajando la voz pregunta:

—¿Te has dado cuenta de cómo se miraban?

Sí. La verdad es que me he dado cuenta de todo, pero ella insiste:

—Te digo que a éstos en quince minutos tenemos que darles las dos orejas y el rabo.

«Wooooooooooooooo..., ¡lo que me entra por el cuerpo!»

Imaginarme a *Missmehastocadolosovarios* encima de Diego me... me... pone enferma, mientras veo cómo las vecinas murmuran junto a la Clinton.

—Otra más que arderá en llamas.

Soraya sonríe y, enfadada conmigo misma porque no sé por qué estoy reaccionando así, me tumbo en la toalla y digo cerrando los ojos:

—¡Qué solecito tan rico, ¿verdad?!

Soraya, que es una cangreja a la que le encanta tomar el sol, rápidamente se tumba a mi lado, y agradezco el momentito de paz. Tengo que serenarme.

A las ocho de la tarde, y sin haber vuelto a ver a Diego ni a su acompañante, recojo mis cosas, me despido de Soraya y entro en casa de mis padres.

Mi madre les ha dicho a los niños que ha hecho empanadillas de huevo duro, atún y tomate, y ya no los mueve de allí ¡ni Dios! Lo que les gustan las empanadillas de mi madre.

Lo curioso es que yo las hago igual, pero nunca, nunca saben como las suyas. No sé si será el cariño y la devoción con que las hace, pero las de mi mami son especiales. Tremendamente especiales.

Tras pelearme con Aarón para que deje de chinchar a Nerea, a las nueve de la noche, los niños, mis padres y yo nos sentamos a la mesa. Mamá ha preparado una ensalada con tomatitos cherry, perlas de mozzarella, aceitunas negras y rúcula que quita el sentido.

«¡Por Dios, qué ricaaaaaaaaaaa!»

Comemos como auténticas pirañas. Y digo «comemos» porque yo soy una piraña más, y cuando mi madre saca la torre de empanadillas, ¡eso es la debacle!

Una empanadilla..., dos..., tres..., y a la cuarta sé que tengo que parar o voy a reventar, mientras miro a Aarón, que con todo lo chiquitillo y lo delgado que es, el tío ya lleva seis.

Pero ¿dónde echa todo lo que come?

Estoy pensando en ello cuando oigo a mi padre, que dice:

—E, ¿puedes traer más agua de la cocina?

Asiento con una sonrisa. Me levanto, cojo la jarra y voy a buscarla. Abro el grifo y estoy llenándola cuando oigo una risotada de mujer. Rápidamente miro por la ventana y veo el jardín de Diego.

«¡Joderrrrrrr!»

Están tomando algo sentados, charlando, y de pronto soy consciente de que Diego lleva una camiseta roja.

«Pero ¿la de antes no era azul?»

Una nueva risotada de Winnie the Pooh, y esta vez la acompaña de toqueteo. Alza la mano, la pone en el cuello de Diego y se lo sobetea mientras se mordisquea el labio inferior con premeditación y alevosía.

«Uf..., qué lagarta, la tíaaaaaaaaaaaa...»

Sofocada, no puedo dejar de mirar; de pronto Diego se levanta, se quita con decisión la camiseta roja que lleva y, sonriendo, le tiende la mano.

«¡Madre mía, lo que me entra por el cuerpooooo!»

Ni media fracción de segundo tarda la *Missmehastocadolosovarios* en cogérsela y entrar con él en el salón, del que, por cierto, cierran la puerta y echan las cortinas.

«Mecagoentoloquesemeneadeaquíapamplonapasandopormurciaelcheyhuelva.»

Una cosa es imaginar, y otra ver. Y lo que yo he visto me hace suponer lo que va a pasar.

¡Si es que *tos* los tíos son iguales!

Les sonríes, les parpadeas, te mordisqueas el labio inferior mirándolos a los ojos ¡y caen como moscas en la mierda!

—¡E, ¿traes el agua?! —oigo gritar a mi madre.

Rápidamente, reacciono. Vuelvo en mí y, tras ver que el agua se derrama por la jarra y en mi mano, cierro el grifo y digo:

—Voy. Ya voy, mamá.

Descolocada por lo que he visto, regreso a la mesa e, intentando olvidar lo que no me interesa, me integro en la conversación, y entonces mi padre dice mirándome:

—Por cierto, E, mi amigo Ismael, el de Gestoría Gurruchaga, busca un gestor para la oficina y le he hablado de ti. ¿Qué te parece?

Asiento y me intereso. La realidad es que trabajé en una gestoría, allá por la época de Maricastaña, y, consciente de lo importante que sería obtener ese trabajo, respondo:

—Pues me parece genial, papá.

El hombre de mi vida, que no es otro que mi padre, sonríe y sacando su móvil dice:

—Apunta este teléfono y llámalo mañana porque les urge.

Rápidamente, mi madre deja ante mí papel y bolígrafo, y añade:

—Toma, cariño. Apúntate el teléfono.

Cuando voy a moverme, Nerea, que es una friki de los teléfonos, mira a mi padre y señala:

—Abuelo, no me seas antiguo. Pásale el número por WhatsApp.

Mi padre sonríe. Y, perdido en según qué modernidades como yo, mira a Nerea y pregunta:

—¿Y cómo hago eso?

Rápidamente, Nerea coge su teléfono y, tras enseñarle a hacerlo, el mío pita y ella dice:

—Mamá, ya lo tienes. Ahora guárdatelo.

—Pero qué lista es la *jodía* —afirma mi padre orgulloso.

Todos sonreímos.

Sin duda las nuevas generaciones parece que traen de serie eso de saber manejar los móviles; me guardo el teléfono y afirmo:

—Mañana sin falta llamaré.

Una hora después, mis niños y yo, con la pancita llena y un táper de exquisitas empanadillas que han sobrado, regresamos a casa, donde *Torrija* nos recibe feliz.

Como bien le dije a mi padre, llamé a la gestoría, y aquí estoy, contratada en un principio por seis meses.

¡Olé y olé!

Han pasado tres semanas desde que comencé a trabajar y, aunque al principio me sentí un poco descolocada por temas de ordenadores y programas, reconozco que rápidamente, aunque con un gran esfuerzo por mi parte, me he puesto al día.

Si es que lo que una mujer no haga ¡no lo hace ni Dios!

Por suerte, mis padres me están echando una mano con los niños. Todos los días, de lunes a viernes, a las ocho de la mañana o papá o mamá están en casa para que yo pueda ir a trabajar.

¿Qué haría sin ellos?...

Como estamos en verano, trabajo de nueve a tres, pero ya me ha dicho mi jefe que en septiembre será de nueve a cinco. ¡Perfecto!

Los niños llevan bien que yo trabaje y, llevándolo ellos bien, yo estoy feliz.

Saber que ahora soy la cabeza de mi familia y que tengo un trabajo me hace sentirme más segura, tan segura que uno de los días en que salgo de trabajar me voy a la peluquería y, aunque pensaba quitarme las mechas californianas, finalmente me aclaro el tono y me lo corto.

Siempre he oído decir que hacer un cambio drástico en tu pelo significa el comienzo de una nueva vida y, mira, creo que en esta ocasión ¡es verdad!

Por las tardes, cuando regreso de trabajar, tras pasar por mi casa y saludar con amor a mi *Torrija*, me cambio de ropa y me voy a la urbanización de mis padres. Mis amores están allí.

Al verme, corren hacia mí.

«Aisss..., lo que me emociona que lo hagan.»

Me besan. Se interesan por mi día y, después, regresan a jugar con sus amigos.

Diego y Soraya están en la piscina con sus hijos. Encantada, me acerco a ellos, que me reciben con una sonrisa, y rápidamente nos ponemos a hablar.

Una de esas tardes les comento que he recibido un email de mi abogado para darme fecha de firma para el divorcio. Sin duda, el divorcio exprés es rápido, y debo firmar el 31 de julio a las diez de la mañana. Saber eso me hace muy feliz. Cuanto menos tenga que ver con el padre de mis hijos, mejor.

Diego no ha vuelto a invitarme a salir, y aunque en ocasiones pienso en su cantidad, creo que lo mejor para ambos es el distanciamiento que nos hemos dado. Como adultos que somos, está claro que no debemos complicarnos la existencia. Ya bastante complicadita la tenemos.

Mis días de pronto se resumen en levantarme a las ocho de la mañana, ir a trabajar, a currar..., currar y currar, para luego, a las tres, coger el coche, regresar a casa, saludar a *Torrija*, ponerme el biquini, ir a la piscina con mis niños, volver por la noche a casa y, mientras ellos se duchan, yo hago la cena. Después cenamos, a las once los envío a dormir y a las doce ya estoy durmiendo yo también en mi cama con *Torrija*.

Emocionante, ¿verdad?

Pero soy feliz. Os juro que soy feliz y no necesito nada más.

El día antes de la firma del divorcio, cuando por la tarde regresamos de la piscina de la urbanización de mis padres, al llegar a casa me encuentro al padre de mis hijos, apoyado en su coche.

Sorprendida, lo miro, y en ese momento David lo ve y exclama corriendo hacia él:

—¡Papiiiiiiiiiiii!

Alfonso —voy a llamarlo alguna vez por su nombre— abre los

brazos encantado y coge a nuestro niño. Lo besa. David sonríe y Nerea pregunta a mi lado:

—¿Qué hace papá aquí?

No sé qué responder. No me ha llamado.

—Tranquila, preciosa —me dice Aarón.

Sus palabras me hacen sonreír. Aarón es Aarón, y, tocándole la cabeza, lo animo:

—Corre, ve a saludar a tu padre.

Él asiente, pero no corre.

Sigue a mi ritmo y, cuando llegamos a la altura de aquél, que continúa con David entre sus brazos, saludo:

—Hola.

Con una sonrisa, él me mira y dice:

—Hola, Estefanía.

Aún se me hace raro oír mi nombre de sus labios. Tantos años llamándome «churri», «cari», «ninfa»..., es lo que tiene. Pero eso se acabó. Se acabó. Se acabó y pis-pus.

Una vez que suelta a David en el suelo, besa a Aarón y a Nerea, y ellos a él. Es su padre y quiero que lo sea el resto de su vida, aunque a veces actúe como un verdadero imbécil.

Cuando los besos se terminan, Alfonso me mira y dice:

—¿Podemos hablar un momento?

«Uy..., uy..., lagarto..., lagarto.

»Como quiera retrasar el divorcio, lo mato.»

Pero él, al ver mi gesto, enseguida aclara:

—Tranquila, mujer, que no es nada malo.

Asiento. Respiro y, consciente de cómo me miran los niños, indico:

—Entremos en casa.

Como hemos hecho muchas veces en nuestras vidas, los cinco entramos por la puerta de la que fue nuestra casa y que ahora es *mi* casa. *Torrija*, al ver a Alfonso, lo saluda de inmediato. Se alegra de verlo, aunque tras dos gracias me mira, me come a besos y ya no se separa de mí. Sin duda, ella es tan madre como yo de nuestros polluelos.

Rápidamente, y como cada noche, miro a los niños y ordeno:

—¡A la ducha!

Aarón se resiste, no quiere dejarme sola con su padre, pero Nerea, mi Nerea, al ver mi gesto, sin dudarlo agarra a su hermano del brazo e insiste:

—Vamos. Papá y mamá tienen que hablar.

Cuando desaparecen del salón, miro a Alfonso y pregunto:

—¿Quieres beber algo?

—Una cervecita no estaría mal.

Asiento. Me dirijo a la cocina y, tras sacar una cerveza para él y una Coca-Cola Zero para mí, por mi mente pasa si echarle unas gotitas de laxante. Sonrío, no lo puedo remediar, y una vez que me convenzo de que tengo que olvidar esa maldad, salgo al salón con la cerveza y se la entrego.

Alfonso la coge y, tras dar un trago, pregunta mirándome:

—¿Qué tal te va en el trabajo?

—Bien —afirmo concisa.

—¿Y todo en general?

Me sorprende oír su pregunta. ¿Y a él qué le importa?

Estoy tentada de decirle que he probado cierta cantidad que supera a su supuesta calidad, pero no, mejor me callo.

Al ver que no voy a contestar, él continúa:

—Entonces ¿mañana...?

—A las diez de la mañana —señalo al saber que hablamos de la firma del divorcio.

Alfonso asiente y yo no digo nada.

Ni soy su amiga, ni quiero serlo, sólo necesito que sea el padre de mis hijos, pero de pronto me suelta sin anestesia ni nada:

—He alquilado el apartamento en Matalascañas de todos los años durante quince días en agosto y quiero llevarme a los niños de vacaciones con Vanesa. Pero, tranquila, antes firmaremos el divorcio.

¡Zaparrássssssssssssssss!

Me acaba de caer un jarro de agua con hielo de la Antártida en toda la cara y, como puedo, intento respirar.

¿Mis niños, mi ex y su novia de vacaciones juntos como si fueran una familia?

Parpadeo. No sé qué decir, y el imbécil —porque ya paso de llamarlo por su nombre— insiste:

—Te recuerdo, antes de que te niegues y pongas el grito en el cielo, que en el convenio regulador que firmamos, como padre tengo derecho a quince días de vacaciones en verano, otros tantos en invierno, fines de semanas alternos y...

—Algo que no cumples —lo corto.

Desde que nos hemos separado, sólo se los ha llevado tres fines de semana enteros. Por norma, se los lleva el viernes, y el sábado ya me los está devolviendo después de comer porque, según él, David llora porque no está con su mamá.

Normal que llore, si siempre está conmigo y él no hace nada por ganárselo porque se muere por estar a solas con su nueva churri. ¿Cómo va a querer el niño estar con su padre?

En silencio, nos miramos.

En silencio, nos tanteamos.

En silencio le hago saber lo que pienso de él.

Nunca imaginé que pudiera ocurrirme esto.

Nunca pensé que ése al que parece que mis hijos le estorban en muchos momentos quisiera llevárselos de vacaciones, e intentando no perder los nervios, pregunto:

—¿Cómo pretendes llevarte a los niños quince días si eres incapaz de que estén contigo un fin de semana entero?

Alfonso se mueve. Lo quiera reconocer o no, sabe que digo la verdad, pero insiste:

—Esto es diferente, Estefanía.

—¿Diferente, por qué?

—Porque estaremos en la playa, les compraré helados, regalos, verán a sus amigos de otros años y...

—Pero ¿realmente pretendes recuperar su cariño comprándolos?

Alfonso no dice nada. Siento ser tan sincera con él, pero es la puñetera verdad, y él no contesta. Se calla.

De nuevo el silencio se instala entre los dos, mientras *Torrija*, a mi lado, es testigo de todo, hasta que yo digo:

—La firma del divorcio es mañana. ¿Para cuándo has alquilado la casa?

—A partir de este sábado.

«Uf..., sólo quedan cuatro días, ¡sólo cuatro!» Y, enfadada porque se vaya a llevar a mis hijos, aunque como padre tenga todo el derecho, protesto:

—¿No podías irte de vacaciones a otro sitio? ¿De verdad tienes que ir allí?

El gilipollas, porque no tiene otro nombre, resopla e indica:

—Si voy allí es por ellos. Sólo por ellos.

«Mecagoensutíaladelpuebloyensusprimosdequintanar.»

Lo conozco. Estuve veinte años con él y es un puñetero tacaño con el dinero.

El motivo de que siempre fuéramos a ese apartamento era que estos amigos nos lo dejaban muy baratito.

Pero ¿éste se cree que no lo conozco y me he caído de un guindo?

Tengo mil preguntas, pero también tengo mil respuestas, y a cuál peor. Estoy descolocada pensando en ellas cuando Alfonso insiste:

—Los cuidaré. Tendré cuidado de ellos.

—Por la cuenta que te trae —siseo molesta.

«¡La madre que lo parió!

»En la vida he tenido yo que decir eso.»

Pero, vamos a ver, si no cuido yo a mis hijos, ¿quién narices los va a cuidar?

—No te preocupes por nada —insiste—. Vanesa es una buena chica y me ayudará con ellos y...

Cierro los ojos y dejo de escucharlo.

Mi cabeza se vuelve loca.

Mi ex se quiere llevar a mis niños, ¡mis niños!, de vacaciones sin mí, pero con su novia, y soy consciente de que no me puedo negar. Legalmente puede hacerlo, como podría hacerlo yo si se diera el caso.

El corazón se me acelera.

¿Y si dejan de quererme para querer a esa mujer?

¿Y si, a su vuelta, ya no quieren vivir conmigo?

¿Y si...? ¿Y si...? ¿Y si?

Pero no. No puedo ser tan negativa.

No puedo pensar esas tonterías.

Mis niños me quieren. Lo sé.

Y, por muy buena, amable y complaciente que sea la nueva novia de mi ex, ellos nunca van a dejar de quererme, porque sé cuánto me quieren y me necesitan. Soy su mamá. Su mami.

Una vez que me tranquilizo, y consciente de que ante su petición no puedo hacer nada, oigo cuando abro los ojos:

—... ellos tienen allí amiguitos con los que estar y se lo pasarán bien.

Vale. En eso tiene razón.

Los amiguitos de mis hijos de todos los veranos los harán olvidarse de cuanto ha pasado entre nosotros, pero... pero... ¿y yo? ¿Cómo voy a vivir sin tenerlos a mi lado?

Guardamos silencio, y de pronto aparece David duchadito, oliendo a Nenuco con el pelo mojado y, mirando a su papi, pregunta:

—¿Te quedas a cenar?

—No —me apresuro a decir.

Sinceramente, tras esa noticia, que se quede a cenar es un peligro, porque estoy tannnnnn cabreada, tannnn enfadada, tannnnn molesta, que a éste le zumbo el bote entero de laxante, me lo cargo por una cagalera profunda y termino en la cárcel por homicidio. Por tanto, no se queda a cenar.

Alfonso no rebate lo que he dicho, y, tomando a David entre sus brazos, comienza a bromear con él. Segundos después aparece Aarón, se suma a las bromas de su padre y, cuando minutos después aparece Nerea, ésta se acerca a mí.

Alfonso nos mira y de pronto suelta:

—¿Qué os parece si os venís los tres conmigo y Vanesa de vacaciones a Matalascañas?

Un silencio sepulcral se hace en el salón.

«Uf..., qué incómodo.»

Alfonso insiste:

—Allí podréis ver a vuestros amiguitos, montar en bici, ir a la playa, hacer la fiesta del verano como todos los años y comer cientos de helados; ¿no os apetece?

—Síiiiiiiii —grita David, mi chiquitín.

Aarón no sabe qué responder, sólo me mira, y siento que Nerea enreda su mano entre la mía. Sé cuánto les gusta a Nerea y a Aarón ir a Matalascañas. Si alguien disfruta siempre de esas vacaciones son ellos, y a pesar de lo que me duele decir lo que sé que tengo que decir, suelto:

—Creo que será estupendo que vayáis con vuestro padre. Pensad que este año, al estar yo trabajando, no puedo llevaros de vacaciones.

Ni Nerea ni Aarón reaccionan. Están tan paralizados como yo segundos antes, e insisto:

—Os prometo que el año que viene seré yo quien os lleve a Matalascañas, ¿os parece?

Nada, siguen sin reaccionar, y Nerea pregunta sin soltarme:

—Mamá, ¿estás segura?

Sin abandonar la sonrisa, a pesar de que mi corazón llora, asiento.

Que mi situación con ese gilipollas haya cambiado no tiene que significar que la de mis hijos tenga que cambiar. Ellos se merecen sus vacaciones, y afirmo:

—Sí, mi amor. Sólo serán quince días y, cuando volváis, yo seguiré estando aquí.

Aarón y Nerea se miran entre sí y asienten, y Alfonso, al verlo, da una palmada y dice soltando a David:

—Estupendo. Pues, chicos, preparad las maletas, porque el viernes os recojo antes de cenar, dormís en casa y así salimos de madrugada.

—¿*Torrija* viene también? —pregunta David.

Todos miran a la perra, que está sentada a mi lado.

Creo que el animalito decidió hace tiempo con quién quería estar, y Alfonso rápidamente indica:

—No. Es mejor que se quede con vuestra madre.

Asiento. Sin duda es lo mejor para todos.

Segundos después, el imbécil se va, dejándome a los niños revolucionados hablando de sus amigos de Matalascañas y, a mí, con el corazón machacado.

Aun así, sonrío. Necesito que mis hijos me vean hacerlo.

Lo ocurrido entre mi ex y yo ha de tomarse como algo normal, especialmente tratándose de los niños. Lo que está claro es que Nerea, Aarón y David tienen dos padres, y ambos debemos cuidarlos y protegerlos. Y lo que está claro también es que como a alguno de ellos le pase algo por la negligencia de mi ex, voy a la cárcel, pero a éste le arranco la cabeza sí o sí.

Separada, y ahora ¡DIVORCIADA!

El martes 31 de julio, tras pedir permiso en el trabajo, a las diez menos cuarto estoy en el juzgado que me indicó nuestro abogado.

Al llegar veo al padre de mis hijos con él, y los saludo con una sonrisa. Mi ex me mira con gesto serio.

«¿Y a éste qué le pasa?»

Mientras el abogado nos explica lo que va a ocurrir en los próximos minutos, le presto toda mi atención y, con el rabillo del ojo, veo que Alfonso me mira. Una vez que nuestro abogado termina, se aleja unos pasos de nosotros y oigo decir:

—Churri..., ¿estás segura de lo que vamos a hacer?

Sin dar crédito, lo miró.

«Uissss..., lo que me entra por el cuerpo...

»Pero, vamos a ver, pedazo de imbécil, por no decir algo peor, ¡que tú ya estás viviendo con otra mujer!

»¿Qué haces preguntándome eso?»

Y, sin ganas de contestar, o juro que me van a salir por la boca sapos y culebras, doy media vuelta y me alejo. O eso o le parto la cara ahí mismo.

Media hora después, salimos del juzgado. Nuestro abogado nos dice unas palabritas, especialmente para recordarnos que tiene que pasarnos la minuta por sus servicios, y después se va.

Alfonso y yo nos quedamos parados. Nos miramos y, finalmente, para acabar con el incómodo momento, señalo:

—Tengo que irme a trabajar. Adiós.

Él asiente y, cuando me doy la vuelta, lo oigo decir:

—El viernes recogeré a los niños a las nueve.

Ahora la que asiente soy yo, y me marcho a trabajar.

Los días pasan, llega el viernes y mi agobio casi no me deja respirar.

Mis hijos, mis polluelos, se marchan hoy mismo, y voy a estar sin verlos quince días, con sus respectivas noches.

Nunca he estado tanto tiempo separada de ellos, y siento una opresión en el pecho que... Bueno..., creo que me entiendes si tienes hijos, ¿verdad?

Con diligencia, preparo las maletas de los tres. Braguitas, calzoncillos, calcetines, bañadores, camisetas, faldas, pantalones, crema solar, gorras, toallas..., todo. Quiero que no les falte de nada si yo no estoy con ellos.

Nerea se hace sola la maleta, pero sigue demandando mi ayuda. Todavía es una niña, por muy mayor que se crea, y yo la ayudo encantada e incluyo en su equipaje compresas y pastillas para el dolor de regla. Sé que en esos días le tiene que venir el incordio que toda mujer sufre al menos una vez al mes, y necesito que se cuide aunque yo no esté a su ladito.

Intento sonreír, para que ellos sonrían.

Intento no venirme abajo, para que ellos no sufran.

Y lo consigo. Vaya si lo consigo.

Pero cuando, finalmente, antes de cenar, llega el momento de la despedida, me quiero morir.

Te juro que es como si me metieran la mano en el corazón y me lo arrancaran de cuajo.

Despedirme de mis hijos es lo más duro que he tenido que hacer en mi vida, y aunque aguanto como una jabata, en cuanto éstos se montan en el coche de su padre, él arranca y se van, las lágrimas salen a borbotones de mis ojos y comienzo a llorar.

Con hipo y todo, entro en casa, donde *Torrija*, mi preciosa perra, intenta consolarme a su manera. Me pone la pata encima, me lame las manos, me trae sus muñecos para que juguemos, pero yo estoy inconsolable.

Lloro y me compadezco de mí misma y, cuando consigo tranquilizarme, me levanto, voy a la cocina, abro el frigorífico, cojo una

Coca-Cola y, tras dar el primer trago, mi móvil vibra. Al mirar, veo que he recibido un wasap y la barbilla me empieza a temblar cuando veo que se trata de un mensaje de Aarón que dice:

Preciosa, te quiero.

«Aisss, mi chiquitín...»

Vuelvo a llorar.

Pero ¿a quién le voy a dar capones estos días y quién me va a llamar «preciosa» con tanto amor como él me lo llama?

Con desconsuelo, vuelvo a hipar, y de nuevo la pobre *Torrija* hace todo lo posible porque deje de llorar.

Para que luego digan que los perros no tienen sentimientos...

Media hora después, me tranquilizo. He de hacerlo. De nada sirve llorar como estoy llorando, excepto para provocarme el dolor de cabeza que tengo.

Después de tomarme una aspirina, soy consciente de que ahora ésta es mi vida. Estoy divorciada, mis hijos tienen un padre al que querer tanto como a su madre y, como tal, debo asumirlo. Lo importante son los niños, y espero que Alfonso llegue a la misma conclusión que yo.

Esa noche, tras recibir las llamadas de mis padres, mis hermanos, Soraya y Diego para preguntarme cómo estoy y yo mentir como una bellaca indicándoles que estoy bien, duermo en el sofá, no tengo fuerzas para llegar a mi habitación. Sin embargo, cuando me despierto a las diez de la mañana, noto el cuello tronchado.

«Uf..., ¡qué dolor!»

Me despego del sofá, y *Torrija*, y tras darme su beso mañanero, me acompaña a la ducha, donde parece que mi cuello vuelve a encajar.

Una vez que termino y me visto, la casa se me queda grande. Enorme. Si mis hijos estuvieran aquí, alguno estaría gritando o peleándose, pero no están, y el silencio es sepulcral. Por eso, decido salir para darle un largo paseo a *Torrija*. Mi niña preciosa se lo merece.

Cuando regreso son casi las doce y media de la mañana y hace un calor tremendo. Mi madre me llama. Se preocupa por mí, y yo rápidamente le recuerdo que estoy bien y me autoinvito a comer con ellos. No quiero pasar un sábado sola.

Horas después, tras comer con mis padres, y hablar con Nerea, que me llama para decirme que ya están en Matalascañas, decido marcharme. Oír el alboroto de la urbanización y no ver a mis niños en la piscina tirándose en bomba me está encogiendo el alma, por lo que prefiero regresar a casa con *Torrija*.

Tras despedirme de mis padres, cuando salgo a la calle, sólo oigo a los grillos. A las cuatro y media de la tarde, en un pueblo de Madrid, es increíble el calor que hace, y, mirando a *Torrija*, cruzo al campo para que haga sus cosas y digo:

—Rapidito o nos desintegramos.

Según comienzo a caminar, oigo un coche que llega. Con disimulo, veo que se para en la entrada de la casa donde vive Diego y que del coche baja una mujer. Su cara me suena, y cuando segundos después veo a Maya descender del vehículo con una mochila, comprendo quién es. La exmujer de Diego.

Parada bajo un árbol para que me dé la sombra, las observo. La exmujer de Diego es muy guapa, muy mona, y por su forma de moverse creo que está nerviosa, mientras la niña, con su mochila a cuestas, la mira.

Con su manita, Maya intenta tocarla, pero la mujer la aparta de ella de malas maneras. La pequeña insiste y aquélla vuelve a separarla de su lado.

¿Por qué le hace eso a la niña?

Vale que Maya es un pequeño demonio, pero, por muy demonio que sea, ¡es una niña y es su hija!

Su manera de tratar a la chiquilla me incomoda, aunque lo que me hace enfadar realmente es ver las lágrimas de Maya rodar por su rostro, y ¡sin chillar!

Boquiabierta, observo cómo aquella mujer, con sangre fría, no le dice nada a la niña que la observa con ojitos tristes y repletos de lágrimas. Las lágrimas le corren por el rostro y eso me parte el corazón, porque sé que cuando un niño llora así lo hace con sentimiento.

La mujer, tras llamar a la puerta de Diego y que éste no le abra, coge su teléfono, vuelve a apartar a la niña de malas maneras de su lado y veo que habla con alguien mientras gesticula con las manos.

Incapaz de no acercarme para consolar a Maya, lo hago y, cuando cruzo de acera y estoy a escasos pasos, digo para llamar su atención:

—Hola, Maya.

La niña, al verme, sorprendiéndome como nunca en mi vida, suelta la mochila y corre a abrazarme. Lo hace de tal forma y con tal desesperación que me deja sin palabras; entonces la que imagino que es su madre me mira y dice tras colgar su teléfono:

—Hola, ¿conoces a Diego?

Sin dudarlo, asiento y ella vuelve a preguntar:

—Ya que lo conoces, ¿puedo pedirte un favor?

Vuelvo a asentir, y ella pide:

—¿Te puedes quedar con Maya?

La niña me aprieta con sus manitas la cintura y, al notarlo, digo:

—Claro, pero ¿y Diego?

La mujer gesticula, ladea la sonrisa y responde:

—No me hables de ése, que... que... —Toma aire, después se retira el sudor de la frente y suelta—: Debería haber pasado hace tres horas por mi casa a recoger a la niña. Sabe que me voy de viaje, pero no... ¡Justo hoy se le tiene que pinchar una rueda según regresaba de Toledo! ¿Te lo puedes creer?

Asiento.

Sé cuánto quiere Diego a Maya y las ganas locas que tenía de verla, y cuando voy a responder, ella insiste cortándome:

—Si ese caradura piensa que voy a perder el avión, ¡va apañado! Acabo de hablar con él y me ha dicho que tardará una hora en llegar. ¡Una hora! Y, lo siento, pero no puedo esperar, porque mi vuelo sale dentro de dos horas.

—Mami... —gime Maya.

La mujer mira a la niña y, con una sangre fría que me hiela la mía, suelta:

—Maya, ¡basta de llorar!

—Pero, mami...

—¡Maya, ¿no me has oído?!

Su tono de voz tan autoritario dirigido a la pequeña, que la mira con la cara llena de lágrimas y entre hipidos, me cabrea.

Pero ¿cómo puede hablarle así?

Estoy pensando qué decir cuando aquella imbécil, a la que le importa más no perder un avión que las súplicas de su niña, insiste:

—Mira, Maya, te he llevado de vacaciones conmigo, la abuela y los primos, pero ahora me toca disfrutar de las mías. Tienes que entenderlo. Ya te lo he explicado mil veces.

Asombrada, pongo la mano sobre la cabecita de la pequeña con la intención de que deje de darle el sol; entonces la mujer, mirándome, dice:

—Si tú no puedes quedarte con ella, ya le he dicho a Maya que se siente en la entrada de la casa de su padre, que él enseguida viene.

«¡¿Cómooooo?!»

¿Esa inconsciente me está diciendo que, si yo no llego a aparecer, se habría marchado y habría dejado a la niña, a las cuatro y media de la tarde, con este calor, sola y llorando? ¿En serio?

Maya no me suelta. A su modo, pide cariño, compañía y mimos y, sin ganas de seguir hablando con aquella idiota, afirmo:

—Tranquila. Yo me quedaré con ella.

Su gesto se relaja, sonríe y, a continuación, dice:

—Gracias. ¿Tu nombre es...?

—Estefanía. Mis padres viven en la urbanización.

Ella asiente. No pone en duda nada de lo que digo, y, mirando a la pequeña, que continúa agarrada a mi cintura, añade:

—Maya, te dejo con Estefanía hasta que tu padre vuelva. Sé buena.

Y, sin más, se le acerca, le da un rápido beso en la coronilla y, con todo su papo, ¡se va!, ¡se las pira!

Una vez que el coche arranca, me quedo petrificada a pleno sol, con mi perra y la niña agarrada a mi cintura. No sé qué decir. No sé qué hacer.

Está visto que yo por mis hijos mato, mientras que otras por sus hijos ni se despeinan. Desde luego, hay madres y madres, y padres y padres.

Cuando creo que el sol nos va a fulminar a las tres y estamos sudando una barbaridad, saco mi teléfono del bolsillo de mi peto vaquero y, tras marcar el teléfono de Diego, pregunto al oír su voz:

—¿Dónde estás?

—Peleándome con el puto coche para cambiar la puta rueda —gruñe enfadado con la respiración entrecortada—. ¿Qué ocurre?

Miro a la niña, que no me ha soltado, y rápidamente digo:

—Maya está conmigo.

—¡¿Qué?! Pero ¿qué hace contigo si tiene que estar con su madre? —oigo que pregunta sorprendido.

Sin ganas de decir lo que pienso sobre la que se ha pirado dejándole a su hija a una extraña, simplemente contesto:

—Escucha, todo está bien. Y ahora, sin prisa y relajadito, termina de cambiar la rueda del coche y luego ven a mi casa, ¿de acuerdo?

—De acuerdo —oigo que dice Diego.

Cuando cuelgo, miro a la pequeña, que no se ha movido, y cuando consigo que me mire pregunto retirándole las lágrimas de las mejillas.

—¿Qué te parece si nos vamos a comer un helado?

La niña asiente.

La que acabo de hacerle es una buena oferta, y cuando me suelta la cintura, cojo la mochila del suelo y, entregándole la correa de *Torrija*, pregunto:

—¿Me ayudas a llevarla?

Maya mira la correa de *Torrija* como si se tratara de un Fórmula 1. Creo que es la primera vez que alguien le ofrece algo así, y pregunto:

—¿Te dan miedo los paseadores de humanos?

Eso la descabala. No sabe lo que es un paseador de humanos, y, señalando a *Torrija*, a la que la lengua le llega al suelo, indico:

—Los perros son paseadores de humanos, o al menos *Torrija* lo es. Y ¿sabes por qué? —Maya niega con la cabeza y, sonriendo, aclaro—: Porque es ella la que me saca a pasear a mí y no al revés.

Maya finalmente sonríe. Ver su sonrisita me hace sentir bien, y cuando noto las gotas de sudor bajándome por el cuello, insisto:

—Venga, vayamos a mi casa. Tu papi viene a buscarte allí.

Un buen rato después, Maya y yo estamos en casa con *Torrija* tiradas en el sofá.

Madre mía, qué calor hace en la calle y lo requetechupi que estamos en casita con el aire acondicionado.

Cuando veo a Maya sonreír por algo que hace *Torrija*, yo también sonrío.

Si alguno de mis hijos estuviera llorando como lloraba esa niña, sólo le pido al cielo que alguien se preocupara por él como he hecho yo con Maya y lo hiciera sonreír. La sonrisa en un niño dice mucho.

Al ver cómo mira la Wii, le propongo jugar y ella acepta. Rápidamente, pongo uno de los juegos de David y las dos jugamos. Maya sonríe, me muestra que, además del demonio de gafas amarillas, también puede ser una niña encantadora, y eso me gusta. Me gusta mucho.

Una hora más tarde, el timbre de la puerta de mi casa suena y *Torrija* ladra. Hay que ver el escándalo que monta siempre, y, cuando segundos después, un apurado, grasiento y sudoroso Diego entra en mi casa, Maya está jugando con la Wii.

—Tranquilo —digo mirándolo—. Está bien.

Diego asiente, me da un beso en la mejilla y corre hacia su hija, que, al verlo, se tira a sus brazos y lo llena de besos. Bueno, rectifico: se llenan de besos mutuamente. Menudos besucones son esos dos.

La imagen es, como poco, maravillosa, preciosa, y tengo que sonreír.

Veinte minutos después, mientras Maya sigue jugando con la Wii, le ofrezco a Diego el baño para que se lave. Tiene las manos y la cara negras de grasa por la rueda, y él acepta sin dudarlo.

Cuando acaba, entramos juntos en mi cocina y él pregunta mirándome:

—¿Me vas a contar ahora cómo ha terminado Maya contigo?

Sin dudarlo, le cuento lo ocurrido y, una vez que finalizo, él sisea con cara de mala leche:

—Es lo último que me esperaba de ella... ¿Me estás diciendo

que, si no llegas a aparecer tú, pensaba marcharse y dejar a la niña en la puerta?... ¡¿En la puta puerta, a las cuatro de la tarde y sola?!

—Tranquilízate —le pido.

—¿En serio cree que he fingido un pinchazo para no recoger a Maya?

Asiento, es la purita verdad, y maldice:

—Cree el ladrón que todos son de su condición.

No pregunto. Mejor no preguntar por qué ha dicho eso; entonces Diego, dolido por lo que su ex es capaz de hacer con la niña, se acerca a mí y, abrazándome, murmura:

—Gracias. No sabes cuánto te agradezco este detalle.

—No pasa nada, Diego...

—Sí pasa —me corta—. Sé lo difícil que es Maya como niña y cómo se ha comportado en otras ocasiones contigo. Pero esto...

No continúa. Siento que la emoción lo embarga mientras permanecemos abrazados en la cocina y de fondo suena la odiosa y nada romántica musiquita del *Mario Kart*.

«Uisss..., uiss..., lo que me está entrando por el cuerpo.

»No, Estefanía, ¡ni se te ocurra!»

Pero nuestras miradas se encuentran.

Nos miramos a los ojos durante unos segundos y, como si un enorme imán nos atrajera, nos besamos.

«Buenoooooooooooooo..., ¡cagaditaaaaaa!

»Pero, ¡ay, Dios!, no me quiero separar.»

No quiero dejar de besarlo y, por su atención, algo me dice que a él le pasa lo mismo.

Excitados, encendidos y locamente agitados, para que Maya no nos vea nos echamos a un lateral de la cocina mientras nuestras bocas y nuestras manos vuelan en busca de placer. De mucho placer.

Un beso..., dos..., cinco..., y de pronto siento algo duro contra mi cuerpo.

«¡Ay, madre, la cantidad!»

Nos miramos...

Nos deseamos...

Pero no podemos. No debemos. Maya está en el comedor y

puede aparecer en cualquier momento en la cocina; con grandes esfuerzos paramos y él dice:

—Creo que debemos encontrar otro momento.

Asiento. Tiene más razón que un santo.

Pero, incomprensiblemente, volvemos a besarnos.

«¡Diosssssssss, cómo besaaaaaaaaaaaaaa!»

De nuevo la locura se apodera de nosotros.

De nuevo nos olvidamos de dónde estamos...

En ese instante, suena de nuevo el timbre de la puerta, *Torrija* comienza a ladrar y Maya grita:

—¡La puertaaaaaaaa!

Ambos asentimos. Sabemos que suena el timbre y, separándonos, nos miramos y murmuro:

—He de abrir.

—De acuerdo... —asiente.

Como en una nube, me separo. Madre mía..., ¡me tiemblan hasta las piernas!

Si Jesús besaba bien, Diego ¡ni te cuento! Y cuando voy a darme la vuelta, Diego me coge del brazo y dice:

—Oye, escucha...

El timbre vuelve a sonar. *Torrija* vuelve a ladrar y Maya vuelve a gritar:

—¡La puertaaaaaaaaaaaaaa!

Parpadeo. Me siento tan tonta y desconcertada como el día en que me caí en su jardín y me destrocé la rabadilla. Estoy tan alelada con todo esto que, si hablo, voy a parecer checoslovaca; sin responder, voy a la puerta y, al abrirla, me encuentro con Soraya y las amigas, que, mirándome, gritan mientras me enseñan una botellita de tequila:

—¡Sorpresaaaaaaaaaaaaaa!

«¡La madre que las parió!

»Pero ¿qué están haciendo aquí?»

Entran en casa y, al ver a Diego salir de la cocina, Soraya pregunta sonriendo:

—Pero ¿qué haces tú aquí?

Diego se acerca a ella y cuchichea guiñándole el ojo:

—Estefanía estaba cuidando de Maya hasta que yo llegara.

Rápidamente Soraya ve a la niña y, cambiando el gesto, murmura:

—Ohhh..., ya ha regresado de vacaciones, ¡qué bien!

Diego y yo asentimos, y Soraya, mirándome, pregunta:

—¿Estás hoy mejor, cariño? ¿Sabes algo de los niños?

Sorprendida, me doy cuenta de que en las dos últimas horas no he pensado en mis hijos y, sintiéndome culpable por ello, respondo:

—He hablado con Nerea hace un rato y me ha dicho que ya estaban en Matalascañas.

Soraya sonríe, mientras las amigas entran en la cocina en busca de vasitos para el tequila y Diego indica:

—Como tú me dijiste a mí, piensa en positivo y recuerda que los niños lo van a pasar bien.

Con una sonrisa asiento, y él, tan apurado como yo, se acerca a Maya, le quita el mando de la Wii, coge la mochila de la niña del suelo y, haciendo sonreír a su pequeña, se la echa al hombro y dice:

—Nos vamos. Tenemos que ir al súper a comprar un tanque enorme de helado.

—¡Síiiiiiiiiiii! —grita Maya feliz.

Una vez salen a toda prisa de mi casa, yo me quedo mirando la puerta. Todavía siento los cautivadores besos de ese hombre en mi boca, e intento sonreír.

Mis amigas se repanchingan en el sofá con varios vasitos para el tequila, sal y limón, y yo me siento con ellas. Y, dispuestas a disfrutar de una tarde noche de risas, intento pasarlo bien, mientras pienso: «¿Debo llamar a Diego por teléfono en cuanto mis amigas se vayan o no?».

Soy una mamá divorciada y alocada y de nuevo enamorada

Me declaro oficialmente la reina del hielo

«Rabiosaaaaaaa... Rabiosaaaaaaaaaaa... Rabiosaaaaaaa...»

¿Qué suena?

«Rabiosaaaaa... Rabiosaaaaaaaa... Rabiosaaaaaaaa...»

Quiero dormir... Quiero seguir durmiendo...

«Rabiosaaaaaa... Rabiosaaaaaaaaa... Rabiosaaaaaaaa...»

¡El despertador!

«Mecagoenlarabiosaensuprimaladelpuebloyenlamadrequelaparió.»

Torpemente, me incorporo en la cama, en busca de ese instrumento de tortura matinal, pero entonces... Oh..., oh..., ¡que me desnivelo!

«Rabiosaaaaaaaaaaa... Rabiosaaaaaaaaaa...»

Uf..., ¿qué me pasa?

Todo me da vueltas.

Voy como ralentizada.

«Rabiosaaaaa... Rabiosaaaa...»

—¡Me *gago* en la *deche*! —exclamo como puedo con la boca seca.

«Rabiosaaaaaaaaaa... Rabiosaaaaaaa...»

Miro sobre la mesilla.

Siempre dejo el móvil ahí, pero no está.

¿Dónde puñetas estará?

«Rabiosaaaaaaaa... Rabiosaaaaa...»

Loca, me vuelvo loca en busca del móvil perdido, y entonces veo entrar a mi perra *Torrija* en la habitación y, mirándola, pregunto con la boca seca y entre balbuceos:

—¿*Onde tá* el *pudetedo tedéfono*?

Wooooooooo, pero ¿qué me pasa en la boca?

Torrija me mira.

Pero ¿en qué idioma hablo?

La perra, a su manera, me regaña por mi desastrosa situación, y luego oigo de nuevo:

«Rabiosaaaaaaa... Rabiosaaaaaaa...»

¡El móvil!

De pronto, soy consciente de que el sonido proviene de las sábanas y, tras sacar de debajo de mi perdigoneado trasero el puñetero aparato, lo miro y grito:

—¡Te *dodio, madito tojeto* del diablo!

Pero, tras decir eso, de pronto recuerdo que trabajo.

«Ay, Dios... Ay, Dios...

»¡¿Qué día es hoy?!»

Entre las legañas compruebo que hoy no tengo que trabajar. Hiperventilo, ¡qué susto me he dado!

Rápidamente apago la alarma y siseo mirando a mi perra:

—*Tanquida*, Todija..., mamá *etá biennnn.*

«¿Todija?» ¿He dicho «Todija»?

Ella no se mueve, me mira, y repito:

—¡Todija!

Ay, Dios..., que no me sale la «r».

Lo intento. Trato de decir palabras con «r».

—*Dotuladol. Dómulo* y *Demo. Dosa. Diveda. Aadón. Nedea...*

«¡*Madredelamorhermosoypititoso*, que no me sale la "r"!»

Mi boca seca y estropajosa se niega a hacerlo y, mirando al techo, murmuro:

—Qué *mieda*..., qué *mieda*...

La perra sigue mirándome. Si pudiera hablar, estoy segura de que me diría de todo menos «bonita». Pero, por suerte, no habla.

Oigo un zumbido. Parece lejano... ¿Qué es eso?

Ralentizada, miro a mi alrededor. Algo suena, algo vibra, y, al moverme, mi muslo choca contra un objeto y, al sacarlo de debajo de las sábanas, murmuro:

—Mi *amoddddddddd.*

Ante mí está mi maravilloso y apreciado vibrador, mi *Simeone*, mi amor. Lo paro para que no gaste más pilas y lo dejo sobre las sábanas. Mejor tenerlo cerca que lejos.

Torrija no se mueve, no me quita ojo. Y, consciente de lo que necesita y no he hecho, miro el móvil y, al ver que son las 14.23, murmuro muerta de sed:

—*Vae..., tiés dazón.* Tenía que *habede zacado* hace *hodas.*

La perra me entiende, ¡me entiende!, y hace uno de sus ruiditos; es su manera de hablar conmigo. Y, consciente de que he de hacer algo, afirmo con urgencia:

—Te *sacadé* al patio y *judo* no *degañate* si *ases* pipí y popó. Es más, te lo *odeno.*

Torrija vuelve a hacer otro ruidito de los suyos y yo, como puedo, pongo los pies en el suelo y veo que sigo vestida como la noche anterior.

¿Tan perjudicada estaba que ni me desvestí?

Ay, Dios..., todo me da vueltas.

Pero *Torrija* me necesita. Su mirada me lo grita: «¡Mamá, pipí!... ¡Mamá, popó!».

Cojo el móvil y, como puedo, llego hasta la puerta de mi habitación mientras la perra, entendiendo el esfuerzo que estoy haciendo, mueve feliz el rabito.

¡Qué bonita es!

Llego a la escalera.

«Uisss, madre... ¿Siempre ha habido tantos escalones?»

Los miro.

Sé que son doce, pero de pronto parecen cuarenta y dos y, lo peor, ¡se mueven! Por ello, y buscando solucionar el problema de mi adorada *Torrija* como la madre madrísima que soy de todos mis polluelos, decido bajarlos aunque sea con el culo.

Sí..., sí, ¡has oído bien! ¡Con el culo!

Con torpeza, me siento en el suelo, y con más torpeza aún, me dejo escurrir.

¡Pom!

Mi culo baja un escalón.

¡Pom!

Mi culo baja otro.

¡Pom!

¡Pom!

¡Pom!

Al octavo «¡pom!», incapaz de callar, suelto:

—Ay, mi *dabadilla*, ¡qué *dodor*!

Pero tras cuatro «¡pom!» más, consigo llegar al último escalón.

Torrija, yo creo que flipada como en su vida, me mira y yo susurro consciente de que me he quedado sin rabadilla:

—Ya voy, *cadiño*..., ya voy.

Mi objetivo está cada vez más cerca, pero el solazo cegador que entra por el ventanal del salón me ciega. Y, como puedo, de la mesita que hay bajo la escalera, agarro unas gafas de Spiderman y me las pongo. Cero glamur. Son de mi pequeño David y recuerdo que entraron al comprar un paquete de macarrones de colores.

Pero, mira, da igual. Me valen. El sol cegador se acabó.

Agarrándome a la barandilla, me pongo en pie.

Pero ¿qué clase de tequila trajeron ayer mis amigas?

¿Compraron garrafón?

Menos mal que mis niños no están en casa. No querría que me vieran así por nada del mundo.

¡Qué vergüenza!

Torrija me mira. Ladra. Me anima a caminar hacia la puerta de la cocina y, pasito a pasito, ¡lo consigo!

¡Síiiiiiiiiiiiiiiiiiiiiii!

¡Por fin logro llegar y abrir la puerta de la cocina para que salga al jardín!

Si es que lo que no haga una madre por sus polluelos... ¡no lo hace nadie!

Cumplido mi objetivo, dejo la puerta abierta para que pueda volver a entrar cuando quiera y, como puedo, llego hasta la nevera, la abro, y cojo mi botellita de agua fría.

Me muero de sed.

La destapo y, a morro, cosa prohibidísima en casa, bebo del tirón. Mis *pezqueñines* no están y no me pueden ver.

De pronto, decido que es la mejor agua que he bebido en mi vida, ¡qué rica!, y una vez acabo y siento la boca hidratada, suelto sin poder remediarlo:

—¡Tenedorrrrrrrrrrrrrrr! ¡Tenedorrrrrrrr!

«Oh, sí... sí. Sí, síiiiiiiiiiiii...»

La «r» ha vuelto a mi vida. Sin duda la boca seca no me permitía vocalizar.

Saciada mi sed, guardo la botella de nuevo en el frigorífico y decido regresar a la cama. Pero cuando llego a la escalera y veo todos los peldaños que son, soy consciente de que subir, aun con el culo por delante, es misión imposible.

«¿Qué hago?»

Quiero tumbarme..., quiero echarme, por lo que decido entrar en el salón. Sin embargo, en cuanto entro en él, además de deslumbrarme por la cantidad de sol que entra por el ventanal, me quedo sin palabras.

«Pero... pero ¿qué ha pasado aquí?»

Horrorizada, miro mi desordenado salón.

Por Dios, pero si está peor que cuando he celebrado el cumpleaños de alguno de mis peques en casa.

¿Qué fiestón he hecho y por qué no me acuerdo?

Con los ojos achinados para que el sol no me ciegue, observo la mesita que tengo ante el televisor. Botellas, vasos vacíos, trozos de limones masticados, el bote de sal de la cocina, el rico fuet que me trae mi padre y muchos otros restos de comida. Y, lo peor, el suelo es una continuación de esa locura.

Pero ¿es que a mis amigas y a mí se nos fue la cabeza anoche?

Por Dios, pero ¿qué bebimos?

Ignorando lo que pensaría mi madre, que tiene un máster en Orden y Limpieza, camino hacia el ventanal y, como puedo, bajo el persianón y echo las cortinas.

¡Fuera claridad!

A mi paso, y como si fuera un huracán, tiro varios marcos de fotos y un jarrón. ¡Sigo torpe!

Miro al suelo asustada por el ruido.

«Por Dios, ¿qué me he cargado?

»Anda, mira...

»... el jarrón de los chinos que nos trajo la madre de Rapunzel de Benidorm.

»¡Uissss, qué penitaaaaaaaaaaaaaaa!

»¡Adiós, horterada!»

Sonriendo, y sin recoger los marcos del suelo y mucho menos los trozos de jarroncito de la dinastía Churrimangui, decido posponerlo para cuando me encuentre mejor y me acerco al sofá, donde me dejo caer.

Woooooooooo, ¡qué torpe estoy! Pero, oye, ¡qué mullidito es mi sofá!

Como si de un tornado se tratara, de pronto Diego, el vecino buenorro de mis padres, me viene a la mente.

Diego... Diego... Diego... Ay, Dios..., cómo me gusta ese hombre.

Lo veo y algo dentro de mí se descontrola. Y si pienso en el besazo que me dio..., ¡madreeeeeeeeeeeee!

Recordarlo hace que mi cuerpo arda en llamas. Uf..., he de enfriarme. Creo que tengo tanto alcohol en el organismo que podría arder a lo bonzo.

Pero Diego me gusta. Ahora que nadie me oye, reconozco que me gusta mucho. Pensar en él me pone nerviosa, muy nerviosa. Y eso comienza a preocuparme.

Me quito las gafas de Spiderman, las tiro sobre la sucia mesita y me fijo en las tres botellas de tequila vacías y otra que está a medias al lado.

«¿Nos hemos pimplado tres botellas y media de tequila? Pero si éramos cinco...»

Vale. Ahora ya sé por qué estoy así, y lo que más me alucina es saber que sólo perdí la «r» en el camino.

Ni garrafón ni leches..., debí de ponerme fina filipina de tequila.

Estoy pensando en ello cuando extiendo la mano y toco varios cuchillos y el fuet catalán que mi padre le encarga a su amigo Jordi.

¡Qué rico está ese fuet!

Si mi padre se entera de que lo he utilizado para comerlo en una fiesta sin paladearlo como merece, ¡le da algo!

Ignorando el fuet, agarro uno de los platos y veo que son nachos flotando en algo que parece tomate. Lo huelo.

¡Salsa barbacoa agriada!

¡Qué asco!

Y, cuando voy a dejarlo sobre la mesa, como estoy *torpecienta*, el puñetero plato se me resbala de las manos y cae sobre mí. «¡Seré torpe!»

Intento limpiarme.

Woooooo, qué peste a barbacoa.

Pero, como estoy espesita, a la par que resacosa, lo que hago es extenderme la salsa barbacoa por todo mi cuerrrpo serrano.

«¡Joder..., joder..., qué asco!»

Y, al retirarme el pelo de la cara, ¡zas!, ahora también tengo barbacoa en las mejillas y en el pelo.

«Por favorrrrrrrrrrrrrrrrrrrrrrrrrrrrrr...»

Pero ¿cuánto he bebido?

A ver..., a ver, que soy madre y supuestamente no debería hacer estas cosas..., ¿o sí?

De pronto, no sólo se mueve el suelo, ¡ahora también el techo y las paredes!

Cierro los ojos. Los abro. Los cierro de nuevo. Los vuelvo a abrir y tooodo se sigue moviendo.

«Uisss, madre..., qué mal me sentóooooooooo el tequilaaaaaaaaaa.»

Cuando los movimientos parecen ralentizarse, vuelvo a pensar en Diego, el bomboncito que tiene a la urbanización de mis padres en llamas y a mí locamente carbonizada. Ocupa por entero mi mente y comienzo a recordar.

Mis niños, de vacaciones con su jodido padre y la novia de éste.

Maya jugando en mi salón al *Mario Kart*.

Cervecita con Diego en mi cocina y... y... y... beso. Qué digo beso, ¡BESAZO!

¡Qué morbo me da pensar en ello y en lo que descubrí al tocar... sin querer!

Madre mía..., ¡madre míaaaaaaaaaaaaaaaaa!

¡Qué viva la cantidaddddddddddddd!

Como diría mi madre, ¡bendito sea Dios qué bien armado tiene que estar el muchacho!

Luego... luego... aparecieron mis amigas con el tequila. Diego se marchó. Preparamos algo de picotear y nos pusimos a beber y a comer como cosacas el fuet de mi padre y los nachos con salsa barbacoa.

Sonrío.

¡Qué momentazo el achuchón con Diego!

Dios..., cómo me gustó. La verdad es que me gustó mucho..., demasiado.

Dejo de sonreír.

Pero ¿por qué besé al vecino de mis padres?

Vuelvo a sonreír.

¡Me encanta!

¡Viva la cantidad y el morbo que me provoca ese hombre!

Dejo de sonreír.

¿Por qué estoy sonriendo?

¿Acaso estoy tan desesperada, jodida y desorientada que ahora me voy a dedicar a besar a los vecinos de la urbanización?

Bueno..., bueno..., ¡mi padre me mata!

De pronto, contraigo la cara al imaginarme besando al marido de la Clinton. La verdad, por muy presidente de la comunidad de mis padres que sea, me da cierto asquito y, tras notar una terrible arcada, vuelvo a pensar en Diego y en lo sensual que está cuando se toca las pulseritas de cuero que lleva en la muñeca derecha, y la arcada desaparece.

¡Uis, qué bien!

Está visto que pensar en él me quita el mal cuerpo.

Vuelvo a sonreír. Estoy como una puñetera chota.

Me apetece sonreír, ¿por qué no, con lo bueno que es para el cutis? Y cierro los ojos.

Recordar el momentazo de película de cuando me arrinconó contra el lateral de la cocina, para escondernos de su hija, y acercó su cuerrrpazo duro y varonil al mío para besarme mientras me miraba a los ojos... Diossssssssssss, es tremendamente excitante.

Wooooooo, que me pongo tonta.

Qué bien olía...

Woooo, que me pongo gilipollas.

Qué bien besaba...

Woooo, que me enciendo en llamas.

Sonrío..., resonrío y supersonrío.

«Ay, Dieguito de mi vidaaaaaaaaaaaaaaaaaa, contigo yo me...»

¡STOP!

Pero ¡ay, Diosssssssssssssss! ¿Qué estoy pensando? ¿Qué estoy imaginando?

«No, Estefanía. No.

»No sigas por ese camino de romanticismo absurdo, que te conozco y te cuelgas de él como lo hiciste del imbécil de Rapunzel. Que eres *muuuu* tonta y ¡te enamoras!»

Rápidamente decido volver a ser una tía fría e insensible.

¿Podré? ¿Seré capaz?

Pero, *joerrrrr*..., Diego me gusta muchoooooo.

Es tan mono..., tan achuchable..., tan padre de su Abejorro..., tan sexy..., tan... tan...

Aiss, madre. Es la primera vez desde que me divorcié que un hombre llama tanto mi atención. Vale, me he acostado con otros, pero con Diego es diferente. Muy diferente. Sólo con verlo, pensarlo u olerlo, me pongo nerviosa..., muy nerviosa. Y ahora que nos hemos besado, ¡ni te cuento!

Maldigo. No puede ser.

Definitivamente, he de convertirme en la reina del hielo con él o la voy a cagar, y mucho.

No. ¡No puedo enamorarme de él ni de nadie!

Paso..., estoy muy bien como estoy.

Yo controlo mi vida. Yo controlo mis tiempos. Yo controlo mi corazón.

Abro los ojos. Todo vuelve a dar vueltas.

«Madre mía..., madre míaaaaaaaaaaaaa.»

Pongo la mano derecha sobre mi acelerado corazón.

«¡Ay, Diego!»

Uf..., que se me va a salir.

Por Dios, pero ¿qué locura estoy pensando?

Acabo de divorciarme de Rapunzel porque se lio con Saneamientos López y, no, me niego a fijarme en nadie..., y cuando digo «nadie» es nadie, por muy en llamas que me tenga.

Además, si mal no recuerdo, él, uno de los días que estábamos en la piscina, dijo que amiguitas todas las del mundo, pero que no quería nada fijo. Y, no, me niego a ser una amiguita más.

Aunque, la verdad, ¡yo tampoco quiero nada fijo!

Tras el engaño de Rapunzel con Saneamientos López, que me pilló fuera de cobertura, ahora que comienzo a tomar las riendas de mi vida, sin duda lo mejor para mí es estar sola. Conocer gente, lagartear todo lo que me apetezca con quien me apetezca y pasármelo bien sin compromiso.

Pero, joder, ¡es tan monoooooooo y tiene esa mirada tan bonitaaaaaaaaa! Y ya..., no hablemos de cómo besa.

«Uf... Uf...»

Maldigo...

Me acuerdo de todos mis antepasados, ¡pobrecicos, qué culpa tendrán! Y finalmente llego a la conclusión de que, si no fuera tannn vecino de mis padres..., me lo tiraba.

Uis..., lo que pienso.

«*Madrecitalindaquémalmesentóeltequila.*

»¿Cómo que me lo tiraba?

»Perooooooooo buenoooo, ¡ni hablar!

»¡Me niego!»

Lo dicho, oficialmente me declaro la reina del hielo con él.

Pues no tengo yo ya quebraderos de cabeza como para complicarme la vida con uno que vive a unos escasos cien metros de mi casa, está como un tren y encima es vecino de mis padres.

Que no..., que no..., que no. No quiero más dramas en mi vida, y menos con un tío que esté como un tren.

Asunto zanjado.

Finalmente, cierro los ojos ignorando la salsa barbacoa que noto que se reseca en mi piel y mi pelo. Está claro que el tequila aún me sigue afectando, y suelto una carcajada al recordar a mi loca amiga Soraya diciendo aquello de «lo que ha unido el tequila que no lo separen los nachos con salsa barbacoa».

Instantes después, tras decir un par de veces «fresaaaaaaaaaaaaa» y «tenedorrrrrr» para recordar que mi «r» sigue conmigo, decido cerrar los ojos y dormirme en mi mullidito sofá.

Estoy sola. Los niños están de vacaciones con su puñetero padre y no tengo que dar explicaciones a nadie.

¡A dormir la mona!

¡Pero cuántas vírgenes hay!

—¡Ay, Virgencita de los Desamparados, del Perpetuo Socorro y Cristo de Medinaceli, ¿dónde estará esta muchacha?! ¡¿Dónde estará?!

Ese chillido angustioso de ultratumba hace que dé tal salto que creo que he llegado al techo, me he golpeado con él y he vuelto a caer sobre el sofá.

—¡Muchacha! —oigo decir a mi padre.

—¡E, hija mía, ¿estás en casa?! —vuelve a gritar mi madre.

Tras el susto inicial, vuelvo lentamente en mí y, a través de los pelos que caen sobre mi cara, veo a mi padre y a mi madre, con un táper amarillo en las manos junto a la escalera. A continuación, oigo que murmura mirando en mi dirección:

—No será cierto lo que veo...

Buenoooooooooooooo..., ¡mi madre, *la Tololimpioooo*!

Ya la hemos liado.

Respiro. A través de mis malos pelos veo el reloj que tengo enfrente y veo que son las 18.36. Joder..., cómo duermo.

—Dios santo, pero ¿qué pocilga es ésta? —sisea mi madre despavorida.

Sonrío, no lo puedo remediar, y, sorprendiéndome, oigo que susurra:

—Ildefonso, llama al Samur, a la policía, ¡a quien sea!...

Mi pobre padre la mira. No entiende nada.

—¿Por qué? —pregunta.

Intento incorporarme, pero no puedo..., tengo la pierna dormida.

—Ildefonso —indica entonces mi madre—, creo que E podría haber cometido una locura.

—¡Pero ¿qué dices?! —oigo murmurar a mi padre.

Veo a mi madre acercarse a la ventana, descorrer las cortinas y, mirándome, de pronto grita:

—¡Ay, Dios mío, Ildefonso...! Hay cuchillos sobre la mesa y... y ¡sangre!

Mi padre ni se mueve. Creo que se ha quedado petrificado, y sólo dice:

—No toques nada, querida, ¡nada!

—¡Pero, Ildefonso...!

—Muchacha —insiste mi padre—, si viene la policía, querrán tomar muestras epiteliales.

—¡¿Qué?! —murmuro con un hilo de voz, mientras pienso que mi padre ve demasiado «CSI: Las Vegas».

—Ay, Virgencita de la Candelaria y del Cobre, ¡no lo permitas! Mi niña, no... Mi E, no.

Pero ¿qué dice mi madre?

Parpadeo. *Torrija*, que estaba dormida como yo en el salón, bosteza.

Pero yo sigo lenta..., muy lenta, y, antes de que pueda siquiera reaccionar, mi padre sale despavorido por la puerta mientras mi madre grita, chilla y enloquece caminando de un lado al otro del salón, con el táper amarillo en la mano y pisando todo a su paso.

—Ay, mi niña... Ay, Virgen de Fátima y Virgen del Carmen, no te la lleves. Ay, qué disgusto, por Dios... ¡Por favor! Ay, Virgen de la Cinta y Virgen de la Soledad, que mi niña tiene hijos y la necesitan... Ay, Virgen de la Inmaculada Concepción y Virgen de la Regla...

—¡Mamá!

Mi madre por fin me mira. Nuestras miradas se encuentran y grita dejando caer el táper amarillo al suelo.

—E, pero ¿qué has hecho?

Bloqueada porque comienzo a no entender nada, murmuro:

—No sé...

—Ay, Virgencita de la Purísima Concepción..., cuánta sangre, ¡y seca! Por el amor de Dios, mi vida..., pero ¿cómo has podido? ¿Cómo no has pensado en tus hijos?

Sentándome como puedo en el sofá, la miro sin entender nada, hasta que de pronto, al recordar la salsa barbacoa que se me cayó antes de dormirme, aclaro:

—Mamáaaaaaaaaaaaa, no es sangre.

Pero ella sigue sin escuchar. Sólo menciona a todas las Vírgenes habidas y por haber, que, por cierto, son un montón.

—Ay, Virgencita de Montserrat y Sagrado Corazón de María, si ya decía yo... Muy bien se estaba tomando mi chica el divorcio. ¡Demasiado bien! Pero como le pase algo a mi muchacha, juro que le arranco la cabeza al cabronazo de Alfonsito, aunque eso me lleve a la cárcel.

—Mamáaaaaaaaa...

De pronto, entra corriendo en mi casa Hilaria *la Clinton*.

«Buenooooooooooooooo. ¡Ya estamos todos!»

Y, tras ella, sus secuaces Rosita y Teresita. Sin duda mi padre está dando la voz de alarma a todas las urbanizaciones.

«¡Mierda!»

Tengo el salón hecho un desastre y, lo peor, la mesa está llena de botellas de tequila vacías. Ahora seré la comidilla del barrio al menos durante tres meses.

El trío calavera me mira. Saca sus conclusiones. Yo las miro a través de mis pelos de loca, hasta que oigo a mi madre chillar:

—Ay, qué disgusto..., mi niña..., mi niña...

Torrija se acerca a mí y, como puedo, insisto:

—Mamáaaaaaaaaaaa...

Pero nada, ¡que no me escucha!

Y, mirando a aquellas puñeteras cotillas que escanean mi salón como si fueran los de «CSI» y no se acercan a mi madre para calmarla, voy a hablar cuando ella suelta mirándolas:

—Ya me pareció raro que mi E, habiendo canelones gratinados, ¡se los perdiera y... y...! Ay, Virgen de la Cabeza, ¡qué disgusto..., qué disgusto!

En ese instante, alguien entra a toda velocidad en la casa y, sorprendida, me doy cuenta de que es Diego. ¡Diego!

Su gesto descolocado y la palidez de su rostro me sorprenden y, cuando llega hasta nosotras, se agacha, me mira con aspecto de estar desorientado y dice con expresión preocupada:

—No te muevas. Ya viene una ambulancia.

—¡¿Ambulancia?! —murmuro bloqueada, mirando las pulseras hippies que lleva en su muñeca derecha.

—Ay, Virgen del Corazón Sagrado de Jesús. Ay, ¡hijo mío! ¡Qué disgusto! ¡Qué disgusto!

—Tranquila, Begoña..., tranquila —musita Diego.

Ver cómo ese guaperas tranquiliza a mi madre me enternece. En dos segundos ha hecho por ella más que las tres urracas que siguen mirándome; luego la oigo de nuevo decir:

—Qué desgracia, Diego, hijo, ¡qué desgracia! Creo..., creo que la niña se ha tirado a la bebida por culpa del divorcio y se ha intentado suicidar con uno de esos cuchillos.

«¡Mamáaaaaaaaaaaaa, pero ¿qué dices?!», estoy por gritar..., pero, ¡joder!, no puedo.

Y Diego, que está tan ciego como mi madre, rápidamente suelta:

—No te preocupes, Begoña..., todo se solucionará.

Esto es de locos.

Pero ¿qué chorrada están creyendo?

Mi lengua sigue estropajosa, pero yo... yo... ¡tengo que reaccionar!

Y, de un plumazo, como si no hubiera existido el resacón que horas antes no me dejaba andar ni pronunciar la «r» por culpa del tequila, me levanto del sofá y grito todo lo que puedo:

—¡Por el amor de Dios, mamá!

—¡E! —chilla mi madre.

—¡Que no he intentado suicidarme, mamá! Lo rojo que ves es ¡salsa barbacoa! BAR-BA-CO-A. Y... y... y los cuchillos son de cortar el fuet. Y las botellas vacías de tequila y la comida que hay en el suelo son el resultado de que anoche estuve de fiesta con mis amigas. Pero, mamá, ¿qué locura estás diciendo? ¿Qué es eso de que me he tirado a la bebida y he tratado de suicidarme?

La Clinton y compañía cuchichean. Menudo filón de cotilleos les estamos regalando.

Según digo eso, Diego, que estaba en cuclillas frente a mí, se cae de culo al suelo. Lo miro y veo que inspira hondo, mientras la Clinton y compañía hacen una piña y siguen con su cotilleo. «¡Vaya tela!»

Mi madre por fin reacciona. «¡Aleluya!»

Y yo, retirándome el desaliñado y pringoso pelo con salsa reseca de los ojos, insisto:

—Es salsa, mamá..., salsa barbacoa y...

No digo más.

Mi madre me abraza y, temblando, oigo que dice:

—Es verdad, hija, ¡qué peste! Gracias, Virgencitas mías. Gracias..., gracias..., gracias...

—Pero, mamáaaaaaaaa...

—Ay, E, pensaba que habías cometido una locura.

Incapaz de no sonreír, la abrazo, mientras Diego se levanta del suelo y, sin dudarlo, les pide a la Clinton y compañía que salgan de la casa. Uissss, eso les molesta. Les joroba, se lo veo en las miradas. De pronto, suena mi teléfono. Al mirarlo, veo la cara sonriente de Nerea en la pantalla. ¡Es mi hija!

Y, soltando a mi madre, la miro a ella y a Diego y digo con resolución:

—Ahora, calladitos.

Acto seguido, cojo el teléfono y, como si estuviera en la piscina tranquilamente, tomando el maravilloso sol de verano, contesto.

Tras un más que cariñoso saludo en el que le hago ver a mi hija que soy la supermami de siempre, Nerea va al grano y me dice que se lo están pasando muy bien y que si me importa que se queden otra semana más de vacaciones con su padre y con Vanesa.

«¡Joderrrrrr!»

¡Eso sí que no lo esperaba!

Sólo han pasado unos días de su marcha, quedan diez para que regresen, ¿y quiere ampliar más aún las vacaciones?

Me entran los siete males. Bueno, los ocho, pero en ese momento oigo la voz de mi pequeño David, que grita:

—¡Mami, di que sí..., di que sí!

Cierro los ojos. Menudo resacón tengo.

¿Por qué Nerea me tiene que pedir eso justamente hoy?

Me cuesta pensar.

Me cuesta decir que sí y no verlos una semana más.

Miro a Diego, que se toca como siempre las pulseras de cuero de la muñeca mientras me observa.

Miro a mi madre, que siento que se está cagando en toda nuestra familia.

No saben ni lo que Nerea me ha pedido ni lo que pienso.

«Joder..., ¿qué hago? ¿Qué digo?»

Mi hija insiste. Me cuenta lo bien que se lo están pasando en la playa con sus clases de surf, sus tardes en bicicleta con los amigos, sus cenas hasta las tantas mientras están de fiesta. ¿Cuándo estudiará? Y entonces, aún resacosa, la realidad me da de lleno. Mis niños están de vacaciones en la playa pasándolo bien, y eso es algo que yo este año no puedo proporcionarles.

Por ello, y pensando en el beneficio de mis hijos y su felicidad, y no en la mía, tras volver a mirar a mi vecino Diego, que, joder, qué bueno está, me vuelvo y pregunto:

—¿Papá está de acuerdo?

—Sí, mamá.

Suspiro. El olor a salsa barbacoa me está poniendo enferma y, como necesito acabar con esto, indico:

—De acuerdo, cariño. Quedaos más tiempo de vacaciones con papá.

Según digo eso, Nerea debe de hacer una señal, porque oigo a mi pequeño David gritar como loco de felicidad, e incluso oigo a Aarón charlar con un tal Roberto y sonrío. «Claro que sí.»

A continuación, Nerea, sin paños calientes, me pregunta si puede hacerse un *piercing* en el ombligo con sus amigas. Al parecer, su padre le ha dicho que, si yo digo que sí, él la dejará.

«¡Estupendo!

»Muy bien, Alfonsito.

»Con esto tú te ganas un puntito y yo me lo resto.»

Joder..., joder..., qué rabia me ha dado siempre que haga eso. Cada vez que no quería echarse en contra a los niños, decía: «Lo que diga tu madre», y, ¡ea!, la responsabilidad del problemón siempre recaía sobre mí. Y la bruja mala, ¡yo!

Pero bueno, ya estoy acostumbrada a ello, y, consciente de lo que pienso, me alejo de quienes puedan oírme y le contesto a Nerea que no. Le recuerdo sus desastrosas notas y me niego a que se haga un *piercing* en el ombligo, o en cualquier otra parte de su cuerpo. Lo crea o no, cuando sea mayor, me lo agradecerá. Nerea no responde. Sólo la oigo respirar.

Woooo, qué cabreo tiene.

Y, finalmente, tras decirme con cierto retintín que gracias por dejarlos una semana más de vacaciones con su padre y Vanesa, su novia, me cuelga y yo simplemente parpadeo.

«¡Olé, qué bien!

»Qué linda es la cabrona de mi niña.»

Mi madre me mira. Espera que le cuente algo de los niños, e, incapaz de decirle que la niña quiere taladrarse el ombligo, porque sé que eso no le va a gustar, con la mejor de mis sonrisas, comento:

—Se lo están pasando tan bien que les he dicho que se queden otra semanita más de vacaciones con su padre. Besitos de Nerea y los niños. Y, por cierto, mamá —añado para desviar el tema—, nunca haría la locura que has pensado.

En ese instante mi padre entra acelerado en el salón mientras de fondo se oye la sirena de una ambulancia que se acerca.

«¡Joderrrrrrrrr!»

Papá está tan blanco como lo estaba Diego cuando ha entrado y, al verme de pie, no sabe qué decir.

—Papá, ¡es salsa barbacoa! —exclamo—. Estoy bien.

Según digo eso, sonríe, asiente con la cabeza y replica:

—Pues habrá que avisar a tus hermanos. Vienen todos para acá.

«Joder..., joder..., la que se ha organizado.»

Entonces, de pronto, mi padre nos mira y murmura:

—Me... me encuentro un poco mal.

Horrorizada, veo cómo se tambalea.

—¡Ildefonso! —grita mi madre.

Rápidamente Diego corre hacia él para sujetarlo mientras mi madre chilla y, cuando los del Samur entran en mi casa, seguidos de nuevo por la jodida Clinton y compañía, grito como una posesa:

—¡Papáaaaaaaaaa!

Los profesionales del Samur nos hacen a un lado y atienden a mi padre. De inmediato se dan cuenta de que, del susto que se ha llevado, le ha dado una bajada de tensión.

«¡Ay, pobre! ¡Ay, pobre!»

Mi madre se asusta. Yo también.

¿Y si por mi culpa a mi padre le pasa algo?

«Ay, Virgencita del Perpetuo Socorro, ¡no lo permitas!»

Por suerte, cuando, veinte minutos después, vemos a mi padre bromear con los del Samur mientras cuenta un chiste verde, su especialidad, todos sabemos que está bien.

Mis hermanos van llegando asustados. Mi padre los ha avisado.

«¡Ay, pobres!»

Blanca, mi hermana, tras aparecer pálida como la cera, al verme vivita y coleando noto que respira, y, dándome un abrazo que siento como muy especial, murmura:

—Te voy a matar yo ahora... Qué susto me has dado.

Eso no sé por qué pero me hace sonreír, y, cuando me separo de ella, al ver su pelo excesivamente despeinado para lo pulcra y tiquismiquis que es ella, musito:

—Pero ¿tú de dónde vienes?

Blanca levanta las cejas.

«Uis..., uis...»

Su mirada dice «cállate» y, sonriendo, cuchicheo:

—Vale. Luego hablamos.

Noto que mi hermana se relaja, la conozco muy bien, y rápidamente se pone a hablar con mi madre y se preocupa por mi padre.

Por suerte, lo ocurrido ha sido toda una serie de sustos sin importancia y, tras rellenar el papeleo que los del Samur nos indican, cuando éstos se van junto a las jodidas y cotillas vecinas, Diego, que en silencio está pendiente de todos nosotros, me pregunta tras ver a mis padres besarse:

—¿Estás bien?

Lo miro...

Me mira...

«Ay, qué mono es...

»Ay..., cómo se me acelera el corazónnnnnn.»

Creo que es la última vez en mi vida que voy a tomar tequila. Y, con una cálida sonrisa, murmuro viendo cómo mis hermanos bromean por el beso de los papis:

—Sí. Aunque ahora el que me preocupa es mi padre.

Diego asiente, me entiende.

—¿Y Maya? —le pregunto yo a mi vez.

Al recordar a su niña, sonríe con dulzura y, bajando la voz, susurra:

—Hoy tenía una fiesta de pijamas con una amiguita. En definitiva, hasta mañana no tengo que recogerla.

Asiento..., asiento... y asiento.

«Uiss..., ¿por qué me dice eso mirándome así?

»¿No será por...?

»¡Ay, Dios, que creo que sí!

»Uf, madre... Uf, madre..., que me entra el nervio.

»Él solito, yo solita... *¡Mamacitalindaaaaaaaaaaaaa!*»

Estoy pensando en ello cuando de pronto oigo decir a mi madre:

—A, C y D, id con vuestro padre a casa para que se tumbe en la cama un ratito. B, tú y yo ayudaremos a E a recoger este estropicio.

—Menudo fiestón, hermanita. La próxima vez invita —se mofa el jodido de Damián.

Eso me hace sonreír, pero entonces Blanca protesta.

—Mamá, si yo limpio, A, C y D también.

—¡No jorobes, Patiño! —se queja Andrés, más conocido como *el Sobao*.

Mi hermana, la Patiño, va a contestar cuando Carlos, alias *el Nadal*, suelta:

—Si mamá dice que nos vayamos, ¡nos vamos!

—¡Pues va a ser que no! —insiste Blanca.

Mi hermano Damián, alias *el Rutas*, sonríe. «¡Bribón!» Y, como era de esperar, se origina la típica discusión de mi familia: machismo contra feminismo.

Mi madre, aunque se cree una moderna, en cosas como el temita de limpiar la casa y demás es siempre muy tradicional. Las mujeres limpian mientras los hombres se tocan la pirindola. Con decir «ellos no saben» se cree que lo soluciona todo, pero sí..., sí saben. Y, si no, ¡que aprendan como he aprendido yo! Que, oye, igual que aprendieron a cambiar de canal con el mando de la tele, pueden aprender a programar una lavadora y coger una escoba. ¡Vamos, por Dios!

Discutimos.

Mi padre, como siempre, nos mira sin decir ni mu por si algo le toca, y finalmente, al ver la cara de alucine de mi vecino Diego, que nos observa en silencio a todos, exclamo levantando la voz:

—¡Sobao, Patiño, Nadal, Rutas, llevaos a papá y a mamá a casa!

—Dijo la Supermami. —Mi hermano ríe.

Mi madre me observa y, clavando la mirada en ella, prosigo con seguridad mientras el olor a salsa barbacoa sigue produciéndome ascos:

—Mamá, me ducharé y luego recogeré tranquilamente la casa.

—Pero...

—Mamá —la corto sin piedad—, es mi casa, mi problema, y yo lo limpiaré.

—Muy bien dicho —suelta el morrales del Nadal.

En ese instante suena el timbre de la puerta con insistencia.

«¿Quién será ahora?»

Blanca abre la puerta y, de pronto, como si un huracán hubiera entrado en el salón, Soraya grita:

—¡Ay, Virgen de la Puerta! ¿Qué le ha pasado a Estefanía?

«Mira..., otra Virgen que no conocía.

»Pero ¿cuántas habrá?...»

Soraya está despavorida. Le tiembla todo. Y cuando digo «todo» ¡es todo!

Pobre, está asustada. Con lo que debe de haber oído y el Samur aparcado en mi puerta habrá pensado lo peor, hasta que me ve.

—Dios, cabrona —murmura—, ¡qué susto me he dado!

—¡Sorayita, esa lengua! —le reprocha mi padre.

Sonrío. Soraya sonríe también y, ya más tranquila, pregunta:

—Pero ¿por qué tienes esas pintas?

Suspiro. Imagino cuál debe de ser mi aspecto con la puñetera salsa barbacoa embadurnada por todo mi lozano cuerpo, pero replico, viendo sus pelos de loca y que viene con una zapatilla de cada color:

—Ni que tú fueras una modelo.

Ambas reímos, está claro que anoche bebimos en exceso, y mi padre suelta mirándonos:

—Jovencitas..., creo que vamos a tener que hablar muy seriamente.

Esta vez ya nos reímos Soraya, mis hermanos, Diego y yo.

—¡No sé dónde le veis la gracia! —gruñe mi madre.

La carcajada no tarda en llegar, y mi madre gruñe:

—Esta juventud... no hay quien la entienda.

«Mamá..., mamá, tienes razón. Mucha razón.»

Ya no sé ni por qué nos estamos riendo cuando mi padre, agarrando a mi madre de la mano, suelta sin darse por vencido:

—E, espero que cuando los niños regresen no se te ocurra hacer otra fiestecita de estas características o juro, muchacha, que tú y yo la vamos a tener y muy gorda. Y esto va también para ti, Sorayita.

De nuevo suelto otra carcajada. El resto me sigue.

«¡Pobre papá!»

E, intentando dejar de sonreír, ahora soy yo la que suelta:

—De acuerdo, papá. A partir de ahora, nada de salsa barbacoa en las fiestas ni fuet...

Eso hace carcajearse a todos, excepto a mi padre, que insiste:

—¿Entendido, E?

—Papáaaaaaaaaaaaaa...

Finalmente, todos ríen de nuevo, tras la tensión vivida necesitamos reír, y mi madre dice agarrando el táper amarillo:

—Te calentaré los canelones en casa. Dúchate y luego ven.

—Vale, mamá.

—¿Hay unos pocos para mí? —pregunta Soraya.

Como era de esperar, mi madre, aunque ellos son dos, cocina para un regimiento, por lo que asiente y, finalmente, mi familia,

Soraya y mi perra *Torrija* se marchan, no sin antes recordarme que me esperan para cenar.

Una vez salen, mis ojos se detienen en el espejo del salón. Me veo y me quedo sin palabras.

«Madre mía..., madre mía...

»¡Con razón invocaban a tanta Virgen!»

Soy un híbrido entre un hobbit desaliñado y un chimpancé piojoso y desgreñado.

Mi pinta es horrorosa. El maquillaje corrido. Salsa barbacoa reseca en la cara, cuerpo y pelo, y, como colofón, mi ropa huele a tequila que tira para atrás. Vamos..., soy un puñetero desastre.

—Te ayudaré a recoger esto —oigo que dice Diego.

Al percatarme de que sigue allí, rápidamente contesto:

—No, hombre, no.

—Sí, tranquila. Te ayudaré.

—Que no..., que no tienes que ayudarme —insisto.

Diego sonríe, qué bonita sonrisa tiene el *jodío*, y con cierta seguridad dice mientras yo me fijo en las cuatro pulseritas de cuero de su muñeca:

—Mira, Estefanía, en este instante tienes dos opciones. La primera, vas a ducharte mientras yo recojo esto, y la segunda, te ducho yo.

Boquiabierta, lo miro.

Pero ¿qué confianzas son ésas? ¿Cómo que me ducha él?

—Lo dirás de broma, ¿verdad? —gruño sin quitarle el ojo de encima.

Diego sigue sonriendo.

Esa sonrisita resolutiva me recuerda a la de su hija Maya cuando va a hacer una maldad.

«Uis, qué miedoooooooooooooo tan morboso siento de prontooooooooooooo...

»Uiss..., uissssssssssssssssss..., que mi corazón sigue desbocadooooo...

»Uiss..., que me lanzo al vecinoooooooooooooooo...»

Pero, dispuesta a no dejarme llevar por *esalocuraquecuandomedaloolvidotodo*, respondo:

—Vale..., voy a ducharme.
—Así me gusta —lo oigo decir.
Una vez desaparezco del salón acalorada, ¡terriblemente acalorada!, subo la escalera e, intentando olvidar *esalocuraqueestoyapuntodehacer*, cuento los escalones. Vuelven a ser doce.
Segundos después, cuando entro en mi dormitorio y lo veo todo tirado por el suelo, resoplo.
«¡Vaya desastre!»
Mis ojos se detienen en mi fiel *Simeone* y un gustirrinín loco y apasionado me recorre el cuerpo.
«¿Y si se lo presento a Diego?
»¿Y si jugamos un ratito los tres?
»¿Y si...?
»*¡Stoppppppppppppppppppppppp!*»
Pero ¿qué narices estoy pensando?
¿Cómo se me ocurre siquiera algo así?
Por favorrrrrrrrrrrr, ¿qué pensaría de mí?
Y, olvidándome de mi adorado *Simeone*, lo dejo descansando tranquilamente sobre las sábanas de mi cama y me meto en el baño sin tiempo que perder.
¡Qué asco, el olor a salsa podrida de barbacoa!
Sin dudarlo, me quito la ropa, que huele a chotuno... «Ufff..., ¡qué pestaza!» Y, cuando por fin comienza a caer el agua limpita por mi cuerpo, suspiro.
—Ay, Dios, ¡qué gustazoooooooooooooo!
Mientras, pienso en Diego, el guapo y sexy vecino, y el corazón me va a dos mil.
Pero ¿qué narices me pasa?
Él está en mi casa...
Está en mi salón...
Estamos solos...
Simeone reposa sobre la cama...
Y, tras sumar todo eso, un extraño calentón se apodera de *my body* serrano.
«Uissss, ¡qué locura se me ocurre!
»Uisss, ¡lo que estoy imaginando!

»Uisss, ¡qué peligro tengooooooooo!»

Me río..., no puedo evitarlo, hasta que dejo de hacerlo.

—No, Estefanía —susurro—. No. Olvídalo.

Continúo duchándome, sin embargo, el calentón por Diego sigue ahí, pero ahí..., ahí..., ahí.

Al cerrar el grifo del agua y salir de la ducha, me pongo el albornoz y estoy peinándome frente al espejo cuando oigo unos golpecitos en la puerta del baño y el corazón se me pone a mil.

Él... él... él...

—¿Todo bien por ahí?

Oír su voz hace que toda yo me erice como un gato.

«¡Miauuuuuuuuuuuuuuuuuuu!»

¡Está en mi habitación!

Él... él... él...

En mi desastrosa habitación.

Y el calentón, a pesar de la ducha que me he dado, sigue ahí..., ahí..., ¡ahí!

«Dios..., ¡qué morbo me da imaginar lo que podríamos hacer!

»Dios..., ¡cómo me pone el vecino!»

Y acercándome a la puerta, mientras noto que tiemblo todita yo, respondo sin abrir mientras me recoloco el albornoz y, no sé por qué, me dejo un hombro al aire.

—Sí. Todo bien.

Diego no contesta. «¿Qué narices está haciendo?» Entonces, de pronto, oigo que dice:

—Sin duda te pegaste una buena fiestecita anoche.

Resoplo. Está más que claro que está escaneando la habitación, y luego añade:

—Y con juguetito y todo.

«¡Mierda!

»¡Ha visto a *Simeone*!

»Uissss, ¡qué vergüenzaaaaaaaaaaaaa!

»Joder, ¡¿qué pensará ahora de mí?!»

Me toco la cabeza, después la oreja, luego la nariz y, finalmente, me muerdo la uña del dedo meñique. ¡Joder, ya sé por qué lo hace Nerea!

¡Lo hago yoooooooooo!

A ver..., a ver...

Soy una mujer independiente.

Soy una mujer que no ha de dar explicaciones a nadie.

Soy una mujer soltera, aunque no entera.

Y, sobre todo, soy una mujer que decide qué es lo que quiere tener en su mesilla, en su cama y donde le dé la gana. Así pues, mientras trato de ser esa mujer moderna, segura de mí misma y actual, afirmo:

—No necesito un hombre de carne y hueso en mi cama para pasarlo bien. Con *Simeone* tengo más que suficiente. Y, lo mejor, cuando acabo con él, lo meto en el cajón y tengo toooda la cama para mí sin tener que aguantar los ronquidos de ningún rinoceronte.

Lo oigo reír. ¡Qué bribón!

Me miro en el espejo de mi baño. «Uisss, qué sexy estoy enseñando el hombro.»

—¿Tu juguetito se llama *Simeone*?

«Míralo..., ¿y sigue preguntando?»

—Sí.

—Interesante...

«¿Interesante?, ¿cómo que "interesante"?»

«¡Tú sí que estás interesante!», estoy por gritar.

E, incapaz de mantener esta boquita que, según mi madre, Dios me ha dado, replico con seguridad:

—¿Algún problema?

De nuevo, lo oigo reír.

No veo su cara, pero seguro que sus ojos azules están brillando; entonces indica:

—Cero problemas. Es más, me encanta que seas de mente abierta y tengas juguetitos para pasarlo bien. Yo estoy muy a favor de ellos.

«Uf..., qué calor me vuelve a entrarrrrrrrrr..., qué calorrrrrrrrrrr.»

—Oye, Diego...

—¿Qué?

En silencio, pienso qué decir.

Estoy convencida de que él desea lo mismo que yo, ¡jugar!, pero, consciente de que liarme con él podría ser bastante bueno para mi cutis pero perjudicial para nuestra amistad, suelto:

—Creo..., creo que es mejor que te vayas a tu casa.

No responde. No dice nada, hasta que oigo:

—Oye..., Estefanía, me gustaría hablar contigo.

—¿De qué?

—¿Podrías salir del cuarto de baño, por favor?

«Buenoooooooooooo...

»Buenoooooooooooo...

»Vale..., creo que sé de lo que quieres hablar. Pero ¿yo quiero hablar también de ello o prefiero hacerme la neozelandesa?»

—¿De qué quieres hablar? —le pregunto.

Diego no se mueve, no oigo nada al otro lado de la puerta, hasta que contesta:

—De lo que ocurrió anoche.

—¿De mi fiesta? —replico con inocencia.

Ahora lo oigo resoplar.

—No. De nuestro beso.

«Woooooooooooo, ¡madre mía..., madre mía!

»Uf..., qué compromiso hablar de eso.»

—No quiero hablar de ello.

—Estefanía...

—No hay nada de que hablar. No quiero —insisto.

—A ver, Estefanía —prosigue pasando de mis comentarios—. Ni tú ni yo estamos locos, ¿me equivoco?

—Pues no.

—Ambos hemos salido hace no mucho de una relación...

—Pues sí...

—Pero, nos guste o no, no podemos ignorar que entre nosotros existe cierta química y atracción.

«Wooooooo y más Wooooooooooooooooooooo.»

Creo que no soy a la única a la que se le acelera el corazón. Habla de nuestro beso. De nuestras miradas cómplices. De nuestro momento refriego... Y, como puedo, suelto para quitarle importancia:

—En lo referente al beso que nos dimos, eso... eso... no fue nada.
«Joderrrrr, pero ¿qué he dicho?»
Ese beso ha sido lo mejor que me ha pasado en mucho tiempo, y, como necesito proseguir, voy a hablar cuando él, cortándome, pregunta:
—¿Y qué me dices de la química y la atracción?
«Madre..., madre... ¿Qué contesto a eso?»
Y, apoyada en la puerta, cierro los ojos y replico:
—Eso te pasará a ti. A mí no.
Él no responde. Dudo que respire incluso.
—Diego —añado entonces sin pensar—, desde que me he divorciado beso a quien me da la gana y en lo último que pienso es en sentir química por nadie.
—¡Vaya!
«Joder..., ¡qué mentirosa soy!»
Pero, incapaz de cerrar esta bocaza mía, que en ocasiones es peor que un buzón de correos, prosigo:
—A ver, lo que ocurrió entre nosotros no fue nada especial. Surgió. Sólo fue eso.
—Me parece que mientes.
Y tanto que miento. Creo que me va a crecer la nariz como a Pinocho. Pero no..., me niego a decir la verdad a pesar de lo que mi corazoncito quiere gritar.
—No —insisto—. No miento.
«Ay, qué mal.»
Me siento fatal, pero no puedo enrollarme con el vecino de mis padres. No quiero ilusionarme con él ni con nadie. Necesito que mi corazón se restablezca de lo que el jodido Rapunzel le hizo. No. No puedo liarme con él. Y, cuando voy a añadir algo más, oigo que dice:
—Entonces he de olvidarme de esa atracción que creía que existía entre nosotros.
—Así es —afirmo cerrando los ojos mientras cubro con el albornoz el hombro que me había destapado.
El silencio dura unos segundos. Unos segundos interminables en los que mi nivel de calentura sube y sube y sube, hasta que lo oigo decir:

—De acuerdo. Entonces me voy.

«Joooooooooooooooooo..., noooooooooooooooooooooo.

»¿Por qué no me aclaro?

»¿Por qué quiero pero digo que no?

»¡¿Por qué?!»

—Oye, Estefanía...

Acalorada y sin saber qué hacer ni qué decir, contesto desde el otro lado de la puerta:

—Dime...

«Ay, Dios..., que todavía existe la posibilidad de que eche la puerta abajo a lo Tarzán y... y... ¡Oh, síiiii!»

Tras unos segundos de incertidumbre en los que vuelvo a destaparme el hombro de un modo casual y sonrío cual lagarta en busca de apareamiento lagartil, oigo:

—Tú tampoco eres la única a la que me gusta besar.

Pataflommmmmmmmmmmmmmmmmmmmm.

Adiós, mariposítas, y ¡hola, realidad!

—Pero si algún día quieres jugar conmigo y pasarlo bien, sin compromiso, dímelo —añade—. Quizá si juntas en tu cama a Diego y a *Simeone*, te sorprendas.

«¡Toma yaaaaaaaaaaa!»

Es verdad, ¡él se llama Diego!

Como Diego Simeone, mi argentino preferido. Y, muerta de vergüenza por lo que acabo de oír, lo ridícula que me siento y lo que mi cuerpo me pide hacer a gritos, me contengo y respondo sin abrir la puerta:

—OK. Tomo nota.

Momentos después oigo cómo sus pisadas se alejan y, cuando la puerta de la calle se cierra de un portazo, me asomo a la ventana del baño y lo veo parado frente a la entrada, mirándose las pulseras de cuero de la muñeca.

«¿Qué pensará?

»¿Se estará acordando de toda mi familia tras mi rechazo?»

Así permanece unos segundos. No sabe si marcharse o volver a llamar para entrar.

«Uisss, como llame..., como llame... ¡me lanzo!»

¡Se me sale el corazón!

«¡Que llame! ¡Que llame!», estoy por gritar.

Pero, para mi desgracia, finalmente da media vuelta y se marcha dejándome total y completamente carbonizada, deseosa y descolocada.

De verdad, ¿qué me está pasando?

Es verlo y el corazón se me desboca.

Es pensar en él y el cuerpo me arde en llamas.

Según cavilo eso, me miro en el espejo y... y...

«¡Oh, Diosssssss!

»¿En serio me estoy pillando por Diego?

»Noooooooooooo..., no, por favor.»

Pero me conozco. Nadie me conoce tanto como yo misma y sé lo que realmente me está pasando.

La química que él dice que existe... Su cercanía me altera... Y el beso que nos dimos anoche en mi cocina ¡me lo confirmó!

«Ay, madre... Ay, madreeeeeeeeeeeeeee...»

Me retiro el pelo de la cara y miro la báscula.

¡Ni ilusión me hace pesarme!

Me apoyo en la puerta. Me tapo la cara con las manos.

Soy consciente de que mi corazón late por él del mismo modo que comenzó a latir por Alfonso cuando lo conocí siendo yo casi una niña.

La diferencia es que ya no soy una niña. Ahora soy una mujer con hijos, y temo al amor. No sé si sería capaz de superar una nueva decepción.

La traición de mi ex me dejó el corazón congelado y la vida jorobada.

¿Qué hago pensando en Diego?

¿Qué hago permitiendo que mi corazón se desboque otra vez?

¿Acaso no soy consciente de que ese guaperas, más que amor, lo que me puede traer son problemas?

Me doy de cabezazos contra la puerta. No hay quien me entienda.

Finalmente, una vez salgo del baño, estoy tan... tan caliente, que, ignorando mis preguntas sin respuestas, busco con la mirada a *Simeone*, que está sobre las sábanas, y, con ganas de un ratito de placer, susurro:

—Mi amor..., ¡te necesito!

Y, sin pensarlo, me tumbo en la cama, cojo a ese que nunca me decepciona y va con pilas, abro las piernas y, cerrando los ojos, lo coloco sobre mi caliente clítoris, lo pongo en marcha y, segundos después, grito... «¡Ahhhhhh!»

Tras varios «¡Ahhhhh!» y «¡Diosssssssssss..., síiiiiiiiiiiiiiiiii!», noto que mi cuerpo va dejando atrás la terrible tensión que albergaba. Necesito sexo, pero ¡es que no me vale con cualquiera!

Un par de orgasmos después, ya liberada de muchas cosas, entre ellas ese calor tan... tan provocador, me levanto de la cama, lavo a *Simeone* y, tras lavarme yo, me visto.

A continuación, me pongo las zapatillas de deporte, bajo al salón y, al mirar el equipo de música que tanto adora mi hija, me acerco a él y digo consciente de lo que necesito escuchar:

—Voy a poner la canción *Sobreviviré* de Mónica Naranjo.

La busco e instantes después comienza a sonar la música que necesito en este instante en mi vida, y canto hasta desgañitarme aquello de «*Sobreviviréeeeeeeeeeeee...*», mientras empiezo a recoger la leonera de mi casa.

Y sí..., sí...

Como dice la canción..., no hay nadie en el mundo más dura que yo.

Cenar con mis hermanos y mis padres es como siempre un placer, a pesar de lo resacosa que estoy y de la tontería que tengo con Diego en la cabeza.

Por suerte, somos una familia muy bien avenida, y, aunque a veces mis hermanos y yo pensemos de manera diferente, nos respetamos y, sobre todo, ¡nos queremos!

Pese a que echo de menos a mis *pezqueñines*, que son los únicos de la familia que faltan, reconozco que mis hermanos me hacen sonreír, sobre todo el Rutas con sus anécdotas, que es todo un caso.

Después de la cena y la consiguiente sobremesa, en la que charlamos de todo y, cómo no, el nombre de Alfonsito, mi ex, sale a relucir y no precisamente para bien, a mi hermana le suena el móvil y, al ver que se aleja de todos para hablar, me da que pensar.

¿Desde cuándo la Patiño hace eso?

Cinco minutos después, regresa con una sonrisita sospechosa. Yo diría que hasta *moñigosa*, y cuando se sienta a mi lado, sin poder evitarlo pregunto cuchicheando:

—¿Lo conozco?

La Patiño me mira, piensa si me ha hablado de él y responde:

—No.

«Vaya..., uno nuevo.»

—Lo conocí por Kik —suelta a continuación.

Parpadeo. No entiendo. «¿Qué es eso?»

Y mi hermana, que me conoce muy bien, indica:

—Es una aplicación de mensajería como WhatsApp, Tinder o Telegram, y me gusta porque te ofrece anonimato al no tener que dar tu teléfono a nadie.

—No me digas —murmuro sorprendida.

Blanca asiente y, bajando la voz, cuchichea:

—Yo lo tengo hace meses y ¡genial!

Asiento. Sé que mi hermana tiene de monja lo que yo de portuguesa, y pregunto:

—¿Y para qué lo utilizas?

La Patiño se ríe.

«Uisss, esa sonrisita...»

—Para ligotear, divertirme, charlar, fantasear, provocar —y añade—: Si me atrae alguien, quedo con él, y si cuando lo conozco me pone, no dudo en llegar a algo más, ¡todo depende!

«Guauuuuuuuuuuuuuuuuuuuuuuuu...

»Guauuuuuuuuuuuuuuuuuuu...

»Guauuuuuuuuuu...

»¡Joder con mi hermana!»

Mi cara tiene que ser un poema, porque la Patiño se ríe a carcajadas. Está visto que, siendo yo más pequeña que ella, sigo todavía fuera de onda.

Blanca me enseña en su teléfono la aplicación y, sorprendida al leer algo, pregunto:

—¿Qué es «Sabrosona-Samantha»?

Mi hermana me mira, sonríe, parpadea, y yo musito sin dar crédito:

—*Lamadrequetepariópatiño.*

Ambas reímos por aquello. Mis padres nos miran y, cuando dejan de hacerlo, la loca de Blanca pregunta:

—¿Te gusta mi nombre de guerra?

Me descojono. Uisss..., perdón, ¡me mondo! Entonces ella, *muuuuu* profesional, afirma:

—Cielo, lo último que pondría es mi nombre. Busco el anonimato.

Asiento. Tiene razón.

—¿Quieres que te instale Kik en tu teléfono? —me pregunta entonces.

«Uisssss...

»¿Y para qué quiero yo eso?

»¿Acaso quiero ser una *sabrosona*?

»No sé qué decir... Quizá para olvidarme de Diego me venga bien.»

—A ver, chica —insiste Blanca—, es una nueva manera de conocer gente como otra cualquiera. Hay grupos, personas. Tú entras. Que te interesa, te quedas y hablas. Que no, ¡te vas!, y buscas lo que te interese. Vivimos una época algo rara en eso de conocer a gente nueva y...

—Vale. Ponme Kik —la corto sin pensarlo.

—Síiiiiiiiiiiiiiii..., olé mi hermanita —se mofa la puñetera de mi *sister*.

Sin dudarlo, ella agarra entonces mi teléfono, se baja la aplicación y, una vez la tiene instalada en mi móvil, me mira y pregunta:

—¿Qué nombre de guerra quieres que te ponga?

«Bueno..., bueno...»

¿Qué nombrecito me pongo?

Pienso..., no sé. Y mi hermana, que está más espabilada que yo en esto, propone:

—¿Qué tal «Buenorra-Libre»?

La miro sin dar crédito. Estoy resacosa..., no tonta.

—¡Ni de coña!

Blanca suspira.

—¿Acaso no estas buenorra y libre?

Me río, o me río o la mato, cuando insiste.

—Valeeeeeeeeeeeeeee.

Nos estamos mirando en silencio cuando mi padre, que está hablando con mi hermano, dice:

—Esta mañana he ido con Diego, el vecino, al taller y me han cambiado no sé qué de la transmisión del coche. Por suerte, él los conoce y me han hecho buen precio, si no, ¡me crujen!

«Vaya..., mi padre con Diego. No sabía yo que se llevaran tan bien.»

Mientras mi hermana sigue pensando el nombre que debo utilizar para ligar, mi padre y mi hermano continúan hablando de mil temas, y oigo que éste dice:

—A mí el personaje de los cómics de la Capitana Marvel me gustó mucho. ¡Qué mujer!

Según oímos eso, Blanca y yo nos miramos y sonreímos. Nos entendemos. Y mi hermana me pregunta:

—¿Qué te parece?

—¡Me gusta! —afirmo pensando en aquella heroína.

Blanca se ríe.

—Si papá se entera..., nos mata —cuchichea.

Ambas reímos y a continuación ella teclea: «Capitana Marvel». Luego pone una imagen de la misma como foto de perfil.

«¡Me parto!

»¿Diego tendrá Kik?»

La aplicación acepta el nombre y mi hermana, como una digna profesora, me enseña a moverme por ese mundillo y cómo buscar contactos. El primero, Sabrosona-Samantha, ¡mi hermana! Ya de paso me mete en un grupo que ella creó y que se llama «*Sabroseando*». «¡La madre que la parió!»

Una vez me queda todo más o menos claro, cuando me guardo el móvil en el bolsillo, pregunto:

—¿Cómo se llama el tipo con el que *sabroseas*?

Blanca coge su móvil de nuevo y, abriendo la aplicación, me enseña el perfil de aquél y veo una foto de una moto y leo: «EnriqueValiente35».

—¿Enrique?

—Sí.

—¿Tiene moto?

—Sí.

—¿Y treinta y cinco años?

Mi hermana asiente. «Uisss, Blanquita, ¡qué bien te lo montasssssssssss!»

Ella es bastante más mayor. Pero, mira, ¡hace bien!

—A mí para *sabrosear* me gustan más jóvenes que yo —afirma—. Y, la verdad, en ocasiones aparecen personas especiales, ¡cuando menos te lo esperas! Y Enrique es así.

Asiento, lo sé. Claro que lo sé. A continuación, Blanca busca en su teléfono y luego me muestra la pantalla.

—Éste es.

Me apresuro a mirar la foto que tiene en su móvil. Es un selfi de ellos dos.

«¡Qué monoooooooooooo!

»¡Qué cuquiiiiiiiiiiii!»

En la foto, ambos sonríen, se los ve divertidos, y, al fijarme en algo, pregunto:

—¿Estáis en una cama?

Blanca asiente y, bajando la voz, responde:

—Ahí estaba cuando papá me ha llamado histérico para decirme que volara a casa, que a ti te había pasado algo.

Me entra la risa.

«¡Ay, pobre papá! Qué susto le he dado.

»Y ¡ay, pobre Blanquita! Cómo le he jodido el plan...»

Pero, viendo que mi padre está perfecto y riendo con mis hermanos, musito:

—Lo siento. Siento haberte cortado el *sabroseo*.

Blanca suspira y me da un beso en la mejilla.

—Tranquila —murmura—. Lo importante es que tú estás bien.

Ambas reímos de nuevo, y luego, volviendo a mirar al tal Enrique, pregunto:

—¿Y qué tal es en la cama?

Mi hermana hace un gesto de satisfacción increíble y yo musito muerta de la envidia:

—¿En serio?

Blanca asiente y, a continuación, me mira sorprendida.

—¿Desde cuándo haces tú ese tipo de preguntas?

Me río, se ríe, e indico:

—A ver..., lo sé. He pasado de ser una casada anticuada a una divorciada algo alocada. Pero, oye..., como me dijo Soraya, ¡renovarse o morir! Y comienzo a cogerle el tranquillo.

Blanca se parte de risa. Creo que no sale de su asombro, y más cuando le hago saber que ya he conocido a algunos e incluso he tenido sexo con ellos.

¡Blanca flipa! Eso sí, me callo lo que siento por el vecino o fliparía aún más.

Sin duda, lo que acabo de decir le hace darse cuenta del cambio que se está originando en mí, y cuando va a hablar, mi madre se nos acerca.

—E, ¿qué le has dicho a B para que te mire tan sorprendida? —me pregunta.

Mi hermana y yo nos miramos, sonreímos, e, incapaz de contarle la verdad o le dará un tabardillo a mi madre, suelto:

—Nada importante, mamá.

Ella asiente, pero no me cree un pepino.

—Como vuelvas a darme otro susto como el de hoy —musita—, te juro que no te hago más empanadillas de esas que tanto te gustan, ¿entendido?

«Noooooooooo... ¡Empanadillas!

»¡Eso son palabras mayores!»

Y, consciente de que no quiero volver a darle un disgusto así a mi madre, cuchicheo:

—Mamá, ¡te lo prometo!

Ella sonríe. Qué mona es. Enamorada de ella, me abrazo a su cintura y, cuando siento su mano tocándome con amor la cabeza, cierro los ojos feliz.

Mi mamá me mima..., siempre ha sido así.

Vibra el móvil de mi hermana. Ha recibido un mensaje. Abriendo un ojo, la veo leerlo y, por cómo lo bloquea de rápido y su gesto azorado, presiento que es el tío de Kik.

«¡Vayaaa!»

Una vez mi madre se aleja de nosotras, vuelvo a mirar a mi *sister* y pregunto:

—¿Alguna proposición indecente?

Blanca sonríe. Su sonrisa lo dice todo y, acercándose a mí, cuchichea:

—Enrique me ha pedido que vuelva a su casa. ¿Qué hago?

¿Cómo que qué hace?
La miro...
Me mira...
Nos reímos, y suelta:
—Le apetece que sigamos *sabroseando*.
«Wooooooooooo, ¡mi hermana!»
Me río...
Se ríe...
Y, con ganas de saber, pregunto:
—¿Soltero o Saneamientos López?
Esa última pregunta nos la tomamos a coña. Ahora a todo aquel que es infiel lo llamamos «Saneamientos López».
—Divorciado y sin hijos —suelta ella a continuación.
Asiento..., mi hermana de tonta no tiene un pelo.
«¡Olé mi Patiño!»
Nunca hemos hablado de relaciones y sexo de esta manera, y no por ella, sino por mí. Haber estado casada con Alfonsito me hizo cerrar la puerta a muchas cosas. Pensé que estar en pareja era no preguntar ni hablar de sexo, ni con mi hermana, pero ahora que ya he abierto esa puerta, afirmo cogiendo su bolso:
—Pues ya estás tardando en *sabrosear*.
—¡Mira la resacosa de la Capitana Marvel! —murmura muerta de risa.
Pero yo insisto.
—Vamos..., vamos..., ¡ya estás tardando! ¡Vete!
Cinco minutos después, mi hermana se va.
Desde luego, qué cosas se inventan para que la gente se conozca.
¿Seré yo capaz de hacer algo así?
Poco después se van también mis hermanos y, tras ver con mis padres dos capítulos de «CSI» tirada en el sofá con ellos, a las doce y cinco de la noche, tras darles un beso a ambos, decido regresar a mi casa con *Torrija*.
En nuestro paseo de vuelta, paso por delante de la casa de Diego y me fijo en que hay luz.
¿Qué hará?
¿Estará solo o acompañado?

¿Vestido o desnudo?

De nuevo, el corazón me aletea, por lo que, mirando a *Torrija*, aprieto el paso e indico:

—Vamos, es tarde.

Cinco minutos después, cuando entro en casa, mi preciosa perrilla *Torrija* corre a la cocina a beber agua de su cazo. Como era de esperar, bebe como si no hubiera un mañana y, cuando acaba, en su recorrido va dejando su típico reguerito de agua y babas, que yo con paciencia voy recogiendo con la fregona.

«¡Aisss..., a veces soy igualita que mi madre!»

Una vez he acabado, cuando dejo la fregona en su sitio, me apoyo en la pared y miro el reloj. Las 00.16. Estoy sola en casa, resacosa, no tengo sueño y no sé qué hacer.

Cuando regreso al salón, me tiro en el sofá, pongo la televisión, cojo el mando y cambio de canales en busca de algo que ver, hasta que de pronto me vibra el culo. «¡El móvil!»

Rápidamente lo saco del bolsillo de mi vaquero y sonrío al ver que es mi hermana, a través de la nueva aplicación:

Sabrosea y pásatelo bien, pero sin dar
información.

Me río. Ésta se cree que soy tonta. Y escribo:

A ver, querida, estoy resacosa, pero
no me he caído de un guindo.

Instantes después, a modo de despedida, Blanca me manda unos emoticonos lanzándome besitos.

Sonrío.

No quiero preguntar lo que estará haciendo.

Tener el móvil en la mano me hace cotillear la nueva aplicación. Miro los nombres de personas que hay en el grupo donde me ha metido mi hermana y resoplo, pero de pronto soy consciente de que arriba me pone que tengo seis chats.

«¿Que tengo seis chats?»

Rápidamente le doy a ver y leo: Doctor Amor, Huskie, Ironman, KgbBlues, Tormenta22 y Cipote-Verde.

«¿Quiénes son?

»¿Qué querrán?

»Y vaya tela..., ¡manda narices el que se ha puesto "Cipote-Verde"!»

Sorprendida, vuelvo al principio y leo sus mensajes.

Doctor Amor me dice: ¡Hola, bombón!

Huskie: ¿Quieres hablar?

Ironman: ¿Despierta?

KgbBlues: Bonita foto de perfil.

Tormenta22: ¿De dónde eres?

Cipote-Verde... «Joder..., joder... ¿En serio es una foto de su innombrable... verde? Vayaaaaaaa...»

Atónita, miro la pantalla sin aceptar nada en absoluto. Según Blanca, si aceptara el chat, entonces la otra persona sabría que lo he visto y podríamos hablar.

Me llama la atención el Doctor Amor. Tiene una foto de perfil de un estetoscopio colgado de un cuello. La miro. La observo. Y, oye..., el cuello tiene una pintaza estupenda.

Mi dedo está por aceptar el chat.

«¿Qué hagoooooooooo?

»Mira..., mejor no lo pienso y directamente le doy.

»¡Hecho!»

Durante unos segundos me quedo mirando la pantalla. Esto es completamente nuevo para mí. Leo su «¡Hola, Bombón!», lo que me hace reír, y tecleo:

¡Hola, Doctor!

Espero... Espero... Espero..., pero él no contesta, por lo que intuyo que se ha cansado de esperar y se ha pirado.

«¡Menudo bajonazo!»

Pero, sin dudarlo, acepto el siguiente chat, el de Huskie, que me preguntaba «¿Quieres hablar?».

«¡Vaya, qué lanzada soy!»

Instantes después de aceptar el chat, rápidamente sale:

Hola, Capitana Marvel.

«Uissss, ¡qué nerviosa me pongooooooooooo!»

Al otro lado de mi teléfono hay alguien esperando mi contestación, y tecleo:

Hola, Huskie.

¿De dónde eres?

Sevilla.

«Uisss, qué mentirosa soyyyyyyy.»

En nuestra charla, él me dice que es de Bilbao, se llama Imanol, tiene cuarenta y tres años, 1,92, calvete, divorciado, con un hijo y bombero.

«¡¡¡Bomberooooooooooo!!! ¡Qué morbazo!»

Reconozco que eso hace que me olvide de Diego, llama mi atención y hasta me alegra el momento.

Cuando me pregunta por mí, decido inventarme una vida y, además de ser de Sevilla y tener treinta y cinco años, soy rubia (cuando en realidad soy morena), estoy casada (cuando estoy divorciada) y sin hijos (cuando tengo tres). Y, ah..., la guinda del pastel es que soy organizadora de eventos. ¡Olé yo!

Charlamos. Es caballeroso. Nos comunicamos, y soy consciente de lo fácil que está resultando todo, aunque también soy consciente de que nuestra conversación va encaminada al sexo...

«¡Qué raro!»

Estoy divertida con el bombero cuando me salta otro chat. Es el Doctor Amor, que saluda. Al haberle aceptado yo antes su chat, ahora él puede chatear conmigo.

¡Hola, Bombón!

Sorprendida, miro el nuevo mensaje y, animada por el momento, respondo:

Hola, bomboncito.

«Uissssssssssss..., ¡qué lagartona estoy!»

Pero entonces es el bombero quien me escribe, y pregunta:

¿Qué llevas puesto?

«Vale..., vale..., esto empieza a calentarse.»

Me miro. Voy en vaqueros y zapatillas de deporte, pero, sintiéndome una Mata Hari, respondo:

Sólo llevo unas braguitas.

«Wooooooooooooooooo, pero ¿desde cuándo soy tan sinvergüenza?»

Estoy riendo por eso cuando leo que el Doctor Amor pone:

Qué maravilla..., ya en braguitas para mí.

Parpadeo.

«¡Ay, Dios, que me he confundido de chat!

»Por Dios, ¡qué torpe soy!»

Le he enviado el mensaje al que no era, y como puedo, respondo:

Perdón..., perdón..., eso no iba para ti.

Y, tras hacer un copia-pega, se lo mando al bombero, que segundos después contesta:

Con los dientes te arrancaba yo...
esas braguitas. ¿De qué color son?

Me río..., no lo puedo remediar. Las que llevo recuerdo que son de girasoles y, mintiendo, tecleo:

Rojo pasión.

«Madre mía..., madre mía»; entonces aquél insiste:

Mmmmm..., rojo pasión..., mi color
preferido.

«*¡Madrecitadelalmaqueridaaaaaaaaaa!*»

Me río, no lo puedo remediar, y el Doctor Amor escribe:

Qué pena..., habría estado muy bien
poder quitarte yo esas braguitas
a mordiscos.

«Woooooooooooooooooooooooooo y más woooooooooooooooooooo.

»¿Dos desconocidos desean quitarme las braguitas?

»¡Que viva el *sabroseo*!

»*¡Madremíaaaaaaaaaaaaaaaaaaaaaaaaa!*»

Durante varios minutos intento mantener la conversación con ambos. Unas conversaciones ya subidas de tono, hasta que de pronto el de Bilbao me envía una foto de su... su... ¡su cosa!

«¡Joderrrrr!, ¿esto es real?»

Con curiosidad, lo miro. Lo amplío. ¡Pero si se sale de la pantalla! Y, viendo esa fea —porque mira que son feas— y descomunal cosa..., de pronto se me cae todo el morbo al suelo.

«¡Pues como que no me gusta ya el bombero!»

No respondo, no puedo, pero aquél pregunta:

¿Te gusta?

Ver aquello tan descomunal me da hasta miedito y, sin ningún filtro, contesto:

No sé qué decir.

El Doctor Amor, que también está ahí, pregunta entonces:

¿Sigues hablando con otro?

Asiento y, sin dudarlo, porque no tengo que dar explicaciones a nadie, afirmo:

Sí.

El bombero, al que mi «No sé qué decir» no debe de haberle gustado, insiste:

¿No te gusta?

«Joer..., ¿qué le digo yo a éste?» Sin duda está muy orgulloso de su cosa y lo estoy hiriendo en lo más profundo de su ser, por lo que tecleo:

A ver...

Y estoy intentando terminar la frase cuando el tío insiste:

¿Qué harías con ella?

Sin dar crédito, me río. Acabo de borrar lo que pensaba poner cuando el Doctor Amor escribe:

Hablamos en otro momento.

No le respondo. Paso. Si se ha ofendido porque hable con otro, tiene dos problemas: enfadarse y desenfadarse. Y, centrándome en el bombero, contesto sacando esa parte lagartona que hay en mi interior:

Sin duda, jugar.

Él pone:

Mmmmmmm.

Yo tecleo:

Mmmmmm.

Creo que me estoy metiendo en un jardín con espinas, y si así es... Minutos después, el bombero comienza a decirme unas palabras malsonantes que no me molan ni un poquito, y me digo: «¿Dónde está el hombre caballeroso del principio? ¿Acaso hablar de sexo lo ha convertido en un troglodita?».

Y, sin pensarlo ni sentir pena de él ni de su cosaza, como me ha enseñado mi santa hermana a hacer, lo bloqueo.

«¡A tomar viento fresco!»

Paso de tíos como éste, que sólo piensan en su jodida cosita y en enseñarla como si fuera un trofeo.

Le escribo al doctor. No me contesta. Pasa de mí, y suspiro.

«En fin...»

Acalorada por el momento vivido con el bomberito, me doy aire con la mano, pero reconozco que me ha molado eso de *sabrosear* con desconocidos. Por ello, me fijo en el siguiente nombre. Ironman. Miro la foto de su perfil y veo que es un paisaje de una preciosa puesta de sol.

«¡Qué bonitaaaaaaaaaaaaa!»

Abro el mensaje como me ha enseñado mi hermana y veo que lleva en Kik 220 días. Su mensaje es: ¿Despierta?

Miro de nuevo el nombre, la puesta de sol, el mensaje y las opciones: «Ignorar» o «Chat».

«¿Qué hago? Aiss, Dios, ¡¿qué hago?!

»¿Y si es otro guarro como el bombero?

»¿Qué hagooooooooooo?

»Me aburroooooooooooooooooo y la puesta de sol que tiene es tan bonitaaaaaaaaaaaaaaaaaa.»

Me levanto del sofá y dejo el móvil. Voy a la cocina y me cojo una cervecita para la resaca. Vale..., es tardísimo, pero me apetece, ¿qué pasa?

Regreso con la cerveza y vuelvo a mirar el teléfono. Lo cojo. El mensaje sin aceptar de... Ironman sigue ahí junto a otros.

«Uf..., qué curiosidad. Bueno, de Cipote-Verde, tras ver su foto, ¡curiosidad ninguna! Es más, ¡bloqueado!

»¿Y ahora qué hago? ¿Acepto a Ironman? ¿Sí? ¿No?»

¡Ironman!

Vale...

Me pongo a mí misma en situación.

Estoy sola... Aburrida... Resacosa... Divorciada... Sin niños... Y con ganas de *sabrosear*.

¿Por qué no seguir tonteando por Kik?

¿Por qué no fantasear con un desconocido que me haga sentir divina?

Finalmente, acepto y le doy a «Chat».

«Aisss, madre, qué nervios tengo, ¡ni que hubiera entrado el Ironman ese en el salón de mi casa!»

Miro el teléfono con unos ojos abiertos como platos y, de pronto, ¡pone que él está escribiendo!

«Uiss..., ¡qué ansiedad!» Y más cuando leo:

¿No tienes sueño?

Doy un trago a mi cerveza. «¿Qué digo? ¿Qué pongo?» Tecleo:

¿Y tú?

Su contestación no tarda en llegar:

Ni un poquito.

Durante varios minutos, hablamos de tonterías.

Me pregunta mi nombre. Respondo que Capitana Marvel y, a continuación, le suelto todo aquello de soltera, sin hijos, rubia y organizadora de eventos. Le gusta lo que lee. Se lo noto en sus signos de admiración.

Él me dice que está divorciado. Tiene dos hijos varones. Es informático y vive en Burgos.

Comenzamos a hablar del tiempo en nuestras ciudades, Sevilla y Burgos, y terminamos hablando del universo Marvel, que al parecer nos gusta a los dos. ¡Menudos frikis estamos hechos!

Una hora después, tras bostezar, nos despedimos y quedamos en charlar otro día.

* * *

El domingo lo paso tirada en la piscina de mis padres, mientras hablo con Soraya de las vacaciones de mis hijos.

—A ver, Estefanía..., hiciste bien.

—Lo sé —afirmo mirando a mi amiga—. Ellos están infinitamente mejor en la playa que aquí, en la piscina. Esto lo tendrán cuando regresen y lo otro no. Pero los echo tanto de menos...

En ese instante aparece Diego, el vecino, junto a su hija Maya.

«Madreeee... ¡Mi corazón!»

La niña me sonríe al verme, me saluda desde la distancia con la mano y se va con su nueva amiga Eva a jugar. Con disimulo, observo al padre. En esta ocasión, no se acerca a nosotras. Creo que sigue molesto por cómo lo traté en mi casa, y se queda hablando con la Clinton.

«¡Qué decepciónnnnnn!»

Vale. Me merezco su indiferencia. Sé que fui egoísta el otro día en mi casa por cómo le hablé, pero era eso o abrirle mi insensato corazón, y no estoy dispuesta a cagarla con él. Por mucho que me guste o me atraiga, Diego es el vecino de mis padres y eso que inconscientemente deseo nunca ocurrirá.

¡Sé controlarme!

Soraya, al ver hacia dónde miro, sin tener ni repajolera idea de lo que pienso, cuchichea:

—Joder con el vecino. Cada vez que lo veo me sube la libido. ¿Te has fijado en las manos tan bonitas que tiene?

Sonrío. De Diego me he fijado en todo, pero como no deseo seguir hablando de él, musito:

—Para manos bonitas, las del tipo con el que quedaste el otro día.

Dicho eso, Soraya se olvida del vecino y nos centramos en Germán, el chico con el que quedó mi amiga. Un tipo sexy, guapo y, sin duda, por lo que cuenta, un diez en la cama.

* * *

Por la tarde, Diego y Maya no aparecen en la piscina y yo en cierto modo me desinflo. Reconozco que, cuando está cerca, además de sentirme en llamas y meter tripa, siento mucha curiosidad por él. Demasiada.

* * *

Esa noche, cuando estoy ante el televisor, suena en mi móvil una alerta de la nueva aplicación. Es el Doctor Amor y, entre risas y comadreo, hablo con él. Lo paso bien.

Qué curioso esto de las redes sociales. Hablas con la gente como si la conocieras de toda la vida, cuando seguro que te los cruzas por la calle y ni los miras. ¡Impresionante!

A las doce de la noche, tras despedirme del Doctor Amor, que al parecer está de guardia, cuando voy a dejar el móvil sobre la mesa, recibo un mensaje de Ironman. Sin dudarlo, le respondo, y de nuevo volvemos a entablar conversación.

En esta ocasión hablamos de series que hemos visto y nos aconsejamos algunas, al mismo tiempo que comenzamos un morboso y discreto coqueteo.

«¡Mola!»

Ironman ha entrado de pronto en una nueva dimensión y se ha vuelto interesante a mis ojos, muy interesante, y más cuando comenzamos a hablar de fantasías y sexo. Sin tabúes ni vergüenzas.

La charla entre los dos se calienta más y más, nos dejamos llevar por nuestras apetencias, nuestros deseos, y en cuanto acabamos el morboso momento en el que al menos yo he hablado de sexo como en mi vida, me sorprendo cuando me dice que le he follado la mente.

«Anda, pero ¿qué es eso?

»¿Yo sé hacer eso?

»¿Yo sé follar la mente?»

Divertida, escucho cómo le ha excitado lo que le he contado, y a continuación me pregunta si quiero que él me folle la mente a mí.

«Anda, mi madre, ¡pues claro!»

Como dice mi padre, el saber no ocupa lugar.

Y, sin dudarlo, se lo exijo. Al menos, que mi mente disfrute. Y Diosssssssssssss..., Diossssssssssssss..., Diosssssssssssssss..., lo hace... y me pongo como una moto.

¡Ya sé qué es que te follen la mente!

«Madrecitadelalmaqueridayyomeloqueríaperderrrrrrrrrrrr.»

A través de sus palabras, Ironman me hace imaginar cómo me haría el amor. Y, sí..., me gusta..., me gusta mucho. En especial porque recalca mil veces que me miraría a los ojos para todo y eso a mí me pone mucho..., mucho.

Esa noche, tras despedirnos, estoy caliente y sedienta. Lo de la sed lo arreglo bebiéndome un enorme vaso de agua fría de la nevera, y lo otro, abriendo el cajón de la mesilla.

Pues sí..., es lo que hay. ¡Qué le vamos a hacer!

* * *

A lo largo de la semana, Ironman y yo nos enviamos mensajitos de «¡Buenos días!», «¡Buenas tardes!», «¿Qué haces?», «¿Qué comes?», «¡Te odio!», «¡Más te odio yo a ti!»... Y un extraño regocijo de tonteo se crea en mi interior al recibir esos mensajes de un extraño.

No sé quién es. No sé su nombre. No sé si es guapo o feo. No sé nada. Sólo sé que me gusta recibir sus mensajes y *sabrosear* con él.

Hablo con Ironman como hablo con el Doctor Amor y con otros tipos que me entran por la aplicación y acepto, pero, no sé por qué, con él es diferente. Muy diferente.

Por las noches, espero que sean las once para entrarle con un «¡Hola!». Otras veces me entra él a mí y, olvidándome del tiempo a pesar de que tengo que madrugar para ir a trabajar, los problemas y cualquier otra cosa, hablamos durante horas sin tabúes, creándonos un mundo propio ideal donde sólo existimos él y yo.

Charlar con él se convierte de pronto en mi momento especial del día. Y no lo entiendo. Pero reconozco que está llegando un punto en el que me da igual, porque me atrae, me gusta, e incluso comienzo a desear conocerlo en persona.

Esta semana, a pesar de que madrugo para ir a trabajar, salgo dos noches con mis amigas. Nos vamos de cena y después de cachondeo a varios locales y me sorprendo mirando el puñetero móvil. De pronto, charlar con Ironman, mi churri virtual, al que no he visto, ni tocado, ni se cómo huele, ni si es mi tipo o no, es más interesante, morboso y excitante que charlar con los hombres de carne y hueso que tengo ante mí.

¿Me estaré volviendo loca?

Lo bueno es que pienso menos en Diego. Lo malo: ¿me estoy colgando del churri virtual?

El viernes por la noche, tras cenar con mis padres, cuando regreso a casa y me ducho, al mirar el teléfono veo que tengo un mensaje de Ironman:

¿Ya has cenado?

Rápidamente lo cojo y contesto que sí. Espero su respuesta, que no llega, y, dejando el móvil sobre la pila, me doy crema en el cuerpo y me pongo un *short* corto de manzanitas a juego con la camiseta. No voy a salir. Nadie me va a ver y me gusta ese conjunto que me compré por internet.

Una vez vestida, bajo a la cocina. Cojo unas pipas y una cerveza y me tiro en el sofá a ver una de mis series hasta que llegue la hora de hablar con Ironman.

A las once, no da señales de vida. Yo miro el teléfono. La impaciencia me puede. Es viernes. Quizá haya salido a cenar con sus amigos, como hago yo. No he de ser ansiosa.

Pero sí. El ansia me puede a las once y media.

«¡Joder! ¿Qué hago mirando el teléfono cada dos por tres?»

A las doce menos cuarto, mi paciencia comienza a resquebrajarse. No entiendo por qué hago eso. No entiendo por qué espero que me escriba. No entiendo nada, pero entonces el móvil se ilumina y leo:

Si estuviera en Madrid, ¿quedarías
conmigo?

«Woooooooooooooo..., lo que me entra por el cuerpo.»

No sé qué responder. Sólo sé que me quedo bloqueada, hasta que llega otro mensaje de él que pone:

Di que sí. Lo deseas tanto como yo.

«Aisss, madreeeee.

»Aiss, madreeeeeeeeee.

»Pues claro que lo deseo. Lo deseo muchooooooo.»

Pero de pronto, y sin saber por qué, me entran las inseguridades y los miedos.

¿Y si es un loco de esos que, tras embaucarme, me mata y me tira en una cuneta?

¡Me entran las *cagalandras* de la muerte!

Pero, vamos a ver, ¿mi hermana no dijo que esto era seguro?

Sigo en shock. No sé qué responder, y leo:

Te aseguro que yo te haría disfrutar
más que ese que te espera en el cajón
de tu mesilla.

«¡Joderrrrrrrrrrrrrrrrrr!

»¡Joderrrrrrrrrrrrrr!

»Pero *STOP*.

»¿Cómo sabe que existe *Simeone*?»

Que yo recuerde, nunca le he comentado eso a Ironman, y, asustada, estoy por tirar el teléfono contra la pared cuando me llega otro mensaje:

Soy Diego, el padre de Maya.

«¡¿Quéeeeeeeeeee?!

»¡¿Cómo?!»

Hiperventilo..., hiperventilo e hiperventilo otra vez.

«¡Un momento!

»¡¿Diego?!

»¡Dos momentos!

»¡¿Ironman es el vecino?!

»¡¿Diego?!

»¡Tres momentos!

»¡Pero ¿este tío es gilipollas?!»

Requetehiperventilo.

«¡Se acabaron los momentos!

»*Madredelamorhermosoypititosoquéfuerteeeeeeeeeeeeeeeee...*»

Más acalorada y sorprendida de lo que yo creo que he estado en mi vida, intentando no mandarlo a freír espárragos tras las conversaciones de alto voltaje que hemos mantenido, cojo el teléfono y tecleo:

¿Por qué tienes mi Kik?

Pero, vamos a ver, ¡que alguien me explique cómo es eso!

Que alguien me diga por qué él sabe que yo soy Capitana Marvel si sólo lo sabe mi hermana.

Impaciente, veo que escribe, y finalmente leo:

Tengo tu número de teléfono. Te has
instalado Kik y no has desactivado
la opción de que te encuentren tus

contactos que también
tengan la aplicación.

«¡Ostrassssssssssss! ¡Ostrasssssssss!

»Mataré a Blanca en cuanto la vea. *¡Lamadrequelaparióooooo-oooooooooooo!*»

Me pongo nerviosa, muy nerviosa y, sintiéndome la tía más ridícula del mundo, tecleo:

No sabía que había que desactivar esa opción.

Me doy aire con la mano. Diego. El hombre que personalmente me pone en llamas, también me calienta virtualmente. «¡Madre mía!»

Estoy pensando en ello cuando leo:

Por suerte.

Leer eso, no sé por qué, me hace sonreír.

«¡Qué monooooooooooooo!»

Pero rápidamente exijo:

Dime cómo se desactiva eso.

Sin dudarlo, me indica dónde tengo que meterme para desactivar la opción, y, una vez lo hago, recibo otro mensaje suyo:

Bueno, ahora que sabemos que ni tú eres
de Sevilla ni yo de Burgos, ¿te apetece
que nos tomemos algo?

Leer eso me subleva.

¡Me ha mentido!

Vale, yo también a él. Pero él es más culpable. Él sí sabía quién era yo, pero yo no sabía que él era él, y ofendida respondo:

No. Buenas noches.

Y, sin más, cierro el chat. No pienso seguir hablando con él y me voy a la cocina a por una cerveza.

«¡Será sinvergüenza!»

El móvil vibra. Recibo dos mensajes suyos más, pero ni los miro. Me niego.

Sin embargo, cinco minutos después, como soy una *jodía* cotilla y la curiosidad me mata, cojo el teléfono y leo:

¿De qué tienes miedo, Capitana
Marvel? ¿Acaso no somos adultos
y libres?

Suelto de nuevo el móvil, como si me quemara.

Sé que tiene razón, toda la razón del mundo, pero entonces de nuevo oigo que vibra mi teléfono y veo, esta vez sin tocarlo:

De acuerdo. Buenas noches.

Según leo eso, una extraña decepción se apodera de mí, al tiempo que un conocido calor bajero me hace temblar las piernas y lo que no son las piernas.

«¡Diego es Ironman!»

Sin duda, la conexión que existe entre nosotros es más fuerte de lo que yo misma quiero ver.

Diego me gusta...

Diego, *useáse*, Ironman, me propone sexo y yo... ¡lo rechazo!

¿Seré idiota o lista?

¿Haré bien o mal?

Doy varios tragos a mi cerveza y me la acabo. Luego me rasco la cabeza y voy al baño.

Al encender la luz del mismo, veo reflejado mi rostro en el espejo y susurro:

—Joder..., Estefanía..., joderrrrrrrrr. ¡Aclárate!

Salgo del baño y voy a la cocina. Todo está en orden. Todo está bien. El silencio de la casa me pone el vello del cuerpo de punta, y necesito compañía o música, así que cojo mi móvil para buscar en la lista de Spotify que me hizo Nerea.

—*Desátame* de Mónica Naranjo. Ésta es perfecta —murmuro.

¡Esto es justo lo que necesitaba!

Me encanta. Me encanta Mónica y su música, es mi heroína, tengo todos sus CD. Y comienzo a bailar sola en mi cocina mientras canturreo aquella apasionada canción que me sé tan bien, y siento cómo yo solita ¡me vengo arriba!

Acalorada por lo que dice la letra y lo que mi cuerpo pide a gritos, murmuro:

—Eso quisiera yo..., que me apretaras más fuerte.

Sonrío; estoy como un cencerro. Abro el frigorífico y me cojo otra cerveza.

Sí, ¡otra! ¿Qué? Estoy sedienta de tanto bailar.

Apoyada en la encimera de la cocina, pienso en Diego mientras tarareo el estribillo de la canción.

«Uf...

»¿Qué hago pensando eso?

»¿Qué hago deseándolo?»

Pero, incapaz de quitármelo de la cabeza, mientras Mónica sigue cantando, con el corazón desbocado y totalmente desatado, resoplo.

¿Acaso tener sexo con Diego no es lo que me apetece?

¡Ironman y él son la misma persona!

¿Acaso no soy libre de hacer con mi cuerpo lo que me venga en gana?

Las respuestas son sí..., sí... y ¡sí!

Y, dejando la cerveza sobre la encimera con decisión, voy hacia la entrada de la casa, cojo las llaves, el móvil y, mirando a mi perra, que está adormilada, digo:

—*Torrija*, mamá se ha convertido en la Capitana Marvel y se va de caza.

Capitana Marvel en acción

Una vez fuera de mi casa, camino con contundencia y a grandes zancadas.

Estoy segura de adónde voy y de lo que quiero, y, oye, ¿por qué no? ¿A quién hago daño?

Por suerte, no hay ni dios por la calle, y antes de lo que me imagino me encuentro frente a la casa de Diego. No me detengo, voy hasta la puerta, llamo al timbre y cuando poco después él abre, sin necesidad de que me invite a pasar, entro, cierro la puerta y digo ante su cara de sorpresa:

—De acuerdo, Ironman. Dejémonos de follarnos la mente y tengamos sexo real.

«Madre mía..., madre míaaaaaaaa, si supieras, Mónica de mi vida, lo mucho que me he venido arriba gracias a tu música, ¡flipabas!»

Él sonríe..., ¡qué bribón!

Y, sacando esa parte de Capitana Marvel que habita en mí, me acerco a él y, con todo el descaro del mundo, paseo la lengua por sus labios y lo beso cuando noto que los abre.

«¡Madreeeeeeeeeeeeeeeeeee, qué lagarta me estoy volviendo!»

Como era de esperar, Diego rápidamente me aprieta contra su cuerpo y el beso se intensifica, se prolonga, mientras me empotra contra la pared y mi mente sigue tarareando la canción.

«Dios..., cómo besaaaaaaaaa...

»Dios..., cómo me toca el traserooooooooo...

»Diossss..., esto sí que mola, y no fantasear por el Kik.

»¡Estoy en llamassssssssssssss!

»¡Estoy desatadaaaaaaaaaa!

»¡Viva Ironman y la madre que lo parió!»

Mi mente ya desea estar desnuda con él y, cuando nuestras miradas se encuentran, de pronto se me despierta un rayito de lucidez y pregunto:

—¿Dónde está Maya?

—Se queda otra vez a dormir en casa de una amiga —responde acelerado.

Nos miramos, nos deseamos, y suelto tras tocar las pulseras de cuero de su mano derecha:

—Quiero sexo.

Diego asiente. Está de acuerdo —¡como para no estarlo!— y me vuelve a besar.

«Wooooooooooooooo, ¡mola!»

Un beso húmedo...

Un beso sensual...

Un beso delicioso...

El hombre que me tiene en llamas besa tal y como lo recordaba y... y...

«¡Joderrrrrrrr!»

La palma de su mano ya está dentro de mi *short* de manzanas.

«¡Guauuuuuuuuuuu!

»¡Bajaaaaaaaaaaaa! Bajaaaaaaaaaaaaa...

»¡Me tocaaaaa! Woooooooooooo...

»¡Me aprieta!

»Diosssssss..., sí..., sí..., sí...»

Sus dedos comienzan a tocar aquella intimidad que nunca pensé que llegaría a rozar y, cuando uno de ellos se introduce en mi interior, me mira a los ojos y dice:

—Te vas a correr para mí.

«Uf..., *mamacitalinda*, lo que me entra por el cuerpo.»

Contra la pared de la entrada de su casa, y aún vestidos, Diego me masturba mirándome a los ojos de una manera que me vuelve loca y, cuando jadeo, susurra:

—Eso es, Capitana..., dámelo.

«¡Madre míaaaaaaaaaa, que no sólo me está follando la mente!»

Nunca nadie me había pedido algo con tanta sensualidad, ¡ni el puñetero Rapunzel!

Entregada totalmente a él, vuelvo a besarlo mientras siento su mano y cómo se mueve su dedo dentro de mi cuerpo y me proporciona unas oleadas de placer que, tonta de mí, me las quería perder.

«Dios, síiiiiiiiiiiiiiiiiii.»

Seguimos vestidos. No importa. «Eso sí..., ¡que no pareeeeeeeeee!»

Y yo loca, pero loca... y desatada..., desabrocho rápidamente el botón de su vaquero. Bajo la cremallera y, tras introducir la mano en el interior de su calzoncillo, lo miro a los ojos y murmuro sintiendo la suavidad de su piel:

—Dámelo tú también.

«¡Olé yo! ¡Olé lo que he dichoooo!

»¡Viva la Capitana Marvel y la madre que me parió!»

Diego tiembla. Se muerde el labio y ese simple gesto me hace jadear.

«¡Qué sexyyyyyyyyyyyyyy!»

Nos masturbamos en el recibidor de su casa, mirándonos a los ojos mientras nos tentamos.

La luz de la entrada nos deja expuestos. Nos vemos a la perfección. No hay oscuridad, mientras de fondo se oye la televisión y nosotros continuamos a lo nuestro.

Instantes después, Diego para. Saca las manos de mi corto pantalón y, besándome, susurra:

—Desnudémonos, Capitana.

Eso me acalora más aún y, abandonando la suavidad de su piel, mientras él se desnuda varonilmente a toda prisa, yo me quito las zapatillas, los pantalones, las bragas y, cuando voy a quitarme la camiseta de tirantes que llevo, Diego me coge en brazos y, tras darme un caliente beso en la boca, dice antes de soltarme de nuevo:

—Voy a por preservativos.

Asiento.

Él se marcha. Lo miro. «Vaya culito tan mono tieneeeeeeeeeee.»

Atontada, estoy todavía pensando en su precioso trasero cuando regresa a toda mecha con varios preservativos en la mano.

«Madre mía..., madre mía, lo que estoy viendo en vivo y en directo.»

Definitivamente, este muchacho está muy, pero que muy biennnnnnnnnn armado.

Si la calidad es como la cantidad..., ¡se me quita toda la tontería de un plumazo (por decirlo finamente)!

A continuación, me coge de la mano y vamos hasta su sofá. Diego se sienta y yo me quedo de pie ante él, sólo vestida con la camiseta de tirantes. Él está desnudo; yo no. Y, segura de que quiere verme como está él, me la quito mientras él se pone un preservativo y después me deshago también del sujetador.

Uf..., lo que me entra por el cuerpo al ver cómo me mira y al sentirme totalmente expuesta a él. Eso sí, mi culo perdigoneado ¡ni de coña se lo enseño!, a pesar de que esté viviendo este momento como algo morboso, sensual y loco mientras nos miramos a los ojos.

Diego me acerca a él. Su cabeza queda a la altura de mi pubis. Lo besa. Lo besa con mimo y, cuando pasea la lengua por él, yo jadeo y cierro los ojos. «¡Sí!»

—Separa las piernas —lo oigo decir.

«Uissss..., madreeeeeeeeeeeeeeeeeeeeee, ¡que lo estoy haciendoooooo!»

Enloquecida, hago lo que me pide. Está claro que en nuestras charlas le dije que esa petición me volvía loca.

Cierro los ojos de pie ante él y separo las piernas como me ha pedido, sintiéndome una diosa del sexo. Tras mordisquearme el monte de Venus, Diego me abre los labios vaginales y me roza el clítoris con la lengua.

«Por favor..., por favorrrrrrrrrrrrrrrrrrr, qué sensaciónnnnnnnnnnnnn.»

Tiemblo...

Jadeo...

Disfruto...

Mientras, Diego se da un festín con dicha parte de mi cuerpo y yo me entrego por completo disfrutando del momento. ¿Por qué no?

«Madre mía..., madre mía..., a este chico yo le pongo un piso... Qué digo un piso, ¡le hago un monumento!»

Se me eriza la piel ante el tsunami de sensaciones que me hace sentir y, cuando abro los ojos y lo miro..., veo que sus ojos sonríen.

«Uf, ¡qué morbo!»

Tras hacerme temblar una vez más como una loca, Diego se incorpora y, mirándome, dice en un tono de voz morboso:

—Capitana Marvel...

Sonrío mientras mi corazón late desbocado.

¡Qué ridiculez de nombre, con la edad que tengo!, pero susurro:

—Ironman...

El olor a sexo..., a morbo..., a deseo y un sinfín de cosas más nos rodea, nos abduce, y Diego levanta la cabeza, pasea sus labios sobre los míos y murmura:

—Espero que me perdones que no te dijera que era yo.

Lo miro. Estoy caliente..., muy caliente, y afirmo:

—Fóllame como me has follado antes la mente, y te lo perdono todo.

Sonríe. Le encanta lo que he dicho, y pregunta:

—¿Te gusta el *dirty talk*?

«¿El qué?

»¿Qué ha dicho?

»Joder..., qué desfasada estoy, ¡tengo que ponerme al día!»

Lo miro como quien ve un camello volador, y entonces él pregunta:

—¿Sabes a lo que me refiero?

Lentamente, niego con la cabeza. No sé ni pronunciar lo que ha dicho, y él insiste con voz aterciopelada:

—El *dirty talk* es el arte de hablar sucio en la cama, y como me has dicho que te folle como...

Parpadeo...

«¡Ni de coña!

»Como éste se pase un pelo como el bombero se pasó en su día, no lo bloqueo, ¡le arranco la cabeza directamente!»

Diego sonríe. ¿Me habrá leído los pensamientos? Y rápidamente indica:

—Hablar sucio en la cama es un juego sexual que enciende y potencia la imaginación durante el acto. Es una manera de expresar los deseos ante lo que quieres hacer o que te hagan, pero sin faltar al respeto. Y, dicho esto, y para ponerte un ejemplo de lo que es el *dirty talk*, yo en este instante te diría: deseo besarte, desnudarte, abrirte las piernas para mí y hacerte apasionadamente el amor.

«Uis, madre, lo que me ha dicho... Y, sí, definitivamente me ha leído el pensamiento.»

No sé qué contestar. No sé qué hacer, pero eso que me ha dicho, se llame como se llame, ¡me gusta y me pone!

Sin duda, en el tema sexo, y gracias a mi ex, siempre he sido muy básica y tengo muuucho que aprender.

«¡Quiero aprender!»

Alfonso no hablaba. Era más bien callado. Vamos..., que a excepción de resoplar como un elefante con carraspera y decir «Ahhh..., ahhh... ¡Vamos, reina, que llego!», no decía mucho más.

—En ocasiones —insiste Diego—, un lenguaje algo subido de tono... puede ser excitante, ¿no crees?

Asiento. No sé por qué lo hago, pero el caso es que asiento, y luego lo oigo decir mientras pasea lentamente las manos por...

—Estás húmeda..., muy húmeda.

«Ufff, lo que me entra por el cuerpo.

»¡Viva el *dirty talk* o como se llame!»

Húmeda no, ¡estoy que chorreo!

Su cercanía...

Su voz...

Cómo me toca...

Todo ello unido se convierte en este instante en el centro de mi universo. Él y yo. Yo y él. No existen niños, vecinos, ex, padres, prejuicios..., nada, no existe nada, excepto él y yo.

Diego posa las manos en mis caderas y me restriega con sensualidad contra él; de pronto me coge entre sus brazos, me lleva hasta la mesa del comedor y, una vez me deposita sobre ella, se mete entre mis piernas, guía su erecto pene hacia mi centro del deseo y murmura mientras me penetra mirándome a los ojos:

—Te voy a hacer disfrutar hasta volverte loca.

«Uf..., *mamacitalindaloquemegustaquemehableeeeeeeeeee...*

»Uf..., lo que me ha dicho.»

Diego se mueve y yo jadeo, lo que parece hacerle gracia, porque afirma con una sensual sonrisa:

—Ése es el primer jadeo de los muchos que te voy a hacer soltar.

«Woooooooooooooooooooooo, ¡que me daaaaaaaa!

»Pero que me da..., que me da..., que me daaaaaaaaaaaa...

»Me acaloro... ¡Dios, qué calor!

»A tomar viento fresco la reina del hielo.

»Éste tiene cantidad y calidad..., ¡viva..., viva..., viva el dueto!»

Estamos solos, desnudos, yo apoyada sobre una mesa, deseosa de recibir, y Diego hundiéndose con morbo y sensualidad entre mis piernas.

«*¡Madreeeeeeeeeeeeeedelamorhermosoooooo!*»

Me besa..., lo beso y noto que a ambos se nos eriza el vello del cuerpo mientras siento que la cantidad y la calidad en lo que a Diego se refiere ¡van cogidas de la mano! Y más cuando lo oigo preguntar:

—¿Te gusta?

Asiento...

¿Cómo no me va a gustar?

Jadeo...

Gritaría: «¡Que le den la oreja..., que le den la oreja!».

Pero mejor que siga haciendo lo que hace y se olvide de triunfos y de orejas.

A ver..., en temas de sexo, soy bastante novata y, por qué no decirlo, inexperta.

Siempre he creído en la fidelidad a tu pareja y sólo he tenido sexo con el jodido padre de mis hijos, que me engañó con Saneamientos López y a saber con cuántas más, y con algún otro tras el divorcio.

Un nuevo empellón por parte de Diego me hace regresar a la realidad. Al presente.

No sólo sus bonitos ojos azules están totalmente clavados en mí, y cuando, tras un nuevo movimiento que vuelve a erizarme la piel, veo que se muerde de nuevo el labio inferior..., Dios..., ¡se me antoja morbosoooooooooooooooo!

Diego es puro morbo y lujuria. Deseo y tentación. Locura y demencia. Me gusta, me pone y me encanta. Y, olvidándome de mis miedos e inseguridades, como puedo, llevo mi boca hasta la suya y lo beso. Lo devoro con ganas, gusto y deseo, y cuando finalmente paro porque o lo hago o nos asfixiaremos, pregunto:

—¿Te gusta?

Diego asiente mientras noto cómo le tiemblan las piernas.

«Woooooooooooo, ¿eso es obra mía?»

Y, sin poder aguantar un segundo más esta maravillosa y deseada tortura, miro al objeto de mi deseo y, sintiéndome una diosa del cine porno, exijo subiendo el tono de mi lenguaje:

—Entonces..., fóllame hasta que no puedas más.

«Joderrrrrrrrrrr, ¡lo que acabo de decirrrrrrrr!»

Y lo hace... Vaya si lo hace.

«Mmmm..., me gusta.

»Diosssssssss..., ¡que grito!

»Uf..., mi corazón.

»Ay, Diosssssssssssssssssssssssssss, ¡que estoy gritando!

»¡Qué ve-lo-ci-dad!

»¡Qué po-tennn-cia!

»¡Qué calidad y, sobre todo..., qué cantidaddddddddd!

»Ay, Dios..., ¡creo que voy a explotar!

»Ay, *Diositolindo*..., ¡qué lujuria!»

Y, cuando los dos soltamos un gritito conjunto al llegar al séptimo cielo del placer, yo quedo tendida sobre la mesa y él se deja caer sobre mí.

Ambos jadeamos...

Nos miramos...

Y, de pronto, sonreímos... Estamos como dos cabras.

Cuando recuperamos el fuelle y nuestras respiraciones se relajan, Diego me ayuda a bajar de la mesa y entonces veo que una de sus pulseras de cuero cae al suelo.

Enseguida me agacho, la cojo y declaro señalando las demás:

—Son muy bonitas.

—¿La quieres?

Oír eso llama mi atención. Me gusta, me encantaría quedármela, pero, consciente de que si Soraya o cualquiera que conozca a Diego viera esa pulsera en mi muñeca ataría rápidamente cabos, indico:

—No, mejor quédatela tú.

Él sonríe. A continuación, coge la pulsera y afirma:

—Las compré en Arizona tras mi divorcio. Concretamente, en una reserva del Gran Cañón.

—Tienen unos tonos curiosos —comento mirándolas.

Diego asiente y, terminando de colocarse la pulsera, señala:

—¿Puedes creer que, según mi estado de ánimo, los hilos verdes y azules cambian de color?

—¿En serio? —pregunto curiosa.

Él vuelve a asentir.

—Son mágicas... —cuchichea con gracia.

—Vaya..., ¡mágicas! —me mofo yo.

Ambos reímos y luego él añade:

—Se las compré a un indio de la tribu Havasupai, que me dijo que mi energía pasaba a través de las pulseras y eso hacía que los colores de los hilos cambiaran.

—Vaya...

—También me dijo más cosas...

—¿Qué cosas?

Ese pedazo de tío, que si es más guapo se rompe, sonríe y explica:

—Dijo que las pulseras buscarían su hogar y cambiarían mi destino.

Eso me hace reír. Nunca he creído en esas cosas.

Miro de nuevo las pulseras. Son de cuero y están recubiertas por unos hilillos verdes y azules. Unos colores intensos que llaman mucho la atención.

—También dijo que me darían suerte.

Saber eso me hace sonreír, y pregunto:

—¿Y te han dado suerte?

Diego sonríe. No sé qué piensa, y finalmente responde:

—Eso está aún por ver.

Asiento. No dudo lo que me dice. Y, consciente de que estoy desnuda y me niego a enseñarle mi trasero otra vez, digo:

—¿Puedo usar tu baño?

—¡Por supuesto! —afirma él.

Y, sin preguntar dónde está, pues la casa de mis padres es igual, sin volverme, camino hacia atrás con disimulo y, cuando desaparezco de su vista, lo oigo preguntar:

—¿Quieres beber algo?

Desde el pasillo, contesto sin levantar mucho la voz:

—¡Una cerveza!

Una vez llego al baño y cierro la puerta, me miro en el espejo.

«Madre míaaaaaaaaaa..., madre míaaaaaaaaaaaaa... Capitana Marvel, no cabe duda de que ¡has salido de caza y te has desatado!»

Mis pelos de loca son descomunales. Mis coloretes en las mejillas gritan lo que acaba de pasar, y me río. No lo puedo remediar, aunque sé que la estoy cagando pero bien.

Aquí estoy. En casa del vecino, desnuda en su baño tras una estupenda sesión de sexo y sonriendo como una idiota, mientras mi tonto corazón desbocado está feliz..., muy feliz.

«Dios, ¡estoy como un cencerro!»

Rápidamente hago lo que he venido a hacer, y, cuando me estoy mirando en el espejo de nuevo, la puerta se abre y aparece Diego con dos cervezas en la mano.

Sonríe...

Sonrío...

«Madre míaa, ¡qué intimidad! Los dos en el baño y en bolas.»

Él me pasa una de las cervezas, brindamos, y le estoy dando un trago cuando me suelta:

—Tienes un trasero precioso. No tienes por qué ocultarlo.

«¡Mierda! ¡Ya lo ha visto!»

No sé qué decir a eso, y Diego, sin dejar de sonreír, me quita la botella de cerveza de la mano, la coloca sobre el lavabo junto a la suya y un preservativo y, acercando su cuerpo al mío, musita:

—Me encantas.

Ese «Me encantas»... ¡me encanta! Y, sonriendo como una tonta, pregunto:

—¿Por qué no me dijiste que eras tú?

Él sonríe. «¡Qué bribón!»

—Cuando vi tu número, te entré y pensaba decírtelo —indica—. Pero cuando te pregunté de dónde eras y me dijiste que de Sevilla, soltera y sin hijos, simplemente quise jugar como tú.

—Pero tú llevabas ventaja —insisto.

Diego asiente, lo sabe. Sonríe de nuevo.

—No siempre la ventaja la vas a llevar tú.

Y, antes de que pueda siquiera responder, me besa con tal delicadeza, con tal mimo, con tal devoción que siento cómo mi cuerpo vuelve a arder en llamas.

Un beso..., dos..., tres..., cuatro...

«¡Diossss, qué bien besaaaaaaaaaaaaaaaaa!

»¡Dios, que me pongo tontaaaaaaaaaa!

»¡Diosssss, que me estoy enamorando!»

Y, antes de lo que me espero, Diego se coloca un preservativo y yo lo empujo dentro de la ducha.

¡Lo deseo con urgencia!

Veinte besos..., treinta..., y al treinta y uno, me coge entre sus brazos, me apoya contra la pared y, mirándome a los ojos con sensualidad, afirma:

—Ahora lo digo yo: te voy a follar.

«¡Síiiiiiiiiiiiiiiiiiiiii!

»¡Síiiiiiii!

»¡Síiiiiiiiiiiiiiiii!

»¡Viva el hablar sucio!»

Y, con rapidez, ambos nos entregamos al placer del sexo y disfrutamos como locos en esa ducha, sin importarnos nada más.

Minutos después, en cuanto el morboso, caliente y abrasador momento acaba, Diego me deja en el suelo, abre el agua de la ducha y, cuando lo miro sorprendida, él afirma:

—Lo necesitamos..., no digas que no.

«¡Qué va!

»¡Si yo no digo *náaaaaaaaaa*!»

Y, divertida, me ducho con él mientras nos reímos con total complicidad y me siento segura y protegida entre sus brazos.

Cinco minutos después, con el pelo empapado y envuelta en su albornoz, que, todo sea dicho, huele muy bien, él se pone una toalla alrededor de la cintura y regresamos al salón. Rápidamente coge el mando de la televisión y la apaga. Yo me siento en el sofá a observarlo.

El tío es pura tentación, y me juro a mí misma que de aquí no me marcho sin arrancarle de nuevo la toalla de las caderas.

¡Anda que no!

Una vez él se sienta frente a mí, nos miramos y nos vuelve a entrar la risa floja.

¡Seremos gilipollas!

Y, cuando consigo controlar mi risa tonta y nerviosa, comento:

—¿Y si ponemos música?

—¿Qué te apetece escuchar? —pregunta Diego.

De pronto, me quedo en blanco..., no sé qué decir y, sonriendo, propongo:

—Elige tú.

Sonríe.

«Por favorrrrrrr..., pero qué sonrisa tan linda tiene.»

—¿No hay ningún cantante que te guste? —pregunta entonces.

Asiento, claro que sí, y, recordando a quién escuchaba cuando decidí venir a por él, suelto:

—Hay muchos, pero, por decirte uno, te diré Mónica Naranjo. Por cierto, me he enterado hace unos días de que habrá un concierto íntimo y exclusivo este año, ¡y espero poder ir!

Diego asiente. Creo que esperaba cualquier otro nombre.

—Una mujer cañera —comenta.

—Lo es —afirmo.

—No pensé que tú fueras tan cañera.

Ahora la que se parte y se monda soy yo. Intento ser cañera. Y mi Mónica, además de ser un cañón de tía y tener música maravillosamente cañera, tiene unas baladas románticas preciosas que me vuelven loca; pero, dejando de lado lo romántico, respondo:

—Pues sí, soy cañera como ella. ¿Tú no lo eres?

Diego sonríe. Uf..., me mata esa sonrisa, y, tras tocarse el pelo, indica:

—Digamos que yo siempre he sido un tonto romanticón.

«Uisss, románticoooooooooooooooooo.

»Este guaperas con cuerpo de escándalo, divorciado, ¡¿romántico?!»

Ahora la que se ríe soy yo.

No lo creo. Imposible.

Y no dejándome caer en la marmita de la tontería y el romanticismo, ¡que me conozcoooooooooo!, porque si hay alguien romántica y tontorrona en el mundo, a pesar de que quiero ir de Capitana Marvel, soy yo, suelto:

—Después de haber vivido determinadas cosas, digamos que paso de romanticismos.

Él no responde. No sé qué pensará. Y, dispuesta a hacerle ver que lo que afirmo es cierto, digo cogiendo mi móvil:

—Voy a poner *Pantera en libertad* de Mónica Naranjo.

Según comienza a sonar la canción, Diego sonríe.

—Sin duda, cañera.

Asiento.

—En libertad..., así me siento yo —declaro.

Lo beso..., lo devoro. No quiero pensar más.

La música me envuelve. Me enloquece. Escuchar a mi Mónica me hace sentir libre, me hace sentir mujer, me hace sentir guerrera y, como tal, me como a Diego, al que noto que la respiración se le acelera ante mi rotunda invasión.

«Madreeeeeeeee..., no sabía yo que podía ser tan lagarteranaaaaaaaaaaaaaaaa.»

Disfruto... Disfruta...

Hacemos lo que deseamos. Nos tocamos. Nos besamos. Nos tentamos... y cuando, minutos después, la canción acaba, de pronto coge su móvil. Empieza a trastearlo y veo que también tiene Spotify. Lo deja de nuevo sobre la mesa y murmura mirándome a los ojos:

—¿Qué tal *Algo contigo* de Rosario Flores? —murmura mirándome a los ojos.

La canción comienza. Qué bonita.

Diego sonríe..., y otra vez me entra la risa. Por Dios, ¡pero qué pava estoy!

—Eso quiero yo..., algo contigo —dice de pronto.

«¡*Ayvirgencitadelperpetuosocorroloquemeacabadedecirelromántico!*»

Según lo oigo..., la piel se me eriza, pero, sin querer responder, lo beso y trato de que no lo vuelva a decir, porque me conozco..., me conozcoooo.

No debemos entrar en romanticismos absurdos ni en dejar que las mariposítas revoloteen en nuestro interior, pero, joder..., joder, que me conozcooooo y ya comienzo a sentir que voy en picado y en barrena.

La temperatura entre nosotros sube tan rápido como a Juan Luis Guerra le subía la bilirrubina y, como me prometí, le arranco la toalla de las caderas mientras él me abre el albornoz.

«¡Síiiiiiiiiii!»

Le toco el trasero. «Mmmmmm, qué culito tan prieto y apetitoso tiene Ironman.»

La música se acaba y, antes de que él vuelva a pedir algo romántico, cojo mi móvil, me voy a Spotify e indico:

— Escuchemos *Shake It Off* de Taylor Swift.

«¡Adiós, romanticismo!»

Según lo digo, me sorprendo a mí misma. He oído tantas veces esa canción con mi hija que hasta parece que sé de lo que hablo y todo.

Diego me mira. He vuelto a sorprenderlo, e, intentando convencerme de lo que digo, afirmo:

—Paso de romanticismos. Prefiero ser la reina del hielo.

El pobre asiente. No sé si entiende por qué he precisado eso, porque dice:

—Vaya..., no dejas de sorprenderme.

Sonrío y guardo silencio. ¡Me sorprendo hasta yo!

Besos...

Toqueteos...

Preliminares...

Y yo, cada vez que termina una canción, sin darle tiempo a reaccionar, pongo más música, a cuál más cañera.

¡Quiero caña! ¡No quiero amor!

Como era de esperar, el albornoz se va a hacer puñetas, junto con la toalla de él, y cuando creo que vamos a incendiar la casa del calentón que llevamos, exijo con la garganta seca:

—O te pones el preservativo o...

No puedo continuar. Diego me tapa la boca y cogiendo su móvil, veo que con una mano lo maneja y de pronto comienza a sonar *Solamente tú*, del maravilloso y guapísimo Pablo Alborán.

«Woooooooo, lo que me entra por *my body serraneisonnnnnn.*»

Sin embargo, me niego a seguirle el juego y no digo nada, pero él vuelve a canturrear el estribillo mirándome a los ojos.

¿Por qué juega con eso?

Lo beso. La bestia que hay en mí intenta no escuchar la canción y, cuando él toma las riendas del momento y yo, cerrando los ojos, me dejo hacer, no me doy cuenta de que la música ha acabado y vuelvo a oír:

—Y ahora vamos a oír *No existen límites* de Luis Miguel —y, con picardía, me mira el muy *jodío* y dice—: De nuevo, me he adelantado.

«Ay, madre... Ay, madre..., ¿ha dicho Luis Miguel?

»Aissss..., lo que me gusta a mí el Luismiiiiiiiiiiiiiiiiii.

»Nooooooooooooo..., que no quiero romanticismooooooooooooooo.»

La canción comienza.

«Noooooooooooooo. Bueno, síiiiii... Bueno, nooooooo...

»Aisss, esos violinesssssssssssssssss que suenan. Naniano, naniano... Nanianooo...»

Y la piel se me eriza.

Creo que en nuestras conversaciones nocturnas por la aplicación le he contado mucho sobre mí, sobre lo que me gusta, y sin duda ¡lo está utilizando!

Adoro a Luis Miguel desde pequeña. Su música. Su manera de cantar, hasta el huequecito que hay entre sus dientes.

Entonces Diego acerca su boca a la mía, desliza sus labios por los míos con una sensualidad que ¡madre míaaaaaaaa! y, mirándome a los ojos, murmura:

—Disfrutemos tú y yo sin límites.

Y... y... ¡lo hacemos!

¡Vaya si lo hacemos!

Los miedos de segundos antes desaparecen y dejan paso a la pasión, la calma, el contacto, el roce, las sensaciones, y yo me vuelvo loca, tremendamente loca, mientras Diego me hace el amor con una delicadeza increíble mirándome a los ojos y, como dice la canción, creo que voy a derretirme.

Por favor..., por favor...

Pero ¿de verdad esto me está ocurriendo a mí?

Pero ¿de verdad estoy haciendo el amor y no, por el contrario, follando por follar?

Por primera vez en mucho tiempo me siento total y completamente seducida.

Por primera vez en mucho tiempo me siento total y completamente deseada.

Por primera vez en mucho tiempo me doy cuenta de que, como no me controle..., la voy a cagar.

La música, la letra, el Luismi, nuestras respiraciones, nuestras miradas y nuestros roces nos hacen alcanzar un impresionante clímax lleno de burbujitas multicolores y algodones rosa antes de lo que ambos esperamos y, cuando la canción acaba, nos estamos mirando a los ojos y Diego murmura:

—Me gustas mucho..., muchísimo.

No hablo. No puedo.

«¿Por qué me dice eso?

»¿Por qué?»

En las noches en las que hemos hablado, reconozco que le he desnudado mi alma. Contarle mis problemas pasados, mis miedos y mis inseguridades a un desconocido que no me cuestionaba era como poco increíble. Pero, claro, no era un desconocido, ¡sino él!

«Ay, Dios..., que esta vez, además de la "r", creo que voy a perder todo mi vocabulario», pienso cuando él insiste:

—Mi intención no es enamorarme de ti, pero...

No lo dejo terminar.

No puedo..., no debo..., no quiero...

Y, con una fuerza descomunal, a lo Capitana Marvel, me lo quito de encima y me levanto del sofá, sin importarme que vea mi feo trasero o no.

¡A la mierda mi culo perdigoneado!

Diego me mira. No entiende nada. Yo tampoco.

Y, cogiendo mi móvil para elegir yo la canción, suelto:

—Ahora vamos a oír *El amor coloca* de mi Mónica.

Instantes después, comienza a sonar la canción mientras me visto.

Diego sigue callado. Estoy convencida de que cree que me falta más de un tornillo, y finalmente, sacando una chulería que ni yo sabía que habitaba dentro de mí, suelto mientras él se toca las pulseras:

—No quiero ni joderme la vida ni jodértela a ti.

—Pero ¿qué dices? —protesta.

—Digo lo que siento. Tú te has divorciado. Yo me he divorciado. Ambos hemos sufrido por amor; ¿crees que liarnos es buena idea?

—No busco un lío contigo, Estefanía. Yo...

—Tú, ¡nada! —lo corto como un sargento chusquero.

«Ay, madre... Ay, madre...

»Pero ¿qué está ocurriendo?

»¿Cómo hemos llegado a esto?»

Diego se toca la ceja desconcertado. Intuyo que sabe que ha pisado terreno peligroso y, mirándome, cuchichea:

—Escucha, Estefanía, yo...

—Como dice la canción —lo corto de nuevo sin contemplaciones mientras creo que mi jodido corazón se me va a salir del pecho—, soy un animal herido por amor que prefiere huir y volar.

«Uisssss, ¡qué dramática e intensa me estoy poniendo! Si es que, cuando me pongo..., es para darme como poco ¡un Goya!..., qué digo un Goya..., ¡un Oscar de Hollywood!»

Y, como me mira alucinado, como el que mira un pepino con orejas, prosigo sin querer escuchar a mi corazón:

—Por tanto..., me lo he pasado muy bien, Ironman, pero hasta aquí hemos llegado.

—Entendido..., *reina del hielo.*

Oír eso me hace ver lo inaccesible que me he puesto, pero paso de intentar rebatirle.

—Y, por favor —insisto en cambio—, cuando nos veamos en la urbanización de mis padres..., disimula. Porque esto ¡no ha ocurrido!

Diego no se mueve. Sigue desnudo sentado en su sofá. Creo que lo he descuadrado totalmente. He pasado de cero a cien en décimas de segundo y aún no se lo explica.

En cuanto termino de vestirme a toda prisa, histérica, miro mi reloj.

—Son las cuatro de la madrugada —digo—. ¡Me voy!

Diego se levanta. Va a hablar, pero, antes de que lo haga, yo insisto:

—Lo de esta noche ha sido divertido gracias a Kik. Quédate con eso, Ironman.

Y, dicho esto, compruebo que llevo mi móvil y mis llaves y, sin acercarme a él, me encamino hacia la puerta, la abro y huyoooo.

Una vez en la calle, siento que el corazón me va a mil. «Ay, Dios..., que... que... me estoy ¡enamorando!» Y, no dispuesta a ello, y menos aún a que nadie me vea salir de casa de Diego a estas horas, me oculto entre las sombras, y, cuando minutos después entro en la mía, miro a *Torrija,* que levanta la cabeza al verme, y le pido:

—No me dejes acercarme al vecino. Si lo hago, ¡muérdeme sin piedad!

Aisss..., madre

A la una de la tarde, cuando estoy preparando albóndigas tranquilamente en la cocina de mi casa, sumida en mis pensamientos, suena mi teléfono móvil.

«¡Mis niños!»

Me apresuro a cogerlo y sonrío al oír la voz de Aarón. Está contento. Lo veo feliz y eso me llena el corazón, y más cuando se despide de mí con su habitual «Te quiero, preciosa».

Luego se pone David, mi pequeñín. También está contento, y reconozco que el corazón se me acelera cuando me habla emocionado de la novia de su padre. Le gusta Vanesa. Ella es buena con él, y reconozco que me encelo un poquito. En fin...

Después hablo con Nerea. Noto que le pasa algo. Mi sexto sentido de madre me lo hace saber, y finalmente, tras tratar de indagar y que me resulte imposible sacarle nada a la *jodía* niña, presupongo que sigue enfadada porque no le dejé hacerse el *piercing*.

Tras charlar con ellos unos veinte minutos, y luego con el tonto de su padre, para decirme que los niños están bien y agradecerme la semana extra que les he dado para seguir en la playa y blablablá..., blablablá, dejo el teléfono sobre la encimera y murmuro:

—Serás capullo.

Nada de Alfonso me hace daño ya, y sonrío. Hablar con los tres motorcitos de mi vida, que son mis hijos, me recarga de energía, y estoy deseando que pasen los días que faltan para volver a tenerlos junto a mí.

¡Los necesito!

Sigo con las albóndigas mientras intento no pensar en Diego y sus románticas palabras. Es lo mejor que puedo hacer.

Hago albóndigas para un batallón. Cada vez me parezco más a mi madre. Pero no importa, las congelaré y tendré para el resto del año.

Suena el timbre de la puerta. *Torrija* ladra.

El corazón se me encoge.

«¿Quién será?

»¿Y si es Diego?»

Rápidamente echo un vistazo al videoportero y, al ver a Soraya, me tranquilizo y le doy al botón para que la puerta se abra.

—Por Dios, ¡que no me chupes más, *Torrija*! —oigo que se queja mi amiga, que va seguida por mi perra, mientras entra en la cocina.

»Pero ¿esta perra por qué chupetea tanto?

—Es su manera de decirte que está contenta de verte —respondo divertida.

Soraya suspira, asiente e, ignorando a *Torrija*, que sigue chupándole con verdadero amor la mano, pregunta:

—¿Es el día mundial de las albóndigas?

Sonrío.

—Hago muchas y luego las congelo. Así tengo para varios días.

Soraya sonríe y, señalándome con el dedo en plan un *gif* que vi por internet, suelta:

—La mitad me las llevaré yo, ¡y lo sabes!

Ambas reímos, y luego, tocándose el pelo, mi amiga dice:

—Venga. Deja eso. Ponte el biquini y vayamos a la piscina de mi *urba*.

—Quedémonos en la mía —propongo.

No quiero ver a Diego. Tras lo ocurrido, no sé si seré capaz de mirarlo a la cara. Pero Soraya niega con la cabeza.

—De eso nada. La tuya es un coñazo. Además, hoy tenemos barbacoíta.

—¿Otra vez?

Una vez termino de hacer la última albóndiga, me lavo las manos en el fregadero y, consciente de que es imposible que nos quedemos en la piscina de mi urbanización, y menos habiendo barbacoa, contesto:

—En dos segundos me pongo el biquini.

Y dicho y hecho. No tardo nada y, tras coger una pamela, las gafas de sol y una toalla, le pongo a *Torrija* la cadena y las tres nos dirigimos hacia su urbanización.

Antes de entrar, me siento nerviosa.

«¿Veré a Diego?

»¿Cómo me mirará o me tratará tras lo ocurrido entre nosotros?

»Aisss, Dios, nooooooo quiero pensarlo, ¿o sí?... Bueno, no sé.»

Recordar lo ocurrido la noche anterior es como poco excitante. Muuuy excitante. Pero al mismo tiempo es vergonzoso. Muuuuuy vergonzoso.

Él me habló de amor, de sentimientos, y yo..., yo reaccioné, como él dijo, como la reina del hielo. Lo dicho: vergonzoso.

Una vez llegamos a la piscina, veo a mis padres, hablando con el presidente y su mujer, la Clinton. Huele a barbacoa que da gusto. Lo que les gusta a mis padres organizar eventos. Mi madre, que en ese instante nos ve, grita:

—¡E!

Sonrío. «E» soy yo...

«Qué bonica es mi mamuchi»; y, tras acercarse a nosotras y darnos besos como alpargatazos, me dice:

—Hija de mi vida, cada día estás más delgada.

—Mamáaaaaaaa.

—Más escuchimizada —insiste.

Asiento, sonrío y no hago caso. Y, cuando voy a hablar, indica quitándome la correa de *Torrija* de las manos:

—Me la llevo a casa. Voy a por sal gorda, que se me ha olvidado traerla.

Y, tal como ha venido, se va, esta vez acompañada por mi perra.

—Lo que les gusta una barbacoa a tus padres —comenta Soraya.

—Ya te digo —afirmo convencida.

Aún recuerdo cuando mis hermanos y yo éramos pequeños. Todos los fines de semana, en veranito, mis padres nos montaban en el coche y, ea..., ¡al pantano de San Juan de barbacoa! Eso de comer al aire libre, con familia, amigos o desconocidos siempre les ha gustado mucho.

Soraya y yo dejamos las toallas en el suelo, junto a la piscina; estoy muerta de calor e, inevitablemente, miro a mi alrededor en busca del objeto de mi deseo.

—¿A quién buscas? —oigo que me pregunta entonces mi amiga.

«Aisss, Diosssss, ¡que me pillaaaaaaaaa!

»¿Tan transparente soy?

»Si es que no puede ser. Si es que yo no he nacido para espía ni nada de eso», y rápidamente respondo sin pensar:

—¿Te puedes creer que estaba buscando a mis hijos?

Ambas sonreímos.

Me entiende. Me cree. Y es que es madre como yo.

—Es increíble lo que se los añora cuando no están —comenta.

—Y tanto —afirmo con seguridad.

—Lo malo: su ausencia. Lo bueno: que podemos tumbarnos junto a la piscina sin que unos niños cabrones nos empapen de agua tirándose en bomba.

Ambas sonreímos por aquello y nos sentamos.

Como siempre, comenzamos a charlar, hasta que de pronto veo a Maya aparecer corriendo al fondo, con sus incombustibles gafitas amarillas y sus coletas desequilibradas.

Ver a la niña me inquieta. Eso significa que el padre no andará lejos y, ¡zas!, ahí está.

«Ay, madreeeeeeeeeeeeeeeeeeeeeeeeeeee.

»Ay, madreeeeeeeeeeeeeeeeeeeee.»

Diego aparece mirando su teléfono móvil, en bañador y camiseta, tan guapo como siempre.

Pero ¿es que este hombre nunca está normal o feo?

«¡Mamacitalinda!»

—Wooooooooooo, ya ha aparecido el bomboncito de la *urba* —se mofa Soraya.

Sonrío con disimulo, lo miro y veo que el «bomboncito» se

acerca a mi padre. Ambos parecen bromear, y veo que Diego le da una especie de táper azul. «¿Qué será?»

—Cuidado, que viene el monstruito —advierte Soraya.

Instantes después, Maya suelta los manguitos que lleva en las manos junto a mí y, dejándome sorprendida, me abraza.

«¡Vayaaaaaaaaaaa!»

Está claro que mi acción de quedarme con la pequeña el día que la trajo su puñetera madre, que pensaba dejarla sola frente a la puerta de su padre, y atiborrarla a helado para que se tranquilizara ha hecho que cambiara el concepto que tenía de mí.

¡Lo que no consiga un buen helado...!

Asombrada, Soraya me mira. No sé qué decir, y la niña me pregunta:

—¿Puedo ir luego a tu casa a jugar al *Mario Kart*? Y ¿puedo comer helado del que me diste el otro día?

«Aisss, madre...

»Aisss, madre, que no sé qué decir.»

Entonces Diego se acerca a nosotras.

—Chiquitina... —dice cogiendo a la niña del brazo—, no molestes.

Maya me mira y sonríe. No hace ni puñetero caso a su padre y añade:

—Tu helado es el más *riqusísimo* que he comido en mi vida.

«Aisss, qué graciosa.

»Cuando sonríe está tan bonita, la cabroncilla...»

—Chiquitina, ¡vamos! —insiste Diego—. No molestemos.

Soraya, que no entiende nada, replica mirándolo:

—Por Dios, Diego, que no molestáis...

«Lalala, lala, lala... Lolailo, lolailo, lolooooo... *¡Quecomomelamaravillaríayo!*», canturrea mi mente a lo Lola Flores.

«Sé por qué lo dice y no sé adónde mirarrrrrrrrrr, lalalalalala.»

Y entonces Soraya pregunta dirigiéndose a mí:

—¿A ti te molestan?

Rápidamente reacciono y, parpadeando cual actriz ganadora de un Oscar de Hollywood, digo con toda mi poca vergüenza:

—¿A qué viene esa tontería, Diego?

Él me mira, por fin me mira y, cuando va a hablar, Maya insiste:

—¿Puedo..., puedo ir luego a tu casa?

Miro a la pequeña y, al ver su carita de *destroyer* malhechora, finalmente respondo:

—Claro que sí, cielo. Claro que puedes venir.

—¿Y me darás helado?

—¡Chiquitina! —protesta el padre.

—Todo el que tú quieras —afirmo con dulzura.

—¡Chupiiiiiiiiiiii! —grita y, de la emoción, se tira a la piscina en bomba.

¡Ploffffffff!

Ni que decir tiene que nos pone de agua hasta las cejas.

«¡Joderrrrrrrrrr!»

Diego resopla, menea la cabeza y murmura al ver nuestros gestos:

—Lo siento.

Soraya se quita el agua del rostro. Yo también.

—Tranquilo, hombre... —suelto—, otro día serán mis hijos.

Diego extiende su toalla seca junto a las nuestras empapadas a causa de la gracieta de su hija, y yo, nerviosa, cojo la crema y me echo en el brazo. Mientras Diego y Soraya hablan, me la extiendo deprisa y, al rozar mi brazo con el suyo, wooooooooooo, ¡qué calor me entra! ¡Qué sensación!

Inevitablemente, los momentos pasados hace unas horas con él a solas en su casa, llenos de morbo y erotismo, inundan mi perversa mente y recorren mi cuerpo serrano; entonces oigo a Soraya preguntar:

—Uiss, chica..., se te ha puesto todo el vello del cuerpo de punta.

«¡Joderrrrrrrrrr!»

Asiento, disimulo y respondo ante la mirada de Diego:

—El calor y el agua... es lo que tienen.

Entonces se nos acerca mi madre con varios táperes.

—Diego, hijo, qué alegría que estés aquí —dice—. Mirad, morcillitas de Burgos. Se las encargué a Paco, el carnicero del pueblo; ¡ya veréis qué ricas en la barbacoa!

—¡Muero por comerlas! —afirma Soraya y, levantándose, dice—: Voy a por la panceta, que la tengo en el frigorífico de casa. Ahora vengo, chicos.

En silencio, observo cómo mi madre y mi amiga se alejan, dejándome a solas con Diego, y estoy por gritar: «Nooooooooooooo ooooooooooooooooooo».

«Uf..., qué silencio.

»Uf..., qué tensión.

»Uf..., ¡qué "uf"!»

Está visto que cuando dos personas comparten fluidos, roces y jadeos... ¡todo cambia!

«Mierda..., mierda..., mierdaaaaaaaaaaaaaaaaaaaaa...»

Por ello, intentando dar normalidad al momento, pregunto como si nada:

—¿Lo pasó bien Maya con su amiga?

—Eso parece —contesta Diego mientras observa a su hija en el agua.

Asiento. Espero que diga algo y, de nuevo, el jodido silencio se instala entre los dos, hasta que él pregunta:

—¿Y tú? ¿Lo pasaste bien anoche, reina del hielo?

«Uisss, madre, lo que me entra al oírlo.»

Me pongo roja, lo sé. Y, bajando la voz, mirando las pulseras de su muñeca.

—De eso no se habla aquí.

—¿De qué no se habla? —pregunta.

Miro a nuestro alrededor. Nadie nos escucha.

—Te dije que lo que fue... fue —respondo—. Nada más.

Diego, que no parece creerme, requeteinsiste:

—¿Nada más, Capitana Marvel?

—Eso es, Ironman.

Sonríe. «¿Por qué sonreirá?»

—Pues yo por mí... repetiría —suelta—. Creo que la Capitana Marvel y Ironman hacen buena pareja.

«Woooooooooooo, qué calorrrrrrrrrr..., qué calorrrrrrrrrr...

»Aiss, Dios, ¡me encanta lo que me propone! Me vuelve loca.»

Pero, consciente de que no, de que eso no puede ser, clavo los ojos en él y sentencio:

—Pues olvídalo, porque no volverá a suceder.

—¿Seguro?

Lo miro boquiabierta.

—¡Segurísimo! —afirmo a continuación.

Diego sonríe otra vez. «¿A que le parto la cara?»

Y rabiosa porque en el fondo deseo que se repita pero no me permito ni a mí misma admitirlo, insisto:

—Búscate otra superheroína ¡pero ya! El mundo está plagado de superhéroes para los dos.

Él asiente. Su rostro me hace ver que no le gusta ni un pelo lo que he dicho, pero cuando va a responder, Maya sale de la piscina.

—Papi..., papi..., ¡métete conmigo en el agua!

Sin dudarlo, Diego se levanta. Se quita la camiseta, la lanza sobre la toalla y, sin decirme nada, coge a su hija en brazos y se tira en bomba delante de mí.

¡Plofffffffffffffffffff!

«Seráaaaaaaaaaaaaaaaaa...

»Halaaaaaaaaaaaaa..., ¡otra vez empapada de agua!

»Me cago en su padre, en su madre, en su... ¡todo!»

Lo ha hecho aposta, el muy cabrito. Pero, sonriendo, le hago ver lo gracioso que ha sido.

«¡Gilipollas!»

Soraya regresa instantes después.

—¿Te has bañado? —pregunta mirándome.

Niego con la cabeza y, señalando al padre y a la hija, que siguen jugando en el agua, respondo:

—Ellos me han bañado.

Soraya suelta una carcajada. Le hace gracia, y yo, al verla, afirmo:

—Divertidísimo.

Veinte minutos después, cuando Diego y su hija salen del agua, corren hacia nosotras y, después de que él haya envuelto a su hija con una toalla, se sienta de nuevo a nuestro lado.

—¿No os bañáis? —pregunta.

Soraya niega con la cabeza, yo también, y entonces oímos a Maya gritar:

—¡Papi, me voy a jugar!

Vemos que la niña se sienta con la hija de otra vecina y luego los tres nos tumbamos a tomar el sol. En silencio, lo disfrutamos, mientras yo tengo el cuerpo con unos nervios que para qué.

—Diegooooooooooo —oigo de pronto exclamar a la Clinton—, mira quién ha venidoooooooo.

Sin poder evitarlo, los tres miramos en su dirección y... y... y... *¡mecagoentóloquesemeneayremenea!*

«¡Winnie! La osa Pooh.»

La sobrina de la Clinton está ahí, y, ante nuestras curiosas miradas, se quita un vaporoso vestidito y se queda con un plateadísimo triquini chulo... chulo que le hace un cuerpo despampanante.

«¡Qué ascooooooooooooooooo!

»¡Qué ascazoooooooooooooooooooooooo de tíaaaaaaaaaaaaa!»

Diego se incorpora.

Yo también, o el veneno que siento en mi interior me matará, y después lo hace Soraya.

Segundos más tarde, la Osezna, que si es más tonta no nace, sonríe y, moviendo la manita, grita como lo hacen las princesas desde el balcón mientras saludan.

—*¡Dieguiiiiiiiii!*

«*¡¿Diegui?! ¡¿Diegui?!*... Le daba yo *Diegui* a esa pava.

»Pero *stop*.

»¿Qué digo?

»¿Qué pienso?

»¿Qué me pasa?

»Madre mía..., madre mía..., ¡estoy celosaaaaaaaaaaaaaaaaaa!»

Soraya, que ni por asomo imagina lo que me ocurre, me mira con mofa. Yo la miro a ella totalmente descolocada y, sin darse cuenta de nada, mi amiga suelta con sorna:

—*Diegui*..., sin duda has ligado con Superwoman.

«Un momentoooooooo...

»¿Soraya ha dicho Superwoman? ¿En serio?

»Joderrrrrrrrrrrrrrrr...»

Me acaloro.

«Uf..., qué calorazo que tengo de nuevo.»

Diego sonríe.

«¡A que le doy un guantazo!»

Siento cómo sus bonitos ojos azules recorren aquel cuerpo tannnnnnnnnn asquerosamente perfecto, y finalmente suelta saludándola con la mano:

—Con lo que me gustan a mí las superheroínas.

«Uis, lo que ha dicho.

»¿A que le parto la cara?»

Pero no. No me muevo. Y, en silencio, los tres seguimos mirando a la muchacha.

Vale, es tonta, tonta de manual, pero he de reconocer que es una monada. Tan fina. Tan guapa. Tan elegante. Tan asquerosamente perfecta. Sin duda sólo le faltan unas alas púrpuras de ángel para formar parte de la pasarela de Victoria's Secret.

«¡Me envenenan los celosssssssssssss!

»Madre mía..., madre mía..., si yo creía que ya no gastaba de eso.»

Mi mirada y la de Diego se encuentran un instante. Nos entendemos. Nos retamos. Entonces él me pregunta sin percatarse de que está poniendo en riesgo su vida:

—¿Crees que Winnie podría ser la superheroína apropiada para mí?

«Uis..., uis...

»Uisss, que me conozcooooooo.

»Uiss..., que le digo de todo menos bonitooooooooo...

»Uissss..., que me convierto en la reina del hielo.

»Pero no... no... no...

»No me voy a dejar llevar por lo que pienso.

»Este tío, *Diegui*, alias *Ironman*, además del vecino buenorro de mis padres, el tío con el que me he sincerado a través de Kik y el polvo de una noche, no es ¡nada más para mí! Así pues, Estefanía..., contente y disimula.»

Por tanto, cambiando mi oscuro semblante de Maléfica, lo suavizo cual florecilla del campo silvestre y afirmo con la mejor de mis sonrisas:

—La verdad es que sí..., esa chica es una preciosidad. No seas tonto y no desperdicies esta oportunidad. Superheroínas como ella no se encuentran todos los días.

Veo que mi respuesta lo descuadra.

«¡Olé por mí!»

Nuestras conversaciones nocturnas desde el anonimato nos han hecho aprender mucho el uno del otro, y como en persona ya también entiendo el lenguaje de su mirada, me río sin demostrarlo cuando aquella petarda grita mientras se acerca:

—*Dieguiiiii, ¡yujurrrrr!*

Soraya sonríe, yo también, y mi amiga lo anima:

—Vamos, chico..., ¡a por ella! La tienes en el bote.

Diego se levanta.

«¿Adónde narices va?»

Y, antes de que dé un pasito, aquella muchachita con cara angelical y cuerpo de escándalo saluda:

—*Holi..., holiiiiii...*

—*Holiiiii* —respondo yo moviendo mi manita, mientras la bilis de mi estómago me requema por dentro.

—*Holiiii* —dice a su vez Soraya.

Diego nos mira. Sabe que nos estamos cachondeando e, ignorándonos, la saluda. Se besan en las mejillas y comienzan a hablar, mientras mi amiga y yo ponemos la oreja.

«¡Joder, qué cotillas somos!»

Hablan entre ellos. Se ríen. Se cuentan confidencias, hasta que de pronto oigo a Winnie decir:

—La tita me dijo que habría *barbecue*, que tú estabas apuntado, y no me lo quería perder. Así que... me he puesto lo primero que he pillado ¡y aquí estoy!

Soraya me mira y leo en sus ojos eso de «lo primero que he pillado».

Por Diossss, qué mentira tan descarada acaba de soltar. Pero si más conjuntada y perfecta no puede ir la pava, y se me escapa una risita.

«Uis..., tengo que disimular.»

Diego asiente sin mirarnos. Por la rigidez de sus manos, lo noto incómodo cuando aquélla pregunta:

—¿Y tu ricura de niña dónde está?

«¿"Ricura de niña"?

»Vaya... tela... Pero tela... tela...

»Lo que es capaz de decir alguien por caerle en gracia a otro. ¿"Ricura de niña" el jodido Abejorro?»

Soraya se descojona y yo, ni te cuento.

—La Chiquitina está jugando con una amiguita —dice entonces Diego.

Todos miramos a Maya, que en ese momento se está rascando el trasero con total normalidad, y Winnie musita:

—Oh, qué monaaaaaaaaa. ¿Cómo se llamaba?

—Maya.

Según dice eso, la osa Pooh lo mira y, con picardía, dice bajando la voz:

—Ironman... me gusta más.

«¡¿Cómooooooooooo?!

»¿En serio *sabrosean* por Kik?

»Oy..., oy..., oy..., que me va a salir humo por las orejas.

»Bueno..., bueno...»

Comienzo a oír los latidos de mi propio corazón, que no late precisamente de amor, y eso ¡no es bueno! Nada bueno.

—*Diegui*..., estoy *in love* con esas pulseras. ¿Cuándo me regalarás una?

Los miro de nuevo y veo cómo la jodida Osezna toca las pulseras de cuero que él lleva en la muñeca. La frustración me consume. Pero entonces, recordando que a mí quiso regalarme una y yo no la acepté, no sé por qué, eso me hace feliz. Muy feliz.

Soraya me mira divertida. Yo sonrío para que no note mi desconcierto, y en ese momento oímos a Pooh canturrear:

—¡Mayaaaaaaaa!

—Mejor déjala cuando está jugando —interviene Diego.

Pero aquélla insiste agarrándose a su cintura.

—*Mayaaaaaa..., Mayitaaaaaaaau. ¡Yujurrrrr!*

—Uis, madre —murmura Soraya conteniendo la risa.

La niña la mira. La observa. Veo que achina un ojo y de pronto siento cómo su pequeño cuerpecito se tensa y se levanta del suelo lenta y pausadamente.

«Uiss... Uissss...»

Su expresión ya no es tan relajada como minutos antes, y Diego, que la conoce mejor que nadie, decide intervenir.

—Chiquitina..., sigue jugando —le dice.

Pero Maya... es Maya y, con la mirada clavada en aquélla, se acerca lenta y pausadamente cual gueparda en celo, dispuesta a saltarle al cuello a su posible víctima, calibrando la situación.

La osa sonríe. Está emocionada por el gesto de la niña, y saluda.

—*Holi, holi, Mayita...* ¿Qué tal? Soy Winnie, una amiguita de tu papito. ¡Hola, Chiquitina!

La cría la mira. Luego mira a su padre. Después me mira a mí y finalmente responde con voz de monstruo de las galletas:

—Me llamo Maya..., no *Mayita...*, y sólo mi papi me llama «Chiquitina», pedazo de hortera.

«¡Toma yaaaaaaaaa!

»Desde hoy me declaro fan... fan de esta *minidestroyer.*»

—Chiquitina... —la regaña Diego.

Acto seguido, la pequeña mira la mano de aquélla, que sigue en la cintura de su padre. Está claro que eso no le está gustando nada de nada y, metiéndose entremedias para que lo suelte, indica:

—No toques a mi papi.

—Maya... —susurra Diego.

Pero Winnie, que no sabe con quién se está metiendo, insiste y, poniendo ahora la mano sobre la espalda de él, pregunta:

—¿Por qué no quieres que lo toque, si somos *amiguis*?

Maya chirría los dientes. «Malo..., malo...»

Aprieta la mandíbula. «Remalo..., remalo...»

Y cuando va a soltar una de las suyas, Diego, para cortar aquello, dice con voz autoritaria:

—Chiquitina, vete a jugar con tu amiga.

—No...

—Maya...

—No quiero que esa tonta del culo te toque.

«Ualaaaaaaaaa...»

El gesto de Diego cambia, se ensombrece y, agachándose frente a su hija, dice:

—Pídele ahora mismo disculpas a Winnie por lo que has dicho.

Asiento. Soraya y yo nos miramos y sabemos que eso es lo que hay que hacer.

Entonces la niña cruza las manos delante de ella y levanta el mentón.

—Papi, es tonta —replica—, ¿no ves cómo habla?

—Maya..., pide disculpas —insiste Diego.

Pero la niña, que es..., la niña, niega con la cabeza, y entonces la osa, a la que le falta un hervor tras otro, suelta a Diego y, sin tener ni puñetera idea de lo que se está jugando, toca una de las coletas de Maya y la cría le suelta un manotazo.

—Ay..., *jopeloides*, que me rompes una uña —protesta.

«¿Ha dicho "jopeloides"?»

Soraya y yo nos miramos e intentamos no reírnos mientras vemos el mal rollito.

No sabemos qué hacer ni qué decir para capear el temporal, y Diego, asiendo a su hija de la mano, la acerca a él con contundencia y, enfadado, sisea:

—Maya..., eso no se hace. Winnie está intentando ser amable contigo. Te he dicho mil veces que conmigo y con mis amigos no tienes que comportarte como te permite tu madre cuando estás con ella. Pide disculpas ahora mismo.

A la niña se le llenan los ojos de lágrimas y comienza a temblarle la barbilla.

«Menuda actriz es la *jodía*. Ésta me quita el Oscar.»

Una lágrima resbala por su mejilla.

«Ay, pobre..., ¡que está llorando!»

Creo que pocas veces ha visto así de enfadado a su papi. Está claro que no quiere que nadie se interponga entre ellos y esa agresividad es su manera de defenderse.

Sus lágrimas silenciosas pueden conmigo. Esa manera de llorar es la de Aarón, y sé que cuando lo hace es porque está tan bloqueado que sólo lagrimea. E, incapaz de permanecer impasible un segundo más, tras todo lo que he leído sobre cómo sufren los niños cuando los padres se separan o conocen a una tercera persona, me acerco y, mirando al padre, pregunto:

—¿Puedo decirle algo a Maya?

Diego, al que le sale humo por las orejas, asiente y entonces, dirigiéndome a Maya, que me mira, vuelvo a preguntar:

—¿Te importa si te digo una cosa?

La niña niega con la cabeza.

He leído que es bueno pedir permiso a los niños en ciertos momentos antes de hablar, para atraer totalmente su atención, y entonces indico:

—Escucha, cariño, te voy a decir algo que les digo a mis niños y es: no te comportes con los demás como no quieras que se comporten contigo.

Maya me mira e, hipando, musita:

—Pero ella...

—Ella —la corto en un tono de voz calmado— sólo ha intentado ser amable contigo y con tu papá. Por tanto, hazle caso a tu papi, demuéstrale que lo quieres como él te quiere a ti por encima de todo en este mundo y pide disculpas a Winnie.

Diego me mira. Su rostro está a escasos centímetros del mío. «Mmm..., qué bien huele.» Y me da las gracias con la mirada cuando oímos decir a Maya, que deja de lagrimear:

—Vale..., lo siento.

Oír eso me hace sonreír a mí y también a Diego. Sin duda es un triunfo personal de los dos, pero cuando él la va a tocar, la niña se echa hacia atrás.

«¡Mierda!»

A Diego le duele el rechazo, se lo veo en la mirada, e, intentando ayudar de nuevo, digo para darles tiempo:

—Maya, ¿quieres que vayamos a por un helado a mi casa?

La cría me mira, desconcertada por lo que inconscientemente acaba de hacer.

—Sé que los que tengo te gustan mucho —insisto.

Ella asiente, y yo, dispuesta a quitarla de en medio para que se tranquilicen los ánimos, me incorporo, miro a su padre y susurro:

—¿Te importa? —Diego niega con la cabeza, y añado—: Confía en mí, ¿vale?

—Vale —afirma él.

Dicho esto, le tiendo la mano a la niña, que me la coge con seguridad, y, mirando a Soraya, a Diego y a Winnie, indico:

—Ahora volvemos. Vamos a por un riquísimo helado.

Según me doy la vuelta, recuerdo que voy en biquini y seguramente Diego me estará mirando el trasero, que..., oye, no es como el de la osa.

¡Mierda..., mierda!

Así pues, cojo el vestidito corto y me lo pongo a toda leche mientras veo que Diego sonríe.

* * *

Por suerte, con mi marcha capeo el temporal padre, hija y Espíritu Santo, *uséase*..., Winnie the Pooh.

Hablo con Maya una vez estamos a solas y, sorprendentemente, me escucha y a su manera me confiesa que no le gusta ver a ninguna mujer cerca de su papá. No quiere que tenga novia porque su novia sólo es ella. Y su papá es sólo y exclusivamente de ella.

Asiento y sonrío.

Los niños, y más cuando son pequeños, son así de egoístas. Es lo que hay.

Recuerdo que Nerea también le decía a su padre cuando era pequeña que ella era su novia. Qué bonitos recuerdos.

Aun así, le hago saber a Maya que no ha de portarse de ese modo con las amigas de su papá, porque ella, aunque su papi se eche una novia, siempre... siempre... siempre... siempre será la mujercita más importante de su vida.

Noto que a ella le gusta oír eso, y a continuación me pregunta:

—¿Y tú tienes novio?

La miro divertida. Mi vida sentimental es un puro desastre.

—No.

—Mi mamá sí.

—Eso está bien —respondo yo.

—¿Y por qué no tienes novio?

—Pues porque no ha llegado la persona que pueda serlo.

—¿Y lo quieres?

—No.

—¿Y por qué no?

Mirándola, me encojo de hombros.

—Porque no lo necesito.

—¿Y por qué no lo necesitas?

—Porque vivo muy bien sin novio.

Por fin, Maya asiente y guarda silencio. Creo que deja sus porqués a un lado, y luego insiste:

—¿Nerea, Aarón y David se enfadarían si lo tuvieras?

Oír eso me hace sonreír. Y, viendo lo fácil que han aceptado mis hijos a la novia de su padre, respondo:

—Creo que no.

—¿Y por qué crees que no?

«Joderrrrrrrrrrrrrr, con la niñaaaaaaaaaaaaaa.»

Y con paciencia respondo:

—Porque su papi ya tiene novia y no les importa. Y porque creo que ellos quieren que su papi y yo seamos felices. —Entonces, recordando algo que me dijo Aarón, añado—: Lo único que creo que exigirían es que mi novio fuera del Atlético de Madrid.

Maya sonríe, yo también, y suelta:

—Mi papi y yo somos del Atlético de Madrid. ¿A que mola?

Suelto una carcajada.

Ya sabía yo ese dato.

¡Qué mona, la niñaaaaa!

Y, con cierto retintín, musito:

—¡Qué biennnn!

Estamos unos segundos en silencio hasta que el Abejorro vuelve a la carga.

—¿Mi papi te parece guapo?

«Buenooooooooooo...

»Buenooooooooooo...»

Si la niña supiera lo que hay entre su papá y yo, creo que no estaría tan tranquila, y, sin darle mayor importancia a la pregunta, respondo:

—Tu papá me parece normal. Ni guapo ni feo. Normal.

Maya asiente. Da otro lametazo a su helado e insiste clavando la mirada en mí:

—Pero ¿más guapo o más feo?

«¡Joder con el Abejorro!

»¿Va a dejar de preguntar de una vez?»

Y, consciente de que he de tener cuidado con lo que digo para que no se malinterprete a oídos de un niño, abro mi teléfono móvil y, buceando en Google, digo:

—A ver, si lo comparo con el de *Gru, mi villano favorito*, ¡es guapo! —Maya se ríe al ver la foto que le enseño del personaje—. Pero si lo comparo con Thor, mi guerrero preferido, ¡es feo!

Maya se ríe a carcajadas al ver la foto de Chris Hemsworth en su papel de Thor.

«¡Dios..., qué bueno está!

»¿En serio este hombre tan alto, rubio y guapo es real?»

Creo que con los ejemplos que he buscado, la niña me ha entendido perfectamente.

—Sí... —afirma—, Thor es más guapo que mi papi.

—Thor es un dios, y a mí me gustan los dioses —declaro con un suspiro.

Ambas reímos y entonces ella me abraza y dice:

—Nerea, Aarón y David tienen suerte de que tú seas su mamá.

Aiss..., oír eso me llega al corazón.

Que una niña diga eso teniendo una madre, es como poco inquietante, y, colocándole bien las gafitas amarillas con mimo, pregunto:

—¿Por qué dices eso, cariño?

Maya se encoge de hombros y me mira.

—Porque hablas conmigo, no chillas —suelta—, vas a la piscina, compras helados ricos y te gusta sonreír. Mi mamá siempre está enfadada, chilla mucho y, cuando estoy con ella y su novio, no quiere que la moleste ni que me acerque a ella. Por eso me gusta estar con papi. Él sí quiere estar conmigo. Me cuenta cuentos. Jugamos con la Wii. Comemos pizza y, aunque las coletas me las hace muy mal, me gusta mucho estar con él.

Asiento. No puedo hablar. Sólo conozco a su madre de aquel día y, la verdad, no me gustó cómo la trataba. No obstante, sin querer meter el dedito en la llaga, porque los temas familiares son muy complicados, le doy un beso en la mejilla y afirmo:

—Tu mamá te quiere mucho, claro que sí, cariño. Y tu papi ¡es genial!

La niña me mira, da una chupada al helado y, aunque ignoro lo que pasa por su cabecita, finalmente dice:

—Tus helados son los mejores del mundo mundial.

Emocionada, asiento.

Los compro en un sitio especial porque sé que a mis hijos les gustan mucho.

—Pues siempre que lo desees —indico—, aquí tendrás todos los helados que quieras, como también me tendrás a mí, ¿vale?

—¡Vale! —afirma ella llegándome al corazón.

E, intentando salir del bucle sentimental en el que nos hemos metido, digo para volver al presente:

—Y, recuerda, sé buena con papi y mímalo mucho, porque papi te quiere como nunca querrá a nadie en el mundo, ¿vale?

Maya asiente satisfecha y, al verla sonreír, decido regresar con los demás antes de que se le ocurra hacerme más preguntitas de su padre.

Una vez llegamos de nuevo a la urbanización, Maya, al ver a su padre con Winnie y sus tíos, me mira y yo, sonriendo, musito:

—Venga, ve a darle un abracito.

Sin dudarlo, la pequeña corre hasta él, lo abraza y Diego sonríe.

«¡Qué monosssssssssss!»

¿Esto es una cámara oculta?

A mediodía, los vecinos que hemos participado en aprovisionar la barbacoa nos congregamos alrededor de ella para comer y, cómo no, ¡todo estaba buenísimo!

¡Mi padre es un crack!

Con el rabillo del ojo observo a Diego hablar con Winnie y una extraña intranquilidad se apodera de mí, aunque la contengo.

¿Por qué tengo la sensación de que me están robando algo?

En ocasiones siento la mirada perturbadora y caliente de Diego sobre mí, pero cuando levanto la cabeza, nunca lo cazo.

¿Serán suposiciones mías o me estaré volviendo majareta?

Él no vuelve a acercarse a mí. Nadie podría sospechar lo que ocurrió la noche anterior entre nosotros y, aunque le agradezco su discreción, algo dentro de mí se rebela.

«Dios, pero ¿qué me está pasando?

»Llevo sin sentirme así desde hace muchos... muchísimos años.

»¿En serio me estoy enamorando?»

Doy un mordisco a la panceta mientras hablo conmigo misma y no entiendo cómo puedo estar tan colgada de alguien con quien sólo he tenido una noche de sexo. Vale, he compartido charlas y confidencias muy interesantes con Diego como Ironman. Charlas que, ahora que las recuerdo, me hacen ver lo mucho que nos contamos y lo especiales que fueron. Vamos, que creo que con él me he sincerado más que con mi amiga Soraya, y eso que a ella la veo en vivo y en directo todos los días.

Pero, vamos a ver, que alguien me explique cómo he podido enamorarme sin darme cuenta.

De pronto, ha pasado de ser el vecino de mis padres que me tenía en llamas a ser «*mi* Diego».

«Joder..., joder..., que el sentimiento de propiedad ¡no es bueno!, ¡no es bueno!»

Los vecinos disfrutan de ese ratito de barbacoa mientras la Clinton sonríe satisfecha.

Ver a su sobrina con *mi* Diego le gusta, y yo disimulo las inexplicables ganas que siento de arrancarles la cabeza a ambos y meterlas en la barbacoa.

En varias ocasiones, Maya viene hasta mí para preguntarme cualquier tontería o sentarse a mi lado. Está claro que ha cambiado su actitud para conmigo, y río al verla sonreír.

—¿Y estos amores por ti que tiene el Abejorro a qué se deben? —pregunta Soraya cuando la pequeña se aleja.

Al oírla, me encojo de hombros.

—Imagino que es por los helados que le doy y por lo del otro día —respondo con sinceridad. Soraya, que en ocasiones es lenta, no entiende, y le aclaro—: Sí, mujer, el día que su madre la trajo y me quedé yo con ella hasta que llegó su padre.

—Ah..., vale —afirma cogiendo otra morcilla de Burgos.

A continuación, le doy un nuevo mordisco a la pancetita refrita que tengo en mi plato mientras oigo a Diego y a la Clinton y compañía reír. Mira que me gusta la panceta, pero hoy inexplicablemente se me está atascando con cada risita.

—Hoy estás raruna —dice entonces Soraya—, ¿te pasa algo?

Mis mordiscos se aceleran. No quiero que me pase nada. No quiero estar seria. No quiero que me afecte que el jodido Ironman esté ligando con aquélla delante de mis narices, y cuando voy a contestar no sé qué, oigo a mi madre decir:

—E...

—¿Qué, mamá?

«¡Salvadaaaaaaaaaaa por mamá!»

—¿De qué editorial es el libro de recetas que te regalé para Navidad? —pregunta.

—Ni idea —respondo con sinceridad.

Mi madre asiente entonces sonriendo y pregunta:

—¿Me harías un favorcito, cariño?

Por supuesto. A mi madre le hago uno, veinte o los favores que quiera.

—Tú dirás, mamá —contesto.

—Necesito que vayas a tu casa y lo traigas.

—¿Para...? —pregunto mientras oigo reír a la jodida Winnie the Pooh.

—Para que Eloísa pueda hacerle una foto y se lo compre a su hija. ¿Puedes traerlo?

Asiento. Necesito alejarme de aquí. Necesito aire fresco, por lo que indico:

—Por supuesto. Voy y vengo, mamá.

Mientras todos siguen de sobremesa, me acerco hasta mi cesto y, cogiendo mi minivestido veraniego, me lo pongo. Maya se me acerca. Me pregunta adónde voy. Y, cuando le respondo con cariño y le recompongo las coletas, se aleja de nuevo de mí y se va con sus amiguitas.

Acto seguido, tras guiñarle un ojo a Soraya, que sigue comiendo morcilla de Burgos como si se fueran a acabar, cojo mi móvil y las llaves de mi casa, lo meto todo en el bolsillo de mi vestidito veraniego y, sin mirar atrás, desaparezco.

¡Lo necesito!

Minutos después, al entrar en mi hogar, todo es quietud, silencio y paz. Por no estar no está ni *Torrija*, pero, sin pensarlo o me deprimiré, me dirijo hacia la librería del comedor para buscar el libro que mi madre quiere.

Entonces oigo unos toques en la puerta y, con un libro en la mano, voy a abrir.

Según lo hago, Diego entra. Me empuja, cierra la puerta y, agarrándome por la cintura, dice:

—Si tú quieres, será la última vez...

«Aiss, Dios... ¡Aisss, Dios!»

No lo pienso.

No puedo decir que no.

¡Quiero esa última vez!

Estoy tan deseosa como él, y, soltando el libro, paso las manos por sus hombros y, pegándome a su cuerpo, lo apremio:

—No perdamos el tiempo.

Nos besamos como locos desesperados en la entrada de mi casa; nuestros besos saben a barbacoa, a deseo, a prisa.

Diego lame delicadamente mi cuello. «Dioss, ¡cómo me gustaaaaaaaaa!» Y después me susurra cosas al oído que me calientan más y más.

Tras las horas pasadas juntos en su casa la noche anterior, y todo lo que hablamos durante las noches de Kik, ambos sabemos lo que nos gusta, lo que nos pone, lo que nos provoca, y, sin duda, sabemos cómo utilizarlo.

En brazos, me sube hasta mi habitación, y, una vez allí, caemos sobre la cama en plan bomba. Ambos reímos, y Diego me mira y susurra:

—Gracias por ayudarme con Maya.

Sonrío. «¡Qué mono es!»

Estoy por contarle lo que la niña me ha dicho de su madre, pero, consciente de que el tiempo corre en nuestra contra, replico:

—Deja las gracias para otro momento y... fóllame.

«Woooooooooooo, ¡cómo le brilla la mirada!

»Wooooooooooo, ¡cómo le pone lo que he dicho!

»Wooooooooooo, ¡qué *zorramplona* soy!»

Con prisas, al quitarme el minivestido, veo que mi móvil cae sobre la cama. «Vale. Ahí está bien.»

Yo le quito la camiseta. Y, en cuanto las dos prendas están juntas en el suelo, con un morrrrrrboooo que me vuelve loca, Diego me saca los pechos del biquini y los lame, los mordisquea, juega con ellos mientras yo, golosa del momento, se lo permito y lo disfruto.

Tras eso, me besa los ojos, me muerde los labios y recorre mi cuello con su húmeda y sensual lengua. Me desea. Me lo hace saber de mil maneras, de mil formas, y al llegar al ombligo, incapaz de no hacerlo, jadeo de placer justo en el momento en que me arranca la parte inferior del biquini e introduce en mi interior uno de sus dedos.

«¡Oh, Dios, síiiiiiiiii!»

Tiemblo... y, deseosa de mucho más, pero consciente de que, si tardamos, alguien podría sospechar, voy a hablar cuando él, que vuelve a leerme la mente, pregunta:

—¿Tienes preservativos?

Acalorada, señalo la mesilla.

Diego asiente y, con la mirada, le indico que la abra. Lo hace. Saca la caja de preservativos que compré y, tras coger uno y rasgar el envoltorio, se lo pone a toda prisa mientras afirma:

—Me gustaría que fuera de otra manera, pero...

No lo dejo acabar. Lo beso. Lo deseo. Y, asiendo su duro y maravilloso pene, lo coloco en mi húmeda entrada y exijo:

—¡Hazlo!

Sonríe. Le gusta que le exija cosas así, y lo hace..., ¡vaya si lo hace!

Según entra en mí, mi cuerpo lo recibe con aplausos.

Según entra en mí, mi mano le da un azote en el trasero.

Según hago eso, su cuerpo se estremece con el mío y estoy por gritar: «¡Jódete, Winnie the Pooh!».

«Oh, Dios... Oh, Dios...» Lo que este hombre me hace sentir no lo había experimentado con nadie, y, tras pasear su boca por la mía, me mira a los ojos con provocación y deleite y dice:

—No sabes cuánto te deseaba, Capitana Marvel.

—Y yo a ti, Ironman —afirmo sin pudor.

Me sonríe.

«Aisss, madre... Aisss, madreeeeeeeeeee.»

E, incapaz de estarme quieta ante la necesidad imperiosa que siento de él, muevo las caderas para clavarme por completo en su cuerpo. Diego jadea. Yo también. Le gusta, igual que a mí.

Y, consciente de lo que quiero, deseo y anhelo, me agarra con fuerza las caderas y comienza a clavarse en mí de tal manera que decido morderme los labios para acallar mis locos chillidos o juro por mi padre que se enterará toda la urbanización de lo que estamos haciendo.

Placer..., puro, loco y devastador. Eso es lo que siento yo en este instante.

Diego se hunde en mí totalmente y yo me abro a él para recibirlo.
Miradas...
Gemidos...
Deseos...
Roces...
«Madre mía..., madre mía...»
Y, cuando nuestros cuerpos no pueden más y están a punto de explotar, se dejan llevar por un abrasador clímax que nos pone todo el vello de punta al tiempo que nos hace jadear.
Tras el loco, caliente y apasionado momento, Diego, que está sobre mí, tiene la deferencia de apoyar la mano en la cama para no aplastarme y nos miramos, nos miramos a los ojos y siento que ambos necesitamos hablar.
«Dios..., Dios..., ¡que la voy a liar!
»Que me conozco... y, como yo me pille por alguien..., ¡la lío pero bien!»
Me besa, lo beso y, cuando se separa de mí, susurra:
—Sigo deseándote.
«Wooooo, lo que me entra por el cuerpo.»
Sus preciosos ojos azules me encantan, me apasionan, me enloquecen. Siempre había fantaseado con un hombre como él, con sus ojos, su cuerpo, su... ¡todo!
Diego me pirra como hombre. Lo tiene todo. Es perfecto para mí. Y, vale, ¡para muchas! Precisamente por eso, ¡no puedo enamorarme! ¡No debo!
Nos estamos mirando en silencio cuando lo oigo decir:
—¿Quieres que nos veamos esta noche? Maya podría volver a quedarse con la vecina.
«Quiero..., ¡claro que quiero!»
Pero, consciente de la realidad, y de que eso no puede ser, tras pasear mi mano con delicadeza por su mejilla, decido bajarme de sopetón de mi absurda burbujita de placer.
—Diego..., no.
—¿Has pensado bien ese «no»? —Su pregunta me sorprende, y añade—: ¿Tú no sabes que las palabras *sí* y *no* hay que pensarlas antes de utilizarlas?

Lo miro, me mira, e insisto:

—No liemos más las cosas.

Mi comentario no le hace ninguna gracia. Me lo dice su mirada.

—Verdaderamente, ¿qué es lo que no te gusta de mí? —replica.

Parpadeo sorprendida. De él me gusta todo, y cuando digo todo ¡es todo! Y, viendo que espera una respuesta, como puedo, indico:

—No es eso... El amor y yo actualmente estamos reñidos. Tras mi divorcio, la decepción fue tan grande que estoy llena de limitaciones y miedos. No vi venir lo que pasaba, y ahora que veo lo que me está ocurriendo contigo me asusto y...

—Winnie no significa nada para mí —me corta.

Vale, saber eso me gusta, me rechifla, pero, sin querer demostrárselo, contesto:

—Diego, me he propuesto ser la reina del hielo en lo que a relaciones personales se refiere.

«Eso no me lo creo ni yo. Menudo oso amoroso estoy yo hecha.»

—¿La reina del hielo? —repite él.

Asiento y me reafirmo.

—Exacto. La reina del hielo.

E, incapaz de bajarme de ese pedestal de frialdad en el que creo que he de estar tras todo lo que me ha pasado, suelto:

—En cuanto a Winnie, lo que tú tengas con ella ni me va ni me viene.

«Buenooooooooooooo, menuda chulería me ha salido del tirón. Pero si me muero de los jodidos celosssssssssss.»

Diego levanta las cejas. Está claro que lo que he dicho no le ha gustado nada y, penetrándome con su mirada azul, pregunta:

—¿Prefieres que me vaya con ella? ¿Es eso?

«Noooo. No quiero eso.»

Odio pensarlo, pero tampoco estoy preparada para comenzar algo que pueda hacerme daño. No. Me acabo de divorciar. ¡Me niego! Y, cuando voy a hablar, su mirada se endurece más y, desacoplándose de mi cuerpo, se levanta, se quita el preservativo de mala gana y suelta:

—Si algo he aprendido de la vida es a disfrutarla y a aceptarla tal y como viene. Y, ¿sabes?, si pones límites a los sentimientos, nunca sabrás qué hay más allá, porque la vida comienza donde terminan los miedos. Y ser la reina del hielo no te ayudará nada, créeme.

«Uis..., lo que ha dicho.»

—Estefanía —añade sin tocarme—, nunca he creído ni en los flechazos ni en el amor a primera vista, porque me parecía algo irreal de películas de los domingos por la tarde, pero todas esas creencias se fueron al garete cuando te cruzaste conmigo la primera vez.

«¡¿Qué?!

»Ay, madre, que me pongo nerviosa.»

—Fue verte aquel día en el supermercado comprando aquella tonelada de comida y contestando a la mujer del presidente con aquel descaro y, al mirarte y ver la picardía en tu mirada, reconozco que me dejaste K. O.

—¿Que te dejé K. O.?

Diego asiente. Luego sonríe, piensa en algo que no dice y responde:

—Desde entonces no he podido dejar de pensar en ti.

Boquiabierta, no sé qué decir ni qué hacer. Recuerdo aquel instante del que habla, y susurro en un hilo de voz:

—Entonces estaba casada.

—Lo sé. Me informé de quién eras y, por respeto a ti, a tus hijos y al que era tu marido, nunca me acerqué.

«Madre..., madre..., ¡cómo me late el corazón!»

—Después te observé desde la distancia y, cuando vi la oportunidad de acercarme a ti, no la desaproveché. Fue el día que te acompañé a urgencias con Aarón y te besé en el cuello, ¿lo recuerdas?

Atontada, atocinada, agilipollada, asiento.

«Como para no recordarlo...»

Ni en el mejor de mis sueños podría haber imaginado yo que semejante adonis se hubiera fijado en mí.

—Luego, con el tiempo —prosigue—, te he ido conociendo de otra manera más personal y me he dado cuenta de que tú, Capitana Marvel, podrías ser la mujer que he estado esperando toda mi vida.

«¡Ay, madre, que me da un infartito y, tras ése, otros veinte más!

»¿Esto es una cámara oculta?»

—La pena es que estás tan enfadada y desengañada con el amor que te escudas comportándote como la reina del hielo. La pena es que, por el sufrimiento que otro te provocó, eres incapaz de permitirte sentir y confiar de nuevo en alguien como yo. La pena —insiste sin apartar su mirada de la mía— es que ni aun pasando mil veces por delante de ti tú vas a sentir lo que yo siento por ti, cuando eres una personita maravillosa a la que me muero por tener en mi vida y mimar.

«¡Madre míaaaaaaaaaaaaaaaaa!»

No dice más. Se calla y yo apenas si puedo respirar.

«Aiss, Dios..., ¡pero qué bonito lo que me ha dichooooooooooooooooo!

»Ais, Dios..., acabo de vivir un momentazo de esos de película.

»Ais, Dios..., ¡que no sé reaccionar!»

Me acaloro. No esperaba oír nada parecido de boca de un hombre como él e, intentando ordenar en mi cabeza toda la información que me ha soltado tan de golpe, murmuro:

—Diego...

—¡Joder! ¿Por qué te he dicho todo esto?

Lo miro.

Me ha dicho cosas maravillosas. Preciosas. Increíbles.

Pero ahora está molesto, mucho, por haberse dejado llevar por sus sentimientos, y antes de que yo hable, me mira y dice:

—Vale, Estefanía, esto es absurdo. Me siento ridículo, mejor lo dejamos aquí.

«¿Que lo dejamos aquí?

»¿Cómo que lo dejamos aquí?

»Me suelta la bomba que me ha soltado y ahora... ¡me pide que me calle!

Nos miramos. Estoy desconcertada. Ambos estamos incómodos, y él dice:

—Si no te importa, pasaré a tu cuarto de baño a lavarme.

Y, sin más, da media vuelta y se va, dejándome desnuda, atontada por lo que ha dicho y tirada en la cama sin saber ni qué hacer ni qué pensar, mientras mi corazón blindado de reina del hielo se funde por segundos.

«Por favor, por favor, pero ¡qué cosas tan bonitas me ha dicho!

»¡Ni Alfonso en nuestros buenos momentos!»

Oigo que abre el grifo. Me levanto. Camino hacia el baño como si un imán me atrajera y, al llegar, veo que se está lavando. No me mira. Siento que está avergonzado. Por ello, abro un armarito, saco una toalla limpia y, entregándosela, voy a hablar cuando él dice:

—No digas nada. Déjalo. Ya he dicho yo bastante.

—Pero...

—¡Que no digas nada! —insiste molesto.

Su enfado me enfada, e, incapaz de callar, suelto:

—A ver, Diego, esto es...

—Mira, Estefanía —me corta, dejando la toalla sobre la pila—. Para mí *esto* nunca ha sido lo que intuyo que es para ti. Me gustas mucho, ¡demasiado! Sé que no jugué limpio cuando no te dije que yo era Ironman. Lo sé. Pero sabía que, si te decía quién era, probablemente me darías con la puerta en las narices. ¿O no? —No respondo—. ¡Joder! Pienso en ti todos los días como un adolescente de quince años, e incluso me he bajado la discografía entera de Mónica Naranjo, a la que escucho ahora sin parar.

«Ay, madreeeeeeeee..., mi Diego escucha a mi Mónica.

»¡Qué monoooooooooooooooo!»

No sé qué decir. No sé qué hacer. Reconozco que me tiene totalmente fascinada, y entonces finaliza:

—La realidad es que tú sólo has querido sexo conmigo, mientras que yo he fantaseado con algo más.

A continuación, sale del baño y vuelve junto a la cama, donde comienza a recoger su ropa para ponérsela. Yo lo sigo desnuda y murmuro intentando explicarme:

—Diego, hace escasos meses que me he divorciado y...

—¿Y qué? ¿Acaso eso te impide volver a vivir?

—No —respondo con seguridad.

Él sonríe con amargura y, mirándome, musita:

—Cada vez que escucho *Empiezo a recordarte* de Mónica Naranjo, me vuelvo loco pensando en ti y en qué podríamos tener si tú te dignaras darnos una oportunidad, ¿y todo para qué?

«Ostrasssssssss..., me encanta esa canción. Es superromántica. Es preciosa.»

Pero, cuando voy a hablar, él prosigue.

—¿Crees que el amor ya no tiene lugar en tu vida después de haberte divorciado? ¿De verdad estás tan cerrada a la vida que te estás negando a sentir?

Nos miramos. Sin duda, cada uno vive su especial momento a su manera, y añado consciente de mi mala baba por el miedo que tengo:

—No sé tú, pero yo no me enamoro de la noche a la mañana. Para que eso ocurra tengo que...

No puedo continuar. Diego pone un dedo en mis labios para que me calle y sentencia:

—Cuando uno se enamora..., simplemente ocurre. Eso no se planea.

Asiento...

Sé que tiene razón.

«¡Qué bonito es! Me encanta, me encanta y me encanta.»

Pero algo en mi interior me grita que no, que no me lance. Que no vuelva a sufrir por amor y, menos, con un tipo tan atractivo.

Diego no sólo me atrae físicamente, sino de doscientas cincuenta mil maneras, e, incapaz de aceptar lo que en el fondo me grita mi corazón y que él necesita saber, respondo:

—No puede ser, Diego. No es el momento.

—Vuelves a utilizar la palabra *no* sin pensar.

Resoplo. Resopla.

«Valeeeeeee..., soy cabezota.»

—¿De verdad aún no te has dado cuenta de que en la vida no hay que dejar pasar las cosas bonitas, mágicas y especiales?

«Joderrrrrrrrr...

»Joderrrrrrrrr...»

Sé que vuelve a tener razón, lo sé. Pero soy incapaz de bajarme de la burra.

—A ver..., creo que...

En ese instante se oye un zumbido que proviene de la cama. Ambos miramos. Es mi teléfono. La aplicación de Kik. Y, tras ver el mensajito que acabo de recibir, Diego musita sonriendo con amargura:

—«¿¡Doctor Amor!?».

No respondo. No me da la gana.

¿Acaso yo le he preguntado con quién tontea o lo que habla con Winnie?

Pero él continúa serio y sisea:

—Sigue jugando, Capitana Marvel, al parecer, lo haces muy bien, *¡bombón!*

Y, dicho esto, sin decir adiós y muy cabreado, se marcha y me deja a cuadros mientras leo el mensaje del Doctor Amor, que pregunta:

Bombón, ¿tendrás hoy tiempo para mí?

«Vaya tela... Vaya tela... Leído así, parece lo que no es.»

Paso de contestarle al Doctor Amor. Pero, pobre, él no tiene la culpa de lo ocurrido. Me siento en la cama, me echo hacia atrás y, poniéndome la almohada sobre la cara, grito con verdadera frustración.

Una vez me retiro la almohada, de pronto veo algo sobre las sábanas. Al incorporarme me encuentro con una de las pulseras de Diego, la de los hilos azules y verdes, y, cogiéndola, la miro. Qué bonita es.

Durante unos segundos, la observo con detenimiento. Diego las toca mucho. Es un gesto muy suyo. Y, dejando la pulsera sobre la cama, regreso al baño. Necesito echarme agua en la cara.

Me miro en el espejo. Estoy desnuda, acalorada y con los pelos revueltos. Está más que claro lo que acabo de hacer, de sentir, de disfrutar y de descubrir.

¡Sobre todo, descubrir!

Diego, mi Diego..., Ironman, mi Ironman, el hombre que me tiene en llamas... ¡está enamorado de mí! ¡De *mí*!

Me doy aire con la mano mientras siento cómo mi corazón va a mil por hora.

«Dios..., ¿en serio me está pasando esto?»

Sé que estas cosas, como ha dicho él, no se planean, pero... nunca imaginé que me volvería a ocurrir, y menos con él. Nerviosa, histérica y al borde del infarto, sin querer pensar en nada más, me peino, me refresco, me visto, cojo la pulsera de cuero que se le ha caído para devolvérsela y bajo al salón. Al entrar, miro hacia la librería en la que está el libro que me ha pedido mi madre, y cuando me encamino hacia allí guardándome la pulsera en el bolsillito de mi vestido, de pronto siento una necesidad imperiosa de escuchar una canción. La busco en mi móvil y segundos después comienza a sonar *Empiezo a recordarte*, de mi Mónica:

Cierro los ojos y escucho aquella romántica y preciosa canción de amor, y el vello de todo el cuerpo se me pone de punta al oír su íntima letra mientras me recuesto en el sofá.

¿En serio Diego se ha enamorado de mí?

¿De verdad lo que siento significa que me estoy enamorando yo de él?

«Madre mía..., madre mía...

»Yo, que me había negado a enamorarme..., aquí estoy.

»Yo, que soy la tía más romántica del mundo..., aquí estoy.

»Yo, que me había negado al amor..., aquí estoy.

»Y yo, que me he colgado por Diego aunque lo niegue por miedo..., aquí estoy.»

La dulce voz de Mónica va cogiendo potencia según se acerca el final de la canción, y siento cómo me flaquean las fuerzas.

¿Por qué no me permito amar? ¿Por qué no me permito sentir?

¿Por qué la historia con mi ex me ha dejado tan marcada?

Si pienso, si recuerdo, si rememoro, hace mucho que dejé de sentirme querida. Alfonso dejó de amarme y de necesitarme hace mucho tiempo. Sólo vivía conmigo y con nuestros hijos y me llamaba «churri» por costumbre. Por puta y maldita costumbre. Y... y... merezco dejarme amar, ¡claro que me lo merezco!

¡Pero si soy un oso amoroso!

Sonrío.

¿Qué pasaría si me diera una oportunidad con Diego?

Vale. Creo que mis padres alucinarían y, por supuesto, seríamos la comidilla de la urbanización Pero ¿qué importa? ¿Qué importa lo que piensen los demás si nosotros somos felices?

La canción acaba. Estoy por ponerla de nuevo, pero no. No es hora de pensar. Mi madre me espera. Y ya buscaré el momento para hablar con Diego. Necesito hablar con él y aclarar todo lo que me ha dicho.

Diez minutos después, cuando regreso a la urbanización de mis padres, todos siguen sentados exactamente como cuando me he marchado. De reojo, miro a Diego. Él ni me mira, y soy consciente de que vuelve a estar con aquella tontusa. Meto la mano en el bolsillo de mi vestido y toco la pulsera. Si se la doy ahora, seguro que aquella imbécil se la pide, y no. Ya se la daré en otro momento.

Paso..., paso de pensar en ello o me envenenaré a mí misma, y, acercándome a mi madre, le entrego el libro que he ido a buscar y que ella acepta de mil amores.

Cuando instantes después me siento de nuevo con Soraya, ella me mira.

—¿Por qué has tardado tanto?

—No encontraba el puñetero libro de cocina —consigo balbucear.

Mi amiga sonríe.

—Me han llamado las chicas por teléfono y he quedado con ellas a las diez de la noche, donde la última vez —explica.

Según oigo eso, la miro. Quiero hablar con Diego y no tengo yo cuerpo para muchas jotas, pero Soraya afirma:

—Ah, no. Ni lo pienses. Tú te vienes conmigo sí o sí. Esta noche ¡nos vamos de copas!

Según dice eso, Diego, que pasa junto a nosotras con la tal Winnie de las narices, no se para, pero ella lo hace y pregunta:

—¿Os vais de *copichurris*? ¿Adónde?

Soraya me mira. Yo no la miro o me reiré. ¿Por qué tiene que ponerles nombrecitos ridículos a las cosas? Y finalmente mi amiga suelta:

—Al Garden, ¿lo conoces?

Winnie asiente. Es un local en Madrid que está muy de moda actualmente. Y, mirando a Diego, que la espera a escasos pasos de nosotras, pide:

—*Diegui*, ¡ven *one moment*!

«Joder..., joder..., con la bilingüe.»

El *Diegui* se acerca. Su olor personal inunda mis fosas nasales. No hace ni veinte minutos que este pedazo de tiarrón me estaba haciendo el amor en mi cama con puro y loco deleite, y de pronto oigo a la petarda aquella preguntar:

—*Diegui*, ¿te apetece ir esta noche a tomar una *copichurri* al Garden? Ellas irán.

Yo no miro, no puedo. Esto va a ser una tortura. Entonces lo oigo decir:

—Pues no, Winnie. Prefiero continuar con nuestros planes.

De inmediato, levanto la cabeza con curiosidad.

¿Continuar con sus planes?

¡¿Tienen planes?!

¿Desde cuándo tienen planes?

Ahora sí que miro a Diego. Quiero que vea mi mirada molesta, pero no, él no me mira. Pasa de mí.

Pero, vamos a ver..., tras todas las cosas bonitas que me ha dicho, ¡¿ya ha hecho planes con ésa?! ¡¿Tan rápido?!

Eso provoca en mí de todo menos cosas bonitas.

¿Lo veis? Si es que no tengo que creer ni darle una puñetera oportunidad al amor.

Esto del amor y el enamoramiento es una mierda. Una puta falacia.

¡Voy a quemar la maldita pulsera que tengo en mi poder!

Si cuando digo yo que he de ser la reina del hielo y tener mi corazón blindado es por algo.

Y Soraya, ajena a todo lo que ocurre, sonriendo cuchichea:

—Vaya..., vaya..., la *parejita* tiene planes.

«¡¿Parejita?!

»Me cago yo en la *parejita* de las narices y en la rabia interna que tengo ahora mismo.»

La Osezna sonríe... *Diegui* también... Y yo me cago en toda su familia.

E, incapaz de callarme o juro que reventaré y llenaré la urbanización de vísceras, recuerdo algo que él me ha dicho minutos antes y, con toda la mala baba del mundo, suelto:

—Haces bien, *Diegui*... las cosas *bonitas, mágicas y especiales* no hay que dejarlas pasar.

Entonces por fin me mira.

«¡Jódete! La reina de hielo está ante ti.»

Creo que ahora es él quien se está cagando en toda mi familia, mientras siento cómo se tensa. Lo percibo en su cuello. Y, finalmente, con toda la chulería y el descaro del mundo, ese hombre que me tiene desconcertada, tonta y, por qué no, ¡flotando entre nubes de algodón rosa!, me guiña un ojo y afirma:

—Sin duda alguna, Estefanía. Sin duda alguna...

Instantes después, la *parejita* se aleja, y Soraya susurra:

—Está visto que la Osezna y el vecino esta noche lo van a pasar bien.

Asiento.

«¡Quiero llorarrrrrrrrrr!

»Bueno, no..., ¡quiero gritar furiosaaaaaaaaaaaaaa!»

Pero, incapaz de demostrar al mundo la frustración que siento en este instante, escondo la rabia que eso me provoca bajo mi desconcertado corazón y le sonrío a mi amiga.

—Mejor lo vamos a pasar nosotras —aseguro.

—Ésa es mi chica —afirma ella chocando los cinco conmigo.

Estamos riendo cuando Maya llega hasta mí y pregunta sentándose entre mis piernas:

—¿Cuándo nos vamos a tu casa a jugar al *Mario* y a comer helado?

«¡Joderrrrrr!»

Entre la hija y el padre me tienen atosigada, y cuando voy a responder, Soraya suelta:

—Pues hoy no va a poder ser, cariño.

—¿Por qué? —pregunta la niña.

«Aisss, pobre. Cómo me mira.»

Como mamá de tres preciosos polluelos que soy, noto su mirada de decepción, y, cuando voy a decir algo, Soraya indica:

—Estefanía y yo tenemos planes.

—Jooooooooooooooooooooo —protesta Maya.

La niña me hace ojitos a través de sus gafitas amarillas, le descuadra lo que ha oído, y yo, deseosa de que vuelva a sonreír y sepa que conmigo puede contar siempre, como le he dicho hace un rato en mi casa, afirmo consciente de que ella no tiene que pagar la tontería de los mayores:

—Mañana, si papá te deja, te aseguro que lo haremos todo, ¿te parece?

—Síiiiiiiiiiiiiiiii —y se me tira al cuello para abrazarme.

Me aprieta contra ella. Siento ese abrazo como los que me da mi Aarón cuando algo le gusta mucho, y yo, sin poder evitarlo, la abrazo, le doy un beso en la cabeza y murmuro:

—Claro que sí, cariño. Claro que sí.

Soraya sonríe al vernos, coge otra morcillita de Burgos y continúa comiendo como si no hubiera un mañana mientras yo hablo con Maya con cariño y, con el rabillo del ojo, observo al cabronazo de su padre.

«¿O la cabronaza soy yo?»

Con las chicas, en el Garden o a donde vayamos, las risas están aseguradas.

Pero qué locas estamos las mujeres liberadas, y cuanto más mayores, ¡peor!

Lo bueno que tiene cumplir años es que ya no nos andamos con tonterías. Que quieres algo, ¡a por ello y punto pelota! Lo malo es que, si eres tan gilipollas como yo y te cuelgas de quien no te tienes que colgar, tú sola te pones límites. «Madre mía, ¡no puedo dejar de pensar en Diego!»

Pero bueno, también reconozco que atrás quedaron los años de la vergüenza, el qué dirán, el yo qué sé, el me pongo colorada. Eso para mí se acabó, aunque particularmente esta noche esté jodida. Muy jodida.

En el Garden se nos acerca un grupo de chicos y chicas gais y lesbianas. Están de despedida de solteros y, tras presentarnos a los novios, que, todo sea dicho, ¡son dos pedazos de tiarrones guapos!, rápidamente comenzamos a charlar. Aquel grupo y nosotras llevamos el mismo rollo: pasarlo bien, sin complicaciones.

Divertida, observo las camisetas que llevan todos los integrantes del grupo de la despedida, en las que pone: SALVEMOS LA TIERRA, ES EL ÚNICO PLANETA DONDE HAY CERVEZA.

«¡Me partoooo!

»¡Quiero una!»

Durante la noche recibo varios mensajes por Kik del Doctor Amor y, entre risas, le contesto.

«¡Qué mono!

»¿Debería conocerlo?»

La verdad es que mis charlas con él han pasado de ser *hot* a ser simplemente amistosas. Nos contamos nuestro día a día y poco más. Pero, inevitablemente, pienso en Diego. ¿Qué estará haciendo? ¿Seguirá con la Osezna? Bueno..., casi que mejor no saberlo.

Tras horas de risas y bailoteo en el Garden, donde vuelvo a ser consciente de que, si me pongo, moveré las caderas como la mismísima Shakira, entre todos hemos creado un solo grupo y decidimos continuar la juerga en el ¡Viva tu Madre! y, una hora después, nos vamos al Wonderland. Allí, no me sorprendo al ver a Soraya besándose con Berta, una chica del otro grupo.

¡Vaya con mi amiga!

Madre mía, ¿quién me iba a decir a mí hacía un año que eso lo iba a ver normal? Sin duda, estar con Alfonso y mirar sólo por sus ojos me hacía estar, además de dormida y ciega, atontada. Desde que salgo con mis amigas me he dado cuenta de muchas cosas, y una de ellas es que, si estás abierta al amor, ¿dónde está el límite? ¿Quién tiene que decirte en quién fijarte? ¿Quién tiene que decirte de quién enamorarte?

Sin duda, mi límite me lo pongo yo, como Soraya pone el suyo, y yo no soy nadie para criticarlo. ¿Quién me dice que mañana una mujer no llamará mi atención?

Entre risas, me doy cuenta de lo puesta que comienzo a estar en temas de baretos y diversión desde que salgo con mis amigas. Antes no conocía ni uno. Ahora, los conozco todos.

Durante la noche, hago muy buenas migas con Raúl, uno de aquellos muchachos. Por cierto, guapo no..., lo siguiente. Rubio. Alto. Ojos verdes. Un dios gay que rompe cuellos a su paso y que me recuerda a Paul Newman. ¡Qué pedazo de hombre!

Entre risas, charlamos, reímos, bailamos.

Raúl me cuenta su vida. ¡Vaya tela! Yo le cuento la mía. ¡Vaya tela otra vez! Y, cómo no, le confieso lo que me pasa con Diego. Necesito hablarlo con alguien y lo hago con él, que no me conoce y sin duda no me va a juzgar.

Finalmente, tras brindar, llegamos a la conclusión de que ambos somos unos desastres en eso que se llama «amor», y que o espabilamos o, como se dice vulgarmente, nos vamos a comer los mocos.

A las seis de la mañana decidimos dar por terminadas las copichuelas y regresar a casa. Estoy diciendo adiós a las chicas y a los demás cuando veo a Soraya despedirse de su nueva conquista. Berta es muy guapa, mi amiga no tiene mal gusto. Y, después de que se hayan dado un último beso, Soraya y yo, agarradas del brazo a lo Pili y Mili, comenzamos a caminar por la nunca solitaria Gran Vía de Madrid con tranquilidad, para que nos dé el aire en la cara antes de coger un taxi que nos lleve a casa.

Sí..., sí, ¡un taxi!

Desde que salimos juntas por la noche, llegamos a la conclusión de que ir sin coche nos permite beber con tranquilidad, y pagamos el taxi a medias y pispás.

Soraya sonríe. Está contenta, y yo, divertida, musito:

—Vaya...

Mi amiga asiente.

—Pero vaya..., vaya..., vaya...

Ambas reímos por lo que sus palabras dan a entender, y a continuación pregunto:

—¿Todo bien?

—Muy bien —dice ella—. Explorando nuevos terrenos.

Eso me hace gracia. Está claro que los seres humanos somos exploradores, y afirmo:

—A partir de ahora te llamaré Dora.

—¿Dora? ¿Por qué Dora?

Me río, no lo puedo remediar, e indico:

—Dora la Exploradora. Por eso de explorar nuevos terrenos...

Ambas nos carcajeamos y, entre confidencias, vamos comentando lo bien que lo hemos pasado esta noche cuando un coche blanco se detiene a nuestro lado y pita. Al mirar vemos que se trata de Raúl, el Paul Newman con el que me he pasado la noche hablando, y, mientras nos acercamos a él, quiere saber:

—¿Qué hacéis todavía por la calle?

Soraya, que va más achispada que yo, responde:

—Buscando un taxista que nos alegre la vista y el trayecto.

Los tres soltamos una carcajada, y entonces Raúl pregunta:

—Nenas, ¿os valgo yo?

Soraya y yo nos miramos y reímos de nuevo.

«¡Aissss, si no fueras gay! Tú me valdrías esta noche para muchas cosas», pienso, pero lo omito y en vez de eso digo:

—Por supuesto que nos vales, guapísimo. Pero vivimos a las afueras de Madrid y no creo que te pille de paso.

Raúl asiente. Lo piensa y, mirándome, dice:

—Si me invitáis a un café cuando lleguemos a destino, habrá valido la pena.

Encantadas, y sin pensarlo dos veces, nos montamos en el vehículo y, una vez ha arrancado, Soraya, que se ha sentado atrás, pregunta cogiendo algo:

—¿Esto son más camisetas?

Al mirar, veo que se trata de la camiseta que ellos llevan, y Raúl riendo explica:

—Tengo una empresa de rotulación y publicidad. Las hice yo, ¿queréis una? Aunque creo que sólo quedan las XL.

Encantadas, Soraya y yo asentimos.

«¡Tengo mi camisetaaaaaaaaaa!»

Y, sin dudarlo, nos la colocamos sobre la ropa que llevamos puesta.

¡Volvemos a ser un equipo!

Soraya, que sigue animada, cuando Raúl para el coche ante un semáforo que está en rojo, propone sacarnos un selfi y nos lo hacemos poniendo los tres morritos.

¡Qué modernos somos!

¡O qué horteras!

Se lo veo hacer a mi Nerea y a sus amigas... ¿Qué narices hago haciéndolo yo?

Hecho el selfi, comenzamos a charlar de nuevo hasta que de pronto soy consciente de que Dora la Exploradora no habla, y, al mirar hacia atrás, la veo frita, pero frita..., frita y con la boca abierta.

«¡Vaya tela!»

Al darse cuenta, Raúl se ríe. Yo también, y proseguimos a nuestro rollo, y, oye, estamos tan a gustito los dos que parece que nos conozcamos de toda la vida. ¡Qué increíble!

Media hora después, cuando llegamos a destino, Raúl y yo, después de que él pare el vehículo, miramos a Soraya, que nos ha deleitado con una estupenda sinfonía de ronquiditos, y él pregunta:

—¿Querrá un café?

Me río. Conociendo a mi amiga, querrá dormir y, tocándola, la despierto.

Como un zombi, abre los ojos, bosteza como un auténtico hipopótamo sin importarle que nosotros estemos delante y, finalmente, mirándonos, suelta:

—¡Me meo!

Raúl y yo nos volvemos a reír. Esta chica es la leche, y entonces, tocándose el pelo, añade:

—¡Estoy muerta!

—Nena, ¡te creo! —afirma él.

—Y yo —corroboro muerta de risa.

Soraya nos mira. Creo que vuelve en sí, y, recordando quién es Raúl y por qué nos ha traído hasta nuestras casas, suelta:

—Mira, bomboncito. Yo no voy a tomar café porque no me apetece, pero más vale que te portes como tienes que portarte con Estefanía, porque tengo un selfi tuyo para buscarte y joderte vivo si te pasas un pelo. Es más, en cuanto baje del coche, fotografiaré tu número de matrícula, ¿entendido?

Raúl asiente y a mí me da la risa.

¿De verdad Soraya no se ha dado cuenta de que yo soy más peligrosa que el bueno de Raúl?

A continuación, Dora la Exploradora se baja del vehículo. Rápidamente lo rodea y hace una foto a la matrícula. Después se acerca a la ventanilla bajada de Raúl y añade:

—Lo dicho: si te pasas un pelo con ella, tengo tu foto, tu matrícula y juro por Dios que te buscaré, te cortaré los huevos, los filetearé, te los meteré por el culo y después te entregaré a la policía para que ellos te los saquen, ¿entendido?

Boquiabierta me deja la *jodía*.

«¡Joder con Dorita, qué bruta es!»

Dicho esto, tras guiñarme un ojo con una sonrisita burlona, mi amiga da media vuelta, llega hasta la puerta de su casa, la abre y desaparece, y en ese momento Raúl susurra algo tembloroso:

—No sé si es mejor que te bajes aquí.

—Raúl. —Río divertida.

—Nena..., con lo que acabo de oír, ya me duelen los huevos.

Me entra la risa, no lo puedo remediar, y, mirándolo, pregunto:

—¿Sigue apeteciéndote ese café?

Encantado, asiente, le indico cómo llegar a mi casa y, cuando aparca en la puerta de mi garaje, afirma:

—Vaya..., bonita casa.

—Piensa en tus huevos —señalo—. Soraya tiene tu foto y tu matrícula.

Ambos reímos y, cuando abro la puerta de mi casa, la fiera de *Torrija* se abalanza sobre nosotros a besuquearnos con amor.

Creo que Raúl se ha pegado el susto de su vida.

Me entra la risa. El pobre no sabe cómo quitársela de encima y, finalmente, cogiendo a *Torrija* del collar, la separo de él y digo:

—Muy bien, *Torrija*. ¡Muy bien! Ya le has enseñado a este chico lo fiera que puedes ser, ahora tranquila, y si ves que se pasa..., ¡directa a los huevos!

—¡No jodas! —murmura él ojiplático.

Mi perra, que es más lista que el hambre, hasta parece que asiente y camina junto a nosotros hasta la cocina.

Una vez allí, Raúl se sienta en el taburete que tengo junto a la barra, y, mirando a mi perra, pregunta:

—¿Cómo la has llamado?

Yo, que estoy sacando las tazas para el café, respondo:

—*Torrija*.

Él suelta una risotada. Yo lo sigo, e indico:

—La encontramos bajo nuestro coche en Toledo. Llevábamos torrijas que habíamos comprado y, para que saliera, los niños y yo le decíamos: «¡Toma una torrija!». Y con *Torrija* se quedó.

De nuevo reímos. Qué bonito es recordar y atesorar momentos tan especiales.

Cuando tengo en una bandeja las dos tazas de café y el azúcar, nos dirigimos al salón.

Al dejar la bandeja me voy a sentar, pero siento que estoy incómoda y, mirando a Raúl, pregunto:

—¿Te importa si me quito los zapatos y los pantalones?

El pobre me mira alarmado. Creo que está pensando que me voy a lanzar sobre él de un momento a otro, y aclaro:

—Me van los hombres como a ti. Por tanto, tus huevos y tú podéis estar tranquilos.

Sonríe, yo también, y cuchichea:

—Nena, ¡eres una tigresa descarada!

Ambos reímos de nuevo.

—Los pantalones me aprietan —explico a continuación—. Me muero de calor con las dos camisetas, y los zapatos, tras tantas horas de bailoteo, ¡me están matando!

Según digo eso, me doy cuenta de que, efectivamente, me estoy volviendo una descarada, y Raúl suelta:

—Es tu casa, y te aseguro que conmigo estás a salvo aunque te quedes desnuda.

Sin sorprenderme, lo miro y susurro:

—Pues qué pena..., la verdad.

Ambos soltamos una carcajada y, más ancha que larga, me quito los zapatos, me deshago de los pantalones para quedarme en bragas, y, sacándome las mangas de la camiseta, me quito la que llevo debajo para quedarme sólo con la misma que lleva Raúl.

Una vez me he liberado de todo aquello, estoy en la gloria, y exclamo sentándome:

—¡Viva la comodidad!

—Bonitas bragas —comenta él.

Miro hacia donde él mira y, al ver mis bragas de solecitos sonrientes, murmuro:

—Me las regalaron mis hijos para el día de la Madre, ¿a que son monas?

—¡Monísimas! —afirma encantado.

Obviando mis bragas, comenzamos a charlar. Raúl es un

tipo encantador y, de nuevo, se crea esa conexión especial entre los dos.

¡Increíble!

Es curioso cómo a veces con un desconocido, alguien a quien ves por primera vez en tu vida, se crea un vínculo tan especial que, cuando hablas con él, parece que es amigo tuyo de toda la vida. Sin duda, como dijo Diego, si pones límites a determinadas cosas como, por ejemplo, la amistad, puedes perderte a grandes personas.

Le hablo de Diego. Le enseño la pulsera de cuero que se quedó en mi casa y a Raúl le gusta mucho. Incluso me la pongo, me hace gracia. Le cuento lo que me pasa con la pulsera rozándome la piel. Lo que pienso. Mis miedos. Él me escucha y, cuando acabo, me aconseja y siento que la equivocada soy yo. Él, como Diego, me recuerda que la vida sólo se vive una vez, y que hay que disfrutarla y aprovecharla. Y que, si me equivoco..., me equivoco. Sin embargo, es mejor equivocarse a quedarse con esa sensación de ¿qué habría sucedido?

Las horas pasan y el cansancio comienza a hacer mella en nosotros. Somos dos cotorras que no paramos de hablar. Pero el sofá se vuelve más esponjoso y parece que nos arrulla, que nos mima, y, sin darnos cuenta, uno frente al otro, cerramos los ojos, sin rozarnos, sin tocarnos, y el mundo gustosamente deja de existir.

Zzz... Zzz... Zzz...

Zzz... Zzz... Zzz...

Zzz... Zzz... Zzz...

Zzz... Zzz... Zzz...

* * *

¡Torrija!

La lengua húmeda y caliente de mi perra se pasea por mi rostro, quiere despertarme, y, abriendo los ojos, veo la luz que entra por los ventanales.

«Joderrrrrrrrrrr... Otra noche en que no he bajado las persianas.»

Me muevo. Me incorporo.

«Diosssssssss, ¡estoy anquilosadaaaaaaaaaaaaa!»

Ésa es la parte mala de cumplir años. Antes, con veinte, dormir como he dormido no pasaba factura, pero ahora, con mi edad, comienza a pasarla.

«Ay, mi cuelloooooooo.»

Me lo toco.

«Joder... Joder, qué dolor.»

Frente a mí veo a Raúl, está dormido y tronchado. «¡Verás su cuello!»

Y, sin hacer ruido, me levanto tocándome el puñetero cuello y saco a *Torrija* al jardín trasero. La pobre tiene que hacer sus cosas.

Una vez cierro la puerta, me restriego los ojos con desazón. «¡Qué picorrr!»

Llevo unos días de juerga continua y, como siga así mucho tiempo, no sé qué va a ser de mí. Los días que no trabajo vale, pero cuando me toca madrugar...

Miro el reloj de la pared de la cocina mientras me masajeo la cabeza. Son las 11.24.

Pensando en la hora que es, meto las manos por debajo de la camiseta que llevo y me desabrocho el sujetador. Primero saco un tirante por una manga y después por la otra. Es increíble la maestría que tenemos las mujeres para quitarnos el sujetador en décimas de segundo cuando queremos.

—Al final, nos quedamos dormidos.

Miro a un lado y me encuentro con Raúl, que se toca el cuello como yo. ¡Pobre!

Sonrío, él también y, colocándome el sujetador sobre el hombro derecho suelto, digo:

—Soraya se pondrá contenta al ver que no me has decapitado ni te has propasado, ni aun quedándome en bragas ante ti.

Ambos reímos, y Raúl dice mirándome fijamente:

—No sé en qué momento nos dormimos, pero sí sé qué tengo que decirte... ¡Atrévete con ese tal Diego! Nena..., no dejes de hacer lo que te apetezca en todo momento, porque las cosas buenas, bonitas e interesantes, en ocasiones sólo ocurren una vez. Y si, cuando ya lo hayas probado, no es lo que esperabas, adiós ¡y a otra cosa, mariposa!

—Vale.

Convencida de que tiene razón, voy a decir algo más cuando suelta:

—Nena, necesitas una ducha.

«¿Cómoooooooooo?

»¿Quéeeeeeeeeee?

»¿En serio?»

—Ése ha sido un comentario muy cruel..., que lo sepas —me mofo divertida.

De nuevo, reímos. De nuevo bromeamos, y finalmente dice:

—Preciosa, creo que ha llegado el momento de que me marche.

Asiento, aunque me apena.

Raúl me ha caído bien y, sin duda, quiero que continúe en mi vida.

Y, tras coger las llaves de su coche, que están en la mesa junto a los móviles, nos intercambiamos los números de teléfono para llamarnos otro día.

—Nena —dice entonces—, quiero que sepas que conocerte ha sido una de las mejores cosas que me han pasado este año. Creo que he encontrado una amiga para toda la vida.

«Aisss, que me emociono.»

Raúl tiene una sensibilidad que me encanta, que conecta con la mía, y, abrazándolo, afirmo:

—Nene, tú también eres una de las mejores cosas que me han pasado este año. Y, sí, creo que seremos amigos para toda la vida.

De nuevo sonreímos. Somos los dos así de pastelosos.

Agarrados del brazo, lo acompaño hasta el exterior de la casa sin importarme mi desastrosa pinta. Seguro que alguna vecina nos verá y pensará que hemos pasado una noche loca.

Mira, ¡que piensen lo que quieran! Y más con un pedazo de tío tan impresionantemente guapo.

Llegamos a su bonito coche, Raúl monta y entonces, de pronto, oigo:

—Estefaníaaaaaaaaaaaaaaaaaaaaaaa.

Al mirar, veo que Maya viene corriendo hacia mí como si no hubiera un mañana, seguida por su padre. La niña sonríe. El padre, no.

«¡Uissss, qué mala caraaaaaaaa!»

Me pongo nerviosa. Muy nerviosa. Y Raúl, que es más listo que el hambre, ata rápidamente cabos.

—¿Ése es... él? —pregunta.

Asiento. No hace falta mencionar su nombre, y lo oigo murmurar:

—Wooooo, nena..., si no lo quieres tú, me lo quedo yo.

Oír eso me hace sonreír; entonces me guiña un ojo, me tira un beso, arranca su vehículo y, sin más, se va.

Con una sonrisa le digo adiós con la mano y, de pronto, noto que algo cae al suelo, justo en el instante en que Maya llega hasta mí. La niña lo recoge del suelo, lo mira y pregunta:

—¿Por qué se te ha caído el *sujetatetas*?

«Diosss, ¡qué vergüenza!

»¡El sujetador!»

Rápidamente intento quitárselo de las manos, pero la niña ¡es la *jodía* niña! y me torea.

«¡Joder!»

La miro. Sonríe. ¡Será cabrona!

—¿Me das helado? —pregunta con mi sujetador en la mano.

—Maya..., ¡dame eso!

—¿Podemos jugar hoy al *Mario Kart*?

—Maya... —insisto.

—Te lo daré cuando me des helado —sentencia el Abejorro, toreándome con mi sujetador en la mano.

Diego se aproxima.

Cada vez está más cerca.

Uf..., qué mala cara tiene, y la niña sigue haciendo cabriolas con mi sujetador. «¡Joderrrrrrr!»

Cuando el padre de la criatura llega hasta nuestra altura, mi cara debe de ser un poema y él, con cierta mala baba, le quita el sujetador, me lo tira enseguida de malas maneras y suelta:

—¿Todo bien, *bombón*?

«Uissss, qué retintín percibo en sus palabras.»

Maya sale corriendo a saludar a una amiguita, mientras que Diego cree que Raúl es el Doctor Amor. No sé qué responder. No me sale nada, y él añade:

—Sólo hay que verte para intuir la fiestecita que te has pegado con tu *amiguito*.

«Pero buenooooooooooooooooooooo...

»No respondo, paso.

»Si supiera que mi *amiguito* es el primo hermano de Bambi y no el Doctor Amor, ¡alucinaría!»

De pronto, veo que Diego observa mi muñeca. Sigo la dirección de su mirada y, al ver lo que mira, digo con apuro:

—La encontré y te la iba a devolver.

Hago el amago de quitarme la pulsera, pero él me para.

—Si ya la has cerrado sobre tu muñeca, es tuya. Su magia ya no vale para mí.

Lo miro asombrada. Pero ¿en serio cree en la magia?

—Quédatela o tírala —insiste—. A mí ya no me vale.

No sé qué decir. No sé qué hacer. Y, al ver cómo Diego mira cómo se aleja el coche de Raúl, con toda mi chulería de reinona del hielo, recalco:

—Que tú no sepas divertirte no quiere decir que los demás no debamos hacerlo.

«Woooooooooooooo..., cómo se le abren las aletas de la nariz.»

Nuestra guerra no dialéctica, sino de miradas, se recrudece, hasta que Maya regresa con nosotros.

—Papi, ¿podemos ir a casa de Estefanía ahora?

Y *Papi*, antes de que yo siquiera respire, la agarra de la mano y replica:

—No.

«Mmmmm, cómo me pone esa miradita de perdonavidas.

»Uf..., el calor que me entra, chiquilla.»

La niña protesta. Se queja. Quiere helado y jugar al *Mario Kart*, pero el buenorro, a la par que sexy, de su padre no le hace ni puñetero caso y ambos se marchan mientras yo los observo acalorada, triste, descolocada, con una expresión en la cara como si hubiera visto una vaca lechera volar.

«¡Qué fuerteeeeeeeeeeee!»

De pronto, siento que tengo que hablar con él. Quiero hacerlo. Quizá no sea tan mala idea eso de conocernos un poquito más.

Pero, uf..., no sé. Lo noto tan cabreado que quizá mejor lo dejamos para otro momento.

Sin querer pensar en ello y en el calor uterino que Diego me provoca, doy media vuelta, entro en mi casa y, tras cerrar la puerta, me veo reflejada en el espejo de la entrada.

«Por Dios...

»*Porelamordemilifeeeeeeeeeeeeeeeedetulifeydelalifedetódiossssss...* Pero ¿qué pintas tengo?

»¡Si parezco un oso panda desgreñado!

»Con razón Raúl decía que necesitaba una ducha y ahora entiendo las nada conciliadoras palabras de Diego.

»Pero ¿por qué cada vez que me tomo una copa y me despierto parece que he asistido al fiestón del siglo?

»¿Realmente mi vida es un carnaval?»

Y, dispuesta a comenzar el día con optimismo y alegría, a pesar de mi cuello tronchado y del mal rollito con el hombre que me pone en llamas, toco la pulsera de cuero que llevo en la muñeca y digo alto y claro mirándome en el espejo:

—Y ahora voy a poner *Sobreviviré* de Mónica Naranjo ¡porque sí!

Cuando comienza a sonar, desmelenada, hecha un oso panda, descalza y en bragas, la canto y bailo en mi salón a pleno pulmón con el sujetador a modo de micrófono en la mano, como si no hubiera un puto y maldito mañana.

En los días siguientes, después de trabajar intento coincidir por las tardes con Diego en la piscina, pero él no me lo pone fácil. Está enfadado y, cuando yo me acerco, él se aleja. Es como si yo no existiera, y aunque Maya me abraza y me besuquea como creo que pocas veces ha besuqueado a una mujer, su padre me ignora. Pero me ignora de un modo... que hasta ya comienza a sentarme mal.

Eso sí, la pulsera me la he quitado para que nadie la vea. Si me la pongo, Soraya preguntará y paso de dar explicaciones. Cuanto menos sepa, ¡mejor!

Por las noches, a través de Kik, le escribo con paciencia. Le hago saber que quiero hablar con él, pero nada, Diego pasa de mí.

¡Ni me contesta!

¿Será posible, el cabezón?

Con rabia, soy consciente de que ve mis mensajes, pero el muy ofendido no responde. Se hace el duro.

Pienso en ir a su casa. Presentarme allí de pronto.

Pero ¿y si me rechaza?

No..., no estoy preparada para eso.

Por suerte, hablo por Kik con mi Doctor Amor. El tipo de verdad, pero de verdad, que es encantador y, aunque me plantea quedar y conocernos simplemente como amigos, lo toreo como puedo y le contesto que, al vivir yo en Sevilla y él en Madrid, es complicado, pero que más adelante ¡nos lo podemos plantear!

Él accede, ¡menos mal! Si se entera de que yo soy también de Madrid, ¡madreeeeeeeeeeeeee!

¿Por qué somos tan mentirosos en las redes?

¿Por qué nos inventamos vidas ficticias?

Pero mi desazón por Diego sigue ahí.

Vale. Sé que me trata como me merezco y, sobre todo, como yo le he pedido. Fui dura y fría con él, pero estoy poniendo todo de mi parte para que vea que la reina del hielo se está fundiendo. Aun así, nada. Da igual.

Escucho a mi Mónica Naranjo y a mi Luis Miguel mientras mi corazoncito late por ese tonto que no me hace ni caso y comienzo a valorar si merece la pena.

No obstante, a final de semana ya estoy tan cansada de que ni me mire ni me hable que, a través de la aplicación, lo mando literalmente a freír espárragos.

Pero ¿qué se ha creído Ironman?

El sábado, no aparece por la piscina de la urbanización con Maya y eso me inquieta.

«¿Dónde estará?»

Conversando con la presidenta de la comunidad, la Clinton, me entero de que se ha marchado con la niña de fin de semana a una casa rural en Cáceres. Lo que no sepa la cotilla de la Clinton ¡no lo sabe nadie!, y con cierta picardía y desazón indago para averiguar si Winnie the Pooh se ha ido con ellos. Casi grito de felicidad al saber que no. La Osezna está en Pontevedra, en un pase de modelos.

Tras un fin de semana aburrido, en el que sólo he tomado el sol y no he salido de copas porque Soraya había quedado con Berta, el lunes, en el trabajo, siento que me estoy muriendo por segundos.

¿Por qué no habré nacido princesa o condesa?

Hoy está siendo el típico día de gente complicada que no quiere entender las cosas.

«¿Por qué, Dios mío..., por qué?»

Qué pesaditos son algunos. Y en ese «algunos» está incluido el matrimonio que estoy atendiendo en este instante.

Vienen enfadadísimos con una multa de tráfico por haberse saltado un semáforo en rojo para que les haga un recurso, y, leches, ¡parece que la multa se la he puesto yo!

«Pero, vamos a ver, hermosos, ¡que el semáforo os lo habéis saltado vosotros, no yo!»

Me repiten una y otra y otra vez que éste estaba en ámbar, y yo asiento. Asiento como ese perrillo de semiterciopelo gris, feo de narices, que mi padre llevaba en la parte trasera del coche y movía la cabeza cuando yo era pequeña.

Escucho..., escucho..., escucho...

Mi turno. Contesto a lo que he escuchado.

De nuevo, escucho..., escucho..., escucho...

Mi turno. Vuelvo a repetir lo de antes.

Escucho..., escucho..., ¡ya no escucho!

Simplemente miro a aquel matrimonio, que me cuenta por decimoquinta vez lo mismo, y desconecto.

Sí. ¡Desconecto!

Mi mente hace clic. Es sabido por todo el mundo que las mujeres somos capaces de hacer varias cosas a la vez, y, mientras los miro interesada en su problema, mentalmente repaso lo que tengo que comprar en el supermercado cuando regrese: «Mantequilla, pavo, azúcar y..., ¿qué era la otra cosa..., qué era? ¡Queso! Eso es, queso».

Archivada mi compra en mi archivo mental del súper, pienso también en poner una lavadora de color. La blanca la dejaré para otro día, y... y Diegoooooo. También pienso en Diego. Miro la pulsera, que me pongo todos los días cuando voy a trabajar y que, cuando regreso, me quito y meto en el bolso. En la gestoría nadie lo conoce, y me encanta mirarla, olerla y sentirla.

Mira que si al final resulta ser mágica, como dice Diego...

A cada segundo que pasa siento que tengo que hablar con él. Necesito que lleguemos a un entendimiento. Debe saber que tiene razón. Que estaba equivocada. Que seguramente lo nuestro merezca la pena. Que quiero intentarlo con él. Pero, joder..., lo he mandado a freír espárragos y ni siquiera me ha contestado.

Sus románticas palabras cargadas de tensión vuelven a mi mente una y otra y otra vez, mientras siento cientos de mariposazas volando en mi interior.

No puedo dejar de pensar en él, al tiempo que en mi mente

suena esa canción de mi Mónica que tanto nos recuerda el uno al otro y tarareo eso de: «anhelo verte para hablarte de todo».

Miro a los que tengo ante mí y continúan blablablá con el tema de su multa, por lo que prosigo con mis pensamientos. Eso de que se fijó en mí aquel día en el supermercado, meses atrás, antes de separarme del tonto de mi ex, me dejó loca. Nunca lo habría imaginado. Jamás habría pensado que un tipo tannnnnn interesante como él pudiera fijarse en una mujer como yo.

Que, oye, aunque me quiero mucho y soy estupenda, sé que soy del montón. Vamos, que no destaco ni por tener ojazos, ni cuerpazo, ni pelazo, ni piernazas, ni ser catedrática en moda, ¡ni nada! Bueno, sí, soy simpática. Siempre me lo han dicho. Pero bueno, ¡del montón y a mucha honra!

Pero saber que piensa en mí..., saber que...

—Indignante..., esta multa es indignante.

Según oigo eso, desactivo el «clic».

—Señor Fernández, como ya le he dicho, de momento lo único que podem...

—¿Lo único? ¿Cómo que lo único? —me corta la mujer levantando la voz.

—Encarnita... —indica él mirando a su mujer—, no te subleves, que luego el cuerpo se te descompone.

«Buenooooooooo...»

Desvío los ojos hacia... Encarnita. La miro y, con paciencia, digo:

—Señora, nosotros po...

—Te lo dije, Roberto Carlos, ¡te lo dije! —me corta aquélla levantándose. Y, mirándome, me señala con el dedo y afirma—: Te dije que esta gente promete y promete, y luego, llegado el momento, no hace nada. Si es que eres un bobo..., un tonto que se cree todo lo que le dicen y, mira, ahora que los necesitamos, esta *señorita* nos dice que...

«Uis..., me parece que eso de *señorita*... lo ha dicho con cierto retintín.»

—Encarnita, por favor..., no te pongas así —gruñe aquél.

Sin inmutarme, los miro. Si me inmuto, me descojonaré delante de ellos. Y, con toda mi santa paciencia, murmuro:

—Disculpe, señora. Les estoy diciendo que podemos recurrir la multa especificando en las alegaciones lo que ustedes deseen, pero que es Tráfico quien estima o desestima la multa, no nosotros, ni yo.

La mujer grita.

¡Joder con Encarnita, qué pito de grillo tiene la *jodía*!

Se caga en Tráfico, en Tráfica y en todo lo que comience por «tra» (sin duda el cuerpo se le ha descompuesto), y un abuelete y una monja que están esperando a que los atienda me miran y suspiran, lo que me hace sonreír.

Segundos después, Roberto Carlos, *uséase*, el marido de la desquiciada Encarnita, la que se descompone, se levanta como su mujer, coge la multa que está frente a mí de muy malos modos y, mirándome, sentencia:

—Pues si ustedes no me la quitan, ya buscaré yo quien lo haga.

Asiento. Y estoy por decir: «¡Eso es justo lo que tienes que hacer, so gilipollas!», pero nooooooooooooooooo. Y, de nuevooooooooooooooo, y como si viviera en la película *Atrapado en el tiempo*, la del día de la Marmota, el pesado de Roberto Carlos comienza su relato otra vez.

¡La decimosexta!

«Nooooooooooooooooooo...

»No puedo másssssssssssssss...»

Aun así, inspiro, espiro y aguanto. Necesito este trabajo.

Mis niños tienen que comer, ir al cole y vestirse, entre muchas otras cosas, y aprieto los dientes. Los aprieto porque, como los relaje, juro por mi santo padre que me como a alguien.

«Grrrrrrrrrrrrrrrrrrrrrr..., a la que se le va a comenzar a descomponer el cuerpo es a mí.»

Está visto que cuando al cliente no le dices lo que quiere oír o lo que se ha propuesto conseguir, te lo repite y repite y repite como si fueras realmente lela o idiota, a la espera de que en alguna de esas repeticiones se te encienda la bombilla y algo de lo ya dicho vaya a cambiar.

Por suerte para mí, Roberto Carlos y Encarnita ya no pueden más y, finalmente, se van dejándome con la palabra en la boca. ¡Se piran!

¡Estoy por saltar de alegría!

Una vez queda el asiento libre, la monjita que espera junto al abuelete se levanta y se sienta ante mí.

Me sonríe. ¡Qué mona!

Con ésta seguro que no discuto, y, cuando voy a hablar, dice:

—Que Dios te siga proveyendo de infinita paciencia, hija mía, porque con un trabajo como éste ¡la necesitarás!

Me río, no lo puedo remediar, y entonces continúa:

—Soy sor Amparo.

Asiento encantada.

Durante una época de mi vida, mis padres me llevaron a un colegio de monjas. Allí estaban sor María, sor Petunia, sor Isabel, vamos..., todas las sores que os podáis imaginar. Qué buenos recuerdos tengo de esos años.

—Encantada de conocerla, sor Amparo —respondo gustosa—. Soy Estefanía, ¿en qué puedo ayudarla?

—Bonita pulsera.

—Gracias. —Sonrío con afecto.

La mujer abre una carpetita azul de toda la vida con paciencia. Tranquila. Sosegada. Y, tras rebuscar entre unos papeles, saca luego un sobre y dice:

—En la congregación hemos recibido esta multa de tráfico. ¿Qué podemos hacer?

Cojo el sobre. Seguro que es una multa de aparcamiento.

Lo abro y... y... «¡Joderrrrrr!»

Lo que tengo ante mí es una multa de tráfico por exceso de velocidad con foto incluida.

Parpadeo conforme voy leyendo y, cuando me dispongo a decirle algo, la sor musita tras persignarse:

—Bendito sea Dios. ¡No lo digas en alto!

La miro, callo y asiento.

La monja echa un vistazo al abuelete, que tiene la oreja puesta, y, volviendo la mirada hacia mí, indica:

—Lo sé. No tengo excusa. Iba un poquito rápido.

—¿Un poquito? —pregunto en un murmullo para que el abuelo no nos oiga.

Sor Amparo suspira meneando la cabeza.

—Debía llegar rauda al aeropuerto. Sor Perpetua y sor Angélica marchaban de misiones a Camboya y no podían perder el avión.

Sin dar crédito, asiento mientras leo que aquella monja con cara de ratoncito bonachón y ojos de muñequita rusa conducía a 176 kilómetros por hora en un tramo de vía donde 100 era el máximo permitido.

«¡Coño con sor Raikkonen!»

Escucho con tranquilidad lo que aquélla me cuenta, ¡faltaría más!, y, en cuanto acaba, antes de que yo diga nada, pregunta:

—¿Crees que es mejor que la abone ahora y así nos beneficiamos del descuento por pronto pago?

«¡Toma yaaaaaaaaaa!»

Algo me dice que no es la primera vez que sor Raikkonen es cazada pisándole al acelerador, y, mirando los datos del radar y la foto, afirmo:

—Si yo fuera usted, lo haría, porque es muy difícil que se la quiten.

La monja asiente.

Yo me acomodo en mi silla a la espera de que la tragedia griega comience, pero aquélla, con una sonrisa, recoge tranquilamente los papeles, los mete en el sobre con orden y conciencia y afirma:

—Pues no se hable más, bonita. En cuanto llegue al convento, haré una transferencia online ¡y solucionado!

¡Mírala qué moderna ellaaaaaaaaaaaaaa!

Desde luego, las sores de hoy en día nada tienen que ver con las de mi niñez.

Y, levantándose, me sonríe con cariño y amor y musita:

—Estefanía, que tengas un buen día, gracias por tu tiempo.

—Gracias a usted, sor Rai... sor Amparo —respondo viéndola salir.

La estoy mirando marchar flipada cuando el abuelete, que pacientemente ha esperado su turno, se sienta en la silla libre que hay frente a mí.

—Buenos días, moza. Necesito ayuda.

—Buenos días, señor —saludo con una sonrisa.

A continuación, saca una carpetita roja del interior de un maletín de cuero marrón y, tras dejarla ante mí, dice:

—Mi *jodío* nieto Carlitos quiso comprarse un coche y, para beneficiarse de los descuentos que yo tengo como jubilado, lo pusimos a mi nombre, y ahora todas sus multas e impuestos me llegan a mí. ¿Qué puedo hacer?

«Buenooooooooooooooo..., el eterno problema de los abuelos.

»Con éste tengo para rato.»

Y, tomando aire, con paciencia y profesionalidad, le explico las opciones a un hombre que, según me escucha, comienza a desesperarse, mientras el cuerpo se le descompone pensando en su jodido nieto Carlitos.

Tras una mañana de purito infarto con los clientes y el recuerdo de Diego viniendo a mi mente una y otra vez, cuando salgo del curro tengo un hambre cegadora. Vamos, ¡que no veo el momento de llegar a casa y ponerme ciega a albóndigas!

Por suerte para mí, las tengo preparadas del otro día, y estoy relamiéndome al pensar en ellas cuando oigo a mi espalda:

—Hola.

«Oh..., oh... ¡Ay, Diosito!»

Rápidamente me vuelvo y buenooooooooooooo... ¿Qué hace Diego aquí?

«Ay, por favor..., lo guapo que está con ese vaquero y el polo granate.»

Sin entender su visita, y menos aún tras lo enfadado que estaba, lo miro ojiplática, y él dice:

—Lo sé. Yo tampoco sé qué hago aquí, pero el caso es que he venido, aunque tus últimas palabras fueran «¡Vete a freír espárragos!».

«Aisss, ¡qué monooooooooooooooooo!

»¿A que me lo como?»

Sonrío...

Sonríe...

Menuda tensión sexual hay entre nosotros.

—¿Podemos comer juntos? —pregunta.

«Uff..., lo que me provoca oírlo decir eso.

»Yo con éste comería, merendaría, cenaría y hasta desayunaría.»

Y, dudando, empiezo a decir:

—A ver, Diego...

Sin embargo, el motivo de mis dudas rápidamente pone un dedo sobre mis labios —«mmmmm»— y, sin dejarme contestar, insiste:

—Antes de que digas algo cargado de hielo, dime al menos que te ha gustado que viniera.

«¿He dicho ya que ¡me lo comoooooooooooooooooooo!?»

Puede conmigo...

Y, olvidándome de mis noes, mis reticencias y todo lo que yo misma me he estado diciendo las últimas veinticuatro horas, me acerco un poco más a él, me dejo llevar por mis deseos y, tras darle un piquito en los labios que me sabe a pura vida, afirmo:

—Me encanta que estés aquí.

Woooooooooo, su sonrisa se amplía..., más..., más..., más...

Le gusta lo que he dicho. Sin duda, me ha salido del mismísimo corazón. Entonces Diego afirma tras comprobar que veo que se ha fijado en que llevo puesta la pulsera:

—Esto sí que es una sorpresa.

Me río...

Se ríe...

«¡Ais, Dios, que, como ya he dicho, me lo comoooooooooo!»

Le doy tal besazo, con tal deseo, morbo y ganitas que, cuando acabo, me mira y susurra:

—Deseo comerte entera.

Asiento..., asiento y asiento. A mí me pasa igual. «¡Adiós, albóndigas!»

E, incapaz de contener mi más lujurioso deseo y mi lengua, replico:

—Pues cómeme.

Y me come. Vaya si me come. Con la mirada, con las manos, con la boca. No nos hace falta hablar para decirnos lo mucho que nos deseamos; entonces él, separándose unos milímetros de mi boca, me incita, me provoca, y yo, incapaz de callar, musito:

—Espero follarte la mente como tú me la estás follando a mí.

«Woooooooooooooooooooooo..., ¡lo que he dicho!»

Diego sonríe..., y yo ¡ni te cuento!

—¿Y Maya? —pregunto a continuación.

—En casa de su amiguita Eva. Hasta las ocho de la tarde no tengo que recogerla.

«Vaya..., vaya..., la cosa se pone interesante. Muy interesante.»

Son las 15.16 y hasta las ocho ¡queda mucho!

Sin separarnos, continuamos, y él pregunta:

—¿En tu casa o en la mía?

Cuando voy a responder, mi mente tiene un segundo de lucidez.

«Stop.»

Y, consciente de lo que acabo de pensar, susurro:

—Tenemos un problema.

Diego me mira y sonríe con picardía.

—¿Sólo uno? —responde.

Yo sonrío, qué ocurrente es, e indico:

—Si vamos a tu casa o a la mía a esta hora, a plena luz del día, seguro que alguien de las urbanizaciones nos ve y, joder, comenzarán los chismorreos, y lo último que quiero es eso, chismorreos de los vecinos. Piensa en mis padres.

De pronto, su expresión cambia.

—El otro día no te importó que te vieran con tu amiguito —replica—. Por cierto, ¿ése era el Doctor Amor?

«Uisss...

»Uisss...»

Y, consciente de por qué lo dice, y sin responder a su pregunta, indico:

—Él no es vecino de mis padres, tú sí.

—Vaya...

A ver..., no quiero enfadarme, no pretendo mosquearme. Pero, molesta por sus palabras y por cómo me mira, suelto:

—¿Acaso te he preguntado yo por Winnie y por cómo terminasteis ese día?

Eso lo hace parpadear. De pronto, sonríe y contesta:

—Puedo decírtelo.

—No hace falta —respondo sintiendo cierta tensión en mi interior.

—A ver...

—Que no quiero saberlo —insisto.

Pero Diego, sin soltarme de la cintura, coge con los dedos mi barbilla y, haciendo que lo mire, susurra:

—Tomamos algo juntos, pero no pasó nada.

Me río, no sé por qué . Eso no se lo cree él ¡ni *jarto* vino!

—No tengo por qué mentirte, Estefanía —afirma a continuación—. Piénsalo.

Lo pienso, claro que lo hago. Pero me doy cuenta de que, cuanto más lo pienso, más me altero.

—¿Te importaría que hubiera pasado algo entre ella y yo? —pregunta entonces.

—Noooooooooooo —respondo sin reflexionar.

Diego sonríe, qué sinvergüenza, y, acercando su boca a la mía, musita:

—Sí..., claro que te importaría.

—No.

—Un poquito sí..., lo sé. Te importa como a mí me importaba lo que hicieras con ese Doctor Amor. Pero, tranquila, he decidido ser el rey del hielo como tú y entonces ha dejado de importarme.

Sorprendida, parpadeo.

«¡Stop!

»¿Que ha decidido ser el rey del hielo?

»Ay, madre. No..., no..., no...»

—Tenemos que hablar —me apresuro a decir.

Diego asiente.

—Lo sé. Pero antes déjame decirte que te entiendo. Comprendo que no quieras nada conmigo, y creo que tienes razón. Me precipité. Lo nuestro posiblemente es un calentón. Ambos estamos solos. Nos atraemos. Y tomarlo más en serio sería un terrible error.

«¡¿Cómoooooooooooo?!

»¡¿Quéeeeee?!»

Sin cambiar mi gesto, asiento como un jodido Teletubbie.

Eso es algo que nunca habría querido oír en mi vida.

¡Ya no quiere nada conmigo!

«Y... y... yo pensando en darnos una oportunidad.

»Diosssssssss, ¡nunca voy a aprender!»

Y entonces me besa. Yo acepto su beso. Lo saboreo entre picor y escozor por lo oído y comienzo a ser consciente de que ahora sí que la estoy cagando... pero bien.

Tras el beso, nos miramos. Creo que él espera que yo diga algo al respecto, pero no. No pienso hablar de ello.

—¿Qué hacemos entonces? —pregunta él a continuación, sin soltarme.

Mis tripas rugen. La leona que habita en mi interior pide comida, y, mirándolo, voy a contestar cuando Diego afirma sonriendo:

—Creo que es mejor que vayamos a comer.

Con una sonrisa desconcertada, asiento y, tras caminar durante un par de calles cogidos de la mano, entramos en un restaurante italiano. ¡Me encanta!

Nos sentamos y decidimos tomar el menú del día. Pedimos ensalada César de primero, pizza carbonara de segundo y tiramisú de postre. Ni que decir tiene que todo está buenísimo y la compañía es inmejorable, a pesar de mi desconcierto.

Hablamos. Charlamos sin tapujos de miedos, de inseguridades. Esta vez el amor no tiene cabida en nuestra conversación. No vuelve a decirme nada bonito ni maravilloso. Es atento y encantador conmigo, pero se guarda los sentimientos para sí.

Lo noto frío. Algo distante, a pesar de cómo me mira. Y entonces me doy cuenta que así es como me comporto yo con él: fría y distante, aunque demande sexo.

En nuestra conversación queda claro que nos atraemos, y Diego dice que podemos vernos cuando nos apetezca sin compromiso alguno. Yo acepto. Me apetece y soy una mujer moderna. Y, aunque mi corazoncito llora por la decepción, siento que me lo merezco. Yo lo he querido así y así será.

A las cuatro y veinte ya hemos terminado de comer y tengo dos opciones: sexo o casa. Lo tengo claro. Quiero a Diego de repostre y, lanzándome al abismo sideral, suelto necesitada de su compañía:

—¿Y si vamos a un hotel por horas?

Mi pregunta lo descoloca. Creo que era lo último que esperaba después de lo que hemos hablado.

—¿Y tú cómo sabes que existe eso?

Me río, no lo puedo remediar. Éste me creía más inocente y monjil de lo que soy.

¡Pues anda que no he aprendido yo en los últimos meses!

Fue divorciarme y, como aquel que dice, liberarme.

A ver, la primera vez que oí a Soraya y a las chicas hablar de los hoteles por horas reconozco que me escandalicé. «¡Qué *zorronerío*!», me dije.

Pero una vez probado, cuando alguna noche lo he deseado, respondo guardando mis sentimientos como hace él:

—A ver, *Diegui*..., estoy divorciada y libre como los taxis con luz verde. Salgo con mis amigas de fiesta, atiendo mis propias necesidades o apetencias y, en ocasiones, conozco a hombres a los que por nada del mundo llevaría a mi casa. ¿Te aclaro algo más? ¿O ahora va a resultar que tú eres un monje?

Él asiente. Piensa lo que le digo y, al final, acercándose más a mí, pregunta:

—¿Está bien ese hotel del que hablas?

Asiento. Esos hoteles son para lo que son.

—Sólo te diré que no me gusta lo cutre —cuchicheo para picarlo.

—Vaya —murmura paseando su boca por la mía.

«Wooooo..., lo nerviosa que me estoy poniendo», y él insiste:

—Cuéntame cómo es.

Excitada, nerviosa y entrando en ebullición, susurro muy cerca de su boca:

—Es un sitio bonito, limpio y moderno. La cama es redonda, hay jacuzzi, sofá tantra y...

—Mira cómo me tienes —dice cogiendo mi mano para ponerla por debajo de la mesa, sobre su erección.

«Ay, Diositoooooooooo... ¡Ay, Diositoooooooooo! Lo que estoy tocandoooooooooo.»

Y, antes de que yo pueda decir nada, me da un beso en los labios y susurra:

—Empiezo a...

—... recordarte —finalizo, acordándome de la canción.

Diego sonríe, «qué bribón».

—Iba a decir que empezaba a cogerle el gusto a eso de «sin compromiso» —replica entonces.

«¡Tierra, trágameeeeeeeeeeeee!

»Joder, ¡qué cagadaaaaaaaaaa!

»Joder, ¡qué vergüenzaaaaaaaaaaaaa!»

Lo de «sin compromiso» me lo merezco. Yo lo he llevado a esa conclusión. Yo he provocado eso. Intento que sus palabras no me afecten, así que sonrío y afirmo blindando de nuevo mi corazón:

—Sin compromiso, ¡por supuesto!

Saco el móvil, abro Google, busco el nombre del hotel y, tras conseguir su teléfono, me levanto de la mesa en busca de intimidad. Hablo con la recepcionista del hotel y, después de reservar habitación mientras, no sé por qué, toco la pulsera que llevo en mi muñeca, quedo para dentro de media hora y digo dirigiéndome a Diego en cuanto cuelgo:

—¡Hecho! ¡Vamos!

Él pide la cuenta al camarero del restaurante. Se empeña en pagar y, para no discutir, yo lo dejo.

Según salimos, Diego dice mirándome:

—Deja tu coche aquí. Iremos en el mío.

Asiento, no le voy a discutir eso, y, tras montarnos en su coche y señalarle la dirección, nos dirigimos hacia allí mientras sé que a ambos el corazón nos late a mil por hora.

¡Nos deseamos!

Una vez en el sitio, el GPS nos indica el parking más cercano. Dejamos el coche allí y, de la mano y algo acelerados, caminamos en dirección al hotel. Al llegar, yo tomo el mando de la situación y digo a la recepcionista:

—Hola, he reservado la habitación Tantra para las cinco de la tarde.

«¡Como me gusta ser así..., decidida y segura!»

En este establecimiento no piden el carnet como en otros. Este hotel es para lo que es: puro y durito folleteo.

Y la chica, con una amable sonrisa, pregunta:

—¿La reserva estaba a nombre de...?

—Capitana Marvel. Dos horas.

Diego me mira estupefacto y yo sonrío. Me encanta sorprenderlo. Está boquiabierto. No cree lo que ha oído, y a continuación la chica vuelve a preguntar:

—¿Tarjeta o efectivo?

—Tarjeta —respondo con decisión.

Diego me mira de nuevo, va a decir algo, va a protestar, pero le devuelvo la mirada con chulería e indico abriendo el monedero:

—Pago yo.

Él asiente a regañadientes mientras se toca las pulseras y no dice más.

Paso la tarjeta. Son cincuenta euros, y, una vez la transacción está finalizada, la chica me entrega una tarjetita de color celeste e informa:

—Habitación Tantra. Al fondo, segunda puerta a la izquierda.

Como si hiciera eso todos los días, agarro la tarjeta con una mano y, cogiendo la de Diego con la otra, musito:

—Vamos.

Él me sigue, no dice ni mu, hasta que al entrar en la habitación, cierro la puerta y pregunta:

—¿Capitana Marvel?

Sonrío. Qué lagarterana me siento, y afirmo:

—Sí, *Ironman*.

Diego por fin sonríe. Le encanta ese juego tanto como a mí.

—Muy bien, Capitana... —murmura a continuación—, pasémoslo bien.

Y lo pasamos bien, ¡vaya si lo hacemos!

¡La piña!

El martes... la reserva la hizo él a nombre de Ironman.

El miércoles la hice yo a nombre de Viuda Negra.

El jueves la hizo él a nombre de Capitán América.

Y el viernes, yo a nombre de Gamora.

Sin duda, esto de tener niños hace que estemos muy puestos en el universo Marvel.

Madre mía..., madre mía..., estoy disfrutando del sexo como nunca en mi vida, pero, madre mía..., madre mía..., cada vez siento que estoy más colgada por él.

Estoy experimentando cosas con Diego que en la vida había experimentado, y, aunque me jorobe decirlo, y sé que voy a toda leche y sin frenos, la cagué muy mucho cuando le dije que no quería nada serio con él.

Cuando regresamos por separado por la tarde a las urbanizaciones, él se dirige a su casa y yo a la mía. Si llegamos pronto, nos encontramos en la piscina y allí entablamos conversación delante de Maya cuando no está Soraya, para que la Chiquitina pida ir a mi casa a jugar al *Mario Kart* y, así, jugamos los tres.

Entre risas, nos sentamos en el sofá de mi casa para jugar. Abrimos nuevas partidas del *Mario* de mi hijo David. Ellos eligen avatares a los que les ponen los nombres de Diego y Maya, y yo utilizo el de «Mamá», el que tengo cuando juego con mis niños.

Entre partida y partida, él y yo nos encontramos furtivamente en la cocina o en el baño, donde nos besamos apenas durante cinco segundos. Maya rápidamente reclama nuestra atención y nos conformamos con eso.

Por las noches, cuando se marcha con su hija a su casa para no levantar sospechas, a veces nos enganchamos al WhatsApp y, otras, tanto él como yo salimos con amigos. Lo nuestro sigue siendo sin compromiso.

Sé que esto que me está ocurriendo es como poco una locura, pero algo dentro de mí no quiere dejarlo pasar y me martirizo escuchando canciones de amor, mirando la pulsera de cuero que él perdió en mi cama y poniéndome morada a carbohidratos sabiendo que fui yo quien lo rechazó y que ahora si estoy así ¡es por mi culpa!

«¡Qué ansiedad tengo, por Dios!»

* * *

El sábado por la mañana, cuando nos vemos en la piscina de la urbanización de mis padres, no es que me ponga a mil, es que me pongo ¡a dos mil!, mientras nuestras miradas furtivas hablan por sí solas. Nos deseamos.

Nadie sabe nada de nuestro peligroso juego. Nadie se lo puede imaginar, y tener este secreto, sólo de los dos, se me antoja como algo morboso y caliente, además de loco, irracional y... una cagada, porque, sí, esto es una gran cagada.

¿Qué hago enamorándome de él?

¿Qué hago pensando en él?

¿Qué hago imaginando a nuestros niños juntos?

¿Qué hago escuchando canciones románticas?

En definitiva..., ¿qué narices hago?

Pero aquí estoy, sumida en mi propia cagada mientras disfruto de ese cosquilleo tonto y abrasador que siento cada vez que lo miro o noto que me mira y me desea.

Durante el rato que estamos en la piscina, Maya corretea a nuestro alrededor. Por suerte, ha hecho muy buenas migas con Eva, la hija de Cristina, y eso a todo el mundo, y en especial a su padre, le da un descanso.

Porque, sí..., la niña es una niña..., pero es espesita, espesita, y mira que conmigo ha cambiado.

Mientras charlamos Soraya, él y yo sentados en nuestras toallas, como siempre, el calentón me abrasa. Ese cuerpo tentador que está a escasos centímetros de mí es el mismo cuerpo con el que yo me revuelco sobre la cama del hotel desde hace días, y el morbo que siento es increíble. Uf..., me encanta su piel. Su sabor. Su olor. Todo. Me gusta todo de él.

Veinte minutos después, acalorados, nos metemos en la piscina, y cuando siento que su mano pasea por mi cintura por debajo del agua, ¡ay, Diosito..., ay, Diosito, lo que siento! ¡Me quiero morirrrrrr (eso sí, de placer)!

Como si no ocurriera nada, Diego pasa por mi lado. No me mira, pero siento cómo se le curva la boca al sonreír por lo que ha hecho, ¡será bribón!

Soraya se acerca a nosotros.

Los tres hablamos en el agua, y yo, dispuesta a vengarme de su ataque, extiendo la mano con disimulo y se la pongo ahí, justo ¡ahí!, sobre el bañador. Diego, que no se lo esperaba, al notarlo da un respingo hacia atrás y, perdiendo el equilibrio, se hunde.

¡Me parto!

La niña mala y cabrona que habita en mí... ¡se parte! Al final soy como el Abejorro, pero en adulto.

Soraya lo mira. Yo también y, con toda la inocencia del mundo, pregunto:

—¿Qué te pasa?

Diego se retira el agua de la cara y, sin mirarme a los ojos, indica:

—He puesto mal el pie y casi me rompo el tobillo.

—Por Dios, ¡ten cuidado! —dice Soraya. Y, mirándole la muñeca, añade—: Esas pulseras que llevas llaman mucho la atención. Son muy bonitas.

—Pues tienen su historia —contesta él riendo.

Soraya y yo nos miramos y, curiosa, pregunto:

—¿Qué historia?

Diego se seca de nuevo el agua de los ojos, mira a Soraya, después me mira a mí y sentencia:

—Si sois buenas, algún día os la contaré.

Mi amiga se parte de la risa, y Diego afirma:

—Además, son mágicas.

—¡¿Mágicas?! —exclama Soraya.

Él asiente y, tras explicar que las compró en el Gran Cañón a un viejo indio que le contó la historia de las pulseras y le señaló las propiedades de las mismas, finaliza:

—Estoy convencido de su magia.

Yo no digo nada. No creo en esas chorradas..., ¿o sí?

Cinco minutos después, decidimos salir del agua. Soraya da media vuelta y comienza a subir la escalera.

En ese instante, caballerosamente, Diego me cede el paso y sonrío, ¡qué galante!

Pero cuando estoy subiendo la escalera, de pronto siento sus manos entre mis piernas y, de la impresión, doy un chillido y me caigo hacia atrás sobre sus brazos. Rápidamente Soraya y toda la urbanización nos miran alarmados y yo, deshaciéndome a toda prisa de los brazos del puñetero Diego, me agarro a la escalera y, cuando termino de subirla, respiro aliviada.

—Joder..., qué resbalón.

Diego sube detrás de mí con una sonrisa en los labios, y mi querida Dora la Exploradora comenta mirándonos:

—Pues sí que estáis torpecitos los dos...

Eso nos hace reír como a dos tontos y, al mirarnos, sé que ardemos literalmente en llamas. Pero mucho..., mucho. Y cuando digo mucho..., mucho es mucho... ¡muchísimo!

Una vez llegamos a donde están nuestras toallas, mi teléfono móvil comienza a sonar de pronto y, al ver la cara de mi hija Nerea, me lanzo a por él como una loca y rápidamente hablo con mi niña.

«Aisss, ¡cuánto la echo de menos!»

Por suerte, está contenta. El enfado por el «no *piercing*» en el ombligo parece que ya se le ha pasado y, encantada, la escucho. Tras ella, hablo con Aarón y después con David, y, cuando cuelgo, mirando a mis amigos, suelto feliz:

—Dentro de dos días ¡ya estarán aquí!

Soraya y Diego sonríen. Están felices por mí. Yo, ni te cuento, aunque sé que el regreso de mis hijos limitará mis tardes de sexo, de besos furtivos en la cocina y mi tiempo libre.

¿Por qué siendo mamá todo no puede ser?

¿Por qué siendo mamá has de dejar de hacer unas cosas en beneficio de otras?

Aunque, la verdad, nada es más importante que mis hijos. Y, aunque sé que Diego está pensando lo mismo que yo, también sé que es de la misma opinión. Somos padres responsables y ellos son lo primero.

Llega la hora de la comida y cada vecino, incluida Soraya, regresa a su casa. Hoy no hay barbacoa. Los últimos en irnos somos Diego, Maya y yo. La niña está en el agua y, cuando nos quedamos solos, sin mirarme indica:

—Te besaría. Ni te imaginas las ganas que tengo de hacerlo.

«Woooooooooooooooo, ¡lo que me entra por el cuerpo!»

Sin querer remediarlo, sonrío. Ese juego que nos traemos va a acabar conmigo. Entonces Maya sale del agua y, acercándose a nosotros, propone:

—Papi, ¿comemos hamburguesa?

Diego la mira y sonríe. Se le cae la baba con su niña.

—¿Con queso? —pregunta a continuación.

Y Maya, que es una seductora nata con su padre, asiente y, tocándose la coleta izquierda, afirma con coquetería:

—Con *muchichichísimo* quesoooooooooooooooooo.

Eso nos hace reír a los tres. Al fin y al cabo, la Destroyer es una niña.

—¿Te apetece comer hamburguesa? —me pregunta entonces.

Según oigo eso, no sé qué responder. ¿Los tres?, ¿en serio?

Estoy pensando cuando se oye la voz de mi madre, que sale de su casa a la puerta de la piscina:

—¡E! ¿Vienes a comer?

Me siento observada por los tres.

«¡Aisss, ¿qué hago?! ¡¿Qué hagooooooo?!»

Estoy callada cuando Diego toma el mando de la situación y dice mirando a mi madre:

—Begoña, si no te importa, Estefanía se viene a comer una hamburguesa con Maya y conmigo.

«¿Quéeeeeeeeeeeeeeeeee?

»¿Así? ¿Sin anestesia?»

—¡Chupiiiiiiiiiiiii! —aplaude Maya.

Miro a Diego. Sonríe.

Miro a Maya. Sonríe.

Miro a mi madre. Sonríe y replica:

—Muy bien, hijo. Asegúrate de que se la coma entera.

—¡Mamáaaaaaaaaaaaaaaa! —protesto.

—E, cállate. Cada día estas más escuchimizada —insiste ella.

Diego, que siento que disfruta con la situación, asiente y, tras ver a Maya correr hacia su casa con las llaves en la mano, se levanta y dice mirando a mi madre:

—Me aseguraré de que se lo come todo. Hasta el último bocado.

—¡Perfecto! Confío en ti, muchacho —indica ella antes de desaparecer.

Acto seguido, Diego me tiende las dos manos.

—Ya lo has oído —dice—. Te tienes que comer toda la hamburguesa y después, si quieres, del postre me encargo yo...

Eso me hace sonreír. Él me hace sonreír.

Y, agarrándome a sus manos, me levanto y, cuando nuestros cuerpos están a punto de chocar, ambos somos conscientes de que o paramos el tonteo ya o aquí mismo nos besaremos.

Así pues, Diego da un paso atrás y, cuando estoy de pie, suelto sus manos e indico cogiendo el cesto con mi ropa y mis cosas:

—Muy bien. Vayamos a comer esa hamburguesa.

Sin rozarnos, sin mirarnos, caminamos hacia su casa y entramos por el jardín que da al interior de la urbanización. Maya ya está dentro y Diego, tras soltar la bolsa sobre su sofá como yo, pregunta levantando la voz:

—Chiquitina, ¿qué haces?

Los dos miramos hacia la escalera que va al piso superior, y entonces la niña responde:

—Papi..., me estoy cambiando de ropa.

De inmediato, Diego coge mi mano, tira de mí hacia la cocina y, tras empotrarme contra el frigorífico, me mira y sonríe.

—Tenemos exactamente medio minuto —dice—. Bésame.

Y lo beso. ¡Vaya si lo beso!

Contra el frigorífico, siento cómo sus manos recorren todo mi cuerpo, mientras su boca me besa con auténtica locura y yo lo beso a él.

Placer... por placer.

Gustito... por gustazo.

Deseo... por...

—¡Papi, ya bajo!

Al oír las pisadas de la niña bajando la escalera, nos separamos a toda mecha. Qué razón tenía al decir que teníamos medio minuto.

«¡Que nos pillaaaaaaaaa!»

Como si no pasara nada, cada uno se pone en un lateral de la cocina, y yo, al ver su creciente erección bajo el bañador, sonrío y cuchicheo señalando:

—Tápate eso.

Diego mira hacia abajo y resopla al ver su estado. Rápidamente, segundos antes de que la niña entre en la cocina, coge una piña del frutero y, como puede, la pone inocentemente frente a él.

Sonrío. Él también. Es ridículo. Entonces la niña mira a su padre y pregunta:

—Papi, ¿qué haces con la piña?

«Aisss, que me río.

»Pero que me parto ¡y me mondo!...»

Diego no sabe qué contestar.

Con la piña se está tapando lo que ha provocado con el empotramiento del frigorífico, y yo, acudiendo en su rescate como una auténtica superheroína, comento conteniendo mi guasa:

—Pero qué guapa te has puesto, cielo.

La niña me mira, atraigo su total atención, e indico:

—Ven. Vamos al baño para peinarte las coletas.

Maya da media vuelta encantada y se dirige hacia el baño, y yo, con guasa, susurro mirando a Diego:

—¡Me debes una!

Divertida, voy al baño, peino a la pequeña y, cuando acabo, Diego aparece sin la piña. Va ya vestido con unas bermudas y un polo blanco.

—Cuando las princesas estén preparadas —dice mirándonos—, podemos irnos a comer.

Maya sonríe, yo también, y corro al salón para sacar de mi cesto un vestidito, una gorra y unas sandalias.

Una vez todos estamos listos, salimos de la casa y, entre risas y comentarios divertidos, nos vamos a comer. Estamos hambrientos.

En cuanto llegamos a un búrguer nuevo donde yo no he estado en mi vida, Maya, cogida de la mano de su padre, dice antes de marcharse corriendo a la zona de juegos de niños:

—Papi..., yo quiero lo de siempre.

Diego asiente, sonríe y, cuando nos quedamos solos, murmura mirándome:

—Gracias por salvarme del desastre..., Capitana Marvel.

Me río, ha sido muy gracioso, y, aguantando las ganas que siento de darle un beso en los labios, afirmo:

—De «gracias» nada, Ironman. Quiero una hamburguesa bien grande sin pepinillos ni mostaza pero con doble de queso, cebolla, kétchup, tomate natural y beicon. Y, por supuesto, Coca-Cola Zero, patatas y aros de cebolla.

Diego asiente sonriendo.

—Tú, como siempre, poniéndolo fácil.

Ambos reímos por aquello y él, sorprendiéndome, me da un rápido pico en los labios.

—Tus deseos son órdenes para mí —afirma a continuación.

«Aissss, qué monoooooooooooooooooooooo.

»Aissss, qué blandita me sientoooooooooooo.»

Sonrío como una tonta, pero, acto seguido, miro a nuestro alrededor. Por suerte, nadie nos conoce, y, por más suerte aún, Maya no lo ha visto.

Madre mía, si esa niña lo viera, todo el buen rollo que hay entre nosotras se iría al garete. Pues no es celosa la chiquitina de su padre.

Tras pedir las hamburguesas, en pocos minutos están ante nosotros. ¡Qué rápidos son!

Con dos bandejas repletas de todo, Diego y yo caminamos hacia una mesa entre risas y cómplices empujoncitos más propios de dos tontos adolescentes, cuando una chica rubia y poquita cosa se acerca a nosotros y pregunta:

—Perdón, ¿su hija se llama Maya?

Diego asiente. Yo ni me muevo y aquélla, que está algo despeinada, indica:

—¿Pueden hacer el favor de decirle que deje de lanzarme bolas?

Según termina de decir eso, veo una bola roja de plástico que impacta contra la espalda de la chica.

«¡Joder con el Abejorro!»

Ella cierra los ojos. Diego no sabe dónde meterse. Yo intento no reír.

He vivido eso mismito con Maya. Lo sufrí la primera vez que se cruzó en mi camino, y cuando voy a decir algo, Diego gruñe:

—¡Maya!

La niña nos mira y sonríe con cara de cabroncilla.

—Papi, es Aleeeeeeee, ¡mi amiga del otro cole! —replica.

Según dice eso, la tal Ale se tira en bomba sobre Maya y las dos desaparecen bajo el mar de bolas de colores.

Instantes después, ambas resurgen como dos sirenitas, y la chica, horrorizada, nos dice:

—Su... su hija... es un poco bruta.

—¿Mi hija, bruta? —protesta Diego dejando la bandeja sobre una mesa—. Pero ¿no ha visto que ha sido la suya quien ha empujado a la mía?

Aquélla no responde, se calla, sabe que Diego tiene razón. Entonces, el abejorro de gafas amarillas se lanza contra la hija de la otra y las dos vuelven a desaparecer bajo las bolas de colores.

Sin lugar a dudas, las dos crías son ¡tal para cual!

La chica, asustada, corre en auxilio de su hija, y cuando se va a meter en la piscina de bolas, Maya y la otra niña sacan sus cabecitas muertas de risa.

Diego no se mueve, yo tampoco, y la joven, dice nerviosita perdida:

—Alejandrita, por favor, ¡sal de ahí, vámonos!

Pero Alejandrita se va hacia el fondo de la piscina de bolas.

—¡Vete tú! —grita—. Yo espero a mi papá aquí.

—Alejandritaaaaaaaaaa —insiste aquélla y, acercándose de nuevo a nosotros, se sienta derrengada en una silla.

Diego y yo nos miramos con complicidad sin entender nada, y Maya grita:

—Papi, Ale no quiere irse con ella.

—¡Chiquitina! —protesta Diego.

La chica, a la que le tiembla la barbilla, finalmente musita perdiendo los nervios:

—Esa niña me odia..., me odia.

Diego y yo nos miramos, y él pregunta:

—¿Tu hija te odia?

La muchacha toma un trago de agua de una botella que saca de su bolso y responde:

—No es mi hija, sino la de mi pareja. Y, aunque yo hago todo lo que puedo por ganarme su cariño, ¡es imposible! Imposible.

Solloza, lloriquea. Y Diego, cogiendo una de las servilletas de la bandeja de las hamburguesas, murmura:

—No llores. Que no te vea llorar.

La chica asiente, se limpia las lágrimas y afirma:

—Es que ya no sé qué hacer.

—¿Dónde está su padre? —pregunta Diego.

—Trabajando, y su madre, de vacaciones en Italia —responde ella—. Y yo..., yo me ocupo de la niña mientras él trabaja. Intento ser buena, comprensiva, pero..., pero ¡da igual! Todo lo que hago a ella no le gusta.

Diego asiente, creo que se apiada de la chica, y ésta añade:

—Miguel y yo vivimos juntos desde hace tres meses. Y... y lo quiero, como sé que él me quiere a mí. Pero la niña nunca ha llevado bien el divorcio de sus padres y..., bueno...

Vale..., ahora comienzo a entender un poco todo esto.

Padres divorciados igual a niña cabreada.

«¡Qué mal rolloooo!»

Por suerte, eso no me ha pasado a mí. Mis hijos han aceptado muy bien a la novia de su padre y espero que, si algún día yo tengo novio, lo acepten con el mismo entusiasmo.

Miro a la tal Alejandrita.

Sin duda aquella pequeña también tiene sus propios problemas, como solemos tenerlos los adultos divorciados, e, intentando entender a ambas partes, indico metiéndome donde no me han llamado:

—Mira, el divorcio de sus padres es un momento complicado para los niños.

La chica me mira.

—Llevan divorciados dos años. No es nada reciente.

Asiento y, segura de lo que digo, añado:

—Cada niño necesita su tiempo para entender y adaptarse a su nuevo entorno, y es normal que en ocasiones actúen como lo está haciendo Alejandra.

La chica me mira, Diego también, y yo, que me he leído tooodosssssssss los artículos del mundo para saber reaccionar si mis hijos pasaran por ese trance, prosigo:

—Esa niña necesita su tiempo de adaptación, y tú también. Dices que llevas viviendo con ella tres meses. Eso, en algunos casos, no es nada y en otros, es mucho. Pero está visto que, en el tuyo, es muy poco. Mi consejo es que te tranquilices y te armes de paciencia mientras creas vínculos especiales con ella. Todo lleva su tiempo, pero, una vez conseguido, te aseguro que te merecerá la pena. Ya lo verás.

—La niña me conoce desde hace tres años, pero me rechaza..., me odia y...

—¿Cómo te llamas? —la corto.

Ella toma aire.

—Camila.

Asiento.

—Camila, soy Estefanía, encantada. —Ambas sonreímos, y prosigo—: En cuanto a lo que dices, la niña te puede conocer desde hace tiempo, pero para ella sólo has sido una amiga de su papá a la que veía ciertas horas al día. Y ahora, desde hace tres meses, vives con ella y con su padre, y las cosas, por pequeñas que sean, han cambiado porque has ocupado un tiempo y un espacio que eran sólo de ella y de su papá.

—Lo sé...

—Todo tiene su tiempo de adaptación, Camila —indica Diego.

—Lo sé... Lo sé —afirma aquélla con desespero.

Diego y yo nos miramos conmovidos. Esa muchacha es demasiado joven para estar viviendo algo así, y, como queremos ayudarla, yo insisto:

—Sé que te duele su rechazo, Camila, lo sé. Pero para ella su mamá era quien vivía con ella y con su papá, y le cuesta aceptar ese cambio. Tú no eres su madre, como yo no soy la de Maya, y estoy segura de que el sentimiento de lealtad que tiene Alejandra hacia ella es lo que hace que vuestra relación no sea fácil.

Camila asiente. Sé que entiende lo que digo, y durante varios minutos los tres hablamos al respecto de lo acontecido. En un par de ocasiones, Maya viene hasta nosotros y yo, como madre que soy, aprovecho para meterle un par de patatas fritas en la boca. Maya ríe. Yo también. La *jodía* es muy graciosa cuando se lo propone, y de pronto Camila suelta:

—Espero algún día conseguir tener la complicidad que se ve entre vosotros tres. Sin duda, vosotros lo habéis logrado.

Diego y yo nos miramos.

Esa muchacha piensa que ¡Maya, él y yo...! Y, cuando voy a sacarla de su error, Diego indica:

—Todo llegará. Date tiempo y verás como todo llegará.

En un momento dado, cuando los tres nos callamos, recuerdo uno de los artículos que leí, y pregunto:

—¿Hay algo que a Alejandra le guste mucho hacer?

Camila suspira.

—Le encantan las construcciones de Lego, pintar mandalas y ver películas.

Asiento, está claro que ella observa lo que a la niña le gusta, y señalo:

—Pues ahí tienes tres posibles puentes de unión. —Diego y Camila me miran, y añado—: Crea con ella construcciones de Lego. Pinta mandalas. Ve películas. Ese tipo de cosas comenzarán a crear poco a poco ese vínculo que necesitáis entre ambas. Piensa que, mientras lo hagáis, será vuestro ratito especial, en el que seguramente sonreiréis y hablaréis de vuestras cosas. Además, crear momentos y recuerdos especiales es bueno y esencial para un niño.

Camila suspira y se encoge de hombros.

—Nunca me deja dibujar con ella, y mira que lo intento —replica—. Dice que sus cuadernos de mandalas son sólo suyos.

Asiento. Diego también, y lo oigo que dice:

—Muy bien, pues que sigan siendo suyos. Cómprate tú algún cuaderno y ponte a dibujar. Seguro que ella se acerca a ti a ver lo que haces y entonces podrás invitarla a participar y no al revés. Podría ser un buen comienzo.

Camila asiente. Y, por su manera de hacerlo, noto que lo que le decimos le está sirviendo de algo.

Acto seguido, saca su móvil y, mirándonos, dice:

—¿Os importa si compruebo qué echan en el cine más cercano?

Diego y yo negamos con la cabeza, y en ese momento él me mete una patata frita en la boca y los dos reímos como dos tontos. La chica mira interesada su móvil y después levanta la cabeza.

—Siempre vamos al cine con su padre —dice—. Quizá si la llevo yo sola...

—Eso estaría genial —afirma Diego.

En silencio, ella revisa su teléfono, y dice:

—En el cine más próximo echan *Mascotas*. ¿Creéis que le apetecerá verla?

Sonrío. ¡Qué mona es esta chica! Y, deseando que así sea, voy a responder cuando Diego indica:

—Pregúntaselo a ella. Nadie mejor que Alejandra para responderte.

—Pero no la llames Alejandrita..., está visto que no le gusta —digo yo metiéndole una patata a traición a Diego en la boca, lo que lo hace reír.

«Uisss, qué tontos y juguetones estamos.»

La joven se levanta feliz. Parece insegura. Creo que teme a la niña más que a un dolor y, tras tomar aire, se acerca hasta la piscina de bolas y la llama.

—Alejandra.

Ella no le hace caso, ni la mira, y Camila insiste:

—Alejandra.

Pero la niña... ¡es la niña!, y finalmente Camila, sin que aquélla la mire, dice:

—Alejandra, ¿te apetece que vayamos al cine a ver *Mascotas*?

Según dice eso, la pequeña se para, la mira y, tras parpadear, pregunta:

—¿Ahora?

—Sí.

—*¿Mascotas?*

—Sí.

—¿La de los animalitos? —insiste la cría.

Camila asiente y Alejandra, dejándonos a todos boquiabiertos, camina hacia el borde de la piscina de bolas, sale de ella y, corriendo hacia donde están sus zapatos, exclama:

—Maya, ¡me voy al cine!

—Halaaaaaaaaa..., ¡cómo molaaaaaaaaaaaaa! *¡Mascotassssssssssssssssss!* —afirma mi Abejorro saliendo de la piscina de bolas.

Camila nos mira y sonríe. Ha sido una buena idea proponérselo, y nosotros sonreímos felices por ella.

Sin duda tiene un recorrido largo con la pequeña, pero el comienzo... ¡ahí está!

Segundos después, Alejandra llega hasta donde estamos y, mirando a Camila, pregunta:

—¿Me comprarás palomitas?

—¡Y Coca-Cola! Pero no se lo digas a papá —afirma ella.

La niña sonríe. Mira a Maya y, cogiendo la mano de Camila, indica:

—Adiós. Me voy al cine.

Una vez aquellas dos se marchan del búrguer, Diego, que está tan emocionado como yo por lo vivido, dice mirando a su hija:

—Chiquitina, ve a lavarte las manos y, venga, ¡a comer!

—Eso..., que se enfría —apremio yo.

Maya se marcha corriendo al baño, y entonces Diego me mira y dice:

—Te besaría ahora mismo.

Oír eso me hace sonreír.

Y, tras comprobar con el rabillo del ojo que Maya no está y nadie nos observa, soy yo quien se apresura a besarlo.

—Y ni uno más, ¿entendido? —le advierto cuando me separo de él.

Diego sonríe satisfecho, vuelve a meterme otra patata frita en la boca y se sienta. Yo me siento enfrente y estamos sonriendo cuando Maya regresa a nuestro lado y, acomodándose junto a su padre, se mete una patata en la boca y exclama cogiendo su hamburguesa:

—¡Biennnnnn..., con *muchisísimo* quesooooooooooooooo!

¡Estoy espléndida!

Estoy nerviosa.

Muy nerviosa.

Mis niños llegan hoy a casa.

Acabo de ducharme y, mientras me doy crema hidratante en el cuerpo y escucho a mi Mónica cantar *Empiezo a recordarte* por decimoctava vez, pienso en Diego.

«Ay, Diego..., Diego..., Diego..., ¿qué me has hecho?

»¿Cómo mi vida y su sentido han podido cambiar en tan poco tiempo?»

El otro día, tras comer en el búrguer con él y su hija, pasamos la tarde de nuevo en la piscina de la urbanización de mis padres. Sobre las siete, Agustín, el padre de Eva, la amiguita de Maya, se acercó a nosotros y comenzó a hablar con Diego.

Soraya y yo continuamos a lo nuestro mientras aquéllos hablaban de motores, llantas de aleación y no sé qué más. Sin prestarles atención para que mi amiga no se coscara de nada, la voz de Diego me taladró el oído.

«Dios santo, ¡hasta su timbre de voz me pone! Y ya no digo cuando ríe o sonríe.»

Después llegó Cristina, mujer de Agustín y mamá de Eva. Nos saludó a Soraya y a mí, pero se quedó con ellos hablando, y fui consciente de cómo se retiraba el pelo del rostro con coquetería cada vez que se dirigía a Diego.

«Vaya..., vaya... con Cristina.»

Y, sin poder remediarlo, los celos llamaron a mi puerta.

Sonrío. Cojo más crema del tarro para untarme en las piernas mientras pienso: «¿Qué hago sintiendo celos? ¿En qué momento me he permitido semejante locura? ¿Acaso todavía no he entendido que entre Diego y yo sólo hay sexo, porque así yo lo he querido?».

Poco después, aquéllos se despidieron, y cuando Diego recogió sus cosas y las de Maya a toda mecha porque lo habían invitado a cenar, juro por Dios que yo ardía, pero de rabia, por saber que iba a cenar con Cristina, y..., valeeeee, su marido y su hija.

Lo que no esperaba es que apareciera a las once y media de la noche en mi puerta, y, entre besos y urgencias mientras me desnudaba, me dijera que Maya se quedaba a dormir con su amiguita Eva en su casa y teníamos la noche para nosotros.

¡Olé y oléee, lo bien que lo pasamos en mi cama y con *Simeone*!

Y, sí, aquí estoy ahora, dándome crema en el cuerpo, recordando y suspirando, mientras soy consciente de que, si me llegan a decir lo que me pasaría hace dos meses, nunca lo habría creído.

¡Yo, enamorada de nuevo!

¡Para flipar!

Una vez acabo mi ritual de embadurnarme de crema, me miro en el espejo y sonrío.

La verdad es que este verano y todo lo que me está ocurriendo me está sentando muy bien.

Estoy morenita, me siento guapa, tengo las mechas perfectas y se me ve feliz, muy feliz, y sé que esa felicidad se la debo a Diego, aunque lo nuestro sea algo sin compromiso.

«¡Mierdaaaaaaaaaaaaa!»

Cuán cierto es eso de que el amor te hace resplandecer. Porque yo me siento resplandeciente, y hasta fosforita, aunque, como sigo pensando..., la estoy cagando.

Sonriendo, salgo del baño y, tras echar un vistazo a mi armario, decido ponerme un petò corto vaquero que me compré la última vez que fui al mercadillo con Soraya. Es una monada, y reconozco que, ahora que he adelgazado, mi cuerpo serrano no se ve mal. Nada mal.

En cuanto me pongo una camiseta blanca, me coloco el peto y asiento mirándome al espejo.

«Vayaaaaa..., estoy estupenda.»

Con coquetería, me recojo el pelo en una coleta alta. Me sienta bien.

Miro el reloj.

Mis *pezqueñines* están a punto de llegar, y estoy entre reír y llorar.

Miro mi habitación. Todo en orden. Nada fuera de lugar, y pulsera fuera de mi muñeca y guardada. No se nota que Diego haya estado aquí conmigo, y suspiro aliviada. Lo último que querría es que mis hijos se dieran cuenta de algo. Y más cuando, encima, ¡no hay nada entre nosotros!

Estoy pensando en ello cuando oigo el motor de un coche que se detiene frente a mi casa. *Torrija* instintivamente se levanta y, moviendo el rabito, sale de mi habitación a toda mecha.

«¡Mis niños han llegado!»

Segundos después, el timbre de la casa suena con insistencia. *Torrija* ladra, y yo bajo la escalera de siete en siete. ¡Madre, qué agilidad tengo!

Según abro la puerta, mis ojos chocan con los de mi pequeño Aarón, ¡qué guapo está!

A toda prisa él se lanza a mi cuello, me abraza con ese cariño que siempre me da y me dice al oído:

—Preciosa, cuánto te he echado de menos.

¡Me deshago!

¡Enloquezco!

«¡Mi niño ya está en casaaaaaaaaaa!»

Lo beso y requetebeso, y él me mira a los ojos y cuchichea:

—Mamá, o me sueltas o me mearé aquí porque habré reventado.

Divertida, le doy otro beso y lo suelto. Aarón corre hacia el baño y entonces Nerea llega hasta mí. Rápidamente deja la bolsa de ropa que lleva cargada al hombro en el suelo. Me abraza. Yo me la como a besos, y, al separarnos, me mira y afirma:

—Mamá..., estás guapísima.

¿Guapísima? ¡Ella sí que está guapísima!

Enseguida me cuenta cientos de cosas, Nerea es un chorreo de vitalidad, y cuando me repite por decimoquinta vez lo guapa que estoy, pregunto:

—¿Me estás haciendo la pelota por algo?

Nerea pone los ojos en blanco, da un paso atrás y murmura:

—Mamá..., por favorrrrrrr.

Eso me hace reír, no lo puedo remediar, y mi hija comenta:

—Por cierto, papá cada día conduce peor. Pobre Vanesa.

Oír eso me hace gracia. Miro hacia donde está Alfonso, que saluda a un vecino. Es la primera vez que creo que lo miro sin acritud desde nuestro divorcio, y, la verdad, no siento ni frío ni calor. Para mí, él seguirá siendo eternamente el padre de mis hijos, pero nada más. Absolutamente nada más.

Mientras Nerea continúa con las noticias, observo a mi ex y soy consciente de cómo he cambiado, y ya no me gusta ni su manera de vestir, ni de moverse, ni de nada. Si lo comparo con Diego, Alfonso es arcaico y anticuado en muchos aspectos, y eso me hace gracia; entonces oigo a Nerea preguntar:

—Mamá, ¿y ese peto tan chulo?

Prestándole de nuevo toda mi atención, respondo:

—Me lo compré en el mercadillo.

Ella asiente, sonríe y finalmente indica cogiendo la bolsa del suelo:

—Mami, estás resplandeciente. Espero que hayas ligado mucho..., mucho..., mucho.

Sorprendida por su comentario, respondo sin entrar en materia:

—Tú sí que estás guapísima.

—Tú más, mamá. Mucho más —reafirma mi hija.

«Uisss..., una de dos, o verdaderamente estoy muy guapa, o ésta me está haciendo la pelota por algo.

»¿Qué querrá?»

—Nereaaaaaaaaa —grita entonces Aarón—. Tráeme la tablet.

La aludida rápidamente me mira. Saca lo que su hermano le ha pedido del bolso que lleva colgado y dice:

—Ya voyyyyyyyyyyyyyyyyyyyy.

Una vez Nerea entra en casa junto a una feliz *Torrija*, miro hacia el coche de Alfonso. Desde donde estoy, veo a su novia, Vanesa, abrazando a mi David, y el corazón se me encoge. Mi niño está llorando.

Rauda y veloz, camino hacia mi *pezqueñín*. Sus pucheros me encogen el alma e, ignorando a mi ex y a su chica, me agacho junto a él y pregunto:

—¿Qué te ocurre, mi amor?

David me abraza. Llora. No entiendo nada. Y entonces la nueva pareja de mi exmarido, que, todo sea dicho, es muy mona y tiene unos ojos preciosos, me mira y, con cierto apuro, explica con los ojos anegados en lágrimas:

—Llora porque le da pena despedirse de mí.

Asiento. Abrazo a mi pequeñín, que es muy sensible, y murmuro en su oído:

—Tranquilo, mi vida. Tranquilo.

David asiente. Llora con penita, mientras el fanfarrón de su padre, sin prestarle atención, sigue hablando con el vecino. «¡Jodido Alfonso!»

Mis ojos y los de aquella mujer se encuentran. En su mirada siento el cariño que le ha cogido a mi pequeño, e intentando que entienda que estamos en el mismo bando y que no la odio porque ella no me ha hecho nada, musito dirigiéndome a mi hijo:

—David, cariño, seguro que pronto os volvéis a ver, ¿verdad, Vanesa?

La joven asiente al oír mi voz y percibir mi mirada tranquila. Sabe que yo contra ella no tengo nada. Al revés, que mi niño la quiera y llore por ella significa que lo ha cuidado tanto como lo habría hecho yo, y responde:

—Claro que sí, David, cuando tú quieras.

Mi pequeño asiente, intenta sonreír y, pasándolo de mis brazos a los de Vanesa, digo:

—Venga, daos un superbesito.

David sonríe. Vanesa también. Veo cómo mi hijo y aquélla se abrazan y se besan, y yo, sin más, sonrío y soy feliz.

Instantes después, el fanfarrón de Alfonso llega hasta nosotros y, mientras aquéllos se hacen cariñitos, veo que él me mira de arriba abajo.

—Vaya..., Estefanía... —dice.

—¿Qué?

—Parece que el veranito te está sentando muy bien.

—Gracias.

—Se te ve espléndida.

—Gracias —repito sin mirarlo.

—Las que tú tienes..., guapa.

Según lo oigo, lo miro. Es un sinvergüenza.

Joder..., que se corte un poco, ¡que está su chica delante!

Lo conozco.

He vivido muchos años con él, y su manera de mirarme significa que le gusta lo que ve, le gusta más de lo que él querría dar a entender, y, manejando el momento con tranquilidad, afirmo sin saber por qué:

—La verdad, Alfonso, el verano se me está dando muy bien. Es más, creo que está siendo el mejor de mi vida.

Él, que también me conoce muy bien, lee entre líneas y su gesto cambia.

¡Pedazo de derechazo le acabo de soltar!

Le joroba dar sentido a mi respuesta, ¡que se joda!

Que se entere de una vez, mi mundo se abrió cuando me divorcié de él.

Y, finalmente, cuando David vuelve a mis brazos, dice intentando disimular su frustración:

—Vamos, campeón, dame un beso, que me voy.

David lo mira y no le echa los brazos. Simplemente le da un beso en la mejilla y, cuando acaba, pregunta mirando de nuevo a Vanesa:

—¿Vendrás a verme otro día?

La joven sonríe. Me mira. Y, cuando yo asiento, ella afirma:

—Por supuesto que sí.

Dicho eso, con una sonrisa me doy la vuelta y regreso a mi casa, pero al llegar a la puerta, me detengo. Sé que Alfonso nos está observando y dirijo la vista hacia atrás. Vanesa ya se ha metido en el coche, pero él, como suponía, sigue ahí parado, contemplándome. Es consciente de lo que ha perdido. Recorre con la mirada mi cuerpo. Ese cuerpo que fue suyo, sólo suyo. Y, cuando sus ojos y los míos se encuentran y distingo la pena en los suyos, sin ninguna pena en los míos, dejo de mirarlo, doy media vuelta y entro en mi hogar.

Un hogar que ahora es sólo mío y de mis hijos porque él perdió su sitio aquí.

¡Pásalo bien!

Los días posteriores a la llegada de mis niños, estoy pletórica. Tener a mis *pezqueñines* en casita me hace feliz, y más cuando veo ¡que ni siquiera se pelean!

Por suerte, mis padres cuidan de ellos mientras yo trabajo.

¡Qué sería de mí sin su ayuda!

Desde su llegada, Nerea no ha ido ningún día a la piscina. Según ella, tiene que estudiar por las mañanas para sacarse el curso y, por las tardes, prefiere irse a la urbanización de su amiga Carmela.

Hay que ver lo responsable que está Nerea desde que ha vuelto de las vacaciones. La veo tan pendiente de sus hermanos y de sus necesidades que ya estoy comenzando a pensar... si pasa algo.

Con que David o Aarón digan «Nerea quiero...», la hermana pierde el culo por conseguírselo. Una de dos: o las vacaciones han hecho que mi hija madure al verse sola con esos dos, o aquí hay gato encerrado.

Pero bueno..., mejor no pensarlo. Lo que tenga que ser será... y yo me enteraré.

Con Diego sólo he tenido un rato furtivo en mi casa. Me estaba esperando al llegar de trabajar, pues sabía que los niños estaban con mis padres. Hicimos el amor en el baño como locos. Y cuando digo locos... ¡es locos! ¡Ni a la cama llegamos! Después, cuando se marchó tan rápido como había llegado, la sensación de pena que me invadió fue increíble. Lo añoro mucho, más de lo que nunca habría imaginado.

Nuestros encuentros se han limitado de tal forma que creo que voy a explotar. Eso de verlo y no poder tocarlo me está volviendo loca, y aunque no me quejo porque sé que he sido yo quien así lo ha querido, lo añoro. Echo de menos nuestras tardes de hotel, nuestras risas cómplices y nuestros besos.

Ahora sólo nos queda el WhatsApp. Hablamos, o, mejor dicho, tecleamos hasta las tantas de la madrugada y, aunque casi me pegue con el corrector porque todo lo que pongo me lo cambia y a veces pongo cada cosa que para qué, sé que ese modo de hablar es lo único que tengo con Diego.

Con el Doctor Amor continúo hablando por Kik. Es muy simpático y me niego a perder el contacto con él. Me cae bien. Y como sé que Diego tiene sus charlas con otras, ¿por qué no las voy a tener yo?

Estoy pensando en ello en la oficina cuando siento que me vibra el teléfono. He recibido un mensaje, y sonrío al ver que es de Diego.

¿Puedo llamarte?

Vuelvo a sonreír. «Qué mono.» Y rápidamente contesto:

Sí.

No tarda ni dos segundos en sonar mi teléfono. Por suerte, está siendo una mañana tranquila y, cuando lo cojo, saludo con picardía:

—Hola, Ironman.

El sonido de la risa de Diego no tarda en inundarme por completo. Qué bonita sonrisa tiene.

—¿Cómo llevas el día? —me pregunta a continuación.

Me apresuro a contestar y, como siempre, comenzamos a charlar. Él sigue de vacaciones, tiene todo el tiempo del mundo, y, tras comunicarnos, pregunta:

—¿Crees que esta noche nos podremos ver?

Suspiro, nada me gustaría más, pero, consciente de que no puedo, respondo:

—Imposible. Con los niños en casa es complicado.

Aun sin ver a Diego, imagino que asiente.

—¿Mañana puedo ir a recogerte al trabajo?

—No.

—¿Y pasado mañana?

—Diego..., sabes que no puedo. Los niños han regresado y yo...

—¿Que los niños hayan regresado significa que ya no puedes divertirte?

Me callo. No sé qué responderle.

Estaba claro que el hecho de que mis hijos estuvieran en casa limitaría mis movimientos, y, como he sentido sus palabras como algo incómodo, sin saber por qué, suelto:

—Oye, Diego. Hace dos noches quedaste con unas amigas, hazlo otra vez. Recuerda que esto es sin compromiso, ¿no?

«¿Yo he dicho eso?

»¿Yoooooooooooooooo?»

Bueno..., bueno..., según lo suelto, ya siento que me sale urticaria por todo el cuerpo.

«Por Dios..., por Dios..., que no salga. Si lo hace, me moriré de celos.»

Y entonces lo oigo decir:

—De acuerdo.

«¡Mierdaaaaaaaaaaaaaaaaaaaaaaaa!

»Pero, vamos a ver, ¿por qué no mantendré la boca cerradita?»

—Haré un par de llamadas y saldré a tomar una copa esta noche. La verdad es que me apetece mucho. Seguro que Ana quiere salir otra vez.

«Me cago en Ana, en Ano y en *tóooooooooooooooo.*

»¡Más mierdaaaaaaaaaaaaa!»

Pero, consciente de la cruda realidad y de que si estoy en esta tesitura con él es por mi culpa y porque no paro de dar malas y *cagarrutosas* ideas, afirmo:

—Si no te veo, pásalo bien.

—Lo haré.

A continuación, nos quedamos en silencio. Yo no sé qué decir, y él comenta:

—Estoy en la piscina de la *urba* con Maya, veo a tus hijos más allá.

Eso me quita la pena y pregunto sorprendida:

—¿Nerea está ahí?

—Sí.

Eso me sorprende. Es el primer día que Nerea va a la piscina desde que ha regresado de vacaciones y, curiosa, pregunto:

—¿Qué hacen mis niños?

—Pues Nerea toma el sol con sus amigas mientras todas escuchan música con unos auriculares y teclean en sus móviles. Aarón está en el agua, jugando con un balón, y David está jugando con Maya.

Lo último me sorprende. David y Maya precisamente nunca se han llevado bien, pero añade:

—Al parecer, David ha aprendido a jugar al tres en raya en la playa y, como a Maya le gusta mucho ese juego, llevan horas ganándose el uno al otro.

Eso me hace reír. Me gusta saberlo.

—¿Has hablado con tu madre? —pregunta Diego entonces.

—No.

No sé a qué se refiere. Con mi madre, ¿para qué? Y, tras un silencio, cuchichea:

—Ella y Nerea han tenido unas palabras y la oí decir que te iba a llamar.

Sorprendida ante la falta de noticias con respecto a aquello, no sé qué decir, y pregunto:

—¿Y sabes lo que ocurría?

—Sí.

—Pues dímelo.

—No.

—¿Cómo que no? —replico atónita.

La risa de Diego vuelve a sonarme a música celestial, y luego oigo que dice:

—Lo siento, pero yo no me meto en problemitas de mujeres. Cuando vengas, ellas mismas te lo dirán. Pero tranquila..., es una tontería.

Saber eso me inquieta. Ni mi madre ni Nerea me han llamado. ¿Qué habrá pasado?

En ese instante entra un matrimonio en la gestoría y, bajando la voz, digo:

—Hay gente. Tengo que dejarte.

—Vale.

—Adiós.

—Oye...

—¿Qué? —pregunto.

—Echo de menos a la Capitana Marvel.

«Ay, qué ricooooooooooooooooooo.

»Ay, qué monooooooooooooooo.

»Ayyyy, cómo me aletea el corazón.

»Y, aisssss, qué celosa me pongo al saber que va a salir esta noche...»

Pero, saltando de flor en flor como si viviera en un país multicolor, con una sonrisita en los labios, musito:

—Adiós, Ironman.

Y, una vez dejo el teléfono, aquel matrimonio se sienta ante mí para contarme su problema y yo sólo pienso en Diego..., Diego..., Diego. ¿En serio va a salir de ligoteo esta noche?

Ni pilingui ni indecente

Cuando llego a casa, me quito acelerada la ropa de trabajo para ponerme el biquini y el vestidito veraniego. Aunque antes busco en la carpeta de música de mi móvil y pongo *Mía* de Lolita Flores.

Me encanta esta canción, como sé que le gusta a Lolita. Ella, al igual que yo, la cantaba con su padre, y sin duda es especial para nosotras. Esto lo digo porque Lolita lo comentó en una entrevista que vi en la tele, no porque yo la conozca. ¡Ya quisiera! Pero es que mi padre era y es un enamorado de Lola Flores y todo lo que tenga que ver con su familia.

Muevo las caderas con sensualidad y canturreo la bonita canción, saco el táper de macarrones del frigorífico, lo meto en el microondas y me lo caliento. Estoy muerta de hambre.

Mientras aquello da vueltas en el micro, como si llevara sangre gitana en mi interior, bailoteo al compás de las palmas de la canción. Lo que me gusta a mí bailar.

Bailo, disfruto y canto, hasta que el timbre del micro me dice que ya está mi comida. La saco con cuidado y, una vez dejo el plato sobre la encimera, busco la canción *Esta tarde vi llover*, pero cantada por Lolita y Rosario Flores.

Estoy rumbera. ¡Estoy Flores!

Gustosa, picoteo los macarrones mientras soy incapaz de sentarme y dejar de bailar. En el fondo soy como mi padre, muy rumbera y Flores, ¡y me gusta!

Cuando, quince minutos después, salgo de casa, en mi mente sigo tarareando las canciones que he puesto. Estoy contenta. Estoy feliz. Mis hijos están bien. Mi familia está bien. Tengo trabajo, y tengo a alguien que me hace sonreír. ¿Qué puede jorobar mi felicidad?

Y así, sonriendo, entro en la urbanización de mis padres y el primero que me ve es David. Mi pequeñín corre como un loco en mi dirección seguido por Maya y, cuando lo abrazo, me aprieta contra su cuerpo y exclama:

—Mamiiiiiii, ¡ya estás aquí!

Sonrío, lo besuqueo en la cabeza y veo al fondo a Diego sentado con Dora la Exploradora. «Ay, madre, lo que me entra por el cuerpo. ¡Qué impresionante está mi Diego!»

Cuando bajo al suelo a mi pequeñín, Maya es ahora quien se cuelga de mi cuello.

—Biennnn —murmura—, ya has llegado, ¡ya estamos todos!

Complacida, la beso también en la cabeza y, cuando ellos se alejan corriendo, Aarón viene hasta mí, me abraza por la cintura y dice mirándome:

—Hola, preciosa, ¿estás bien?

Doy un chillido..., ¡está empapado! Y cuando me voy a cagar en su padre por lo cabrito que es, me suelta.

—Hoy estás más guapa que ayer.

Me río, no lo puedo remediar, mi hijo es un zalamero de mucho cuidado, pero de pronto oigo a mi madre gritar:

—¡E!

Levanto la mirada y veo que camina hacia mí. Uissss..., ¿por qué tiene cara de enfado? En su camino, Nerea se le une.

Bueno..., bueno..., sus gestos y su forma de andar me hacen saber que me voy a enterar de eso que Diego me ha advertido cuando me ha llamado por teléfono.

Pero ¿por qué tontería habrán discutido mi madre y mi hija?

Aarón, que me tiene todavía cogida de la cintura, musita de pronto:

—¡Me piro pero ya!

Y, a continuación, se aleja de mí y se tira a la piscina, cómo no, en bomba, y me empapa.

«¡Será cabrito mi hijo!»

Estoy quitándome el agua de la cara cuando miro de nuevo hacia Soraya y Diego. Sus gestos son serios. Me observan. Pero ¿qué pasa?

Nerea adelanta entonces a su abuela y, plantándose ante mí, dice:

—Mamá..., escucha..., yo...

—E, por el amor de Dios —la interrumpe mi madre—, ¿cómo has permitido que la niña se taladre el ombligo?

Según dice eso, mi mirada baja al ombligo de Nerea y... y...

«¡*Porelamordemividadetuvidaydelavidadetodoelmundo*, ¿qué hace ese *piercing* ahí?!»

Me llevo la mano al pecho y me acelero.

«¡Pero si le dije que nooooooooooo!»

Boquiabierta, miro a la niña.

Del susto que tiene, se le van a salir los ojos de las órbitas.

Luego miro a mi madre. Tiene una cara de enfado de no te menees.

A continuación, miro a Diego y a Soraya, que ya se han levantado de las toallas.

—Mamá, te lo iba a contar.

Boquiabierta, alucinada y sin dar crédito, parpadeo e indico con la voz cortante:

—Te dije que no.

Nerea asiente, y mi madre insiste:

—Por el amor de Dios, hija... ¿Cómo lo has podido permitir y cómo lo ha podido permitir su padre? Pero ¿en qué estáis pensando? Nerea es una niña, una muchachita demasiado joven para hacerse esa indecencia en el cuerpo.

—Abuela, un *piercing* no es ninguna indecencia —gruñe Nerea.

—Eso es de ¡pilingui!

—¡Mamáaaaaaaaaaa! —le recrimino yo.

—Ni mamá ni mimí. No me gustan ni los taladros ni los tatuajes, ¿acaso no lo sabéis?

—Es mi cuerpo, abuela, no el tuyo —insiste Nerea.

—Uis, la mocosa esta, ¡¿a que le cruzo la cara?! —gruñe mi madre.

Como era de esperar, comienzan a discutir en medio de la piscina con todo el mundo mirando.

«Madre mía..., madre mía..., ¡qué espectáculo estamos dando! Y las vecinas comiendo pipas, sin perderse detalle...»

Si mi madre dice blanco, Nerea negro. Y yo estoy tannnnnnnnnn bloqueada mirando el *piercing* reluciente que mi hija lleva en el ombligo ¡que no sé ni qué decir!

Pero ¿desde cuándo mi hija toma decisiones por sí sola?

—Repito... —insiste mi madre—, eso es de pilingui y una indecencia. No sé qué estás pensando, hija..., no lo sé, pero, desde que te has divorciado, cada día te entiendo menos.

«Pero ¿qué dice?

»¿A qué viene eso ahora?»

E, incapaz de callar, finalmente miro a mi progenitora y replico:

—Mamá, siento decirte que un *piercing* no es ninguna indecencia y, por supuesto, tampoco es de pilingui como tú dices. Y en cuanto a mi divorcio y lo que tú entiendas o no ya me lo explicarás, porque la que no te entiende soy yo. Y, dicho esto, yo no le he permitido a Nerea hacerse el *piercing*. Cuando me preguntó, le dije que no se lo hiciera —y, dirigiéndome a mi hija, pregunto—: ¿Tu padre lo sabe? —La niña asiente y yo suelto como un camionero—: ¡Me cago en el capullo de tu padre y en toda su jodida familia!

—¡E! —grita mi madre—. Esa boquita, hija mía. Que tu padre y yo nos gastamos nuestro dinerito en tu educación como para que ahora hables así.

Pero a mí en este instante la educación y todo lo que ello conlleva es lo que menos me importa y, deseando cortarle la cabeza al padre de mi hija, sentencio:

—Ese capullo me va a oír ahora mismo.

Y, con toda mi mala leche y sin importarme que nos esté mirando media urbanización, suelto mi cesto en el suelo y saco mi teléfono del bolsillo de mi vestido. No obstante, cuando voy a llamar, Nerea me lo arrebata de las manos.

—Mamá —dice.

—¡¿Qué?! —grito sintiendo que va a empezar a darme vueltas la cabeza.

—Lo hice sin el consentimiento de papá.

—¡¿Qué?! —chillamos mi madre y yo.

—Él tampoco lo sabía. Cuando lo vio me regañó y se enfadó mucho conmigo. No creas que me permitió hacérmelo porque no es así. ¡Y no lo llames «capullo»!

Vale. Mi hija tiene razón. No tengo que llamar «capullo» ¡al capullo de su padre!

Pero la cabeza ya me da vueltas. Estoy enfadada, mucho; de pronto se acercan a nosotros Soraya y Diego y ella dice mirándome:

—Estefanía..., toma aire y respira, que te conozco.

La miro. Maldigo y siseo:

—Pero ¿tú has visto lo que ha hecho?

Soraya asiente. Claro que lo ha visto.

Entonces Aarón, acercándose a nosotros, indica mirando a su hermana al tiempo que David y Maya también se aproximan:

—Te lo dije, pringaílla.

—¡Déjame en paz! —grita Nerea.

—A mí no me gusta —afirma David con cara de asco.

—Molaaaaaaaaa muchoooooooo —murmura Maya mirando el ombligo de Nerea como el que mira algo divinamente divino.

La confusión es total.

Mi madre grita.

Nerea grita.

Los niños dan su opinión.

Y, cuando voy a decir algo, mi hija, que ha sacado el mismísimo carácter que yo, suelta mirando a sus hermanos:

—A partir de ahora, como se os ocurra pedirme que os traiga un puñetero vaso de agua o cualquier otra cosa, os lo coméis, ¿entendido?

—Jooooo..., ni el tate ni yo nos hemos chivado —protesta mi David.

Aarón lo mira, le tapa la boca con la mano y, mirándome, dice:

—Preciosa..., te lo podemos explicar.

—¡¿Qué?! —murmuro.

—¡Serán sinvergüenzas! —gruñe mi madre.

«¡La madre que los parió!»

Ahora entiendo el servilismo de Nerea con sus hermanos. Ellos lo sabían y, para que se mantuvieran callados, ella hacía todo lo que éstos le pedían.

«¿Será posible?

»Pero ¿desde cuándo mis hijos hacen esas cosas?»

Estoy atónita, y voy a hablar cuando Diego se mete en medio y dice mirando a David y a su hija:

—Maya, ¿por qué no vais a casa y os cogéis un helado de esos que hemos comprado esta mañana?

—¡Guayyyyy! —gritan la pequeña y David.

—Sobre la toalla están las llaves —indica Diego.

—¿Puedo ir con ellos? —pregunta Aarón al ver a aquellos dos alejarse corriendo.

Diego asiente, sonríe y afirma revolviéndole el pelo:

—Por supuesto, colega. Y, por favor, como tú eres mayor que ellos, controla que Maya no se deje las llaves dentro, ¿vale?

—¡Vale!

Aarón se marcha corriendo tras aquéllos y veo que Soraya coge a mi madre del brazo y dice:

—Vamos, Begoña. Vayamos a tu casa a comer un trozo de bizcocho de vainilla de ese que me dijiste antes que habías hecho.

Una vez mi amiga se lleva a mi madre a regañadientes, Diego nos mira a Nerea y a mí y coge mi bolsa del suelo.

—Acompañadme —pide.

En silencio, lo seguimos hasta llegar a un lateral de la piscina. Allí no hay nadie cerca comiendo pipas que nos pueda escuchar, y entonces Diego empieza a hablar mientras se toca las pulseras:

—Sé que estáis disgustadas por lo ocurrido, pero también sé, como sabéis vosotras, que, si queréis seguir hablando de ello, no lo tenéis que hacer aquí. ¿Verdad?

Nerea y yo asentimos. Y entonces me fijo en que le falta otra pulsera, ¡sólo tiene dos! Pero, ignorando ese dato, y consciente de que la piscina no es el sitio idóneo para lavar la ropa sucia de una casa, afirmo:

—Tienes razón.

Nerea me mira. Está nerviosa. Sabe que ha hecho algo que no tendría que haber hecho, y murmura:

—Mamá..., lo siento. Pero..., pero estaba con Lola, Patri y Claudia y... y... todas se lo hicieron. Y, aunque sabía que yo no podía..., no supe decir que no. Me decían que les cortaba el rollo y yo no se lo quería cortar y... y entonces lo hice. Lo siento, mamá. Lo siento.

La miro. Intento entenderla. Intento recordar las tonterías que yo hacía a su edad con mis amigos, y Diego indica mirándome:

—¿Puedo decirle algo a Nerea?

Asiento con la cabeza. Me pide permiso como en su momento yo se lo pedí para decirle algo a Maya, y declara:

—Oyéndote decir eso, Nerea, das a entender que la presión del momento con tus amigas te empujó a hacerlo, ¿es así?

Ella asiente, busca ayuda en él.

—Te lo juro, Diego. Lo prometo —asegura—. La presión pudo conmigo y fui incapaz de pensar con claridad. Lo hice sin pensar en las consecuencias.

Conozco a Nerea y sé que dice la verdad. Y entonces Diego, mirándome, señala:

—Estoy de acuerdo en que no debería habérselo hecho, pero, oyendo lo que explica, puedo llegar a entenderla porque yo también tuve su edad e hice tonterías con los amigos. ¿Tú no?

Nerea y él me miran. Sin duda, los dos ahora están en el mismo bando, pero yo, que sigo enfadada, pregunto mirando a mi hija:

—Entonces, si todos se hubieran tirado por un puente, ¿tú también lo habrías hecho?

A Nerea se le llenan los ojos de lágrimas. Entiende perfectamente lo que digo y, consciente de su metedura de pata, musita:

—No, mamá. Yo no me habría tirado.

Conmovido por el momento, Diego pasa las manos por los hombros de Nerea y ella se apoya en él en busca de refugio. Durante unos segundos los tres permanecemos en silencio, hasta que Diego musita:

—Mira, Nerea, te voy a comentar algo que mis padres me inculcaron desde pequeño. Ellos siempre decían que las palabras *sí* y *no* eran las más importantes que existían en nuestras vidas, ¿sabes por qué?

Mi Nerea niega con la cabeza. Yo también, y él prosigue:

—Porque muchos de los problemas que tenemos diariamente y que se podrían haber evitado han sido por decir «sí» demasiado rápido, «no» demasiado tarde o al revés.

«Ay, que me lo comoooooooooo.»

No sé a mi hija, pero a mí lo que acaba de decir me ha llegado directo al corazón, y, cuando voy a hablar, Nerea afirma:

—Tienes razón. Tienes razón —y, con los ojos llenos de lágrimas, susurra—: Mamá..., lo siento. No te mereces ni éste ni otros disgustos que te estoy dando cuando tú siempre eres buena y paciente conmigo. Reconozco..., reconozco que dije sí demasiado rápido al *piercing*, sin pensar, y... y... te prometo que me lo quitaré si así tú lo quieres.

Miro el ombligo de mi hija.

No me desagrada ver aquel diamantito brillante. Es más, si yo no tuviera la lorza que tengo, quizá también me lo haría. Y finalmente, suspirando y consciente de que lo hecho hecho está, musito:

—Espero, cariño, que, a partir de ahora, antes de decir «sí» o «no» pienses en las consecuencias.

Nerea asiente. Sus ojitos tristes pueden conmigo, y, siendo la mamá pato que siempre he sido con ella, y necesitando que entienda que yo, haga lo que haga, siempre voy a estar ahí, digo:

—Dame un abrazo, sécate esas lágrimas y vete con tus amigas. Luego hablaremos tú y yo en casa. ¿Entendido?

Nerea hace punto por punto lo que le pido y, cuando le doy un beso en la mejilla, pregunto:

—Por eso no has querido venir en toda la semana a la piscina, ¿verdad?

La niña asiente y entonces, sorprendida, veo que abraza a Diego.

—Gracias por tu ayuda y por tus palabras —le dice.

Él sonríe, acepta encantado el abrazo de mi hija y, cuando ésta se aleja, me pregunta:

—¿Estás bien?

Suspiro. Tomo aire y afirmo:

—Sí. Pero los niños crecen demasiado rápido.

Ambos sonreímos.

—Vale —dice él entonces—, un *piercing* en el ombligo no es lo que tú deseabas para ella, pero piensa que Nerea está creciendo, como tú creciste en su momento y, te guste o no, comienza a tomar sus propias decisiones. Se equivocará mil veces, pero ahí debes estar tú, como madre suya que eres, y ella tiene que saberlo.

Asiento..., sé que tiene razón, y musito:

—¿Y si hubiera sido Maya quien lo hubiera hecho?

—¡La mato!

Según dice eso, ambos comenzamos a reír y Diego, suspirando, indica:

—Conociendo a mi hija y ese carácter de bruja que se gasta, hará eso y mucho más. Y, aunque me enfade y la regañe, cosa que tengo por seguro que será así, siempre dejaré la puerta abierta a la comunicación, porque lo último que quiero es perderla. ¿Entiendes por dónde voy?

Asiento. Claro que lo entiendo y, mirándolo, musito:

—¿Por qué eres tan encantador?

Diego sonríe y se encoge de hombros. Qué bonito es. Y, mirándolo a los ojos, susurro:

—Te besaría ahora mismo.

—¡Hazlo! —me anima.

De nuevo, sonrío. Nada en el mundo me gustaría más que hacer eso. Pero, por respeto a mis padres y a mis hijos, niego con la cabeza.

—Sabes que es mejor que no lo haga.

Diego sonríe, yo no, y a continuación lo oigo decir:

—Recuerda: las palabras *sí* o *no*, ni demasiado rápido ni demasiado tarde.

Ahora la que sonríe soy yo. Qué bribón. Cómo me pica.

Y, deseosa de cambiar de tema, señalo:

—Te falta una pulsera.

Diego se mira la muñeca y, con gesto hosco, va a hablar cuando yo suelto con toda mi mala baba:

—¿La que falta se la has regalado a alguna de tus amiguitas?

Según digo eso, sé que acabo de cometer un error.

«Pero ¿qué hago preguntando eso?

»¿Qué hago siendo tan maléfica y mordaz?»

Diego me mira. Su mandíbula se tensa. Creo que me va a mandar a freír espárragos él a mí, y finamente suelta:

—Si salgo con amiguitas es porque tú lo has querido así, ¿o no?

«Uf..., uf..., lo que me entra por el cuerpo.»

Y, viendo que espera una respuesta, suelto:

—Sí.

Deseo decirle que sólo quiero que salga conmigo, pero soy incapaz. Soy una puñetera cobarde, sigo teniendo miedo a todo y, para desviar el tema, levanto el mentón, cual reina del hielo, y vuelvo a soltar:

—Vayamos con Soraya, nos espera.

Y, sin rozarnos siquiera, caminamos hacia donde está nuestra amiga, mientras pienso en el poder de las palabras *sí* y *no* y en cómo pueden cambiar la vida de una persona según las utilice.

Un buen rato después, a Diego le suena el teléfono y alcanzo a leer en la pantalla que pone «Ana».

«¡Joderrrrrrrrrrrrrrr!»

Mientras intento prestar atención a lo que Dora la Exploradora me cuenta, tengo la antena puesta en lo que Diego habla. Lo veo sonreír, quedar y, en cuanto cuelga, recoge sus cosas y dice:

—Chicas, os dejo.

—¿Pasa algo? —pregunta Soraya.

Diego sonríe —*«mecagoenélyentodasufamilia»*— y responde:

—He quedado.

Soraya me mira con picardía y, dándome un codazo, indaga:

—¿Y con quién?

—Con Ana, una amiga —responde él.

«Bueno..., bueno..., lo que me entra por el cuerpo.

»¿Tendrá ella la pulsera de cuero que le falta?»

La mala leche del *piercing* de mi hija queda en el olvido mientras siento cómo dentro de mí la bruja de los celos quiere salir como una loca a dar escobazos a diestro y siniestro. Pero no, no se lo permito y, sonriendo como una tonta, musito:

—Qué biennnnnnnn.

Mi respuesta debe de hacerle gracia, porque me mira y, con la misma sonrisita tonta, afirma:

—¡Muy biennnn! —A continuación, desviando la mirada, grita—: ¡Chiquitina, ven!

Soraya y yo lo miramos; mi amiga, con inocencia, pero yo con una mala leche ¡que *pa'* qué!

La Chiquitina viene y Diego, mirándola, indica:

—Pórtate bien en casa de Eva, ¿de acuerdo?

La niña asiente y, tras darle un beso a su padre, de nuevo se aleja corriendo, mientras a mí me pica todo, pero todo el cuerpo.

«¡Maldita seaaaaaaaaaaaaaaaa!

»Qué rabia, qué frustración y qué... qué... ¡todo! siento en este instante.»

No quiero que se vaya. No quiero que salga con la tal Ana, pero, incapaz de decirlo, exclamo con una sonrisa:

—¡Pásalo bien!

Diego afirma con la cabeza sin decir nada, y, una vez se aleja, Soraya murmura:

—Quién fuera esa... Ana.

Asiento. Asiento ¡o reventaré!

¡Las cortinas!

Tengo el cuerpo cortado.

Soraya habla y habla a mi lado y yo soy incapaz de seguirle la conversación.

Saber que Diego esta noche sale con esa tal Ana me tiene enferma, muy enferma, y, como necesito hablar con él, me levanto y digo:

—Ahora vengo.

—¿Adónde vas?

No sé qué decir, pero me pongo el vestidito y respondo mientras cojo el móvil:

—A casa.

—¿A qué?

—Ahora vuelvo —sentencio.

Soraya asiente, no pregunta más. De camino a casa, Aarón se me acerca corriendo.

—¿Adónde vas, preciosa? —pregunta.

Con cariño, miro el mojado cuerpo de mi hijo e, intentando que no me toque y me empape, respondo:

—Voy un momento a casa.

—¿A qué?

Nerea se acerca a nosotros y, tras mirar a su hermano, me pregunta también:

—¿Adónde vas?

Parpadeo boquiabierta por lo preguntones que están, y replico:

—A casa. Pero ¿qué os pasa?

Ellos se miran. «Uissss..., estos dos traman algo.» Y, tras encogerse de hombros, sin responderme, cada uno se marcha por su lado, dejándome sorprendida y sin saber qué pensar.

¿Qué estarán maquinando?

Una vez salgo de la piscina, rodeo a toda prisa la urbanización hasta llegar frente a la casa de Diego. Miro a mi alrededor. No hay nadie. Y, caminando hasta la puerta, llamo al timbre sin dudarlo.

Un segundo...

Dos segundos...

Tres segundos...

Cuatro segundos...

«Dios, ¡¿qué hace?!»

Seis segundos...

Y, al séptimo segundo, cuando ya estoy por derribar la puerta, por fin la abre.

Diego me mira boquiabierto y yo entro rápidamente en su casa, y en cuanto cierro la puerta, nos miramos y no sé qué decir.

«¿Qué hago aquí?

»¿Para qué narices he venido?»

Él me mira, espera que diga algo, y, tomando aire, finalmente murmuro:

—Necesito besarte.

Y, sin pensarlo, me lanzo a su cuello y él me coge en brazos sin dudar.

«Síiiiiiiiiiiiiiiiiiiiiiiii.»

Empotrada contra la pared de la entrada, lo beso como si el mundo se fuera a acabar. Quiero, necesito y deseo que recuerde este beso apasionado para que, cuando bese a la tal Ana, algo en su interior le haga saber que conmigo es infinitamente mejor.

El deseo nos consume y nos dejamos llevar por la pasión del momento. Luego se dirige hacia su salón conmigo en brazos y me deja sentada sobre la mesa.

—Tengo que ir a por preservativos a la habitación —murmura mirándome a los ojos.

Asiento. «Que vaya..., que vaya...»

Y, como siempre, no tarda ni dos segundos en regresar. Hay que ver lo rápido que es el *jodío* cuando quiere.

De nuevo, nos miramos. Estamos jadeantes.

—¿Qué haces aquí? —me pregunta a continuación sin moverse.

Con los ojos clavados en él, deseo decirle un millón de cosas, pero me da vergüenza. Siento que la cagué cuando dije ese «no» precipitado y sin pensar, y, bajándome de la mesa, me acerco a él y paso la mano por su cuello con delicadeza.

—Diego, yo... —murmuro.

No puedo continuar, la impaciencia nos hace besarnos de nuevo con urgencia.

«Madre mía, ¡qué calentón tenemos!»

Instantes después, él me coge entre sus brazos y me sienta sobre el respaldo de su sofá. Al tenerlo en el centro del salón, da mucho juego.

«Sí..., sí..., sí...»

Un beso..., dos..., cinco... Nos tocamos. Nos tentamos. Nos deseamos. Y, cuando le quito la camiseta que lleva y la tiro a tomar viento, de pronto mi teléfono, que llevo en el bolsillo del vestidito, comienza a sonar.

«¡Paso!

»Quien sea ¡que vuelva a llamar!

»¡Estoy ocupada!»

Más besos...

Más roces...

Más jadeos...

«Dioss..., cómo me toca...»

Llevo las manos a su trasero y se lo pellizco. «Mmmmmmmm.»

Mientras, el teléfono no para de sonar y sonar.

«Pero ¿es que no se cansan?»

Finalmente, Diego, acalorado, se separa de mí y dice:

—O miras quién es o juro que, como lo coja yo, lo estampo contra la pared.

Tremendamente excitada, asiento. La que lo va a estampar soy yo. Pero, al sacarlo del bolsillo, veo que se trata de mi madre.

Y, mira, otra cosa no, pero mi madre y mis hijos son prioridad absoluta. Tras pedirle a Diego un segundo con el dedo, contesto quitándome el pelo de la cara:

—Dime, mamá.

—¡Por el amor de Dios, E!

—¿Qué pasa? —murmuro suspirando.

—Hija de mi vida, haz el favor de echar las cortinas del salón de Diego, que tu padre y yo estamos tomando un trozo de bizcocho de vainilla en la cocina y estamos viendo algo que no tenemos que ver...

«¡¿Qué?!

»¡¿Cómo?!

»Dios míooooooooooooooooooooooooooooooo.»

Según oigo eso, miro a Diego con cara de susto.

«Madre mía..., madre mía.»

Y, haciéndome a un lado para mirar, veo a mis padres saludándome desde la ventana de su cocina. Mi padre está blanco.

Cuando voy a hablar, mi madre cuchichea:

—Ay, E, que sepas que Diego nos gusta mucho a tu padre y a mí. Es tan encantador y tannn guapooo...

El guapo no entiende mi gesto desconcertado, me mira, y yo sólo puedo decir:

—Vale, mamá. Adiós.

Y, una vez cierro el teléfono, miro a Diego y, como puedo, musito:

—Era mi madre. Mi padre y ella nos están viendo desde la ventana de su cocina mientras comen bizcocho de vainilla.

Según digo eso, Diego se vuelve y, al ver a mis padres, que nos saludan, él los saluda a su vez y murmura sonriendo:

—Joderrrrrrrrr, qué momento.

Horrorizada por el espectáculo que hemos dado gratuitamente a mis progenitores, y que no deberían haber visto, sin importarme mi apariencia, me deshago de los brazos de Diego, voy hasta la ventana y, tras decirles adiós con la mano a mis padres, cierro las cortinas.

Después de que yo haga eso, Diego me mira divertido, y yo gruño:

—No sé dónde le ves la gracia.

Pero él se ríe, no puede parar, y yo, enfadada con el mundo y especialmente conmigo misma y mis locas apetencias de sexo con él, doy media vuelta dispuesta a marcharme. No hago más que cagarla.

¡Muerta y remuerta!

Tras lo ocurrido en casa de Diego, regreso acelerada a la piscina, pero en mi camino vuelve a sonarme el teléfono. Lo saco del bolsillo y veo que se trata de mi hermana, la Patiño. Rápidamente lo cojo.

—No me lo puedo creer... —oigo que dice—, ¡estás liada con el buenorro del vecino!

Me paro en seco.

«¡Joder con mi madre!»

Y, antes de que pueda responder, Blanca se carcajea y suelta:

—Capitana Marvel, de mayor quiero ser como tú.

Eso me hace sonreír, no lo puedo evitar y, sentándome en un banquito que he encontrado en mi camino, murmuro:

—Joder con mamá.

—Loca, ¡me ha llamado loca de contenta!, a pesar del apuro que tenía por haber visto algo que no debería haber visto entre tú y ese buenorro. ¿En serio le estabas pellizcando el trasero?

—Joder, Blanca...

Mi hermana suelta una risotada e insiste:

—Cuéntame ahora mismo lo que pasa o juro que cojo el coche y me voy a verte para que me lo cuentes en vivo y en directo.

Resoplo. Está visto que mi secreto ya ha dejado de serlo, y finalmente le explico la verdad.

¿Por qué mentir?

A partir de ese instante me recreo en detallarle ciertos aspectos de mi vida que nunca pensé que volverían a repetirse. Hablar de Diego me gusta, ¡me encanta!, y cuando termino, musito:

—Y eso es todo. Estoy hecha un lío y...

—¿Lío, por qué?

—¡Blanca! No puede ser.

—¿Por qué?

—No sé.

—Por Dios, chica, ni que mañana te fueras a casar con él.

—¡Blanca! —protesto.

—¡Pero ¿tú eres tonta?!

—Así me siento, la verdad.

—Pues no sé por qué. Estás sola, soltera. Él está solo, soltero y...

—Solos no, ¡tenemos hijos!

—¿Y qué? ¿Qué pasa?, ¿que por tener hijos has de ser asexual como una almeja? Venga, Supermami..., no me vengas ahora con ésas, que eres muy joven como para negarte a vivir y disfrutar de la vida y de los hombres.

Suspiro. Sé que mi hermana tiene razón.

—Mira, cielo —añade ella—, que el idiota de Alfonso no supiera valorar lo increíble que eres no significa que otro no pueda hacerlo. Porque, nena, ¡tú vales mucho!

—Pero, Blanca..., ¿y si me equivoco de nuevo?

Ahora es ella la que resopla, y suelta:

—Pues si te equivocas, ¡te equivocas! No hay nada que enseñe más que equivocarse. La vida no se acaba porque te equivoques. Yo misma me he equivocado muchas veces, pero eso no significa que mi vida se tenga que acabar. No, cariño, no. Si te equivocas, levantas el mentón y ¡adelante! En ocasiones las cosas ocurren cuando menos te lo esperas. ¿Quién te dice que Diego no es el acertado?

Nos quedamos unos segundos en silencio, y luego pregunto:

—¿Sigues viéndote con el de Kik?

La oigo reír, la sonrisa de mi hermana es muy característica, e indica:

—Sí. Enrique me gusta mucho y, lo mejor, ¡yo también le gusto a él! No sé lo que durará ni tampoco sé si es el acertado, pero lo que dure pienso disfrutarlo. Algo que has de hacer tú también, pedazo de tonta. Si Diego te gusta, disfrútalo. Es tu vida. Es tu tiempo. Es tu cuerpo. Es tu momento y es tu deseo. Y si a eso le añadimos que el tipo está buenísimo, ¡¿qué te voy a decir?!

Me río, no puedo no hacerlo, y continúa:

—Eso sí, la próxima vez echa las cortinas cuando os dé el calentón, porque mamá y papá aún no salen de su asombro de lo loba que eres.

De nuevo, me río.

«Madre mía..., madre mía... ¡Qué vergüenza!»

Y, levantándome del banquito, contesto:

—Te dejo. Los niños me esperan en la piscina. Y, por favor, que esto quede entre tú y yo. Nos seas radio macuto como mamá.

Ambas reímos de nuevo y, una vez nos hemos despedido, retomo mi camino.

Confundida y acalorada por los acontecimientos, regreso a la piscina con el humor algo ensombrecido por la pillada de mis padres y el consiguiente descubrimiento de mi hermana.

«Pero ¿cómo puedo ser tan torpe?

»¿Cómo no he recordado que ellos viven frente a Diego?»

Intentando disimular, me siento de nuevo con Soraya, y de pronto llega mi madre acelerada y, con una pícara sonrisa, cuchichea:

—Pero, hija de mi vida..., qué calladito te tenías lo de Diego.

Soraya me mira. «¡Joderrrrrr!»

Después mira a mi madre. «¡Joder otra vez!»

Y, finalmente, mi madre, a la que parece que le ha tocado la lotería, pregunta feliz:

—¿A que hacen buena parejita Diego y ella?

Dora la Exploradora, *uséase*, Soraya, parpadea.

En décimas de segundo está procesando la información que mi madre le ha dado y veo cómo su cara se transforma mientras no sale de su asombro.

«Ay, Dios..., ay, Diosssssssss.

»¡Que conozco a Soraya y va a soltar una de las suyas!»

Por ello, me levanto del suelo y, cogiendo a mi madre del brazo, miro a mi Dora la Exploradora particular e indico:

—Ahora te explico.

Soraya asiente.

—Por la cuenta que te trae..., más te vale.

En cuanto mi madre y yo nos alejamos de ella, la miro y susurro:

—Mamá..., que Soraya no sabía nada.

Ella se sorprende. Creo que pensaba que le contaba todas mis andanzas a mi amiga, y, con cara de incredulidad, susurra:

—No me digas...

—Pues sí, te digo. —Maldigo al ver cómo Soraya nos mira.

Mi madre se lleva una mano al cuello, un tic muy característico de ella, e insiste:

—Uy, hija..., pues siento haber levantado la liebre.

Resoplo. Creo que esto empieza a superarme.

—¿Se puede saber por qué has llamado a Blanca para contárselo? —gruño.

Mi madre sonríe, está feliz, y afirma:

—Ay, hija. La emoción ha podido conmigo —y añade—: Diego me encanta. Me gusta mucho, y hacéis una parejita tan lindaaaaaaaaaaaaa.

—Mamá...

—Es encantador, amable, apañado, buen padre, buen vecino, ¡y tan guapo! Porque mira que es guapo el *jodío*.

Oír eso me hace resoplar de nuevo.

—Mamá, Diego y yo no tenemos nada.

—Uis que no.

—¡Que no, mamá! —insisto.

Mi madre parpadea, se rasca el cuello e indica:

—Pues lo que yo he visto, y tu padre también, es de tener mucho. ¿O es que con todo hombre haces lo que te he visto hacer con él? Por Dios, hija..., qué intensidad.

—¡Mamáaaaaa! —musito avergonzada.

—E, ¡no me irrites!

Maldigo. Que mis padres se hayan enterado de esto no es buena idea, y, como puedo, aclaro:

—A ver, mamá. Diego está divorciado, como lo estoy yo, y...

—Y nos parece muy bien que hagáis lo que queráis. Sois jóvenes y tenéis vida. Mira, cariño, te voy a decir una cosa: si yo tuviera tu edad y estuviera sola como tú, te aseguro que no me iba a quedar aburridita haciendo calceta en casa, y menos con un hombre tan guapo y sexy cerca.

—Mamáaaaaaaaaaaa —cuchicheo sin poder creérmelo.

Mi madre se ríe, yo también, y suelta:

—Eso sí, hija mía, la próxima vez que vayas a su casa, echa las cortinas porque tu padre casi se me ahoga con el bizcocho de vainilla cuando se ha dado cuenta de que eras tú.

«Uf..., uff..., ¡qué vergüenzaaaaaaaaaaa!»

Pensar en lo que mi padre, por suerte, no ha visto es lo único que me reconforta. Y tomando aire digo:

—Mamá, Diego y yo sólo somos amigos. Vale, con derecho a roce, pero nada más.

—Aisss, E, ¡pues qué pena! Con lo que iba a chulear yo de yerno delante de la cotilla de la Clinton y las demás vecinas.

Eso me hace sonreír. Está visto que a mis padres les gustaría que tuviera algo con Diego, e indico:

—Mamá, por favor, los niños no saben nada y así ha de seguir siendo. Ya con dar explicaciones a Blanca, a Soraya y a papá tengo más que suficiente.

—De tu padre ya me encargo yo..., tu ocúpate de Diego.

—Mamáaaaaaaaaaaa.

Una vez mi madre se va con una pícara sonrisa, mi amiga, que no nos ha quitado ojo en todo el rato, espera mi regreso, y cuando llego ante ella, me mira y dice:

—Aunque estoy por ahogarte por habérmelo ocultado, te juro que te has convertido en mi heroína. ¡Madre mía, Estefanía! —exclama y, bajando la voz, continúa—: Diego... ¿Tienes algo con Diego?

Como puedo, asiento y ella, disimulando, dice mientras me siento a su lado.

—Me muerooooooo.

—Ni se te ocurra.

—Pero muerta... y remuertaaaaaaaaaaaaa.

Ambas reímos, Soraya es muy expresiva, y mirándome suelta:

—Te voy a llamar yo a ti ¡Dora la Exploradora!

Eso me hace gracia. Sin duda yo también estoy explorando nuevos terrenos.

—Llámame lo que quieras —afirmo.

Soraya se da aire con la mano. Con lo exagerada que es y la mente tan calenturienta que tiene, tras varias cuestiones que yo respondo como buenamente puedo, no tarda en preguntar:

—¿Y qué tal es en calidad y en cantidad?

Oír eso me hace reír, y, viendo a mis hijos, que disfrutan de la piscina ajenos a los líos de su madre, respondo:

—Increíble. Verdaderamente increíble.

Mi amiga asiente, está claro que la noticia la ha dejado noqueada.

—Pienso como la Patiño —afirma—: disfrútalo. Dure lo que dure, ¡disfrútalo!

Mamá, ¿tienes novio?

Tras la tarde de piscina en la que el monotema ha sido Diego y el rollito extraño que tengo con él, me despido de Soraya, regreso a mi casa con mis niños y llega el momento baño, pijama y cena.

Nada más entrar, mis hijos ponen música, y eso me relaja. Reconozco que soy como las fieras, a las que la música amansa.

Aarón, que es un sinvergüenza, para no variar, hace rabiar a su hermana Nerea en todo lo que puede y más. Desde que esta tarde se ha destapado lo del *piercing*, las discusiones tontas entre ellos han regresado, pero estoy tan noqueada porque algunos sepan lo de Diego que ni reacciono.

Pienso en qué pensarían mis niños si se enterasen.

¿Lo entenderían?

¿Lo aceptarían como han aceptado a Vanesa en la vida de su padre?

Me acaloro. Me agobio.

Lo último que querría es que mis hijos lo pasaran mal por eso.

Aún recuerdo cuando Aarón me preguntó si yo iba a dejar de quererlo si me echaba un novio.

No. Está claro que mis hijos no lo iban a aceptar con la facilidad que han aceptado a las distintas novias de su padre.

Con él no viven. Conmigo sí. Y, sin duda, sería más complicado. Mucho más.

Sumida en mis trescientas cincuenta mil preguntas sin respuesta, intentando disimular para que ellos no se percaten de nada, recojo la cocina una vez terminamos de cenar.

Mis niños están en el salón. Oírlos reír o incluso discutir es como música celestial para mis oídos tras tantos días de añorar su ausencia. Aunque, bueno, no voy a negar que ya le estaba cogiendo el gustillo a eso de tirarme en el sofá sin preocuparme por nada excepto por mí.

Estoy sonriendo por ello cuando oigo que Nerea dice:

—Mamá, ¿puedes venir?

—¿Ahora? —pregunto con las manos sucias.

—Sí, preciosa..., ahora —insiste Aarón.

Me lavo las manos y me las seco con un pañito limpio, y luego me encamino al salón. *Torrija* se cruza conmigo, sin duda va a beber agua. Estoy feliz por todo cuando, al entrar en el salón, veo a mis tres hijos de pie, esperándome.

—¿Qué pasa? —pregunto curiosa.

David tiene el ceño fruncido, Aarón también, y Nerea pregunta:

—¿Por qué Maya y su padre tienen avatares en nuestro juego de *Mario Kart*?

«Joder..., joderrrrrrrrr...

»¡Se me olvidó borrarlos!»

Y, al ver cómo me miran, no sé qué responder.

«Por favor..., por favor..., necesito un respiro.»

Reconozco que me han pillado fuera de juego. Joder, todos me pillan fuera de juego. Pero, viniéndome arriba, contesto dispuesta a decir a medias la verdad:

—Porque alguna tarde hemos venido a casa los tres y hemos jugado con él. Incluso Soraya ha venido también.

Mis hijos se miran, no sé si me creen, y Nerea insiste:

—¿Y por qué Soraya no tiene avatar seleccionado?

«Joder..., joderrrrrrrrrr.»

—Porque es tan mala jugando que prefería mirar a jugar —respondo como puedo, tratando de sonreír.

Los tres asienten.

«Madre mía, en qué berenjenal me estoy metiendo...»

—Es mi juego y yo no he invitado a Maya a jugar —replica entonces David.

Asiento, sé que el juego es suyo, y, mirándolo, cuchicheo:

—Lo sé, mi vida, pero no pensé que fuera a importarte.

David menea la cabeza, es muy suyo para sus cosas, pero, sorprendiéndome, finalmente dice:

—Vale. No importa, mami. Ella me ha dejado jugar hoy con su tres en raya.

Eso me hace sonreír y, como quiero que olviden esa conversación rápidamente, propongo:

—¿Qué tal si nos echamos los cuatro unas partiditas?

Asienten encantados.

Decir en mi casa «jugar al *Mario Kart*» es como decir «comer helados»: siempre..., siempre se acoge con entusiasmo.

Durante una hora los cuatro jugamos con nuestros mandos y ya no se vuelve a mencionar el tema de los avatares de Diego y Maya. Menos mal. Como siempre, quedo la última, destreza para estos juegos no tengo mucha, y cuando David se recuesta en el sofá con ojitos de sueño y poco después se queda dormido, les hago una seña a Aarón y a Nerea y, con cuidado, cojo al pequeñín de la casa en brazos y lo llevo a su cama.

Lo acuesto y lo besuqueo con amor, y *Torrija* se queda tumbada en la puerta del dormitorio de mi pequeño hasta que subamos todos a dormir y la muy puñetera se meta conmigo en la cama. Desde que Alfonso se marchó, ella decidió que dormir conmigo era su sitio y, mira..., yo la dejo.

Tras bajar la escalera, entro de nuevo en el salón y Nerea y Aarón están cuchicheando, pero de pronto se callan al verme. Uiss..., ¡secretitos! Sonrío y me acerco a ellos.

—¿Qué pasa?

Después de decir eso, me siento entremedias de los dos, y mis hijos se miran y no dicen nada. Eso me hace gracia y, con la confianza que siempre he tenido con ellos insisto:

—A ver, soltadlo de una vez.

Nerea y Aarón se miran y finalmente es mi niño el que pregunta:

—Mamá, ¿tienes novio?

«Buenooooooooooooooooo...

»¿Ahora esto?»

Y rápidamente respondo:

—No, cielo. Claro que no.

Ellos vuelven a mirarse, y entonces el sinvergüenza de mi hijo se saca algo del bolsillo y dice:

—¿Y por qué encontró esto David debajo de tu cama?

Atónita, ojiplática y *yoquésequéeeeeeeeeee*, miro lo que me muestra, que no es otra cosa que el envoltorio de un preservativo. Está claro que no limpié bien la última noche que estuve con Diego. Y, quitándoselo de las manos, lo estrujo en la mía.

—Cariño —empiezo a decir—, son cosas de mayores que no tengo por qué explicaros.

Nerea sonríe, Aarón también, y la primera susurra sin dar crédito:

—Mamá, ¿has practicado sexo?

«Bueno..., bueno..., buenoooooo.»

¿Acaso creen que por estar divorciada tengo la vida sexual de una almeja?

Estoy sin saber qué responder, cuando Aarón añade:

—Preciosa, soy pequeño, pero sé lo que es un preservativo.

«¡Me quiero morirrrrrrrrrrrrrrrr!»

A ver, me gusta que mi hijo sepa lo que es un preservativo y que mi hija sepa lo que es el sexo. Pero ¿en serio tenemos que hablar de ello?

«Uf..., qué picor me entra por el cuerpo.»

Me rasco la ceja, después la oreja y, cuando el dedo va a mi boca, Nerea dice:

—Mamá, no te muerdas las uñas.

Rápidamente bajo la mano y entonces oigo que Aarón pregunta:

—Mamá, ¿el padre de Maya y tú..., *eso*...?

Según oigo eso, el vello del cuerpo se me eriza como a una gata.

¡Miauuuuuuuuuuuuuuuuuuuuuuu!

Pero ¿qué ha pasado hoy para que todo el mundo se haya enterado de lo mío con Diego?

Como mi madre les haya dicho algo, juro que mañana ¡la mato!

Pero no. No puedo pensar eso. Mi madre no metería a los niños en todo esto. Si hay alguien que los protegería tanto o más que yo es ella, y como puedo pregunto:

—Cariño, ¿a qué te refieres con eso de... «eso»?

Nerea pone los ojos en blanco, Aarón también, y la primera suelta.

—Por favor, mamá, que somos niños pero no tontos.

«Bueno..., buenoooooooooo...» La cosa se complica y, consciente de ello, indico:

—A ver...

—Eso, preciosa..., a ver —me corta Aarón.

Me pongo nerviosa, siento que me sudan las manos, y, como puedo, explico:

—Diego y yo somos amigos. Nada más.

—Pero ¿amigos sólo o amigos con derecho a algo más?

—¡Nerea! —gruño mirándola.

Mis hijos se ríen, ¡serán cabritos!, y Aarón suelta:

—A ver, preciosa. Diego mola. Es simpático. Y todas en la urbanización de los yayos babean como cabritillas por él.

—¡Aarón! —lo regaño al oírlo.

—Lo malo que tiene es la hija... Esa niña es un auténtico demonio.

Sin poder creerlo, parpadeo al oír eso, pero el sinvergüenza de mi hijo prosigue:

—Mami, que tengas un novio como Diego es normal. Eres guapa. Muy guapa. Y cualquier chico querría ser tu novio. Y si lo fuera Diego, quiero que sepas que a mí me gusta, aunque su hija no.

Me emociono. Dicen que las mujeres tenemos un sexto sentido, pero, joder..., mis niños también lo tienen. Pero, incapaz de confirmar lo que él dice con tanta seguridad, respondo:

—Cielo, yo no tengo novio. Sólo tengo amigos, y Diego es uno de ellos.

—¿Y han venido muchos de esos amigos a casa últimamente?

Según oigo eso, miro a Nerea.

—Alguno sí —contesto como puedo.

—Vaya, mamáaaaaaaaaaaaaaaaaaaaaa, a ver si vamos a tener un hermanito... —suelta ella riendo.

—Para eso son los preservativos, para no tenerlos —aclara Aarón riendo a su vez.

Me pongo roja. Siento que la cara me arde. El cuerpo también. Que mis hijos estén recabando toda esa información e imaginando cosas me altera..., me altera mucho, y para cortar el tema, miro a mi hija y suelto:

—Jovencita, tú y yo tenemos una conversación pendiente, ¿verdad?

Al oír eso, Aarón se levanta de un salto y me da un beso en la mejilla.

—Conversación de chicas..., ¡horror! —exclama—. ¡Me piro a dormir!

Y, sin más, sale del salón con las manos en los bolsillos y silbando. Menudo chuleras que es mi niño. «Diossss, lo que me espera dentro de un par de años con éste.»

Una vez Nerea y yo nos quedamos solas, ambas nos miramos. Nos estamos midiendo con la mirada, nos estamos marcando, cuando de pronto ella, sacándose una pulsera del bolsillo del pantalón, me la enseña y dice:

—La encontró Aarón en el suelo de tu baño hace un par de días. Pensó que era mía y me la trajo. Pero ayer, bastante alterado, me dijo que Diego tenía dos pulseras igualitas. Por eso hoy he ido a la piscina de los yayos, para confirmar que sus pulseras fueran como ésta. Y, sí, son iguales, ¿verdad, mamá?

Según veo la pulsera, me entran los sudores de la muerte.

«Madre mía..., madre mía..., ¡qué pilladaaaaaaaaaa!

»¿Y qué digo yo ahoraaaaaaa?»

Es la pulsera que le faltaba a Diego. Sin duda la perdió hace unos días, cuando tuvimos aquel encontronazo loco en mi baño, y yo acusándolo de habérsela regalado a otra...

«Joder..., joderrrrrrr...»

Miro a Nerea.

«¿Qué hago? ¿Miento? ¿Digo la verdad?

»¡Qué apuro!..., cómo se ha precipitado todo.»

Primero mis padres, luego Blanca, después Soraya, mis hermanos seguro que ya saben algo por mi padre, y ahora también mis hijos. Sin duda, el círculo que a mí me importa, el que me interesa que entienda lo que me pasa, ya está completo, y, cogiendo la pulsera con la mano, afirmo:

—Sí. La pulsera es de Diego.

Según digo eso, oigo a mi espalda:

—¡Lo sabía! ¡Te lo dije!

Aarón nos ha estado espiando desde la puerta, y Nerea afirma soltando una risotada:

—Sí, hermanito, lo dijiste. Qué ojo tienes.

Boquiabierta, no sé qué contestar, y Aarón añade desde donde está:

—Preciosa, Diego es un tío enrollado. Me mola. ¡Y es del Atlético de Madrid! Como nosotros. Por mi parte, mami..., me gusta que salgas con él y utilices preservativos.

—¡Aarón! —lo regaño.

Y, dicho eso, desaparece sonriendo el muy sinvergüenza. Cuando miro a mi hija, ésta indica:

—Mamá, Diego ¡es guapísimo!

Me río. No lo puedo remediar.

Está claro que Diego, con su manera de ser y su físico, no deja indiferente a nadie.

—Sí —afirmo—. Es guapísimo.

Con tiento y tranquilidad, hablo con mi hija sobre lo que ocurre. No quiero ocultarle nada a ella. Omito cientos de detalles que creo que no ha de saber y, cuando acabo, con serenidad pregunta:

—¿Y dónde ves el problema?

—Nerea, no sé si es un buen momento para eso.

Mi hija asiente y, encogiéndose de hombros, dice:

—Mira, mamá. Quizá no sea la persona ideal para darte consejos en este tema, pero si Diego te gusta y tú le gustas a él, ¿por qué no va a ser un buen momento?

Sonrío. Qué fáciles ven las relaciones y el amor los adolescentes.

Son tan puros e inocentes que no piensan en todo lo que viene detrás. Y, mirándola, me sincero.

—Porque, entre otras muchas cosas, no quiero volver a sufrir, Nerea.

Mi hija asiente de nuevo y, cogiéndome la mano con cariño, me la aprieta.

—Vale —dice—. Eso lo entiendo. Y, aunque quiero mucho a papá y no lo cambiaría por nadie en el mundo, contigo la cagó, pero tú te mereces ser feliz.

—Nerea...

—Mamá, por favor, escúchame —me corta—. Durante los últimos meses te he oído llorar por las noches. He visto cómo mi sonriente y siempre positiva mamá caminaba por la casa con la mirada vacía y triste. Y eso que he visto yo lo han visto también Aarón y David, y tengo que decirte que la mamá que eres hoy y ahora es infinitamente mejor que la mamá de tiempo atrás, porque ya no lloras. Ahora sonríes, eres positiva. Te quieres, y se nota. Y eso a David, a Aarón y a mí nos gusta mucho. Y si tu chico se llama Pepe, Juan o Alberto, nos gustará siempre que te guste a ti. No obstante, si, por una suerte del destino, ese chico se llama Diego, es el vecino de los yayos y el padre de una niña monstruosa, ¡nos gustará mucho más!

Ambas sonreímos, y ella añade:

—Mamá, tu felicidad, tu sonrisa y lo guapa que estás se deben a él y nos encanta la idea. ¿Por qué no te vas a dar una oportunidad?

«Ay, que lloro...

»Ay, lo madura que se ha vuelto mi niña...»

Y, tragando el nudo de emociones que en mi garganta pugna por salir para llorar emocionada como un oso amoroso, consigo decir:

—Gracias, Nerea.

Mi hija se emociona. Se le llenan los ojos de lágrimas.

—Gracias a ti, mamá —responde—. Gracias porque tú siempre, aun cuando no pasabas por buenos momentos, has estado aquí para nosotros tres, o cuatro, si incluyo a *Torrija*. Además, yo particularmente no he hecho más que darte disgustos.

Ambas sonreímos. Y, emocionada, toco con mimo el rostro de mi hija y murmuro:

—Tú y tus hermanos sois los amores de mi vida. La primera vez que vi vuestras caritas supe que vosotros seríais lo mejor que tendría nunca junto a mí.

Nerea sonríe. Le gusta oír eso, y afirma:

—Lo sé, mamá, y ellos lo saben también. Pero queremos verte feliz, y lo lógico es que ahora ellos y yo estemos aquí para ti. Ya ves que Aarón está encantado con Diego. David también lo estará, sabes que se encariña con cualquiera que le haga un poco de caso. Y, en cuanto a mí, si tú eres feliz, yo lo soy. Además, Diego me gusta, siempre me ha gustado mucho como es, su personalidad, su paciencia y, bueno..., también ¡lo buenísimo que está! —Ambas reímos, y Nerea cuchichea—: Nada me gustaría más que ver a la Clinton y compañía muertas de la envidia.

Riendo, me tapo la cara con las manos.

Ni en mis mejores sueños habría imaginado una reacción así de mis hijos, mis padres y la gente que me quiere.

Está visto que todos quieren mi felicidad, esté sola o acompañada. Y también está visto que Diego les gusta y, por lo que veo, mucho. Por ello, y deseando que mi felicidad pueda ser completa, pregunto:

—¿En serio no os importa que Diego y yo nos conozcamos?

—Pues claro que no, mamá. ¡Hazlo! Diviértete. Sal con él, y lo que tenga que ser... será.

Abrazo a Nerea y mi niña me abraza a mí, mientras siento cómo mi corazón, acelerado, salta de felicidad. Realmente deseo darme esa oportunidad.

La cuestión ahora es: ¿querrá dármela él?

Una hora después, cuando mi niña se va a la cama y yo me meto en la mía, *Torrija* se sube también. Ocupa el lugar que en otra época ocupó Alfonso y sus ojos redondos y los míos se encuentran.

A nuestra manera, mi perra y yo hablamos simplemente con la mirada, dialogamos, y hasta noto que sonríe. Ella también me anima a hacerlo.

Así pues, me levanto, cojo mi bolso, saco la pulsera que llevo en él y me la pongo. Luego, me pongo la otra pulsera que Aarón encontró y, una vez las dos están en mi muñeca, las toco como he visto un millón de veces que lo hace Diego y murmuro:

—Muy bien. Creamos en la magia.

Raro... raro... raro

El viernes, en el trabajo, estoy en un sinvivir.

No sé nada de Diego. No se ha puesto en contacto conmigo. Y, como soy tan cabezota con él, yo tampoco me pongo en contacto con él.

Por la tarde, cuando llego a la urbanización, a quien sí veo en la piscina es a Maya. La cría corre hasta mí al verme y, lanzándose a mis brazos, me besa y dice emocionada:

—¿Sabes que hoy he jugado con David al *Mario Kart* en tu casa?

Según oigo eso, miro a Nerea y ella me guiña el ojo, menuda compinche tengo, y, sonriendo, afirmo viendo que la niña no se da cuenta de las pulseras que llevo en la muñeca:

—¡Qué biennnnnnnnnnn!

—Sí, mami..., hemos jugado al *Mario* y al tres en raya —dice mi David besándome.

Encantada, me intereso por aquello, mientras los niños me cuentan emocionados lo bien que lo han pasado.

Maya está feliz. Su gesto de niña cabrona parece haber desaparecido, hasta que el chuleras de mi Aarón aparece, me da un beso y, mirándola, suelta:

—Menuda tramposa eres. Si me has ganado ha sido porque me has echado de la pista.

Maya frunce el ceño y pone los brazos en jarras.

—Cuando quieras, te doy la revancha..., chulito —gruñe.

Aarón se tira a la piscina, Maya se tira tras él y, a continuación, David. Yo decido no intervenir. Que se las apañen solos.

Una vez doy media vuelta, me encuentro de frente con mi padre. El hombre me mira. Veo el apuro en su mirada por la escena que presenció hace un par de días y, como necesito que esto acabe, me acerco a él.

—Papá, yo...

—Muchacha —me corta—. No digas nada porque posiblemente lo empeorarás.

Me río, me entra la risa, y finalmente mi padre, que es un cachondo, cuchichea:

—Me agrada ese muchacho por muchas cosas, aunque a la que le tiene que gustar es a ti. A partir de ahora... ¡es tu decisión! Pero, hija, si vais a su casa, recuerda...

—Sí, papá..., cerraré las cortinas del salón.

Ambos reímos, me besa en la mejilla y, cuando se aleja, sé que todo vuelve a estar bien con él. No es que nada estuviera mal, pero teníamos esa pequeña conversación pendiente.

Mi madre llega hasta mí. Nos ha visto hablar.

—¿Todo bien con tu padre? —pregunta.

Asiento. No hace falta añadir más. Y entonces veo que lleva unos papeles en la mano.

—¿Qué es eso?

Mi madre sonríe.

—Estoy apuntando a los vecinos que mañana vendrán a la barbacoa. El verano se acaba y hay que aprovechar, hija.

Asiento. Qué razón tiene con lo de que el verano se acaba. Y, cogiendo esos papeles para ver si está apuntado quien yo deseo, cuando lo veo, indico:

—Apúntanos a los niños y a mí.

—¡Pensaba hacerlo, mi vida! —dice marchándose.

Sonriendo, llego hasta Soraya. Y, una vez me siento a su lado, como bien imaginaba, reconoce las pulseras de mi muñeca derecha y dice:

—Vayaaaaaaaaaaaaaa...

Eso me hace reír. Igual que ella se ha dado cuenta, seguro que se da cuenta alguna más, y entonces comenzarán los chismorreos. ¡Ya cuento con ellos!

Con una sonrisa en los labios, miro a mi alrededor buscando a Diego. No sé nada de él, y oigo que Soraya cuchichea:

—No está.

Eso me hace mirarla, y aclara:

—A Maya la está cuidando Cristina. Al parecer, esta mañana Diego la ha llamado y le ha pedido que se quedara con ella. Tenía algo que hacer.

Sorprendida, asiento.

¿Llama a Cristina y no me llama a mí para decirme siquiera «hola»?

Tomo aire, respiro hondo y decido no enfadarme. Pero, joder..., anoche salió con una tal Ana, a la que no conozco, y no sé nada de él.

«¿Tan buena es ésa que ya se ha olvidado de mí?»

La tarde pasa y Diego no aparece.

Mi intranquilidad sólo la noto yo. Quiero hablar con él, deseo hablar con él. Pero nada, no aparece, y cuando llega el momento de marcharnos de la piscina, mi decepción es brutal.

Diego ni siquiera me ha llamado, y encima no lo he visto.

¿En serio esa tal Ana le ha gustado tanto?

Tras el momento ducha, cena y película, cuando mis hijos se van a la cama, me tiro en el sofá y comienzo a hablar con el Doctor Amor por Kik. Me cuenta que ha conocido a una mujer a través de otra red social, que siente mariposas en el estómago y que ya ha quedado con ella un par de veces y, por eso, y porque quiere centrarse sólo en ella, nuestras conversaciones han de acabar. Me apena saberlo, pero sonrío. Está claro que el doctorcito busca algo serio en la vida y lo ha encontrado. Por ello, nos deseamos felicidad y nos despedimos.

«Adiós, Doctor Amor.»

Miro la aplicación.

Qué manera tan rara de conocer a gente, pero ¡funciona!

En el siglo XXI, las personas se conocen a través de las distintas redes, quedan, se enamoran o se detestan, pero, sin duda, todos, a su manera, se dan una oportunidad. Algo que yo me he propuesto darme.

¿Y si escribo a Ironman?

Un extraño cosquilleo me entra por todo el cuerpo.

«Madre mía..., madre mía, con la edad que tengo y el pavazo que esta situación me está originando.»

Está claro que, cuando te enamoras, da igual la edad que tengas: el amor te pega de lleno y, si no te andas con cuidado, te noquea.

Estoy mirando el móvil cuando decido lanzarme e, iniciando una conversación con Ironman, escribo:

Hola. Espero que estés bien.
Hoy te he echado de menos en la piscina.
Por cierto, tenemos que hablar.

Según escribo eso último, leo el mensaje algo así como un millón de veces. Vamos, ¡ni que hubiera escrito el *Quijote*! Y, una vez soy consciente de que poco más puedo poner, pues quiero hablar con él mirándolo a los ojos, le doy a «Enviar».

Cuando lo hago, suspiro. Y, cogiendo el libro que tengo en la mesilla, decido leer un ratito. No tengo sueño.

Estoy sumergida en la lectura cuando noto que mi móvil vibra. Lo miro.

«¡Ironman!»

Rápidamente dejo el libro, cojo el teléfono y leo:

Yo también tengo que hablar contigo.

«¿Ya está?

»¿Ni un "¡Hola!" siquiera?»

Uf..., uf..., me entran unos calores que ni te cuento, e, incapaz de no contestar, escribo:

¿Estás bien?

Segundos después, recibo:

Sí.

«Joderrrrrrr..., pero ¿por qué no habla?»

¿Dónde está la complicidad que teníamos?

Y, consciente de que he de ser yo la que tome las riendas de todo, porque está visto que él no está por la labor, tecleo:

Espero que lo que tengas que decirme sea agradable.

Espero... Espero... Espero... Y ¡me desespero!

Pero, vamos a ver, ¿por qué no contesta?

¿Estará con la tal Ana y mi mensaje los ha interrumpido?

«Uissssss..., lo que me entra por el cuerpo...»

Estoy pensando en mil maldades cuando veo que escribe y, pasados unos segundos, leo:

La verdad, contigo nunca se sabe.

«Wooooooooooooo..., qué mal rollo me da esto.»

Y, cuando voy a escribir, leo:

¿Quieres que nos veamos ahora?

Vale.

Eso me hace saber que no está con ella. «¡Bien!»

Pero de pronto me entra miedo. Me entra pavor.

Toda la seguridad que tenía cuando me puse las pulseras en la muñeca de pronto desaparece. En todo el tiempo que lo conozco, nunca ha sido tan poco comunicativo conmigo. Y tecleo:

¿Mañana irás a la barbacoa?

Sé que va a ir, lo sé. Pero responde:

Iré un rato.

«¿Un rato?
»¿Cómo que un rato?
»Ay, Diosito... Ay, Diosito *of my life*...
»Pero ¿qué le ocurre?»
Y, sin poder contenerme, pregunto:

¿Te pasa algo?

Diego no contesta.

Miro la pantalla y, cuando veo que escribe, espero con impaciencia para luego leer:

Nada que a ti te quite el sueño.
Hasta mañana.

Y, sin más, observo cómo él se desconecta y yo me quedo con la boca más abierta que Mafalda cuando llora.

«Pero ¿qué ha pasado?

»¿Dónde está el hombre que me ha dicho las cosas más bonitas de mi vida?

»¿Dónde está el tipo que rechacé porque me dijo que se estaba enamorando de mí?»

Me tumbo en la cama, miro al techo y resoplo.

«¿Qué puedo hacer? ¿Qué debo hacer?»

Y, sin querer martirizarme más, aunque lo voy a hacer, quiera yo o no, dejo el libro sobre la mesilla junto al teléfono y apago la luz. Tengo que dormir.

Sí me muerdo, ¡me envenenо!

Mmmm..., noto que llueve.

Mmmm..., la cara se me está mojando.

Mmmmm..., huelo a...

¡Torrija!

Abro los ojos y no es lluvia lo que noto. Es la lengua de mi preciosa perra, besándome y deseándome buenos días.

Me desperezo en la cama. Lo mejor de dormir sola es que tooooooda la cama es para mí.

Gustosa, abrazo a *Torrija*. ¿Qué hora será?

Y, abriendo un ojo, me fijo en el reloj digital que tengo en la mesilla y... y...

¡Son las 12.16!

«Madre mía..., ¡madre míaaaaaa!»

Como si fuera un ninja, salto de la cama y corro a ver a mis hijos.

«¡Qué callados están!»

Y entonces me sorprendo al ver que los tres duermen como tres ceporros en sus camitas. Está visto que los genes de osos dormilones los han heredado de mí.

Tras despertarlos a besos y achuchones, me dirijo a mi baño. Una duchita no me vendría mal, y cuando abro el agua de la misma pienso en Diego y el agobio se apodera de nuevo de mí.

¿De qué querrá hablar conmigo?

Una vez salgo de la ducha, me seco y, con mimo, me echo cremita en el rostro. Esa que supuestamente debería echarme todos los días para hidratarme, pero que me echo cuando me acuerdo. Si es que soy un desastre para esto de las cremas.

A continuación, decido ponerme el biquini que mis hijos me han traído de sus vacaciones. Es amarillo, con unos graciosos patitos rosa, y al verme en el espejo asiento. No me queda nada mal. Mi moreno resalta con el color amarillo del biquini, y cuando me estoy mirando oigo a David gritar:

—¡Mamiiiiiiiiiiiiiiiiiiiiiiiiiiiiiiiiii!

Como si hubiera oído «¡Fuego!», abro rápidamente la puerta del baño y, cuando voy a salir de él, mi *pezqueñín* entra y exclama:

—Guauuuuuuuuu..., estás preciosísima con ese biquini.

Vayaaaa, éste ya comienza a ser un donjuán como su hermano. Sin duda tiene un buen maestro.

—Gracias, mi amor —respondo.

Mi niño sonríe y a continuación indica:

—Mamá, Aarón no me deja ponerme su gorra azul.

Vale, sé de qué gorra habla, y, levantando la voz, digo:

—¡Aarón!

Dos segundos después, él está ante nosotros y, cuando voy a hablar, suelta tras dar un silbido chulesco:

—Preciosa..., estás preciosa.

Me río, no lo puedo remediar, y, antes de que hable, explica:

—Mamá, si no le dejo la gorra azul es porque me la voy a poner yo.

—¡Pero yo la quería!

—Pues no haber perdido la tuya, que todo lo pierdes —gruñe Aarón.

Asiento. Aarón tiene razón. David lo pierde todo.

Antes del divorcio, su padre y yo les compramos a los tres unas gorras que les gustaban. Tres iguales. Tres gorras de la NBA que compramos por internet y, como siempre, David perdió la suya.

Mi pequeño me mira, mi mediano también y, cuando voy a responder, mi mayor, *uséase*, Nerea, entra con su gorra en las manos y dice:

—Toma, enano. Póntela.

Ese gesto tan de mayor por parte de mi Nerea me descoloca el corazón. Está visto que mi hija está creciendo a pasos agigantados y, cuando David la abraza emocionado, ella, tras indicarme con un gesto que le gusta cómo me queda el biquini, mira a su hermano pequeño y sugiere:

—Vamos, ven conmigo a mi habitación y te la ajusto a tu meloncete.

Una vez ellos dos salen, Aarón comenta:

—En ocasiones, Nerea me sorprende. Pasa de ser Maléfica a un hada madrina en décimas de segundo.

Eso me hace gracia y, abrazando a mi sinvergüenza, replico:

—Las mujeres somos así.

Ambos sonreímos cuando Aarón, mirando las dos pulseras que llevo en la muñeca, asegura:

—Mamá, me gusta mucho verte sonreír.

No hace falta que diga más. Sé por qué lo dice.

—Más me gusta a mí verte sonreír a ti —respondo feliz.

Minutos después, los cuatro bajamos al salón, donde comenzamos a recoger las cosas. Y a la una y media ¡nos vamos de barbacoa!

Cuando llegamos a la urbanización de mis padres y entramos por la puertecita lateral, saludo con una sonrisa a las vecinas que están allí, disfrutando de la piscina. David y Aarón se alejan de mí corriendo y Nerea, al ver a sus amigas, me mira y pregunta:

—Mamá, ¿estás bien?

«Joder..., joder..., ¿tanto se me nota lo nerviosa que estoy?»

E, intentando disimularlo mejor, respondo:

—Sí, cariño. ¿Por qué lo dices?

Nerea mira a nuestro alrededor, lo que hace me ayuda a entender lo que piensa y, sonriendo, añado:

—Tranquila, estoy bien.

Mi hija sonríe, ¡qué bruja!, y tras saludar a sus amigas pregunta:

—¿Te importa si me voy con ellas?

La miro; lo dice porque Soraya aún no ha llegado.

—Anda, ¡ve! —indico con una sonrisa.

Mi hija me da un cariñoso beso en la mejilla y se marcha, y yo prosigo mi camino. Llego hasta donde siempre nos sentamos y, en cuanto dejo el cesto y extiendo la toalla, veo aparecer a mi padre.

En los brazos lleva la leña que va a utilizar en la barbacoa.

—Buenos días, cariño —me saluda.

Acercándome a él, le doy un beso y murmuro:

—Buenos días, papá.

Cuando él se aleja con la leña, me siento nerviosa en la toalla a esperar.

Quiero que venga Diego. Necesito que venga para hablar con él.

Instantes después, aparece Soraya. Rápidamente se acerca a mí.

—¿Has hablado con él? —me pregunta.

Estoy por mentirle. Hablar..., hablar, lo que se dice hablar, no lo he hecho, pero digo:

—Anoche intercambiamos un par de mensajes.

—¡¿Y...?!

—Y nada especial. Bueno, sí, cuando le dije que teníamos que hablar, él me respondió que quería hablar conmigo, y, no sé por qué, no me huele bien.

Soraya resopla, yo también, e indica:

—Deja la negatividad a un lado, ¡que te conozco!

Asiento. Tiene razón.

Por todo lo que me ha pasado, no puedo dejar de pensar en que lo que tenga que decirme será algo malo, y, mira, ¡a lo mejor incluso me lo merezco! No puedo pretender que un hombre, ya sea Diego o quien sea, esté pendiente de cuando a mí me conviene o no tener rollito con él.

—¡Qué mono el biquini! ¿Es nuevo?

—Me lo han traído los niños de sus vacaciones.

Soraya asiente.

—Buen regalo.

Entre cotilleos y confidencias pasa el tiempo y por aquí no aparecen ni Diego ni Maya.

«¿Dónde estarán?»

Acaloradas, nos damos un bañito en la piscina y, cuando salgo de ella, al ver quién acaba de llegar, se me cae el alma a los pies. Junto a mi padre y sus tíos, está Winnie, la jodida Osezna, cómo no, despampanante con un biquini negro que, madre mía, qué cuerpazo le hace.

Al vernos, aquélla saluda con su manita de princesa, y Soraya y yo le devolvemos el gesto. Educación ante todo.

Aun así, me intranquiliza verla aquí, pues sé que tuvo algo con Diego y, sin duda, podría volver a tenerlo.

—Davidddddddddddddddddd.

La voz de Maya hace que mire hacia la derecha con rapidez. Ahí está mi Abejorro, con sus gafitas amarillas, corriendo hacia mi hijo pequeño. De pronto, se han hecho superamigos. Sin duda, lo que han unido el *Mario* y el tres en raya que no lo separe el hombre.

Maya me mira, me saluda con la mano con alegría y yo le sonrío. Esa niña me está ganando día a día y viceversa. Lo sé. Lo siento.

Pero su padre no aparece. ¿Dónde andará?

Soraya y yo vamos caminando hacia las toallas cuando oigo:

—*¡Dieguiiiii! Yujurrrrr.*

«Mecagoenlaoseznayenlamadrequelaparió.»

Instintivamente, miro hacia atrás otra vez y lo veo. Allí está él, tan guapo como siempre.

—Lo de ese tío es de escándalo —murmura Soraya.

Asiento... Asiento y asiento. Sin duda es de escándalo, y ni hablar puedo.

Sin mirar hacia la piscina, donde estoy yo, Diego se acerca al lugar donde se encuentran los vecinos y, por supuesto, también la Osezna. Con una sonrisa los saluda a todos, después habla con ella y, posteriormente, le entrega a mi padre un táper enorme de color rojo.

Acalorada, dejo de mirar. No quiero hacerlo. Los celos por verme ignorada pueden conmigo, y cuando me siento en la toalla, miro a Soraya y, molesta, indico:

—¿Sabes lo que te digo?, ¡que paso! Si la Osezna le gusta más que yo, ¡toda para él.

Mi amiga se sienta rápidamente a mi lado y, cuando va a abrir la boca, sentencio:

—Y no hay nada más que hablar. ¡Entendido!

Mi Dora la Exploradora particular asiente. No dice ni mu. Yo me tumbo en la toalla y decido tomar el sol.

—¡E!

Según oigo eso, me incorporo. Es mi madre, que está frente a nosotras.

—¿Queréis un vermucito? —pregunta.

—No estaría mal —contesta Soraya.

Mi madre sonríe.

—Vamos, veníos conmigo. Allí os lo pongo.

«Allí» quiere decir el lugar donde Diego está riendo con la Osezna, y respondo:

—Yo paso.

—E, ¿no tienes sed?

—No.

—Pero, hija, si estás sudando —insiste mi madre.

Sed tengo, pero más sed tengo de matar a alguien y, decidida, replico:

—Mamá, ¡paso!

Ella y Soraya se miran. Soy consciente de que ambas se hablan sin hablar, y luego mi madre insiste bajando la voz:

—A ver, hija, si estás así por...

—¡Ni lo menciones!

—Pero, hija...

—Mamá, ¡no!

Una risotada de Winnie ante algo que Diego le ha dicho retumba en la urbanización. Qué rabia. Me estoy poniendo furiosa, terriblemente furiosa, y mi madre resopla. Sabe muy bien el porqué de mi gesto, y suelta:

—Pero si tú eres infinitamente más bonita que esa muchacha.

—No digas tonterías, mamá, por favor.

—Hija..., no te pongas cerril, y si te gusta ese hombre ¡ve a por él!

—Mamáaaaaaaaaaaaaaa.

Finalmente, ella se marcha y Soraya, mirándome, dice:

—A ver, creo que...

—Creo que ¡nada! —la corto.

—Hija..., qué borde estás —me reprocha mi amiga.

Asiento, maldigo y a continuación susurro:

—No empieces tú también, por favor.

Soraya asiente, me entiende, y finalmente dice:

—OK. En boca cerrada no entran moscas.

Dicho esto, ambas nos tumbamos a tomar el sol de nuevo sin hablar.

Diego no se nos acerca en ningún instante y eso sin duda es un mensaje que tener en cuenta. Está claro que pasa de mí.

Así transcurre el poquito de mañana que queda, mientras el olor de los choricitos y la panceta comienza a inundar mis fosas nasales y oigo a mi padre gritar:

—¡A comerrrrrrrrrrrr!

«Dios... Dios...

»¿Y ahora tengo que comer con ellos?»

Como puedo, me incorporo junto a Soraya, y cuando me estoy poniendo el vestidito veraniego para ir a comer, mi amiga, al ver que miro hacia donde están aquéllos hablando, cuchichea:

—Hoy comes con cuchillo y tenedor de plástico. ¿Entendido?

Según oigo eso, me río. No lo puedo remediar.

Cuando llegamos a donde están el resto de los vecinos, nos sentamos a un lateral de la mesa. Rápidamente, David y Maya se acercan a mí y, tras recomponerle las coletas a la niña, la cría se marcha con su padre.

Diligentemente, me levanto para prepararles los platos a mis hijos. Me preocupo porque ellos coman y, después, me preparo el mío. No tengo mucha hambre. Aunque, bueno, la pancetita churruscada me mira y grita mi nombre y yo no me puedo resistir.

Una vez me siento a comer, mi mirada y la de Diego se encuentran. Es sólo unos segundos, pero, como ya lo voy conociendo, siento que está nervioso. Muy nervioso. ¿Qué le ocurre?

Desde donde estoy, observo cómo Winnie y su tía, la Clinton, sacan todas sus armas de seducción ante mi Diego.

«¡Qué perras!»

La Osezna sonríe, pestañea, tontea, parlotea y, aunque Diego parece prestarle atención, lo conozco y sé que en realidad no es así. ¿Qué estará pensando? ¿Qué le pasa?

El regalo de mi vida

Cuando estoy terminando mi tercer trozo de pancetita, de pronto Maya se acerca a mí y, con una sonrisa, dice tendiéndome un sobre:

—Esto es para ti.

Sorprendida, lo miro. Después miro a Soraya. Observo a la niña de nuevo y ésta dice:

—Vamos, toma. Es un regalo.

Cojo el sobre boquiabierta.

—¿Un regalo para mí? —pregunto.

Maya asiente y, sin dejar de sonreír, cuchichea:

—Mi papi me ha dicho que es para ti.

Oír eso hace que el corazón me aletee, y entonces miro a Diego. Él me está mirando, lo está haciendo con descaro, y me sonríe.

«Uf..., uf..., el calor que me está entrando.»

No sé qué hay en el sobre. No sé qué puede ser, y, Dios, ¡qué miedo me está dando abrirlo!

—Ábrelo —indica Soraya.

La miro al oírla. ¡Será cotilla! Y ella, encogiéndose de hombros, insiste:

—O lo abres tú o lo abro yo.

Resoplo.

¿Por qué siempre todo el mundo me presiona?

No sé qué hacer, y de pronto oigo:

—Estefanía, eso es para ti.

Es Diego el que ha hablado. Está a mi lado.

Levanto la cabeza y soy consciente de que todos nos observan.

No es mi cumpleaños, no es mi santo, ¡no es nada!

«Madre mía, qué vergüenzaaaaaaaaaaaaaaa.»

Ahora toda la urbanización está pendiente del jodido sobre y de mí.

«¡Lo voy a matar!, voy a matar a Diego...»

—Cariño, vamos, ¡ábrelo! —me pide entonces mi madre con una sonrisa.

Bloqueada. Estoy bloqueada.

¿Y si lo que hay en el interior es una notita mandándome a la mierda?

¿En serio van a tener que verlo todos los vecinos?

La presión me puede.

Sé que de aquí no me escapo sin abrir el maldito sobre, y, venga..., ¡voy a ello!

Abro el sobre marrón. De su interior saco otro rectangular más pequeño de color blanco en cuyo centro pone: «Empiezo a...».

«Wooooooooooo..., lo que me entra por el cuerpo.»

La última vez que dije yo esas palabras, la cagué. Me fui al lado romántico de la canción y él me corrigió diciendo: «Empezaba a cogerle el gusto a eso de "sin compromiso"».

«Madre mía..., madre mía..., los calores que tengo.

»¿Y si dentro pone... "Empiezo a odiarte"?

»¿Qué hago? ¿Cómo reacciono?»

Soraya me mira, mi madre también.

Todo el mundo me observa y, dispuesta a acabar con esa angustia, tapando las palabras del sobre con la mano, lo abro y, al sacar lo que hay dentro... me quedo sin palabras.

«¡¿Quéeeeeeeeeeeeee?!

»¡¿Cómoooooooooooooo?!

»Ay, Virgencita..., que son dos entradas vip para el concierto íntimo y exclusivo de mi Mónica.»

Estoy mirando boquiabierta las entradas sin saber qué decir ni qué hacer cuando oigo a mi lado:

—Sé que te gusta esta cantante. Tengo un amigo que trabaja en la organización de ese concierto y esta mañana he conseguido esas dos entradas para ti, para que vayas con quien quieras.

—Ostras, mamá, cómo molaaaaaaaaaaaa —musita Nerea.

Atónita, levanto la cabeza para mirarlo.

«Ohhhh, qué detallazoooooooooooooo.

»Qué detallazo tan bonito.»

Si alguien te regala algo así es, sin duda, porque te escucha y porque ha pensado en ti.

Lo miro. Me mira.

Veo la intranquilidad en su mirada. Eso me acojona y, de pronto, pienso que este regalo es una despedida.

¿De verdad ya se ha cansado de lo que fuera que tuviéramos?

Diego está frente a mí, a dos escasos pasos. Y tras él están mis hijos y su hija.

Todos nos miran. Todos esperan mi reacción. Todos cotillean, y yo... ¡yo estoy bloqueada!

¿En serio se está despidiendo de mí o me está provocando?

Pero ¿qué narices me pasa, que no reacciono?

Tener en mis manos esas entradas era algo que deseaba, pero sin duda más lo deseo a él. Sin embargo, estoy tan bloqueada que sólo atino a decir:

—Gracias.

Diego asiente.

La tristeza de sus ojos me encoge el alma. No se acerca a mí. Intuye que yo no lo quiero, y, tras sonreír sin muchas ganas, se aleja y regresa a su sitio.

Mis padres me miran... «Joder.»

Mis hijos y Maya me miran... «Joder.»

Soraya me mira... «Joder.»

Todosssssssssss me mirannnnnnnnnnn...

Y yo sin mirarme... «Me jodo.»

Mi mente me regaña.

Me dice que soy tonta..., que soy imbécil..., ¡que me aclare de una santa vez!

Hasta que, de pronto, oigo a Winnie decir:

—*Diegui*, ¿por qué no vamos a ese concierto tú y yo?

Según oigo eso, algo se rebela en mi interior y... y... Dios mío, mi corazón pega tal petardazo ¡que siento que me acabo de encontrar!

Soy Estefanía. Soy hija y hermana de personas maravillosas. Soy la mamá de tres preciosos niños y, sobre todo, ¡soy yo! ¡Aquí estoy y quiero vivir y sentir! Y, no, no voy a permitir que la Osezna, por muy guapa que sea, vaya con él.

De pronto, tengo claro que quiero ser feliz y en esa felicidad, hoy por hoy, entra Diego. Ese hombre que me tiene enamoradita hasta las trancas y que con paciencia y saber estar sigue ahí. Lo sé, sigue ahí.

Por ello, arriesgándome como nunca en mi vida, y dispuesta a darles carnaza para los siglos venideros a la Clinton y a quien se ponga por delante, me levanto con decisión, me acerco a él y, antes de que se siente, lo agarro de la mano con fuerza y digo:

—Imposible, Winnie, porque Diego va a ir conmigo.

—Ésa es mi madre —oigo que dice Nerea.

Diego me mira y, aun sin sonreír, percibo que sonríe.

Lo acabo de sorprender.

«¡Sí!

»Ay, Dios, ¡que creo que le gusta lo que he hecho!»

Nos miramos. Sonreímos.

Las vecinas cotillean. Menudo filón les estoy proporcionando.

La Clinton coge a su sobrina de la mano, no salen de su asombro por mi descaro y mi manera de marcar el terreno. Y entonces, sin importarme nada, miro a la hija de aquél, que aún no se ha movido, y pregunto:

—Maya, cielo, ¿te importa que tu papi venga conmigo?

La niña, con una carita de ángel que no sé de dónde la ha sacado, sonríe y suelta:

—Llévate a mi papi a donde quieras.

«¡Olé mi niña!»

Ésa es la mejor contestación que me podía dar.

Complacida al oír eso, le guiño el ojo y la cría sonríe, y compruebo que mis padres, mis hijos y Soraya se miran felices. Les gusta lo que acabo de hacer. Les gusta mucho la decisión que he tomado.

—Muy bien, preciosa, ¡así se hace! —suelta mi hijo Aarón.

Eso me hace reír, sin duda la decisión está tomada; entonces Diego, algo desconcertado porque ambos seamos el centro de atención de la barbacoa, susurra:

—¿Eres consciente de que todos nos están mirando?

Asiento. Soy del todo consciente.

E, ignorando a las personas que nos rodean, me centro en la única que me importa en este instante y pregunto, necesitada de saber:

—¿Las entradas son una despedida?

Diego se apresura a negar con la cabeza.

—Por mi parte, no. Pero, anoche, cuando me dijiste por Kik que tenías que...

—¡¿Anoche?! ¿Cómo que anoche? Pero ¿vosotros habláis por Kik? —oigo que exclama Winnie.

Mira, paso de lo que diga, piense o medite. Yo estoy a lo mío, a lo que me interesa, y, mirando al hombre que me sigue manteniendo en llamas, susurro:

—Lo de anoche era para pedirte disculpas. Sé que dije «no» demasiado rápido, cuando la realidad es que no puedo dejar de pensar en ti.

Entonces se oye un «Ohhhhhh...» general procedente del grupo de las vecinas. Creo que sólo les faltan las pipas y las palomitas, y Diego musita:

—Vaya...

Sonrío...

Sonríe...

Y, llevándose mi mano a los labios con esa sensualidad que tanto me gusta de él, la besa. «¡Wooooooooooooooooo!» Y cuando las pulseras de ambos quedan a la vista de los dos, indica mirándolas:

—El hombre que me vendió las pulseras me dijo que buscarían su hogar y que su magia cambiaría mi destino. Y, sin lugar a dudas, su hogar eres tú, porque te eligieron a ti y tú eres mi destino.

«Ay, que me da..., que me da...

»Pero ¿se puede decir algo más bonitoooooooooooooooo?

»¿Se puede ser más romántico y encantador?»

Nos miramos. Nos tentamos. Nos entendemos.

Adiós, miedos. Adiós, inseguridades. Adiós, recelos.

Y, dispuesta a vivir, a gritar que estoy enamorada de nuevo y a disfrutar de la vida, susurro:

—Tú acataste mi mala decisión, lo justo es que ahora decidas tú.

—¿A qué te refieres? —pregunta Diego sin soltarme la mano.

Sonrío, no lo puedo evitar, y digo:

—Tú decides: ¿sin compromiso o el loco amor?

Él sonríe, me entiende, sabe de lo que hablo. Y, haciendo que me vuelva loca, pero loca... loca... loca, murmura:

—Tú y yo. Eso es lo que quiero.

«Dios míoooo, ¡me lo comooooooooooooooooo!»

Los vecinos no salen de su asombro, pero aplauden agitados. Menudo culebrón gratuito les estamos haciendo vivir en la barbacoa. Mi madre llora emocionada y veo que mi padre no cabe en sí de felicidad. Está claro que Diego les gusta tanto como a mí, y entonces éste, acercándome a su cuerpo, murmura:

—Te voy a besar.

«Wooooo..., lo que me entra por el cuerpo.

»Madre mía..., madre mía..., que lo conozco y sus besos como poco son ¡abrasadores!»

Estoy atontada, pero, de pronto, él pregunta dirigiéndose a mis hijos:

—¿Puedo besar a vuestra madre?

Rápidamente, mis hijos asienten sonrientes. «¡Qué monos!» Y yo, mirando a Maya, pregunto a mi vez:

—¿Puedo besar a tu padre?

La niña asiente también. Está feliz.

Diego y yo nos miramos, sabemos lo que implica esto que estamos haciendo delante de todos, y exijo:

—¡Hazlo!

Y lo hace. Vaya si lo hace.

Diego me aprieta entonces contra su cuerpo y, para horror y estupor de Winnie, su tía y alguna que otra vecina, me besa con tal pasión que reconozco que siento cómo la tierra tiembla bajo nuestros pies.

«Madre míaaaaaaaaa... Madre míaaaaaaaaaaaa...»

Está claro que el amor aparece cuando menos te lo esperas.

Como está claro también que, si lo buscas, se esconde, y si no lo buscas, te encuentra. Y yo, junto a Diego, lo he encontrado.

Felíz por darme a mí misma una segunda oportunidad

Navidades de 2016

Estoy en la cocina de mi casa, sentada en el suelo peinando con mimo a *Torrija*.

El viento y la lluvia le enredan el pelo y, como su mami que soy, me ocupo de que esté bien.

Mis hijos están en el cole.

Hoy es el último día antes de las vacaciones de Navidad.

Complacida, miro por la ventana y veo cómo llueve.

Hace frío. El día en Madrid es desapacible, pero yo sonrío. Soy feliz.

Cojo mi móvil y busco *Last Christmas* de Wham!, y cuando comienza a sonar la canción, interpretada por mi admirado y querido George Michael, empiezo a tararearla.

¡Me encanta!

Y, Dios..., lo que me gustaba George Michael.

Es más, siempre que suena esa increíble canción, alguno de mis hijos me mira y dice: «Mami..., está sonando la canción más bonita del mundo mundial».

Y, sí, así la siento yo.

Siempre he dicho eso cuando ha sonado esa canción, y lo gracioso es que hoy por hoy son mis hijos quienes lo dicen.

Suene en la época que suene, es un tema mágico y especial.

Y este año, esta Navidad sin duda es más maravillosa de lo normal.

¿Por qué?

Pues porque Diego y Maya están en nuestras vidas y, más concretamente, en nuestros corazones.

Desde aquella tarde de verano en la que me lancé a la piscina a por el hombre que me tenía en llamas, reconozco que mi vida ha cambiado para bien, y aunque las vecinas aún siguen cotilleando lo que ocurrió, me importa un pimiento. ¡Somos felices y eso es lo primordial!

Mis hijos adoran a Diego. Maya me adora a mí. Y, lo mejor, comienzan a adorarse entre ellos y han creado tal vínculo entre los cuatro que en ocasiones Diego y yo querríamos matarlos.

Nuestros momentos íntimos siguen siendo la bomba.

Con Diego estoy experimentando tantas cosas y acumulando tantos momentos bonitos que, uf..., cada día me cuesta más separarme de él. Sin duda, nadie me seduce como él, y cada vez que me dice al oído eso de que soy la mujer que llevaba toda la vida esperando..., ay, *mamacitalinda*, lo loca que me vuelvo. ¡Ni te cuento!

Seguimos viviendo separados y, de momento, no pensamos en boda (creo que a los dos nos da un poco de urticaria esa palabra).

Él vive en su casa con su hija y yo vivo en la mía con los míos. Aunque, bueno, son muchas la veces que se quedan en mi casa a dormir, y sé que tarde o temprano terminaremos viviendo todos juntos.

¿Cuándo? Pues no lo sé.

Las cosas bien hechas bien hechas están, y nosotros queremos hacerlo bien.

El íntimo y exclusivo concierto de Mónica fue increíble. Diego y yo bailamos, reímos, cantamos. Él se sabía algunas canciones, pero yo todas, toditas, todas, y me dejé la voz. Eso sí, cuando Mónica cantó *Empiezo a recordarte*, nuestra canción, nos miramos a los ojos y, sinceramente, creo que nos volvimos a enamorar.

Madre mía..., madre mía..., ¡qué momentazo!

Yo que pensé que, tras lo que me había ocurrido con mi ex, ser la reina del hielo era lo mejor para mí. Y, oye, lo fue. Durante una temporada en la que necesitaba reactivarme como mujer y encontrarme a mí misma, lo fue. Sin embargo, poco a poco volví a recuperar a Estefanía. A la chica divertida e independiente que un día, no sé por qué, perdí en el camino, y, cuando me encontré y entendí que la vida sólo se vive una vez, decidí proseguir y vivir.

En el camino, además de a Diego, conocí a personas maravillosas, como las amigas de Soraya, que hoy son también las mías, una pandilla de locas con las que sigo saliendo de vez en cuando y me lo paso genial. A Raúl, con quien tengo una excelente relación, y a Diego no puede caerle mejor, y, por supuesto, al Doctor Amor. Finalmente nos vimos en persona, yo fui acompañada de Diego y él nos presentó a Olga, la mujer que conoció por aquella aplicación y de la que está enamorado como un quinceañero.

Ah..., y mi hermana ya ha traído a Enrique a casa. Están tontos y enamorados, y eso que le ocurra a la Patiño es como poco ¡inaudito!

Sí, en ocasiones, las redes sociales y las aplicaciones funcionan para ligar, y, mira, yo puedo decir que conozco a dos personas que encontraron el amor de ese modo.

Ha sido un año lleno de cambios, de situaciones raras, de decisiones importantes y de encuentros maravillosos. Y ahora, viendo las cosas desde la distancia, ¡bendito sea este año! Porque lo mejor de todo, y por lo que sonrío feliz..., feliz..., feliz..., fue que un día llegó cabalgando a mi vida un maravilloso y guapo príncipe azul que, espada en mano y con paciencia, consiguió derretir el hielo de mi corazón y me hizo volver a creer en la magia y en el amor.

Cuando Diego y yo nos dimos la oportunidad, me confesó que nunca había aceptado aquello de «sin compromiso» y que, siempre que salía, era con algún amigo, haciéndome creer todo lo contrario.

«¡Qué cabrito!»

Con su táctica sentí lo que era la frialdad, no sentirme única y especial, que pasaran de mí, y reconozco que me hizo reaccionar.

Y, sí..., estoy enamorada.

Total y completamente enamorada.

Qué razón tenía Diego el día que me dijo eso de que, cuando uno se enamora, simplemente ocurre, no se planea.

Nunca pensé que volvería a darle una oportunidad al amor.

Nunca imaginé que volvería a sentir lo que siento por un hombre después de lo que me ocurrió con otro. Pero he aprendido que ni todos son iguales, ni tampoco todas lo son. Simplemente, como alguien muy sabio dijo una vez, la mejor prueba de amor es la confianza.

Así pues, hoy, antes de despedirme de ti, pues te he contado mi vida y mis milagros y tú con paciencia me has escuchado, quiero decirte una última vez eso de: soy una mamá divorciada, alocada y de nuevo enamorada, y si la magia del amor ha existido para mí, sin duda también puede existir para ti.

Referencias a las canciones

Macarena, RCA Records Label, interpretada por Los del Río.
Tomorrow, Walt Disney Television, interpretada por Alicia Morton.
Vente pa'cá, Sony Music Entertainment US Latin LLC, interpretada por Ricky Martin y Maluma.
Can't Take My Eyes Off You, Saifam/Nar, interpretada por Gloria Gaynor.
Finesse, Atlantic Records, interpretada por Bruno Mars y Cardi B.
My Heart Will Go On, Sony Music Entertainment, interpretada por Céline Dion.
Que me coma el tigre, Menited, interpretada por Lola Flores.
Rabiosa, Sony Music Entertainment (Holland) B. V., interpretada por Shakira y El Cata.
Sobreviviré, Sony Music Entertainment España, S. L., interpretada por Mónica Naranjo.
Desátame, Sony Music Entertainment España, S. L., interpretada por Mónica Naranjo.
Pantera en libertad, Sony Music Entertainment España, S. L., interpretada por Mónica Naranjo.
Algo contigo, Universal Music Spain, S. L. (Vale Music), España, interpretada por Rosario Flores.
Shake It Off, Big Machine Records, LLC, interpretada por Taylor Swift.
Solamente tú, Warner Music Spain, S. L., interpretada por Pablo Alborán.
No existen límites, Warner Music Mexico, S. A. de C. V., interpretada por Luis Miguel.
El amor coloca, Sony Music Entertainment España, S. L., interpretada por Mónica Naranjo.
Empiezo a recordarte, Sony Music Entertainment España, S. L., interpretada por Mónica Naranjo.

Mía, Warner Music Spain, S. A., interpretada por Lolita.

Esta tarde vi llover, Universal Music Spain, S. L. (Vale Music), España, interpretada por Lolita y Rosario Flores.

Last Christmas, Sony Music Entertainment (UK) Ltd., interpretada por Wham!

Otros títulos de la autora en Booket: